·说春秋道战国系列历史小说·

冷月飘风·策士张仪

复旦大学 吴礼权 著

暨南大學出版社
JINAN UNIVERSITY PRESS

中国·广州

图书在版编目（CIP）数据

冷月飘风：策士张仪／吴礼权著. —广州：暨南大学出版社，2014. 4
（说春秋道战国系列历史小说）
ISBN 978－7－5668－0620－8

Ⅰ. ①冷… Ⅱ. ①吴… Ⅲ. ①长篇历史小说—中国—当代
Ⅳ. ①I247. 5

中国版本图书馆 CIP 数据核字（2013）第 119467 号

出版发行：暨南大学出版社

地　址：中国广州暨南大学
电　话：总编室（8620）85221601
营销部（8620）85225284　85228291　85228292（邮购）
传　真：（8620）85221583（办公室）　85223774（营销部）
邮　编：510630
网　址：http：//www. jnupress. com　http：//press. jnu. edu. cn

排　版：弓设计
印　刷：佛山市浩文彩色印刷有限公司

开　本：787mm×960mm　1/16
印　张：20. 75
字　数：340 千
版　次：2014 年 4 月第 1 版
印　次：2014 年 4 月第 1 次

定　价：42. 00 元

名家推介

吴礼权教授在中国古典小说和中国古代语言学史等学术研究领域独有建树，有许多著作传世。在修辞学研究方面，更是硕果丰盛。以其深厚的文史学术背景与独到的语言修养为依托，他这部描写战国策士张仪的历史小说在语言表达上展现出别人所没有的优势。小说的叙事语言全用娴熟的汉语白话，自然流畅，给人一种“风行水上”的感觉；小说的对话语言则折衷于文言与白话之间，既有简约古雅的韵味，又不失亲切生动的通俗性，对策士兼说客张仪的人物形象塑造起到了非常好的作用。“文学是语言的艺术”，从吴教授的创作实践可见真谛。

——日本早稻田大学文学院教授　古屋昭弘

当代中国文坛，说起历史小说创作，海峡两岸都会一致推崇台湾作家高阳。高阳写历史小说，向来以扎实严谨见长，恪守《三国演义》“七实三虚”的创作原则。因此，他的作品常给人一种沉甸甸的历史感。

高阳创作的历史小说非常多，其中尤以写晚清人物的系列作品最为读者所津津乐道。曾有评论家评论说：“晚清历史，头绪纷繁，变幻莫测，高阳却能从容驾御。在一张一弛的故事叙述过程中，晚清的历史面貌自然地显现出来。读者在急欲了解故事的进一步发展的阅读渴望中，不知不觉也熟悉了那一段史实。”读吴教授的历史小说，也有这种感觉。战国时代动荡不定的时局，纷扰混乱的人事，在他的《说客苏秦》和《策士张仪》等系列历史小说作品中都呈现得井然有序，一个个乱世英雄形象纸上跃然。

如果将吴教授的创作理念和语言风格与高阳作个比较，我们发现二人有许多惊人的相似之处。因此，说吴教授是大陆的高阳，也未尝不可。

——台湾东吴大学教授、原东吴大学中文系主任　许清云在中国学术界，大家都知道复旦大学教授吴礼权博士在学术研究上有几次成功的华丽转身。硕士研究生时代，师从魏建功先生的得意门生濮之珍教授，治中国古代语言学史，著有《中国语言哲学史》，由台湾商务印书馆出版。毕业后留校，在复旦大学古籍研究所工作，师从章培恒教授沉潜于考据，治中国古典小说史，发凡起例，著有《中国笔记小说史》、《中国言情小说史》、《清末民初笔记小说史》，均由台湾商务印书馆出版。其中，《中国笔记小说史》被大陆商务印书馆引进在大陆发行简体版，在学术界产生广泛影响。这是礼权教授学术研究上的第一次华丽转身。后调复旦大学中国语言文学研究所，进入复旦大学老校长、中国现代修辞学之父陈望道先生创办的语法修辞研究室，师从宗廷虎教授研究修辞学，成为中国修辞学的第一个博士学位获得者，在修辞学理论、汉语修辞学史、汉语修辞史研究领域取得突破性的建树。这是礼权教授学术研究上第二次华丽的转身。至于第三次华丽转身，则是由学术研究转入文学创作。其所著长篇历史小说《说客苏秦》、《策士张仪》，精思傅会，十年乃成，《史记》所记载的两个说客形象由此得以血肉丰满地站立起来，栩栩如生，跃然纸上。也因此，礼权教授被台湾学者誉为“大陆的高阳”。

——国家有突出贡献专家、原云南师范大学校长、泰国南邦皇家大学名誉博士　骆小所

卷首语

战国时代，是中国历史上最为混乱、人民苦难最为深重的时期之一，也是英雄辈出的时代。在这个时代，既有雄才大略、目光如炬的秦孝公，锐意改革、手腕铁血的公孙鞅，胡服骑射、开疆拓土的赵武灵王，足智多谋、百战不殆的孙膑，为国理财、革新内政、富国强兵的魏相李悝和韩相申不害等杰出的政治家、军事家；也有诸如墨家的墨翟、道家的庄周、儒家的孟轲、法家的韩非、名家的惠施等一大批灿若群星的诸子百家代表人物，他们的思想学说直至今日还深刻地影响着中国文化。

战国时代，是政治家大展经纶、军事家用武有地的时代，更是中国历史上“书生意气，挥斥方遒”的时代，是无数读书人“朝为田舍郎，暮登天子堂”的时代。挂六国相印、爵封武安君的苏秦，兼相秦魏、操控天下的张仪，爵封秦国大良造、历任魏将韩相的公孙衍，左右秦楚二国、八面玲珑游走的陈轸等无数游士，就是在这个风云激荡的岁月中，趁着天下大乱、礼法不存的时代情势，凭着三寸不烂之舌，游说诸侯之间，纵横捭阖于天下，以一人之智谋而左右天下时局，玩天下于股掌之上，堪称中国历史上的奇观，也让无数中国读书人心向往之。

南朝梁著名文论家刘勰在《文心雕龙·论说》中有云：“说之善者：伊尹以论味隆殷，太公以辨钓兴周，及烛武行而纾郑，端木出而存鲁：亦其美也。”又说：“战国争雄，辩士云涌；从横参谋，长短角势；转丸骋其巧辞，飞钳伏其精术。一人之辩，重于九鼎之宝；三寸之舌，强于百万之师。六印磊落以佩，五都隐赈而封。”如果认为刘氏说得太过夸张的话，那么，读一读《战国策》与《史记》中有关苏秦、张仪、公孙衍、陈轸等说客的事迹，相信大家就知道，“一人之辩，重于九鼎之宝；三寸之舌，强于百万之师”的境界，确实是历史的真实。

在战国时代诸多游士之中，能靠摇唇鼓舌而取卿相尊荣，干青云而直上，终至以区区一书生，玩转一个时代，叱咤而风云变色，鼓舌而城池易主者，在中国人的印象中，大概则非苏秦、张仪二人莫属也。

苏秦与张仪，同师于鬼谷子，都习纵横之术，且都是靠游说诸侯而起家。二人的共同点很多，但是也有区别。苏秦取卿相尊荣，由一介书生而挂六国相印、爵封武安君，靠的主要是雄辩，即嘴上功夫。“苏秦相于赵而关不通。当此之时，天下之大，万民之众，王侯之威，谋臣之权皆欲决苏秦之策。不费斗粮，未烦一兵，未战一士，未绝一弦，未折一矢，诸侯相亲，贤于兄弟。夫贤人在，而天下服；一人用，而天下从。”（《战国策·秦策一》）其事功，主要是使纷乱的天下得以暂时安定下来，让天下百姓有片刻休养生息的宁静。而张仪则不同，他出身于一个没落贵族家庭，有乐小利而不求上进的毛病，但最终在苏秦的激发下，一举成功游说了秦惠王，成为“连横”而霸天下的秦国权相，不仅以其嘴上功夫折冲樽俎，周旋于诸侯之间，而且还以过人的谋略翻云覆雨，左右秦、楚、魏等大国政局。因此，相较于苏秦，张仪不仅仅是一个说客，更是一个策士。正因为如此，苏秦也不得不感叹说：“张仪，天下贤士，吾殆弗如也！”（《史记·张仪列传》）

那么，张仪有何等过人的智慧，而让身兼六国之相、爵封武安君的一代书生枭雄苏秦为之折腰叹服呢？

读了这部历史小说《冷月飘风：策士张仪》，相信读者就能认识张仪是何许人也。

吴礼权

2006 年 3 月初稿于日本京都

2009 年 6 月五稿于中国台北

目　录

主要人物表

张　仪　魏国张城人，与苏秦同师鬼谷子习学“阴阳”、“纵横”之术，力主“连横”。后游说秦惠王成功，先为秦国之相，为秦国的崛起立下不世之功。后又兼相魏国，再为楚国之相。晚年遭秦国权臣排挤，用计脱身，到魏国为相，死于魏相任上。

苏　秦　周都洛阳人，曾师事鬼谷子，习学“阴阳”、“纵横”之术，力主“合纵”。后游说六国之王成功，为“纵约长”，挂六国相印，爵封武安君，独力维持天下安宁多年。后“纵约”被破，乃至燕国为相。因与燕太后私通，怕事发祸至，乃自请至齐国为燕王行“用间”之计。至齐，深得齐闵王信任，权倾朝野，终为齐人妒忌而被刺杀。临死前，遗一计，让齐王为他擒得真凶而杀之。

犀　首　即公孙衍，魏国阴晋人，早年为魏王之将，官至犀首，故世人以此名之。后离魏至秦，游说秦惠王而得宠。曾率秦师屡伐魏国，打得魏国丧师失地，一蹶不振。因功官拜秦国大良造，爵位与当年为秦国变法的商鞅相侔。后被入秦为相的张仪夺宠，转而至魏，为魏王之将。先用计联合齐国名将田盼伐破赵国，破了苏秦的六国“合纵”之盟，接着策划了“五国相王”，后来又策动山东“五国伐秦”的战争，一直打进函谷关，让秦惠王胆战心寒。后来，又任韩国之相，与张仪等斗智斗勇，为战国时代叱咤风云的一代枭雄。

陈　轸　秦国人，原为秦惠王之臣。张仪入秦为相后，遭排挤而出走至楚，为楚怀王之臣，穿梭秦、楚之间，既为秦，又为楚，是战国时代有名的“双面人”。其人足智多谋，善于游说，与苏秦、张仪、公孙衍相侔，是战国时代纵横一时的著名策士与说客。

惠　施　宋国人，战国时代名家的代表人物，曾为魏惠王之相。
张　丑　齐宣王之臣，亦为靖郭君田婴谋士，有名的说客，后仕魏为臣。
靖郭君　即齐威王之少子田婴，齐宣王之弟。
孟尝君　即田文，靖郭君田婴之子，为战国时代有名的“四公子”之一。
淳于髡　齐国名士，战国时代有名的说客，曾一日向齐威王荐举七士。
张　登　中山国谋士，屡挫齐闵王君臣。
田　需　魏襄王之相，曾与魏将公孙衍争权。
申　缚　齐宣王大将。
昭　阳　楚怀王大将，官至上柱国，爵拜上执珪。
蓝诸君　即司马憙，中山国之相。
昭　鱼　楚怀王令尹（即楚国之相）。
庞　涓　魏惠王时魏国大将，与孙膑同师鬼谷子习学兵法。后两败于孙膑、田忌，战败自杀。
孙　膑　齐国人，孙武后裔。曾与庞涓同学兵法，才能为庞涓所忌。庞涓为魏将后，将之诳骗至魏，处以膑刑（即削去膝盖骨）。后潜归齐国，为齐将田忌赏识，视为座上宾。齐魏交战时，两次为齐国军师，配合主将田忌，分别以“围魏救赵”与“减灶诱敌”之计，大败庞涓率领的魏国之师于桂陵、马陵，迫使庞涓战败自杀。著有《孙膑兵法》传世。
田　忌　齐国名将，曾在“桂陵之战”、“马陵之战”中两败魏师。后因功高而为齐相邹忌所忌，遭排挤而出走于楚，被楚王封之于江南。
田　盼　齐国名将，曾与公孙衍合兵，伐破赵国，破苏秦“合纵”之局。
邹　忌　游士，鼓瑟见齐王，官任齐国之相，爵封成侯。
鬼谷子　战国时代著名的纵横家，张仪、苏秦皆师之。
景　舍　楚国之将。
昭奚恤　楚国令尹（即楚相）。
张　乙　著名说客，魏国之臣。
太子申　魏惠王太子。

公孙闬　齐相邹忌幕僚。
杜　赫　成周游士。
邯郸客　苏秦舍人，智劝张仪至邯郸求见苏秦。
吕　仓　东周君之相。
义渠君　秦国西邻义渠国之君。
颜　斶　齐国之士。
王　斗　齐国之士。
寒泉子　秦惠王之臣。
武安子　秦惠王之将。
匡　章　齐宣王之将，率师伐破燕国，攻入燕都。
公　叔　韩国之相。
公孙弘　中山国之相。
阴　姬　中山君之姬，有美色。
雍　沮　魏国大臣。
冯　郝　楚怀王之臣。
昆　辨　齐国靖郭君门客。
周　霄　魏国之臣。
翟　强　魏国之臣。
周　最　周武公之子，在魏国为臣。
田　莘　秦惠王之臣。
司马错　秦惠王之臣。伐蜀成功，灭蜀、巴、苴三国。
子　之　燕相，后与燕王哙易位，为燕君，后兵败逃亡，被齐人所杀。
田臣思　或称陈臣思，齐闵王之臣。
公　仲　韩国之相，后至齐为相。
景　鲤　楚国之臣，出使秦国，曾被秦惠王强留，后设计返回楚国。
黄　齐　楚国之臣。
富　挚　楚国之臣，与黄齐不善。
靳　尚　楚怀王宠臣。
南　后　楚怀王王后。
郑　袖　楚怀王美人。
樗里子　名疾，秦惠王同父异母之弟。生性滑稽，足智多谋，秦人号为“智囊”。秦武王即位，被任为右相。

甘　茂　秦武王之臣，官任左相。
李　雠　秦人，与公孙衍相善，在秦惠王之朝为臣，后仕魏为臣。
冯　喜　说客，张仪舍人。
昭　雎　楚怀王使臣。
桓　臧　说客，昭雎好友。
左　成　秦武王之臣。

周烈王　即姬喜，周天子，战国时代周王朝名义上的“天下共王”，前375—前369在位。
周显王　即姬扁，周天子，战国时代周王朝名义上的“天下共王”，前368—前321在位。
周慎靓王　即姬定，周天子，战国时代周王朝名义上的“天下共王”，前320—前315在位。
周赧王　即姬延，周天子，战国时代周王朝名义上的“天下共王”，前314—前256在位。
魏惠王　周显王时期魏国之君，在位时凭借李悝变法后魏国异常强大的国力，不断兴兵攻打诸侯各国，意欲灭韩并赵，再谋一统天下的大计。还曾举行“逢泽之会”，以朝周天子为名，号令诸侯。后因好战而不知进止，两败于齐国后，又被强力崛起的秦国乘虚而入，屡战屡败，国力从此一蹶不振。最后迫于强秦不断攻伐的压力，东迁魏都于大梁，遂为世人称之为梁惠王。
魏襄王　魏惠王之子。
魏哀王　魏襄王之子。
秦孝公　周显王时期秦国之君，曾下求贤令，任卫人公孙鞅变法改革，遂使秦国由弱变强，由此逐渐奠定了秦国在战国诸侯中的霸主地位。
秦惠王　秦孝公之子，曾先后任用公孙衍、张仪等客卿，使秦国国力益强，遂称霸天下。
秦武王　秦惠王之子。
楚威王　周显王时期楚国之君，曾率师攻伐齐国徐州，大败齐师。
楚怀王　楚威王之子，曾为张仪所骗，与秦、齐交战，致使楚师大挫，且痛失汉中之地。后又不听忠臣之言，入秦而被扣留，客死于秦中。

齐威王　周显王时期齐国之君。
齐宣王　齐威王之子。
齐闵王　齐宣王之子。
赵肃侯　周显王时期赵国之君，苏秦“合纵”之策的主要支持者，也是“合纵”轴心国的中坚力量。即位初期，为其弟赵国之相奉阳君架空。亲政后，支持苏秦“合纵”大计，终使赵国在诸侯国中地位大大提升。
赵武灵王　赵肃侯之子，执政十九年时曾颁布“胡服骑射”令，实行军事改革，终使赵国军事实力大幅提升，赵国也由此开疆拓土，蔚然而成天下强国。
韩昭侯　周显王时期韩国之君，曾任申不害为相，使韩国国力渐盛。
韩宣惠王　韩昭侯之子。
韩襄王　韩宣惠王之子。
燕文公　周显王时期燕国之君，首起支持苏秦“合纵”之策，是苏秦游说成功的第一个诸侯王。
燕易王　燕文公之子。
燕王哙　燕易王之子。
燕昭王　燕王哙与子之乱政后即位执政的燕国之君。
鲁景公　周显王时期鲁国之君。

魏　孟　苏秦谋士，名字系临时所取。
蕙　兰　张仪之妻，名字是临时所取。
张老爷　张仪之父。
张太太　张仪之母。
张　婆　张城的接生婆。
蔡管家　张府管家。
范管家　张府安邑城店铺经营主管。
姜先生　张府延聘之教师。
淳于生　齐国游士，系虚构人物。
张老伯　桂陵老伯，系虚构人物。
景　颇　楚王之臣，系虚构人物。
白面客　魏国游士，系虚构人物。
胡子客　魏国游士，系虚构人物。

黄须齐士　齐国游士，系虚构人物。
年少齐士　齐国游士，系虚构人物。
高髻士　齐国游士，系虚构人物。
黑面士　鲁国游士，系虚构人物。
峨冠士　齐国游士，系虚构人物。
介老伯　绵山守山者，介子推后裔。系虚构人物。

第一章　生于忧患

1. 呱呱坠地

"老爷！老爷！"

周烈王七年（前369）正月二十五，天寒地冻，滴水成冰。

天还没亮，随着一个婢女一阵急促的叫喊声，魏国河东张城的张氏府中，顿然鸡鸣犬吠，全家老小都被这突如其来的叫喊声惊醒。

张老爷闻声，立即披衣而起，大声问道：

"何事惊慌？"

"老爷，太太肚子痛得厉害，恐怕是要生了。"

"那还愣着干啥？还不快快叫人去接张婆？"

张婆是张城远近闻名的接生婆，张太太前面所生的五个女儿都是她接生的。

婢女这才如梦方醒，立即去找张府的蔡管家。

蔡管家闻之，一骨碌爬起，差点从炕上滚下来。手忙脚乱地穿上衣裳后，就一边揉着惺忪的睡眼，一边奔出了大门。

就在蔡管家出门之际，张老爷也随婢女赶到了张太太房内探视。

此时，张太太正捧着肚子在床上打滚，嗷嗷叫唤：

"痛煞哉！痛煞哉！"

张老爷见太太痛成这样，只有干搓手的份儿，在房内急得团团转。

一大帮婢女、嬷嬷见老爷在房内团团转，更是心慌不已。

过了好一会儿，还是一个年长的嬷嬷开了口：

"老爷还是到房外去吧，这里有俺们下人侍候太太就好了。"

张老爷见嬷嬷这样说，觉得也是，自己在这团团转，也是无济于事，还是眼不见心不慌吧。

张太太已经生过五胎了，不是第一胎第二胎，何以张老爷见太太肚子痛还如此紧张呢？这是有原因的。他不是为太太肚子痛着急，而是急她那肚子里的孩子。太太生了五胎都是丫头，这一次，据有经验的老妇人说，恐怕十有八九是个男娃了，因为这次的胎象不同以往。以前几胎，太太的肚子到了六七个月时就隆起很大，但从侧面看，都像是个圆丘。这次不同了，肚子虽然不大，但从侧面看，却显得小而尖。如果这次真能生个男娃，那么张家就算香火有继了，列祖列宗九泉之下也就安心了。

走出房间，张老爷又在堂屋中踱来踱去，心情显得异常急躁不安，一会儿伸头到外面看看张婆来了没有，一会儿又踱到太太房门外侧耳听听太太的叫唤声。

终于，约一顿饭的时辰，张婆一路小跑着来了。

“转什么转？急有什么用？还不快快叫人烧水备汤？”

张婆一进门，看见张老爷团团转的样子，就开口喝叫。

张老爷一听，这才知道现在不是团团转的时候，而是应该准备接生用的开水了。

张老爷正要叫婢女，张婆又说道：

“还有剪刀烫好，净布多准备一些，都生了五胎了，这些都是老规矩了，你们家人是咋弄的？每次生个孩子都慌得没神。女人生娃，不就像母鸡下蛋，有什么好慌的？”

张老爷被张婆教训了一顿，虽然脸面上挂不住，但心里明白，张婆说得对。于是，赶紧把一大帮围在太太房内的嬷嬷、婢女叫出来训了一顿。然后，又把张婆吩咐的话向她们重述了一遍。

那帮嬷嬷、婢女被老爷一顿教训，这才意识到：大家都这样看着太太叫痛而在一旁干着急，其实一点作用也没有，反而该干的正事都还没干。

愣了一会儿，大家便一窝蜂似的跑出了太太房间，生炭火的生炭火，烧水的烧水，备汤的备汤，煮剪刀的煮剪刀，寻净布的寻净布，好一阵忙乱。

毕竟是人多，不大一会儿，两个婢女就将烧好的一大盆艾草热汤，小心翼翼地抬进了太太房内，然后又退出房来。

紧接着，一老一少两个嬷嬷进了房内。年长者在前，年少者在后。年少者手里托着一个大木盘，里面放着一把烫好的剪刀与一叠干干净净的白布。

张婆自进了房内后，就不断地用双手在张太太的肚皮上摩挲，想顺好胎位，再让张太太使劲。摩挲了好大一会儿，张太太的叫唤声渐渐小了。

张老爷侧耳在房外细听，见太太的喊声小了，遂定了定神，知道张婆果然是有办法的。

然而，就在张老爷在门外感到松了一口气时，突然房内又传来太太杀猪似的嘶喊，而且一阵紧似一阵，吓得张老爷又慌了神，遂又在房门外团团转了起来。

原来，张太太这次却是“寤生”了。孩子不是头先出来，而是先出来了一只小脚。

张婆一看，也顿时紧张起来，而围在张婆旁边的两个嬷嬷，则更是吓得面无人色，连忙闭上了眼睛。因为她们都是女人，都知道逆产意味着可能母子俱亡。

然而，就在两个嬷嬷吓得闭眼的瞬间，张婆立即稳下神来，毫不犹豫地把孩子即将伸出的小脚猛地往里一推。随着孩子的小脚进去的同时，张婆的整个一条臂膊差不多都从张太太的下面进去了。张太太杀猪似的嚎叫了一声，就没声音了。

等到两个嬷嬷惊吓得又睁开眼睛时，只见张婆正闭目屏息，在张太太里面搅动呢。两个嬷嬷一见，更是惊愕得目瞪口呆，再次吓得闭上了眼睛。但是，不一会儿，昏死过去的张太太突然发出了一声撕心裂肺的叫喊。伴随这突如其来的叫喊声，孩子的头慢慢露出来了。

当两个嬷嬷再次睁开眼睛时，张婆正轻轻捏住孩子的头，气定神闲地将孩子一寸一寸慢慢地引了出来。

“哇！哇！哇！”

随着孩子一阵嘹亮的呱呱坠地之声，张太太流血不止，再次昏死了过去。

张婆见此，立即将孩子交给旁边的年长嬷嬷，顺手从年少嬷嬷手中的托盘中拿起几块干净白布，死死地捂住了张太太的阴部，想止住汩汩而出的鲜血。

过了好一会儿，血不流了。张婆又用手探了一下张太太的鼻息，确认没有生命危险，便吩咐年长嬷嬷，让她用热水搓了一块干净的白布，给张太太的下身略略作了一下清洁。然后，再帮张太太掖好被褥，好让她静静地休息一会儿。

在张婆安顿张太太的时候，年长嬷嬷已经手脚麻利地为孩子洗好了澡，然后用早已备好的热烘烘的小被子把孩子裹好，平平整整地放在了张太太的旁边。虽然像张婆那样接生，这个老嬷嬷是想也不敢想，甚至连看也不敢看，但是给孩子洗澡、包裹，她倒是在行的。

张婆忙好一切后，突然一屁股坐在了房内冰冷的地上。那个早已惊呆的年少嬷嬷，此时才知道放下手中的托盘，一把将张婆扶了起来。

扶起了张婆，年少嬷嬷这才醒悟过来，今日不仅自己吓得差点没了命，其实张婆自己也是吓坏了的。

过了好一会儿，张婆被年少嬷嬷在心口一阵乱摸之后，才慢慢地睁开了眼睛。

平静了一会儿，张婆突然一拍大腿，向刚才那个给孩子洗澡、并给孩子包裹的年长嬷嬷问道：

"生了个啥?"

年长嬷嬷听张婆这样一问，这时也才顿有所悟，竟然因为刚才的惊吓，而忘了看孩子是男是女了。遂连忙将孩子的包裹解开，低头一看，不禁惊喜道：

"男娃！男娃！男娃！张家有后了。"

就在年长嬷嬷惊喜的话音刚落，张婆与那年少嬷嬷还来不及说句"谢天谢地"之类的话时，张太太竟然闻声半张开了眼睛。

张婆一见张太太突然清醒过来，立即明白其盼儿心切的心情，遂连忙让年长嬷嬷从炕边抱起孩子，让她看了看。

张太太半睁着眼，看了一看，就又睡过去了。

却说张老爷在房外等了大半天，先是听到太太喊声渐小，后又闻一声惨叫，再接着，又没声了。心头不由得一阵阵紧张，不知发生了什么事。以前好像都不似今日这般，此次会不会有什么不测?是太太有生命危险了？还是孩子有什么问题了？

越想越紧张，在堂屋里转了几圈后，张老爷又忍不住踱到了太太的房门外，将耳朵紧贴着太太的房门，想细听里面的动静。当他刚把耳朵贴到门缝上时，就听到"哇！哇！哇！"一阵清亮的婴儿啼哭之声。他先是被吓了一大跳，接着，马上定下神来，知道孩子平安降生了。

"谢天谢地!"

张老爷一边拍着自己的胸口，一边自言自语道。

“吱呀！”

过了好一会儿，随着一声开门声，张婆一脚踏出了门外，差点与门外时而侧耳细听，时而来回踱步的张老爷撞个满怀。

“恭喜老爷，张家香火有继了。”

张老爷一听此话，知道是生了个小子。突然之间，他竟有一种头晕而立地不稳的感觉，浑身颤动，就像是在打摆子似的。

张婆见张老爷好像没有反应，遂提高声调道：

“母子平安！还不谢老媪救命大恩？”

这时，张老爷才从惊喜中清醒过来，连连作揖打躬道：

“张婆大恩，何敢忘哉？”

张婆会意地笑了笑，遂将张太太生产的惊险之状略略讲述了一遍，直把张老爷吓得目瞪口呆。

好半天，张老爷才从惊吓后怕中清醒过来。

就在这时，正好蔡管家走了过来。

张老爷连忙高声道：

“管家，快将谢仪奉上！好事成双！”

张婆一听就明白，张老爷这是在跟他的管家打暗语呢，要酬谢自己双份谢仪，不禁心中一喜。

但是，欢喜过后，张婆看了看张老爷那副得意的样子，又觉得心里不爽。心想，这个吝啬的家伙，谢仪不备一份，而备两份，原来他是有心要见机行事。如果今天不是生了个小子，而还是个丫头，那自己也就只能得一半的谢仪了。

虽然心里这样想着，但是，当蔡管家托出金光闪闪的金子送上来时，张婆还是情不自禁地激动起来，一边忙不迭地接着，一边口中念念有词道：

“张氏祖上有灵，福祚绵绵！老媪谢仪好事成双，得之心安，得之高兴呀！”

就在张婆捧着金子，笑眯眯地出了张府大门的同时，张老爷则笑得合不拢嘴地进了太太的房内。

进房一看到炕边小包裹里睡着的孩子，张老爷迫不及待地趋前抱起。左看右看，看个没完没了。几个嬷嬷都看不下去了，连忙提醒道：

“老爷，太太这次可受苦了！”

张老爷一听，这才醒过神来，连忙将孩子递给一个嬷嬷，转过身来看着躺在炕上像死去了一样的太太，如同劳军似的说了一句：

“让你受苦了！”

说着伸出手来，抚了一把太太的额头，又为她掖了掖被子。可是，太太连眼睛都没睁一下。

张老爷心里大概也明白，太太可能不满意自己看重的只有自己的儿子，根本没把她的死活放在心上，进得门来，不先问她的平安，也不慰劳她的辛苦，而是一个劲儿地看儿子。但转念一想，也许太太累了，早已睡过去了，根本没有跟自己计较那么多。再说，生个儿子，也不是自己一个人的愿望，也是她多少年来一直努力想达成的心愿，她大概是满意地睡着了吧。

张老爷见太太不吱声，连忙自己找话，对围在房内的嬷嬷婢女们道：

“快把娃儿放在炕上，别冻着了。”

话音未落，又道：

“快，快，快给房内再添个火盆，要烧得旺点，让屋子暖和些，太太刚刚生产，体弱畏寒。”

其实，嬷嬷婢女们都明白，老爷这话是说给太太听的。包括假装睡着的太太在内，大家心里都明白着，老爷其实是怕冻着了他的宝贝儿子，只是大家谁也不说破，也不敢说破老爷的心思而已。

几个嬷嬷婢女出去备火盆了，张老爷却并没有离开太太的房间。他站在炕边，目不转睛地看着睡在太太旁边的儿子，眼睛眯成了一条缝。侍候在房内的嬷嬷婢女，人人都能感到老爷心里的那个高兴劲儿，大家也理解：老爷已经年近半百，现在才盼到这个儿子，不容易呀！

不大一会儿，一个嬷嬷与一个婢女抬着一个大火盆进来了。火盆里的木炭还在熊熊燃烧，炽旺的炭火，映得冬日灰暗的房内一片通亮，也映得张老爷及整个张府上下人等的心里亮堂堂的。

2. 弥月之喜

张老爷心里亮堂了，心情也格外开朗了起来。从此，这个一向严肃的张府主人也好像变了个人似的，不再像从前那样一本正经、道貌岸然了，对下人奴婢也亲切起来了。这个本来死一般沉寂、没有活气、让人压抑得透不过气来的张氏大院中，从此多了许多欢声笑语。

欢乐的时光总是过得比较快的，一转眼，就到了二月二十五，是孩子满月的时候了。

这一天，张府一大早就开始热闹起来。城里的、乡下的、张府的许多亲朋故旧，都大一担小一担地送来了各种各样的贺仪贺礼。还有张府的邻居，也都各有贺仪贺礼相奉。

张府上下，从张老爷、张太太，到蔡管家以及嬷嬷、婢女、杂役，个个脸上洋溢着喜悦的笑容，未言先出笑声，大家个个忙成一团。堂上堂下，到处都烧了旺旺的火盆，整个张府如同沐浴在和煦的阳春之中。

时近正午，张府庆祝孩子弥月之喜的筵席开始了，整整摆了三十个食案。

“今日乃犬子弥月之喜，承蒙各位亲朋盛意、高邻厚谊，大家不辞严寒，不畏道远，百忙之中来贺，老夫不胜感激！现略备几杯水酒，还望各位放怀痛饮，以尽其兴！来，来，来，老夫先敬各位一杯！”

说完，张老爷自己一仰脖子，就满饮了一大杯。

接着，大家都频频举杯，共贺张老爷喜得贵子、张府福祚绵绵。

张老爷满饮一杯后，又举杯绕席，一个食案一个食案地向亲朋、高邻敬酒。

喝了约一个时辰，嬷嬷抱着孩子出来了，就像显宝似的逐个食案地将孩子展示给大家看。

大家看过孩子，就议论开了：

“瞧，那眼睛多像张老爷！”

“你瞅瞅，那眼睫毛，活脱脱地就如太太一个模子出来的。”

“这孩子可是个福相呀，耳垂厚实，额头宽广，鼻直口方，这都是老话所说的福禄广远的体貌啊。你再瞅，那个眼睛，虽然小，但是亮而有神，老话说，叫做‘小眼聚光’，这可是聪明的孩子呀！”

张老爷虽然知道大家这些话都是些逢迎讨好的话，但听着还是非常受用的，乐得嘴巴都合不拢。于是，不断地穿梭于众人之间敬酒劝饮。真是那句老话，人逢喜事精神爽。虽然不知喝了多少杯了，但张老爷好像一点儿醉意都没有。人说，喝酒喝精神，看来一点也不假。张老爷自己清楚，平时自己酒量并不大，心情不好时，喝个几杯就烂醉如泥，今天真是怪了！

又喝了一个时辰光景，突然有一个老者站起来道：

“张老爷，这孩子取个什么名字啊？”

一句话，就把大家的兴趣提起来了。

是啊，弥月之喜时，也是孩子正式命名公布的时候。张老爷一听，这才想起还有这一层。以前生的都是丫头，也没正式办过庆祝喜筵，更没有想到要有命名仪式什么的。现在不同了，这可是张家唯一的一个传承香火的儿子，这命名不能不慎重其事啊！

想到此，张老爷连忙站起来道：

“老夫老而得子，欢喜得都昏了头了，自从孩子出世，大家都是‘宝宝’‘宝宝’地叫着，还真的没想到取个正式的名字呢！各位亲朋高邻，既然今日承蒙大家提起，还望大家替老夫想一想，给赐个合适的名字吧。”

说完，一揖到地，算是拜托了大家。

这下，可热闹了。

本来，人都有给他人取名的爱好，现在有了这个机会，哪能不各展其能呢？于是，有给孩子取名为“张延祚”的，也有给孩子取名“张福”、“张庆禄”的等，不一而足。

张老爷听了，觉得都很好，可是，到底取哪个名字，却一时难以取舍定夺。

就在此时，张府在魏都安邑管理张家店铺的范管家突然匆匆赶回来了。他先向老爷恭贺得子之喜，然后又向大家报告说：

“老仆刚从安邑而回，告诉大家一个好消息，魏王统率魏国之师，大败韩师，斩首三万，魏国可是又振了一次威风啊！俺回来时，城里正万人空巷，都在庆贺魏王得胜而归呢！”

张老爷一听，顿然来了灵感，立即站起身来，清了清嗓子，激动地说道：

“承蒙各位赐名，都非常合适。只是刚才听了舍下老仆报告魏师大胜韩师的消息，老夫突然有个想法，今天是各位共贺犬子弥月之仪，又是俺魏国大振国之威仪之时，不如就将犬子取名‘张仪’，张俺大魏之威仪，各位以为如何？”

大家一听，连忙称好。

是啊，儿子是他的儿子，他命个什么名，应该都是好的。这个大家心里都明白着。

3. 百日之灾

周烈王七年（前369）三月二十一，正是春日和煦、春风拂面的好天气，张老爷抱着他的宝贝儿子，来到后院花园，一边欣赏满园春色，一边走在繁花茂叶之下，想让孩子，也让自己好好透透气，呼吸一下新鲜的空气，同时也让宝宝多晒晒太阳。

大约才半个时辰，张老爷就觉得累得不行了，手臂酸麻，孩子快要从自己的手上掉下来了。虽然已经有了五个女儿，但他却一次也没伸手抱过她们。因此，他压根儿就不知道抱孩子也是一件非常辛苦的事。大概在他的印象里，抱孩子是一件简单的事，平时看到家里的嬷嬷婢女，抱孩子一天也是若无其事的。今天，他看见天气好，这才心血来潮，从嬷嬷手上接过孩子，抱到园中透气晒太阳，也想体验体验抱孩子的天伦之乐。可是，才抱了一会儿，他就体会到了抱孩子的辛苦。

回到屋里，张老爷立即把孩子交到嬷嬷手上。然后，甩着酸麻的手臂，一个劲儿地说：

"酸煞我也！酸煞我也！"

张太太看了，抿嘴偷乐，一帮婢女也笑着转过身去。

正在此时，突然蔡管家急急跑进屋内，大叫道：

"老爷，老爷！"

"何事惊慌？"

正在甩手臂的张老爷听到蔡管家的叫喊，立即停止甩臂挥腕。

"老爷，快出门去看，天狗食日了。"

张老爷跑出门来一看，果然刚刚还是一轮明晃晃的太阳，高高挂在朗朗晴空之上，现在说没影儿就没影儿了。而天空中并没有什么乌云，好像这太阳也不是被乌云遮却的样子，看来真是天狗食日了。

看了半日，愣了半日，张老爷不禁喟然长叹一声：

"唉，不知又要发生什么大祸了？"

过了三天，为张家在魏都安邑管理店铺的范管家急急赶回了张城。

张老爷一见他行色匆匆，知道肯定有什么事，未等他开口，劈头便问：

“出了什么事？”

“魏、赵交战，魏师大败。”

“两国交战，总有胜有败，哪有常胜不败之师？”

“老爷，这次不对，赵师都打到了俺魏都安邑附近的涿泽了。”

“啊？都打到俺大魏的涿泽了？”这下，张老爷有点急了：“张城距涿泽近在几百里之内，如果俺大魏的军队抵挡不住，往右打到魏都安邑，魏国就要亡国；而往左打到张城，那俺们就逃而无路了。”

“是啊，老爷说的对，张城西面紧邻大河，真的是逃而无路！”未等范管家说完，张太太也急了：“俺们家还有一个未满百日的孩子呢！”

正在张老爷、张太太都急得六神无主时，范管家又补了一句道：

“老爷、太太，还有一个坏消息。”

“什么坏消息？快说啊！”张老爷与张太太几乎同时脱口而出。

“这次俺们魏王也被赵师围住了。”

“啊？俺魏王也被赵师围住了？”

张老爷这下可更急了，要是魏惠王死在乱军之中，或是被赵国所掳，这大魏不就等于亡国了吗？这如何是好？

张老爷急得在屋内团团转，张府全家老小也都慌成了一团。如果要逃难，家里有个不满百日的孩子，逃难怎么逃法呢？

“你知道俺魏王现在怎么样了？”张太太突然问道。

“不清楚。”

“不清楚，那赶快回去打听啊！”张老爷一边说，一边连连跺着脚。

范管家无奈，刚跑得上气不接下气地回来，现在连水也没喝一口，又要急切地赶回安邑了。

在惶惶不可终日的惊慌中，张府上下老少苦熬了五天，终于等来了范管家的再一次回报：

“老爷，魏王被俺大兵解了围，已经安然回到安邑了，赵国之师也已撤回了。”

张老爷听了终于长长地舒了一口气。

张太太与众嬷嬷及婢女们，则摸摸胸口，也嘘出了长长的一口气。

慢慢地，生活又恢复了平静，张老爷的眉头也渐渐地舒展开来。他认为，这次魏国的大难，大概就是应验了前些日子天狗食日的天象之祸了。既然大祸过了，天下也就太平了。

日子在一天天过去，平静，也平淡。张城平静如水。

一转眼，又是快两个月过去了。

周烈王七年（前369）五月初七，张府又热闹起来。

这一天，是张家的孩子满百日的日子。虽然百日之庆，不必再像上次弥月之喜那样大肆铺张地请客宴宾，但是家庭内的欢庆还是免不了。所以，一大早，嬷嬷、婢女们就忙开了。

快到日中时分，庆祝孩子百日的家宴开始了。

张老爷举杯正要开口说话之时，突然，在安邑为张家管理店铺的范管家又跌跌撞撞地回来了。

张老爷见此，立即放下手中的酒盏。

未等张老爷开口，太太倒是先开口了，问道：

“范管家，你是赶回来要喝宝宝百日的喜酒吧，看把你赶的！嬷嬷，快给范管家添个酒盏来！”

只见范管家摆了摆手，上气不接下气地说道：

“老爷，太太，不好了，秦国发生瘟疫了，人都一村一村地死光了，现在秦国之民都在往俺大魏这边逃过来。”

“啊？秦国发生瘟疫了？真的？”

张老爷与张太太几乎异口同声道。

“是，千真万确，现在都逃到魏国河西之地了，成千成万。魏王怕秦国之民逃过大河，把瘟疫传到俺魏国河东之地，已经下了死命令，有渡河而东的秦民，格杀勿论，务必要把秦国逃难之民阻挡在魏国河西之地。”

张老爷明白，魏王这是弃卒保帅啊。河西之地本来就是秦国之地，是大魏强大之后硬是以武力从秦国手里夺来的，这河西之民本来也就是秦国之民，不让秦国之民过河，就是要保住魏国之民。

不仅张老爷听了这个意外的消息惊呆了，太太及张府上下人等都一时大惊失色。大家都知道，自己这张城，就是邻河的第一道防线，如果秦民渡过河来，首先就可能进入张城。如果这些人已经染上瘟疫，俺这张城一城人不都难逃一劫吗？

范管家见张老爷惊呆了，张太太惊呆了，张府老少尊卑一个个都惊得愣在那里，遂连忙提醒道：

“老爷，太太，别愣着了啊！俺家还有个才百日的少爷和五个小姐，还有一大家子人呢，得有个准备啊！”

张老爷这才清醒过来，半天才自言自语道：

“是得有个准备，但是往哪逃呢？”

范管家听了张老爷的自言自语，接口道：

“老爷，俺家安邑城里有店铺，有房子，不如就到安邑躲个一月半月吧。魏王也在安邑，总是安全之所吧。”

张老爷一听，觉得范管家这话有理，默默地点了点头。顿了顿，又对大家说道：

“酒就不喝了，孩子百日之喜的仪式也就算办过了。大家赶紧吃几口饭，然后准备准备，俺们就往安邑城里去吧。”

草草吃完饭，全府上下就忙开了，套车的套车，收拾细软的收拾细软。

约一顿饭时光，大致收拾妥当。张老爷吩咐留下一直为张家打理家务的蔡管家，还有两个婢女和一个年岁大而经不起折腾的老嬷嬷看家护院，自己则与范管家一起，带着全家老小，坐着五辆大车，直奔魏都安邑而去。

张家一走，张城的许多人家都知道了消息，也纷纷跟着逃难。

看着沿途逃难的队伍越来越庞大，张老爷确信此次瘟疫非同小可，早点到达安邑就会多一份安全。于是，他命令张府的车队人不眠马不休，起早摸黑，急急而行。可是，这下就苦了太太和许多女眷。特别是他那个才满百日的宝贝儿子，毕竟太小，哪里受得了这长途颠簸。加上五月初夏，早晚还有些凉，孩子大概受了点风寒，没到安邑，就开始发烧与咳嗽了。

这下，可吓坏了张太太：

“这秦国的瘟疫还没来，俺们的孩子倒是病了，要是路上有个三长两短，俺这张家唯一的命根子……”

张太太话虽没说完，但张老爷却明白她的意思，如果孩子有什么意外，逃难能保住张家再多的人命又有何用呢？

其实，太太当初也是主张逃难的。但事到如今，大家互相埋怨也是无益，张老爷只得隐忍。

还好，不几日张家车队就进了安邑城。

进了城，张老爷和张太太总算情绪稳定了些。因为进了城就会有办法，毕竟魏都就是魏都，要找看病的郎中也会比张城容易些。

安顿未稳，张老爷立即吩咐管家去找郎中。不过，安邑城中的郎中虽多，但换了好几个，才百日的孩子不知被灌了多少汤药，还是高烧不退，咳嗽也不止。

这下，张老爷、张太太就更急了。张太太沉不住气，开始埋怨起范管家：

“都是你出的馊主意，如果不逃难，孩子也不会生病。你看，现在怎么办?”

范管家一句话也不敢说，只得像一只无头苍蝇一样成天在安邑城里到处打听郎中。

真是皇天不负苦心人，其时名医扁鹊（即渤海人秦越人）正好来到安邑。范管家好不容易找到他，千请万求道：

“神医啊，您去救救俺张家唯一的命根子吧。如果这个孩子救不过来，俺这条贱命就是死一百回也偿不了啊!”

扁鹊问明了来龙去脉后，立即随范管家来到张家临时居住的张家店铺之中，“望、闻、问、切”之后，开出一副方子，让范管家照单抓药。并郑重吩咐道：

“药用文火慢煎两个时辰，每日服三遍，连服三日，保准无忧。”

张老爷见是天下神医扁鹊，知道他的话一准没错。于是，照其吩咐，亲自督促嬷嬷、婢女仔细煎药，一个细节也不放过。

终于，三天后，孩子的烧全退清，咳嗽也止了。张老爷、张太太，还有合家老小尊卑，都遥望扁鹊离去的方向跪地而拜，口称：

“感谢神医，及时救了俺家的孩子！张氏列祖列宗，九泉之下都要感谢神医啊!”

第二章　破蒙之教

1．安邑延师

人言："大难不死，必有后福。"

张老爷和张太太都是知道这句话的，虽然他们不知道这孩子长大后，到底有什么样的后福，但是他们心里明白，这孩子是经过神医救活的，想必是命大的了。

一转眼，就到了周显王六年（前363），张家唯一的宝贝儿子也长到了七岁。

这年的正月三十，张老爷与张太太在家闲聊，说应该给孩子请个先生，教他念书写字了。

其时，正好在安邑城内管理张家店铺的范管家还没走，就连忙跟张老爷建议道：

"老爷，要给公子请先生，可要请一个有名望的，才能教好俺家公子。破蒙之教可不能马虎啊！"

张太太一听，连忙点头道：

"范管家说得极是。"

张老爷没吱声，他大概在想：这个还要你说，俺还不比你们这种下等人明白。

"老爷，你快想想看，俺这张城地面，到底是哪一个先生最好，俺就请他吧。"

张太太见张老爷半天不言语，便催促道。

其实，不必张太太催促，张老爷就已经在想这个问题了。可是，想了半天，觉得张城这方圆几十里地，也没有听说过有什么特别有名的先生。

又过了老大一会儿，范管家见老爷不言语，心想：老爷大概找不到什么好先生吧，不如俺给老爷荐一个吧。

“老爷，俺听说安邑城中有一个极有名的先生，姓姜，齐人，据说还是姜太公的后裔，早年做过齐国太子的先生，后来得罪齐王，来到了俺魏国，现居安邑，城里很多有钱人家都争延为师。”

张老爷一听，连忙道：

“那你怎么不早说呢？”

“老爷不说少爷延师破蒙的事，小人岂敢多嘴？”

张老爷不吱声了，心想，也是，自己没提，怎么怪他呢？

“要是俺们去请他来张城，不知他肯不肯屈就？”

“不过，老爷，小人可有一句话说在头里。”

“什么话，你尽管说。”

“这位姜老先生课蒙，可是个极严的。”

“严？严好啊，严师出高徒嘛。”

“小人听说，安邑城里的很多人家都争延过这位老先生，不过都是做不久的。”

“为什么？”

“这位老先生对不听话的童子，罚起来可是不讲情面的。不仅站、跪、饿饭是常事，而且还要打呢，下手又极重。很多人家舍不得孩子被打，常常延聘不久就找个借口把他给辞退了。”

张太太一听，连忙说：

“那俺们也不能请了。老爷你也知道，俺们家这个孩子，都被宠坏了，他哪里肯听话？万一这个老先生手下不留情，把俺孩子打得重了，有个三长两短，那可怎么办？”

“妇人之见！”

没等张太太说完，张老爷就打断了她的话。

接着，张老爷又对范管家道：

“明天，你就回安邑城里，将那位姜老先生给俺请来吧。”

“老爷，这个……”

“这个什么？”

“老爷，小人恐怕没有那么大的本事，能够将这位老先生请得来。”

张老爷一听，倒感意外。连忙问道：

“难道这位老先生还拿什么大架势不成？”

“老爷说的是，这位姜老先生架子大，脾气也大，小人是个目不识丁的粗人，怎么能够跟他咬文嚼字呢？”

“这倒也是。”

“老爷，少爷破蒙是大事，依小人之见，还是屈老爷大驾，随小人一起进城，去请这位姜老先生才是。”

张太太见范管家说过这位老先生极严，又爱打人，就心疼孩子，对进城请这位尊神没什么积极性，便一言不发。

“好吧，明天要是天气好，俺就随你一道进城，去请这位姜老先生。”

2．姜公施教

周显王六年（前363）二月十五，张老爷在范管家的陪同下，终于将安邑城内的姜老先生请到了张城的张府。

“快，快，快！快告诉太太，就说安邑城里的姜老先生请到了。”

张老爷一下车，就大声地知会嬷嬷、婢女们。他这是说给姜老先生听的，让他知道张家重视他这位先生。

不一会儿，张太太就领着张家的宝贝小张仪出来了。

张太太见姜老先生峨冠博带，一脸的正经，不言不笑。于是，连忙裣衽一拜，道：

“先生旅途辛劳了！”

接着，将孩子推到姜老先生面前，道：

“宝宝，快与先生见礼！”

姜老先生一见，连忙正眼来看他的这个学生。只见这孩子扎了两个朝天髻，眼睛小小，却很有神的样子，一张小嘴的嘴皮好像特别薄。人言：小眼聚神，嘴薄善言，姜老先生不禁心里嘀咕道：看来这个孩子将来不简单，要教好这个孩子也不那么容易。

孩子本来就怕生，一见姜老先生那种奇怪的眼光，连忙缩到母亲背后，躲了起来。

张老爷见此，觉得这样相见，好像对先生不够尊重。于是，就对张太太说道：

“你带孩子下去吧，择日正式行礼，拜见姜先生。先生一路辛劳了，还是先休息休息吧。”

说着吩咐范管家道：

“你先去叫人准备热水，让先生沐浴更衣，然后再设薄酒给先生接风洗尘。”

范管家领命，唯唯而退。

隔日，良辰吉日。张老爷将儿子张仪和族中与张仪年龄相仿的四个孩子都聚集起来，大人与孩子都穿戴整齐，一起来到张家明堂正厅。

张老爷先将姜老先生请到堂上，并请他居中面南坐定，然后令五个孩子一齐跪下行拜师之礼。

礼毕，张老爷陪姜老先生来到张家院中东首一间房中，约有十二张席子大小。这房子不仅宽敞，而且整洁明亮。

姜老先生抬眼四周看了看，见这房子的选择与收拾都是颇费过一番心思的，心知张家确实非常重视孩子的教育。情不自禁间，默默地点了点头。

张老爷见姜先生满意，寒暄了几句，便拱手退出，让他开始授课。

姜老先生并不忙，先慢慢坐于席上，然后拿教鞭在坐案前敲了敲，这叫“静坐”。

果然，先前还是交头接耳的五个孩子，立即个个将小手搁在席前书案，正襟危坐，眼光直视先生。

姜老先生扫视了五个孩子一眼，然后又手扶席前书案，慢慢地站立起来，从旁边的一个囊橐里拿出一块大大的白布，上面写着一个“人”字。

“这个字像什么呀?”

五个孩子左看右看，没有一个说得出。

姜老先生似乎也不着急，良久才启发式地说道：

“好好看看字形，到底像什么?”

过了一会儿，小张仪跪直了身子，怯生生地回答道：

“好像一个人在跑步。”

“对了，这个字就是‘人’字。”

说着，他走过来，摸了一下小张仪的头，算是鼓励。

然后，姜老先生又慢慢地踱回到自己的案前，先并足站直，道：“看好!”

孩子们于是都把眼光聚到先生身上。

姜老先生慢慢叉开双腿，然后收拢双手，紧贴于身体两侧。

“看，这像不像‘人’字啊?”

五个孩子朗声高喊：

“像!”

“好，下面你们都站起来，照先生的样子做一次。”

于是，孩子们来劲了，纷纷学样。

学了一会儿，姜老先生又道：

“都坐下，每人都在案上学写几遍。”

那时没有纸与笔，要真的写字，那得拿刀在竹简上刻划，这个，六七岁的孩子还不行，一不小心会划破手的。

所以，姜老先生让大家学写，孩子们都明白什么意思，便不约而同地将小手指伸到舌头上，沾了口水，在席前案上学着比划起来。不一会儿，每个孩子的书案上都弄得口水纵横。

过了一会儿，姜老先生又从囊橐中拿出另一块白布，上面写了一个“大”字。

“这个字像什么啊?”

姜老先生指着白布上的字，问五个孩子道。

五个孩子左看右看，好半天没人猜得出。

“再想想，刚才不是学过‘人’字了吗?”

小张仪立即明白过来，忙跪直了身子，答道：

“是一个人拿着一根棍子。”

“不是拿着棍子，再想想。”

小张仪低头想了想，再次回答道：

“是一边一只手。”

“这下对了。大家看着。”

说着，姜老先生叉开双腿，伸直了两只手臂，道：

“看，像不像?”

“像!”五个稚嫩的童音顿时响彻了整间屋子，传到了张家的院子里。

“那么这个字是什么字呢?”

好久，五个孩子都说不出。

“你们看。”

姜老先生说着，又收拢双腿，双手紧贴两腿，成“丨”字状，道：

“这样的人是不是很小啊?”

“是！”孩子们齐声答道。

“那么张开双腿，伸开双臂，是不是人变大了呢？”

“是。”

“那么，这个字是什么字啊？”

“大人。”五个孩子异口同声地回答道。

“不对，‘大人’是两个字。再想想。”

又是小张仪，眨了眨眼睛，答道：

“是‘大’。”

“对了！”

姜老先生又走过去，在小张仪头上摸了摸，算是奖励。

接着，姜老先生又依旧让五个孩子起立模仿自己刚才所做的动作，然后在各自的书案上用手指沾口水比划一番。

看看差不多了，姜老先生又从囊橐中拿出第三块白布，上面写着一个“小”字。

“看看，这个像什么？”

五个孩子看了半天，没看出像什么。

“好好想想。”

“像鸡爪。”一个比张仪大一岁的孩子回答道。

大家哄堂大笑。

姜老先生却没有笑，仍是一脸正经的样子。他没有批评那个回答的孩子，因为这“小”字确实像鸡爪之形。

待孩子们笑声平息后，姜老先生又并足立定，然后两只手臂略略向身体两侧抬起，启发道：

“大家看，像不像布上的字啊？”

“像！”五个孩子同声答道，声音比先前更加响亮。

“那么，是什么字呢？”

沉默了好久，没有一个孩子能够回答得出。

姜老先生还是不急不慌，静静地看着五个孩子。过了好久，他又把眼睛扫向了小张仪。

小张仪见先生这样看自己，知道先生是对他寄予希望。于是，更加局促，不断地搔首，不停地转动着他那小而有神的眼睛。

过了一会儿，他张了张小嘴，好像要说，又好像不敢说的样子。

姜老先生见此，忙鼓励道：

“张仪，说吧。”

“是‘小’字吧。”

“又说对了，一个人把伸直的双臂往下垂下，不就变小了吗？”

接着，五个孩子又是一阵肢体模仿与口水比划。

过了一会儿，姜老先生拍了下教鞭，五个孩子停止了比划与说话。

“再看，这个字像什么？”

只见姜老先生已经张挂起了第四块白布，上面写了一个“天”字。

姜老先生话音刚落，那个比张仪大一岁的孩子马上开口了：

“大头。”

那孩子冒失的回答，又引得其他四个孩子的一阵哄笑。

姜老先生不仅没笑这个屡屡说错的孩子，而且还走过去，在他头上摸了一下，以示鼓励。因为在姜老先生看来，这个孩子虽然不及小张仪聪明，但是，他上课积极回答问题，精神可嘉，是孺子可教之类。再说，此次他说“天”字是“大头”，认为“大”字上的第一横是“头”，这已经与“天”的造字本义不远了。

接着，姜老先生指着“天”字上的第一横，顺势启发道：

“有点像了，再想想。人的头顶上是什么呀？”

“是房梁。”那个比张仪大一岁的孩子又开口了。

大家又是一阵哄笑。

姜老先生摇摇头，没言语。

“人的头顶上是天。”张仪道。

“对了，人的头顶上就是天。那么这个字是什么字呢？”

“是‘天’字。”

这下，大家都明白了，于是异口同声地回答道。

姜老先生点点头，表示满意。

接着，姜老先生又从囊橐里拿出第五块白布，上面写着一个“休”字。

“看看，这个字像什么？”

孩子们又开始猜了，猜了半天，没有一个人猜得出。

姜老先生于是指着“休”字的“人”字旁，启发道：

“看看这边像个什么？”

几个孩子看了半天，看不出来。因为在合体字中的“人”，不像单体的“人”那样易于辨认，而是略有变形。

看孩子们回答不出，姜老先生乃启发道：

“像不像一个人侧身歪着头啊?”

“像。”孩子们听先生这么一说，觉得越看越像，于是齐声答道。

“那么，这边又像什么呢?”

姜老先生又指着右边那个中间一竖，上半截是弯曲向上，下半截弯曲朝下的“木”字旁启发式地问道。

“是棵树。”看了半天，没有人能答出，最后又是小张仪朗声回答道。

“不错，回答得好，是棵树，树就是‘木’。”

“先生，俺知道了，这个字叫‘人木’。”又是那个比张仪大一岁的孩子回答。

姜老先生笑了笑，道：

“要说一个字。一个人歪着脑袋靠着一棵树干什么啊?”

“睡。”还是那个比张仪大一岁的孩子抢着回答道。

“意思差不多了。但是，人睡觉不是靠树睡啊。这个字不念‘睡’。想想看，与‘睡’的意思相近的，还有什么字?”

“先生，是‘休’。”张仪眨巴着小眼睛道。

“对了，是‘休’。好了，现在大家可到院子里依木而‘休’了!”

这时，一直躲在屋外偷偷观看姜老先生教学的张老爷，知道老先生的课告一段落了，于是情不自禁地暗暗点了点头，赶紧隐身而退。

五个孩子则像出笼的鸟儿一般，从屋子里跑出来，在院子里奔跑，有的还靠着院中的大树，体会刚才先生所说的“人依木为休”的意味。

3. 皮肉之苦

张老爷自从偷听了姜老先生的第一堂课后，从此就放下了悬着的一颗心。他打心眼里佩服姜老先生的那种独特的识字教学方法，真是从未见识过。孩子们跟他学识字，不仅不以为苦，反而兴趣盎然，乐此不疲。

张老爷不仅自己对姜老先生放心，而且还经常跟太太说姜老先生如何如何了得，说得绘声绘色。这样，张太太也跟着对姜老先生有了好印象。原来，她听范管家说过，姜老先生喜欢打孩子，心里一直不放心，现在看来是多虑了。因为姜老先生到张家执教已经两年多了，还从未见他打过自己的孩子，也未打过别的孩子，孩子们每天下课后都是高高兴兴的。只是自从跟姜老先生学习识字后，张家的墙上，只要是小张仪够得着的地方，里里外外都被他用树枝或尖物歪歪斜斜地划满了字。张老爷不管，不加禁止，张太太也就随他去，嬷嬷、婢女们就更是不管了。

然而，到了第三年，平静的生活开始打破，张老爷与张太太都开始闹心。

这一年的春天开始，姜老先生要教孩子们拿刀在竹简上刻字了。两年过去，孩子们虽然已经识了不少的字，但光识字，不会刻字，那是不行的。现在孩子也大了些，大多已在九岁以上了，可以教他们拿刀动刀了。

姜老先生先教孩子们怎样一手拿刀，一手握住竹简，然后再从上到下，由右往左，一个字一个字地刻，一行一行地刻得整齐。

姜老先生非常认真，手把手，一个孩子一个孩子地示教。可是，八九岁的孩子，要他们长时间地跪坐案前一刀一刀地刻划，他们是没有那个定力的。结果，没刻几个字，不是把手弄破，就是一片竹简刻不了几个字，而且还歪歪斜斜，不成样子。不仅如此，还有孩子互相之间用刀逗闹着玩，非常危险。于是，姜老先生终于开始打人了。

小张仪虽然聪明过人，但并不比其他四个孩子听话，也是个调皮淘气的大王。结果，常常被姜老先生打手心。

有一天，小张仪拿着刀在另一个孩子的脸上比划，要给他刺字。姜老先生一见大怒，一时性起，下手打得重，结果把小张仪的左手手心都打肿了。

下得课来，小张仪捂着被打得红肿的手，哭哭啼啼地向他娘告状。

张太太一见儿子手心打成这样，不问情由，立即埋怨道：

“这个老先生下手也太不知轻重了，怎么把孩子打成这样？怎么就这样狠得下心来？难道自己没有孩子吗？”

张太太一边含着眼泪，捧着儿子的小手在嘴边吹来吹去，一边嘴里嘟嘟囔囔埋怨个没完没了。正在此时，张老爷突然从外面进来了。

张老爷见他们娘儿俩都眼泪汪汪，不知发生了什么事，就问道：

“干嘛娘儿俩都哭呢?”

张太太见问，遂一五一十地向丈夫诉说姜老先生打儿子的事。一边说，还一边大声地哭。

张老爷毕竟是男人，并不像太太那样容易动感情，而是先转向儿子道：

“先生为何要打你?”

小张仪开始不说。张老爷知道，姜老先生不会无缘无故地打孩子，肯定是儿子不听话或做了错事。于是，穷追不舍。最后，小张仪才支支吾吾地说出了实情。

张老爷一听，连声说道：

“打得好！打得好！把手打断才好！先生教你们刻字，你不认真也就罢了，怎么能拿刀在别人脸上比划呢？万一把别人眼睛碰了，或是别人把你眼睛戳破，变成了一个瞎子，怎么办？打断了手，总比瞎了眼好吧。”

张老爷的一番话，不仅说得儿子无言以对，自知理亏，就是张太太也是大感惭愧。

从此，小张仪上课时挨了姜老先生打，就再也不敢向他娘告状了，当然更不敢跟他爹说了。

可是，过了不久，五月的一天，倒是姜老先生气呼呼地向张老爷、张太太告状来了。

远远望见姜老先生那气鼓鼓的样子，张老爷就知道肯定是自己的宝贝儿子闯祸了。

待到姜老先生走近，张老爷、张太太都突然闻到一股很浓的粪便臭味。

“看看你们宝贝儿子干的好事！”

姜老先生一边气呼呼地说着，一边抖动着宽大的袍袖，转过身来，让张老爷与张太太看全身上下沾满的粪便。张太太闻着姜老先生满身的臭气，想捏住鼻子，但又不好意思，自己的儿子干的好事，现在还嫌先生身上臭，这岂不让姜老先生更加愤怒吗?

张老爷忙问道：

“姜老先生，这到底是怎么回事?”

“你们的宝贝儿子把粪坑上的那块搁板，用刀割得要断不断，老夫不知，如厕时就像往常一样踩了上去，结果就掉进了粪坑。”

“先生怎么知道就一定是俺的孽子所为，而不是别的孩子呢？”

“粪坑的搁板上还刻着‘张仪’两个字呢，你们可以去看。”

“先生，要是搁板上刻着‘张仪’的名字，倒有些值得怀疑了。是不是别的孩子干的，故意诬栽孽子呢？”

“那把你儿子找来问一下，不就知道了？”姜老先生见张老爷跟自己辩解，就更加生气了。

张老爷见姜老先生动了气，也觉得自己失言了，现在不是跟姜老先生辩解的时候，应该先让姜老先生洗个澡，换掉身上的衣裳，再把孩子们都找来教训一顿。

想到此，张老爷立即吩咐道：

“蔡管家，快吩咐烧汤，让先生洗澡，换衣裳。”

蔡管家连忙转身去办。

“还有，派人把那几个小畜生都找来。”

过了约一顿饭工夫，姜老先生洗好澡，换好新衣裳，又来到了张家厅堂之上。

此时，张太太还在堂上，她正着急呢。如果这事果真是儿子所为，免不了要有一顿好打。虽然还没打，她已经在心痛了。

就在姜老先生来到堂上之时，张老爷也手里拿了根棍子来到了堂上，摆出了一副非常气愤要打人的架势。

张太太一见丈夫手里拿的棍子那么粗，待会真要打起来，这不要把宝贝儿子打死啊。于是，就开口道：

“这孩子是该打了，但是，这么粗的棍子打起来……”

姜老先生知道张太太舍不得了，于是连忙打圆场道：

“张老爷也不必用那么粗的棍子打孩子，老夫倒是带有一个很好的责罚孩子的东西，是从南方带来的一把细竹枝，就在老身房里，不妨拿来一试。”

于是，张老爷吩咐蔡管家从姜老先生房里取来了这个姜老先生的“法器”。

姜老先生接在手中，对张老爷、张太太道：

“你们看，这种细竹枝，枝上节点极密，打在孩子屁股上，道道红印，孩子会痛得大叫，但父母大可不必心痛，它只伤皮肉，不会伤筋动骨，打不坏孩子的。”

张太太一听，心里放下了。

不一会儿，五个孩子终于被几个家仆像押罪犯一样地押上了厅堂。

“都给我跪下！”

五个孩子一到，张老爷就咆哮道。

于是，包括张仪在内的张氏家族的五个孩子就一字儿跪在了堂上。

“张仪，是不是你把茅坑的搁板给刻断了，故意害先生的？”张老爷先从自己的儿子问起。

“俺没！”

“不是你干的，怎么上面还有你的名字呢？”

“有俺的名字，就更不是俺干的了。”

“为啥？”

“哪有那么蠢的人，自己干了坏事，还自己刻下自己的名字？”

张老爷一听，虽然脸上不动声色，依然摆出不依不饶的愤怒情色，心里却为自己儿子的聪明伶俐与能言善辩而得意。

张太太一听，则不仅在心里得意，还脸露得色地偷眼看了看姜老先生。

“既然你说不是你干的，那么是谁干的？好好招来，免得皮肉受苦。”

“俺没干，是谁干的，俺也不能乱说，不能冤枉了好人。”

张老爷见儿子说得理直气壮，还不愿为了自己脱身而乱咬别人，显得蛮有正义之气，虽然心中不免对儿子的话多少有点相信，但仍然声色俱厉地吼道：

“好，你不肯说，俺看你是嘴硬还是皮肉硬。来，蔡管家，把他衣裳给脱了。”

“是。”

蔡管家看了看太太，战战栗栗地奉命把张仪的衣裳给褪下了。

“给我打屁股。”

说着，张老爷将姜老先生的那把细竹枝递到蔡管家手上。

蔡管家接着细竹枝，看看张老爷，又看看太太，然后才走过去，在张仪的小屁股上轻轻打了一下。张仪浑身一颤，但没哭。

张老爷见此，忙从蔡管家手里抢过那把细竹枝，自己动手，狠狠地朝张仪的屁股上抽下去。这一下，张仪果然像杀猪似的大哭大叫，又蹦又跳。

“老实说，到底是不是你干的?”

“不是。俺没干!”

连打了好几下，张仪仍然不肯承认。张老爷觉得，大概真的不是自己的儿子所为。现在，打也打了，骂也骂了，姜先生面子上也可以说得过去了。

瞅了瞅姜先生，见他仍是气鼓鼓，张老爷只得转向其他四个孩子，继续审问。可是，问来问去，他们都推说自己没做。无可奈何之下，张老爷只得吩咐蔡管家道：

“就像我刚才打孽子一样，把这四个小崽子给我一个个打，狠狠地打，俺就不信他们是铁嘴铜牙。”

可是，一阵抽打过后，仍然毫无结果。

张老爷见姜先生不声不响，只得再回过头来打自己的儿子。虽然下手比刚才更重了，但儿子仍然不肯承认。

“可能真的不是他干的……”

“还是老夫来吧。”

没等张太太说完，姜先生已经起身从张老爷手上接过细竹枝，亲自上阵了。

张太太一见，心中顿时紧张起来。但是，看看张老爷，她又不敢说什么。

出乎张太太意料，姜先生并没有去打她的儿子张仪，而是从孩子堆中揪出那个最小的孩子，厉声问起：

“是你干的吗?”

“不是。”

没等那孩子话音落地，姜先生手里的那把细竹枝已经重重地落了下去。打不到五下，那孩子就连忙求饶了：

“先生不要打了，俺说。”

“谁干的?”

“不是俺，确实是张仪干的。”

“是张仪干的，他何以要自己刻自己的名字呢?”

“他跟俺们说，只要大家都说没干，先生找到他，他也可以把事情推掉。”

“他是怎么跟你们说的?”

“他说，找到他，他就说，天下没有那么蠢的人，自己做了坏事，还留下自己的名字。”

这下子，事情终于水落石出了。

张仪见无法再狡辩，只得又重新领受他爹的一番痛打。直打得他满地打滚，苦喊改悔，才在姜老先生的讨饶下，被他娘领回了房里。

这一顿打，作用真大。从此之后，无论先生怎么严厉，五个孩子都不敢再起算计之心了，大家刻竹简的功夫很快进步了。

第三章　立志为游士

1. 浪荡张城

光阴似箭，日月如梭。一转眼，十年过去了。

经过姜老先生十多年的严格教育，张家原来那个顽劣不羁的小子张仪，早已经出落成一个凛凛一躯、堂堂一表的美男儿。

如今的张仪，不仅博古通今，娴熟诸侯各国不同形体的文字，操觚执刀，信手万言，而且“天地君亲”之类的大道理，也说得头头是道。尤其是他灵活机警的为人，还有巧舌如簧的善辩能力，令张城的人们真是佩服得五体投地。

一次，张仪与三个伙伴到张城一家有名的包子铺吃包子。包子铺的老板是个出了名的小气鬼，也是个精明过头的生意人，但他的包子做得确实味道好，只要吃了一次，准会让你放不下，下次还想再来。

这天，张仪刚走到店铺前，就见铺前挂了个大牌子，上书“今日肉包一钱一个”。

“这个老家伙，装什么鬼？平常不就是一钱一个吗？好像今日格外便宜似的，这不是故意诱人上钩吗？”

看着牌子上的字，张仪情不自禁地脱口而出，旋即神秘地一笑。伙伴们不解，问道：

“你笑什么?”

“今日俺得作弄一下这个老家伙。”

说着，就往旁边的一家店铺跑去。伙伴们更加糊涂了。

没等伙伴们明白过来，张仪已经回来了，还伸出一只食指在大家面前晃来晃去。

“你的手指怎么黑乎乎的?”

“这个，你们就不懂了。跟我走。”

走到那块牌子前，只见张仪朝着那只黑乎乎的食指吐了点口水，在“一钱一个”的“个”字前的“一”字上，用那只沾了炭墨的手指加了一竖，牌子上的“一钱一个”便变成了“一钱十个”。

“噢，原来如此！”

同伴们这时才真正明白过来。

“还愣着干什么？进去吃包子啊，今天大家可以敞开肚皮吃个够！”

张仪一边说着，一边带头走进了店里。

不大一会儿，四人各吃了十个大肉包子。临了，四人一边打着饱嗝，一边抹着油嘴，虚张声势地呼喝起老板：

“掌柜的，快过来结账！”

老板闻声，忙不迭地跑过来，笑眯眯地说道：

“来了，来了，张少爷。”

“来，给。”

说着，张仪排出一个大钱，放在桌上，起身便走。其他三人也有样学样，各自排出一个大钱后，也鱼贯出了店铺。

“哎，慢着！”

老板稍一愣神后，立即追出门外，一把抓住张仪的衣袖，满脸通红地说道：

“怎么吃了十个肉包子，就付一个大钱？张少爷，你也不是一次两次到小店吃包子了，怎么今天不懂规矩了？”

“老板，俺又没少你钱，你怎么抓住俺呢？俺还有事呢。”

张仪装出一副莫名其妙的懵懂模样，认真地看着老板问道。

“张少爷，你是真糊涂，还是假糊涂？”

“俺是真糊涂！俺吃饭付了钱，你却不让俺走人，这是何道理？”

“你还问俺何道理呢，你今天吃了几个肉包子？”

“十个。”

“那你付了多少钱？”

“一个大钱啊！怎么，有什么不对吗？”

“张少爷，你是读书之人，难道还不会算账吗？”

“俺当然会算账，‘一钱十个’，俺吃了十个包子，付你一钱，一点也没错啊！”

“什么？‘一钱十个’，谁说的？”

“是你的招牌上写的呀，你自己看。俺们是看见你招牌上写着‘今日肉包一钱十个’，这才进来吃的，不然俺们今天还没打算要吃你的包子呢。”

“怎么？俺招牌上是写着‘今日肉包一钱十个’吗？张少爷，你是读书人，不会不识字吧。”

“俺当然识字。”

“那好，张少爷既然识字，俺们就到招牌前看清楚了。”

说着，老板就拽着张仪来到了门口招牌前。

不看不打紧，一看，老板顿然傻眼了。原来，招牌上果然是写着“今日肉包一钱十个”。

想了想，老板觉得不对，连忙说道：

“肯定是你们在俺招牌上动了手脚，你们读书人别仗着识字，就欺负人。”

“俺们是读书人，怎么会不懂道理，会为了几个包子要在你的招牌上动手脚？你也太小看俺们读书人的气节与品行了。”

看着张仪装出十分无辜与愤怒的样子，老板更是气不打一处来：

“你们不要狡辩！俺是老板，一个包子多少钱，难道还会写错？”

“你也没写错，就是这样的。你想想，你的肉包子卖了多少年了，谁不知道你的肉包子一钱一个，如果今日不是特别便宜，还是如往常一样，仍然是一钱一个，你何必费事写出个招牌招徕顾客呢？”

听张仪这样一说，老板顿时哑口无言了。

就在老板无言以对，正愣在那犯傻的当儿，张仪已带同三个伙伴扬长而去了。

2. 安邑游学

周显王十八年（前 351），张仪十九岁，真正是已经长大成人了。但是，父母双亲却也垂垂老矣。

张太太看着宝贝儿子整天无所事事，游手好闲，还时不时地惹出些麻烦，真是既着急又犯愁，但又无可奈何，只得时时唉声叹气。

而张老爷呢？则常常坐在院中那棵古柏下发呆，抚今追昔，独自慨叹。当初儿子出生时，老人们都说这个孩子会发家，会使张氏家族中兴。可是，自从儿子来到这个世上，天下就没有太平过。伴随着魏惠王不断地对外战争，魏国强大的国力日益受到削弱，张氏的家道也随着日益衰落。

周烈王七年（前369），儿子出世时，秦国大疫，祸及魏国河东，张家只得随众逃难，被折腾得够呛。接着，魏国与韩、赵先后战于马陵、浊泽，抽丁抽捐，张氏因是魏王室庶支和大户人家，家财更是被折耗了很多。

周显王元年（前368），齐国大兵伐魏，魏军殊死相搏，终败于齐，齐取魏之观而去。

周显王三年（前366），魏与韩联合伐秦，结果兵败于洛阴，损兵折将。

周显王四年（前365），魏起兵伐宋，宋虽小国，却是一个富裕且顽强的国家，虽然最终魏伐取了宋之仪台，但魏国的国力也受到了不少损伤。

周显王五年（前364），魏又与秦开战。秦派大将章蟜率兵与魏师战于石门，斩魏师之首六万，魏国元气大伤。

周显王七年（前362），魏又与秦战于少梁，结果魏太子被秦所掳。也就在这一年，魏又与韩、赵战于浍。其年夏，大雨三月，魏国大歉，饿殍遍地。

周显王八年（前361），魏与赵战，取赵皮牢。也就在这一年，魏惠王重臣公叔痤病故。公叔痤病故前，向魏惠王郑重推荐卫国之士公孙鞅，要魏惠王举国而听之。魏惠王不听，结果，公孙鞅逃秦。其时正值秦孝公即位求贤之时，公孙鞅遂为秦孝公重任，从此为秦国变法，终致秦国迅速富强崛起，成为魏国大患。

周显王十二年（前357），魏又与韩战，取韩之地朱。

周显王十四年（前355），魏起兵侵宋黄池，宋与魏殊命相搏，终复取之。

周显王十五年（前354），魏起大兵围攻赵都邯郸，久攻不下。秦国乘机起兵，与魏战于河西之元里，斩魏师之首七千，取少梁。

周显王十六年（前353），魏师苦战一年多，差点攻克赵都邯郸。赵国向齐求救，齐王派孙膑为军师，田忌为大将，出兵救赵。结果，孙膑用计，大败魏将庞涓于桂陵，魏国八万大军全军覆灭，从此大伤元气。

经过这一系列的战争，魏国日益国衰、师疲、民贫，张家自然也不例外，原来的家底早已经耗空。到儿子十八岁时，也就是周显王十七年（前352），秦孝公起用卫人公孙鞅为大良造，率兵大举伐魏，一度攻入魏国河东之地，并打到了魏都安邑。魏惠王向秦求降。张城居魏河东第一道防线上，受到的战争冲击最大，由此张家更是彻底地变得赤贫了。

“老爷，老爷，有人来俺家为少爷提亲了。”

周显王十八年（前351）初春的一天，张老爷像往常一样，正坐在古柏下发呆，突然一个婢女急急地从屋里奔到院里，一边奔，一边兴奋地喊着。

张老爷一听，突然一激灵，幡然醒悟：

“是啊，应该给儿子讨个老婆了。”

回到屋里，张老爷跟提亲者见了面，了解了一下情况，又与张太太一番商量，觉得到时候了，不如趁此送上门的机会，让儿子早日拜堂成亲。这样，一来可以借此拴住儿子的心，也希望他从此成熟起来；同时，也好让张家早日添丁添口，给这个没落的家族添点活气。

主意已定，老夫妻翻箱倒柜，求亲拜友，终于结结巴巴地筹集了一笔钱，给儿子成了亲。

张仪还真争气，春上娶的媳妇，年末就添了个大胖小子。消失已久的笑容，又开始荡漾在张老爷与张太太的眼角眉梢。张家有了第三代，香火的传承不成问题了。

张仪自从做了父亲之后，好像真的长大了，不仅不再出去游逛惹事，而且不时深锁眉头，好像心事重重。张老爷与张太太几次问他有什么心事，他也不肯说。

周显王十九年（前350）的新年过后，张仪终于向爹娘主动开口了：

“爹，娘，俺张家现在不比从前了，俺年纪轻轻，整天在家守着，也不是个事。俺想到安邑城里游学，看看有没有机会，也要振兴一下俺张家的门楣。再不济，俺也好跟范管家学学如何打理安邑城里的店铺生意，也好图个日后的生计。”

张太太听儿子说出这番话，不禁喜出望外。而张老爷则忙接口道：

“有理，男儿当自强！想俺张家也算是魏王室的一支，如今沦落到如此贫窘的地步，俺心里也不是滋味。儿哇，若你能有个出人头地的时候，俺张家列祖列宗九泉之下也都心安了。只是安邑是大城，千万别惹是生非，一切谨慎从事，你就好自为之吧。”

“儿会谨记教诲的!”

正月十五，在爹娘的千叮咛万嘱咐下，在妻儿依依不舍的相送下，张仪一大早就离开了张城，向魏都安邑进发了。

张城离安邑并不算太远，不多日，就到了。

在安邑待了几天，张仪就觉得非常无聊。因为老管家范掌柜，每天起早摸晚，为了一点蝇头薄利，忙得不可开交，根本顾不了他。百无聊赖之中，他只好每天往安邑城内最热闹的地方去闲逛。

一天，他如往常一样，逛到日中时分，体乏腹饥时，又低头往平日经常光顾的那家小店吃面。因为那店里的面，正合他的口味，价钱又便宜。

吃好了面，张仪又低头走在了安邑的大街上。走到一家颇是热闹的酒肆门前，只见里面人头攒动，热闹非凡，他便一边走，一边顾盼张望。突然，“砰”的一声，张仪只觉眼前金星四射，顿时有一种立地不稳的感觉。立定了好久，才知道刚才是头撞到什么地方了。摸摸头，没破，无血，只是觉得额头有些疼痛而已。

正在张仪发愣之时，只听有人大声斥责道：

“你没长眼睛啊？怎么这样走路?”

听到这句吼声，张仪这才彻底清醒过来。定睛一看，面前正站着一位陌生人，正一边揉着额头，一边整理着头上的高冠。

张仪连忙作揖打躬，赔罪道：

“在下一时失神，冒犯先生，万望恕罪。”

那人见张仪这样说，也就不好意思再抱怨了。整冠既定，他又仔细打量了一下张仪，见是士之打扮，遂和缓了语气，顺口问道：

“先生莫非也是游士？何以失神如此?”

张仪一听这话，就知道这人自己就是个游士了。于是，立即接口道：

“先生也是游士吧。听先生口音，好像不是魏人。”

“正是。在下乃齐国游士，今至安邑，欲干谒魏王，谋个温饱。”

张仪听闻，心中大喜。心想，这下可遇见同道了。何不结交于他，也好讨教一二?

想到此，张仪又连忙作揖拜礼道：

“在下乃魏国张城之士，姓张名仪。今至安邑游学，不意冒犯得罪于先生。如蒙先生不弃，欲请先生酒肆一叙，以求教于先生，不知先生肯赏光否？”

那人见张仪已经自我介绍了身份，遂也还之以礼，自道姓名道：“在下姓淳于，人称‘淳于生’。既为同道，又承先生不弃，酒肆一叙，亦在下所愿也。”

张仪一听，心中大喜，到安邑这么长时间，今天总算交到第一个朋友了。

入得酒肆坐定，二人遂聊开了。

很快，张仪就弄清了眼前这位淳于生的身份，原来他还是齐国名士淳于髡的族人，来到安邑，是为了游说魏惠王，想在魏国弄个一官半职。可是，等了很久，还没见着魏王呢。

淳于生非常健谈，一边啜着酒，一边畅谈着魏国的历史与现状，并一针见血地指出了魏国现在面临的问题，直说得张仪这个地道的魏国人目瞪口呆，惭愧不已。

说完了魏国，淳于生又说大齐的威风。最后，说到了齐国当朝一人之下、万人之上的大红人——成侯邹忌。

“邹忌？邹忌何人？”张仪听淳于生说话中那种赞赏的口吻，不禁好奇地问道。

“邹忌，先生也不知道？先生太孤陋寡闻了。”

淳于生话刚一出口，就觉得有些不好意思了。

没想到张仪并不在意，道：

“先生说的是，在下确实孤陋寡闻！从小到大，俺都未出过远门，除了出生百日之时，为躲避秦国大疫而从张城逃难到安邑外，长到这么大，都未到过什么大城。所以，对外面的事，什么都不知道。”

“哦，原来如此。怪不得你不知道齐相邹忌了。”

“不过，俺的先生倒是齐国人，听说还是姜太公的后裔，在俺家教了俺十多年。可是，他从未跟俺说过什么邹忌。”

“噢，他在你家待了十多年，那怎么可能知道邹忌呢？邹忌的发迹，也就是最近几年的事。”

“那么，他是个什么样的人？又是怎么发迹的呢？兄长可否说来一听？”

淳于生见张仪有兴趣，更加神采飞扬了：

“邹忌，他开始也跟俺们一样，只是一个游士。”

“哦，他也是一个游士?”张仪也来劲了。

“是的。他本来也是一个不名一文的穷游士，只因游说俺齐王成功，立即官任齐相，第二年还被封为成侯呢。”

顿了顿，不等张仪插话，淳于生又接着说道：

“你知道前几年齐、魏桂陵之战吧。”

“当然知道，桂陵之战，俺大魏八万大军被齐国杀得一个不剩，俺大魏之民哪个不痛彻心肺?”

“你知道这桂陵之战的齐国主帅是谁吗?”

“听说是齐国名将田忌。”

“对了，是田忌。田忌功劳大吧，而且田忌还是齐国王室的人，但是见了邹忌也得敬让三分。”

“邹忌有这么高的地位?”

“那当然。这就是俺之所以敬佩邹忌的地方。”

“那么，他是怎么从一个游士就一步登天的呢?”

“这个说来，就要话长了。”

张仪见他要卖关子了，于是，忙给他倒上一杯酒。

淳于生满意地点点头，端起杯子呷了一口，然后又慢条斯理地说开了：

“邹忌本也是一个没有任何身份的游士，可是，弹得一手好琴。他打听到威王也有此好，而且还弹得不错，于是就以献琴为名，要求见威王。”

“那么，威王见他了吗?”

“当然见了。不见，怎么有他今天一人之下、万人之上的显赫地位呢?”

“那么，邹忌就把他的琴献给威王了?”

“嗨，威王哪会要他的琴呢?威王的名贵之琴多着呢!”

“哦，俺明白了，你是说邹忌是以献琴为名，找机会游说威王，是吧。”

“哎，这就说对了。不过，邹忌见了威王后，还真的是给威王露了一手，弹得还真不错。威王大悦，于是就把他给留下了，置于右室，以便随时与他切磋琴艺。”

“接着呢?”

“过了没几天，威王独自在内室抚琴而自我陶醉。邹忌听到了，就推门入室，竖起大拇指夸道：‘大王的琴弹得真好!’”

“威王听了很高兴吧。”

“嗨，还高兴呢！威王顿时勃然大怒。”

“为什么？是不是因为邹忌打断了他弹琴，败了他的兴致？或是因为他突然破门而入的缘故？”

“这倒不是，而是别有原因。”

“什么原因？”

“威王见邹忌突然闯入，立即弃琴按剑，厉声呵斥道：‘先生既未见寡人抚琴之容，亦未察寡人抚琴之势，何以夸好呢？’”

“哦，威王这是在说邹忌不该刻意逢迎，是吧？”

“对了，就是这个理。”

“那么，威王何以不喜欢别人奉承自己呢？一般来说，做人君的，都是喜欢臣下逢迎的呀。”

“这你又不知了！威王刚刚即位执政时，九年间都醉心于抚琴自娱，朝政一委于卿相大夫。结果，齐国不治，诸侯并伐，政局大乱。于是，威王开始清醒了。他召来即墨大夫，跟他说：‘自从大夫居即墨为政，毁谤之言日至。然而，寡人密遣使者，访察于即墨，但见田野辟，民丰足，官无事，民无讼，一派安宁和谐的景象。大夫政绩如此好，却遭人日日毁谤，这都是因为大夫不逢迎寡人左右，以求自誉之故。’于是，立即封他以万户侯。然后又召来阿大夫，跟他说：‘自你上任为阿大夫，称誉之言，不绝于寡人之耳。然而，寡人派人访视阿之民情，则田野不辟，民贫而苦，一派凋敝的景象。昔日赵攻我之甄，你不能救。卫伐取我薛陵，你则不知。像你这种不称职的官员，却天天有人称誉，这都是因为你以厚币赂贿寡人左右之故。’于是，立烹阿大夫，凡左右曾为其称誉者，一并烹杀之。由此，朝野肃然。而后，倾起大兵，西击赵、卫，大败魏师，围魏惠王于浊泽。惠王无奈，乃献观地以求和解，赵国则归还齐之长城。自此以后，威王不仅声威震天下，而且也使齐国吏治为之一变，大小官吏人人不敢文过饰非，务尽其诚。齐国由此大治，诸侯闻之，莫敢举兵向齐者二十年。”

“哦，原来威王是因为早先曾受臣下蒙骗，这才那样痛恨逢迎饰非之徒。”

“对了，就是因为这个原因。”

“那么，邹忌无故逢迎威王，威王弃琴按剑，是否要杀邹忌呢？”

“确有此意，不过，邹忌以善说而化险为夷了。”

“怎么化险为夷？”

“邹忌见威王动怒，立即解释道：‘琴的大弦，就像一国之君；琴的小弦，就像满朝人臣；抚弦之紧舒，就像政令之施行；大弦小弦相和鸣，就像春夏秋冬四季。’今臣闻大王之琴，大弦之音宽和而温，小弦之音廉折而清。大王抚弦，攫之深，释之舒。大弦小弦，匀谐而鸣；弦之音，舒缓相间，大小相益，回往而不相害。因为这个，所以臣知大王的琴弹得好，遂脱口而出，说：‘大王的琴弹得真好！’威王信服其说，转怒为喜道：‘先生确实是善解琴音！’”

张仪听到此，情不自禁地点点头，从心底感佩邹忌的善说。

淳于生则又喝了一口酒，顿了顿，继续说道：

“威王话音未落，邹忌立即反问道：‘大王为什么只说臣善解琴音呢？臣之所言，治国家、安人民，道理皆在其中矣！’威王一听，又勃然作色道：‘如果说五音配合之理，那确实就像先生所言；若说治国家、安人民，又何必说尽在丝桐之间呢？’邹忌立即接口分辩道：‘大王没有理解臣的意思！大弦宽和而温，就像是国君；小弦廉折而清，就像人臣。抚琴之法，攫之深，释之舒，就像施行政令。大弦小弦调抚有度，匀谐而鸣，弦音舒缓相间，大小相益，回还而不相害，则如春夏秋冬四季变化。琴音繁复而不乱，是国家昌盛大治之象；琴声混沌而锐直，则是国危将亡之兆。所以说，琴音调而天下治。治国家、安人民，可见之于五音也！’威王大悦，连声赞道：‘言之有理！言之有理！’”

张仪听淳于生说到此，也不禁脱口而出道：

“说得好，答得妙！”

“过了三个月，威王就任邹忌为齐国之相。”

“哦，那么快？真是一步登天啊！”

“是啊！也因为如此，当时齐国有很多士人不服呢。”

“那么，是哪些人不服呢？”

“齐国有个地方叫稷下，读书人都喜欢在那里议论国家政事。听说邹忌鼓琴而见威王，说五音而受齐国相印，许多齐国之士议论纷纷。稷下先生淳于髡有弟子七十二人，他们本来就看不起邹忌，听说此事后，更是意有不平。恨怨之余，大家想出一个办法，就是决定去找邹忌辩论，用一些隐语微辞去为难他。”

“结果怎么样?”张仪急切地问。

“于是，大家商量好，轮番去见邹忌，与之辩难。邹忌见是淳于髡的弟子，不敢轻慢，对他们执礼甚恭，应答谦卑温和。而淳于髡的弟子见了邹忌，则态度倨傲，言辞轻狂。但是，结果一个人也没难住邹忌。淳于髡闻之，遂亲自出马，往见邹忌。”

说到此，淳于生突然停了下来。

张仪正听得入神，见他不说了，遂连忙起身又给他斟了一杯酒，并连声催促道：

“结果怎么样?”

淳于生喝了口酒，不紧不慢地说道：

“淳于髡一见邹忌，劈头便说：‘先生鼓琴而授相，真是善说啊!’”

“淳于髡这话好像有点吃酸。”张仪插口道。

“是!邹忌知道淳于髡意有不服，遂对淳于髡礼之愈恭，辞之愈谦。淳于髡说：‘髡有陋见，愿陈之于先生之前。’邹忌再拜道：‘忌谨受教，愿先生明以教我。’淳于髡见邹忌对己执礼甚恭，乃赠邹忌八个字：‘得全全昌，失全全亡。’”

“什么意思?”张仪这下不明白了。

“这话说得微妙，其意是说，人臣事君之礼全具而无失，则必然身名获昌；人臣事君之礼全失，则必然身败名裂。这是教导邹忌，不要因为威王重用而忘乎所以，失了君臣之礼。”

“有道理。”

“淳于髡其意是想考察一下邹忌的领悟力，未曾料到，邹忌立即领悟，并回敬道：‘先生之言，乃金玉之论，忌谨受教，自当铭刻于心!’淳于髡见此，遂又说了一句：‘狶膏棘轴，所以为滑也，然穿孔若方，则不能运也。’”

“什么意思?”张仪又不明白了。

“这话是说，以棘木为车轴，而以猪油润之，可谓至滑而坚；然穿成一个方孔，则无法运转，寸步难行。其意是告诫邹忌，为人臣不可逆理反经。”

“这话也说得好。”张仪不禁评论起来。

“邹忌明白淳于髡的意思，遂更为谦恭地答道：‘谨受令，忌知之，事王自当每事顺而从之。’淳于髡遂又说道：‘弓胶昔干，所以为合也，然不能傅合疏罅。’”

“什么意思？这个淳于髡怎么说话这么难懂？”张仪又迫不及待地问道。

“他这是故意以隐语微辞考验邹忌的领悟力。他这话的意思是说，作弓之法，以胶涂抹于弓杆之上，而纳之于檠中，这是以势令其结合。胶与弓杆虽然可以势暂合，但时间久了，还是不能常傅合于疏罅隙缝。”

“俺还是不明白这话是什么意思？”

“老兄当然不会明白了，不然你就任齐国之相，而不是邹忌了。淳于髡的话，是弦外有音，说的是，为人之臣，不能凡事都拘泥于礼制法式，事事一味顺从人君，而是应该弥缝得所，也就是善于消弭调和君臣、君民之罅，从而治国家而安人民。”

“明白了，有道理。”张仪点头称是。

“邹忌明白淳于髡的意思，立即答道：‘谨受命，忌自当顺万民之意，从君王之心。’淳于髡又说：‘狐裘虽敝，不可补以黄狗之皮。’”

“这话好懂了，就是说，狐裘虽破敝，也不能用黄狗之皮来补，因为二者不相配。”

“这话不是那么简单，你听邹忌是怎么回答的。邹忌听了淳于髡的话，立即答道：‘谨受命，忌请谨择君子，毋杂小人于其间。’意思是说治国辅君要善于选用人才，不可使英才与庸才相杂，鱼目混珠。”

“哦！”张仪惭愧地应了一声。

“淳于髡又说：‘大车不较，不能载其常任；琴瑟不较，不能成其五音。’”

“这话又有什么微言大义呢？”张仪这次不敢擅自乱解了。

“这话表面上是说，车琴各有常制，应该时时校正调整。车轴常常校正，才能保证发挥其载人载物之常任；琴瑟常常调校其弦，才能保证其成其五音，发出和谐美妙之声。实际上，这话别有用意，是告诫邹忌治国安民的道理：法律礼法要调整有度，才能维护国家安定，万民和谐。邹忌明白淳于髡的微言大义，立即答道：‘谨受命，忌请谨修法律而督奸吏。’”

说到此，淳于生顿了顿，喝了一口酒。

“接着，怎么样？”张仪又催促道。

“淳于髡说毕，快步而出。到门口时，回头对其仆从说：‘此人，非常人也！老夫跟他说了五句隐语微言，他应答我就像响之应声。此人不久必受封矣！’果然不出淳于髡所料，一年后，齐威王即封邹忌于下邳，号曰‘成侯’。”

淳于生说到这里，那种赞赏艳羡之情不禁形之于色。而张仪听了，也大为动心。

二人相视一笑，心照不宣。

沉默了一会儿，张仪又问道：

“那后来呢？”

淳于生呷了口酒，看了看张仪，遂又继续说了下去：

“邹忌被封成侯后，愈发谨慎，辅佐威王更是克尽心力。而威王呢，则在齐国大治二十年后，日益变得独断专行，不大容易听得进臣下的逆耳忠言了。为此，邹忌非常焦虑，日夜思索，想找个有效的办法对威王好好进谏一番。”

“想到办法没有？”

“最后当然是想到了。你大概还想象不到，这个邹忌不仅能言善辩，又擅长弹琴，而且还是一个美男子，身长八尺有余，形貌俊朗，举止飘逸，言语尔雅，为人温婉有仪。”

张仪听到此，情不自禁地坐直了身子，整了整头巾。

淳于生一见，不禁哑然一笑。张仪也明白他这是什么意思。

啜了一口酒，淳于生又接着说道：

“一天，邹忌清晨起来，穿朝服，整朝冠，窥镜而对其妻说：‘我与城北徐公，谁美？’其妻脱口而出：‘徐公之美如何能比夫君？’邹忌一听，沉吟片刻。他知道，城北徐公乃齐国有名的美男子，天下公认，无人可及。虽然自己也感觉不错，但总觉得好像还没有城北徐公那样为世人公认之美。这样一想，他开始怀疑妻子的话。于是，他又去问他的爱妾：‘我与城北徐公，谁美？’没想到爱妾也不假思索地说：‘君之美，非城北徐公可比！’”

“接着呢？”张仪急切地问道。

“这样，邹忌就有点相信她们的话了，遂信心满满地上朝去了。第二天清晨，邹忌梳洗已毕，正要上朝，突然有客从远方而来。邹忌遂与之坐谈片刻，忍不住又问客人道：‘我与城北徐公，谁美？’客人也不假思索地答道：‘徐公远不及君之美。’俗话说：‘三人成虎’。问过三人，大家都异口同声地说自己要美于城北徐公，于是邹忌开始相信自己确实要比城北徐公美。又过了一天，城北徐公来访，邹忌仔细打量徐公，又开始不自信了。此后的几天，邹忌搬来铜镜，反复自照，最后确信：自己远不及徐公之美。”

淳于生说到此，看了看张仪。张仪正张大嘴巴，听得入神呢。

“于是，邹忌心里就翻腾开了，他不明白，为什么自己明明不及城北徐公之美，而妻、妾与客人都说自己美过徐公？数日之间，夜深人静，邹忌都辗转难以成眠。有一天夜里，邹忌突然寝而思之，终于想明白了其中的道理：妻子说他美，是因为爱他；爱妾说他美，是因为怕他；客人说他美，则是因为有求于他。”

“这话有道理，天下的女人都是这样，总是认为自己的丈夫是天下最美的，听说越人有句话，说：‘情人眼里出西施。’邹忌的妻子认为邹忌最美，倒是出于真心。至于邹忌之妾与客人，则都是说了违心话。邹忌能看到这一层，实在是有自知之明，确实是个明白人！”

淳于生一听张仪说出这番话，顿然眼睛一亮，没想到才跟他说了这么一会儿，他就明白多了，心想，眼前这个魏国书生不简单！

顿了顿，在张仪的催促下，淳于生又说了下去：

“第二天一大早，邹忌就衣冠整齐，入朝见威王，并开门见山地说道：‘臣自知长得远不及城北徐公美，然臣以此试问于臣妻，臣妻说臣比徐公美；臣又以此问臣妾，臣妾亦以为臣远美于徐公；有客访于臣，臣又以此询之于客，客亦言城北徐公不及臣之美。臣思之不解，夜不成眠，乃悟其理：臣之妻夸我，是爱我；臣之妾夸我，是畏我；臣之客夸我，欲有求于我。’威王不解，不知今日邹忌为何说这些没头没脑的家务琐事。邹忌知道威王的意思，于是话锋一转道：‘今齐国之地，方圆千里，城池一百二十有余，宫中美人及左右，莫不爱王；朝廷之臣，莫不畏王；四境之内，莫不有求于王。由此观之，大王所受蒙蔽，远甚于臣也。’”

“这个类比好！”张仪不禁脱口而出地评论道。

“说得好！俺们齐威王也是这样说的。于是，威王立即下令，传谕全国：‘群臣、吏民，能面刺寡人之过者，受上赏；上书谏寡人者，受中赏；能谤议朝政于朝市者，闻之于寡人之耳者，受下赏。’”

“结果怎么样？”张仪急切地问道。

“王令初下，群臣进谏，门庭若市。数月之后，偶有进谏。一年之后，群臣、吏民虽欲谏王，无有可进之言。由此，齐国大治。

燕、赵、韩、魏诸国闻之，皆朝于齐。此即邹忌所谓‘战胜于朝廷’之策!”

3. 负笈东游

自从听了淳于生有关邹忌鼓琴而相的故事后，张仪心里就翻腾开了。他明白，自己现在这样孤陋寡闻，天下大势什么都不知道；如何游说，也没有经验，要想吃游士这碗饭，取卿相尊荣，那是不可能的。

考虑再三，他决定先回张城，向爹娘禀报自己的想法，然后到齐国稷下，跟淳于髡之徒学习几年，等长了见识，再审时度势，出山游说诸侯，为张家取卿相尊荣，以光宗耀祖。

想到做到，张仪立即告辞范管家，急急赶回了张城。

回到张城，张仪将安邑所见所闻，向爹娘尽述一遍。又向爹说了淳于生关于邹忌鼓琴授相的奇事，神情中流露了无限的赞赏之情。

张老爹明白儿子的意思，沉吟半日，默默地点点头，但没说一句话。

张仪见此，只得把将要出口的话又咽了回去。

又过了几天，张仪在家待着郁闷，就跟妻子闲聊，说到自己的想法。没想到他的妻子却非常支持，大大出乎他的意料。

受到妻子的鼓励，张仪第二天就鼓起了勇气，跟他爹开了口：

“爹，儿想负笈东游，到齐国稷下游学，希望学成后，有朝一日也能像邹忌那样，取卿相尊荣，为俺张家光宗耀祖，也不负爹娘养育儿多年的辛劳与期望。”

张老爹沉默了一会儿，然后幽幽地说道：

“仪儿说的是，爹明白你的用心，你能有这份上进之心，爹打心眼里高兴！果有成功之日，不仅爹娘俱有荣矣，就是俺张氏列祖列宗，九泉之下也是欣慰不已的。”

张仪听到这，心里非常高兴，以为他爹这就是同意了。

不意，张老爹接着话锋一转道：

“仪儿，你想远到齐国求学交游，这是求上进，是好事。但是，你也知道，俺家现在不比从前了，一下子拿不出许多盘缠给你。要是没有足够的盘缠，你一人在外，爹娘又如何放心得下呢？俗话说：‘在家千日好，出外一时难’呀！”

张仪听他爹这样一说，顿时像七月正午烈日下的树叶儿，一下子蔫了。

过了一会儿，见儿子垂头丧气的样子，张老爹心有不忍，又缓和了语气，说道：

“仪儿，这样吧，你稍等时日，让爹想想办法，能不能把俺家的那几畛薄地卖了，给你凑够了盘缠用度，你再走吧。”

张仪一听，简直要哭出来了。

三个月后，张老爹卖了几畛薄地，七拼八凑，终于给张仪筹了足够他三年的开销用度。

周显王十九年（前350）六月二十八，张仪告别爹娘，也告别又有三个月身孕的妻子，吻别了还不到一岁的儿子，挥泪上路，向着东齐而去。

辗转六个月，张仪从魏国张城出发，道经魏都安邑，八月中旬，向东行进，到达韩国西部与魏国交界的魏城恒。然后入韩境，越少水，十月中旬到达魏国东部与韩国东部交界的魏城高都。十一月中旬在汲越河水而东，十二月初八，至魏之桂陵。

道经桂陵，时当寒冬腊月，北风凛冽。桂陵隘道两旁，悬崖壁立。满山枯树古枝，在寒风中发出萧瑟凄厉之声。桂陵道中，当年白骨露于野的惨象虽然不见于眼前，但一想到当初齐、魏桂陵之战，八万魏国儿郎战死桂陵的往事，张仪还是不寒而栗，仿佛桂陵道旁的枯木寒枝，就是一具具魏国士卒的枯骨干尸，令他寒彻骨髓。凄清的桂陵山道中，本就少有行人，加上寒冬腊月，就更是前不见人，后不见影。越想心里越发毛，张仪下意识地低下头，尽量目不斜视，加快脚步，往前紧赶，希望早点走出这个令人毛骨悚然的桂陵隘道。

也许是因为心里紧张，脚步就不免快了不少。几天前，听人说差不多要走一天的桂陵隘道，张仪在离日落还有两个时辰之前，就早早地走完了。

出了隘道，往前又走了一段，张仪发现前面有个大村落。于是，就急急往那个大村落走去，想早点借宿人家。可是，心里想快，腿脚却酸痛得抬不起来。大概是过隘道时的那种紧张感过去了，情绪一放松，顿时便有疲劳感上来了。

张仪三步一停，十步一歇，坚持着，忍耐着，终于在日落前走进了那个远望到的大村落。

徘徊于村口一会儿，张仪找了一家门户较大的人家求宿。院门没关，只是虚掩着。张仪轻轻一推，门就“吱呀”一声开了。

“有人吗?”

张仪轻轻地对里面喊了一声，没人应。张仪想，大概院子太大，屋宇太深吧。于是，再提高了一点声音，喊道：

“家里有人吗?”

还是没人应声。没办法，张仪只得推门而进，走过院子，进到二门口。二门也没关，开着。

“家里有人吗?”

站在二门口，张仪又对里面轻声叫了一声。

这次，终于有人答应了：

“谁呀?”

随着声音，慢慢走出了一位须发皆白的老者。

张仪一看，连忙躬身施礼道：

“老人家，在下乃张城士子，欲至齐国游学，道经桂陵，天晚想在贵府借住一宿，不知老人家行得方便否?”

“后生，请进吧。张城离这儿远啊，大老远来此，不易啊!”

张仪见老者这样说，知道借宿没问题了，于是一颗悬着的心也就放下了。

坐定后，张仪开口道：

“打扰老人家，还不知老人家尊姓大名呢。”

“老夫姓张。”

“啊，老人家也姓张，还跟晚生是本家呢。”

“这么说来，咱们几百年前应该是一家人喽!”

说着，二人还真的叙起了家系渊源。越叙越亲近，原来老人家也是魏王室的一个庶支，论起辈分尊卑，张仪得称他爷爷了。

于是，张仪就改口道：

“爷爷，这桂陵隘道，莫非就是前些年齐、魏桂陵之战的所在?”

“正是。别说了，这一仗，俺大魏真是败得惨了。”

“俺也听说，俺大魏八万大军被齐师杀得一个不剩。”

“是啊！这要说起来，都要怪那个庞涓啊!”

“爷爷，怎么说要怪庞涓呢?”

“娃儿，你大概不知道，这个庞涓是个好逞能斗强的人。据说，他早年师从齐人鬼谷子，习学兵法阴阳。出山后，就到俺魏国，得到了俺大魏惠王的信任，任之为将。魏王起兵攻伐赵都邯郸，意欲吞并赵国，也是庞涓出的主意。结果，邯郸一年多都没有被攻破，魏国则元气大伤。但是，魏王在庞涓的怂恿下，欲罢不能，执意要不惜一切，拼死也要攻破邯郸。眼看邯郸就要被攻破之时，赵王遣使出城，向齐威王求救。"

说到此，张老爷爷不禁深深叹了一口气。

"怎么了？"张仪问道。

"唉，赵国向齐国求救，这就坏了大事。齐威王怕俺大魏吞并了赵国后，就要向东攻伐齐国，于是就答应了出兵。"

"这样，田忌就率兵助赵了，是吧。"

"田忌虽然是齐国名将，但并不可怕，俺大魏名将也多得很，不输给田忌。齐王派田忌出兵时，给田忌派了一个军师，叫孙膑。"

"孙膑何人？"张仪没听说过孙膑，就打断张老爷爷的话问道。

"孙膑，就是那个齐国兵家孙武的后裔。"

"孙武又是何人？"

"娃儿，孙武也不知道？你这还要到齐国游学啊？"

"爷爷，孩儿从小没出过门，孤陋寡闻，只是今年到安邑游学三月，听了齐国游士淳于生说到邹忌鼓琴拜相封侯的事，这才起念东游齐国，欲游学稷下，希望将来也能像邹忌那样，取卿相尊荣，也好光耀一下俺张家的门楣。"

张老爷爷捋捋银白的胡须，点点头道：

"娃儿有志气！既然有此志向，当然就要知道更多的世事了。刚才俺说到的孙武，那可是个了不起的人啊！娃儿，你知道《孙子兵法》吗？"

"好像听人说过，没读过，不知道说些什么。那么，爷爷，您就给孩儿讲讲吧，也好让孩儿多长些见识。"

张老爷爷顿了顿，又捋了捋胡须，然后接着说道：

"孙武乃齐人，著有兵法十三篇。一百多年前，齐国还是一个弱国小国，而南方的吴国则是一个大国强国。孙武听说吴王阖闾雄才大略，喜欢调兵遣将，运筹帷幄，常与其他国家作战。于是，孙武就以所著兵法十三篇求见吴王阖闾。吴王读后，大为赞赏，遂召孙武来见，态度颇为恭敬地说道：'先生所著十三篇，寡人都看过了。可否为寡人勒兵小试一番？'孙武说：'可以。'吴王又问：'以宫中妇人试之，如何？'孙武又说：'可以。'于是，吴王遂挑选出宫中美女一百八十人。孙武将之分为二队，以吴王宠爱的二姬为队长，令众女皆持戟上阵。分立已毕，孙武问道：'你们都知道前胸、后背与左右手吗？'众女答道：'知道。'孙武又问：'既然知道，那么就听我的号令，不得有违。我说前，你们就看自己前胸；我说左，你们就看自己的左手；我言右，你们就看自己的右手；我言后，你们就看自己的后背。'妇人皆言：'诺。'约束既定，孙武乃设鈇钺刑具，三令五申其号令。于是，击鼓号令：'右'，众妇人大笑。孙武道：'约束不明，申令不熟，这是为将者之罪。'于是，自责其罪。然后，又三令五申其号令，击鼓号令：'左'，众妇人又大笑。孙武道：'约束不明，申令不熟，乃为将者之罪。今既已明令而仍不遵守号令，则就是吏士之罪了。'于是，喝令推出二队长斩之。吴王从台上看到，见孙武欲斩二爱姬，大惊失色，急忙遣使向孙武求情道：'寡人已知将军能用兵矣！寡人非此二姬，则食不甘味，寝不安席，望将军勿斩！'孙武回道：'臣既已受命为将，将在军，君命有所不受。'"

"结果怎么样？"张仪急切地问道。

"结果，孙武不受吴王之命，斩吴王二姬以号令诸美人。又用其次者为二队长，再次击鼓而号令之。诸妇人惊惧，遂左右前后跪起皆中规矩绳墨，无人敢出声喧哗。于是，孙武乃遣使报吴王道：'整兵已毕，大王可下来阅兵了。只要大王有所号令，虽赴水火亦可矣。'吴王道：'将军罢兵回馆舍吧，寡人不愿阅兵了。'孙武道：'大王徒好其名，不能用其实。'吴王虽心有不悦，然终知孙武善用兵，遂任之为将。后吴王西破强楚，入郢都；北威齐、晋，显名诸侯，皆赖孙武之力。"

"那么，孙膑呢？"张仪听到此，又追问道。

"孙膑，乃孙武五世孙，生于阿、鄄之间。孙膑曾与庞涓俱学兵法于齐人鬼谷子。庞涓学成，事魏惠王为魏将，而自以为才智不及孙膑。于是，暗中派人召孙膑至魏。孙膑至，庞涓惧怕孙膑贤于己，若为魏王所知，则恐夺了自己魏将之位。遂用私刑，断孙膑两膝，且施以黥刑，使其隐而不能见人。"

"庞涓这不是妒贤嫉能吗？"张仪听到此，不禁脱口而出。

"孙膑被刑数年，隐而不得见于世。后有齐国使者出使魏都，孙膑知之，秘密求见。齐国使者惊叹其才，遂偷偷将其载回齐国。

齐将田忌闻之，召见孙膑，与之接谈，大悦，遂留置府中，待为上宾。当时，田忌与齐诸公子驰逐骑射，时有输赢。孙膑见田忌之马的足力与诸公子之马相差不远，于是，就对田忌建言道：‘君不妨重金下注，臣可保君制胜。’田忌信其言。未久，齐王与诸公子驰骑逐射千金。临场，孙膑对田忌面授机宜：‘今君与大王及诸公子逐射，以君之下驷与彼上驷竞逐，以君上驷与彼中驷竞逐，以君中驷与彼下驷竞逐。’田忌依其言，结果三局结束，田忌一败而二胜，终得齐王千金。”

“果然智慧过人!”张仪情不自禁地叹道。

“由此，田忌逾益敬重孙膑，认为此人非常人也，遂荐之于威王。威王问其兵法，大奇，遂任之为师。也就是大前年的事，魏围赵都邯郸欲破，赵求救于齐。威王欲以孙膑为将，往救邯郸。孙膑不肯，辞谢再三，说：‘臣乃刑余废人，不可任之为主将。’威王乃任田忌为主将，以孙膑为师，居辎车之中，为田忌出谋划策。齐兵出，田忌欲引兵长驱入赵，以解邯郸之围。孙膑献策道：‘解杂乱纷纠者，要善于以手解之，不可握拳而击之；阻他人斗殴者，要善于居中止之，不可插手而搏之。不然，相斗双方怒益炽，斗逾猛，终不可解。二敌抗衡，避其实，而击其虚，则其斗自解矣。今魏、赵相攻，轻兵锐卒必竭力于外，老弱之众必疲乏于内。君不若引兵疾奔魏都大梁，据其要路，冲其方虚，魏军必撤邯郸之围，而回师大梁。如此，我师一举而可两得，邯郸之围可解，魏师锐气可挫也。’”

“果是好计！田忌听从了吗?”张仪插嘴道。

“自然是听从了。结果，庞涓听说齐兵径直往攻魏都，立解邯郸之围，回师往救大梁。而就在庞涓率师回救大梁时，孙膑让田忌伏兵于魏之桂陵隘道，出其不意，尽覆八万魏师于桂陵。那个惨啊，老夫实在不忍再提!”

说完，张老爷爷摇头唏嘘不已，张仪则心情久久不能平静。这一夜，张仪差不多没有合过眼，一直辗转反侧到天明。

第二天，一大早，张仪揉着惺忪通红的眼睛，告别张老爷爷，又往东而去了。

由桂陵出发，沿着濮水北岸往东北，十二月底到达魏国东部与齐国西部交界的魏城垂都。周显王二十年（前 349）正月十二，入齐境，至齐城廪丘。然后往北，至阿。再东渡济水，至历下。周显王二十年（前349）三月底，才到达齐都临淄。

到齐都临淄后，张仪先向人打听淳于髡先生。得知淳于髡不在临淄城内，乃在城外的稷下学宫。于是，张仪又辗转几日，找到稷下学宫，终于见到当初在安邑城内听说的淳于髡先生。

可是，拜见了淳于髡先生后，张仪却听不懂齐国话，没法向淳于髡先生请教，要做淳于髡先生的弟子，看来一时还不容易，首先要过语言关。过了几天，又见淳于髡先生的七十二弟子个个态度高傲，张仪实在有些受不了。只见这些人整日聚谈，争论不休，据说是在谈论齐国朝政，张仪一句也听不懂。

待了十几天，张仪觉得在稷下学宫游学，并不适合自己，不仅自己听不懂他们的话，无法学到什么，而且看这些人的样子，好像多是华而不实之徒，自己这点盘缠不能虚耗在此。想来想去，他突然想起桂陵借宿时，听张老爷爷说到的鬼谷先生。既然孙膑与庞涓都是他的弟子，自然此人是了不得的人物。又听说鬼谷先生既讲兵法阴阳，又讲纵横游说。如此，何不师事鬼谷先生，无论是习学兵法阴阳，还是习学纵横游说之术，都是实用之学啊。

打定主意，张仪遂告别淳于髡先生，又向临淄城中而去。在临淄城里，他千方百计地向各路不同之人打听，终于得知鬼谷先生的下落，原来鬼谷先生正远在齐国东北部滨海的三山授徒呢。

打听到往三山的路径，张仪就立即出临淄城，往齐国东北部的滨海之地而去。可是，三山是个偏僻之所，虽然离临淄并不太远，但沿途人烟稀少，往往不知路径，结果不知走了多少冤枉路，行行重行行，辗转四个月，历尽无数艰难险阻，才最终找到了鬼谷先生所居之三山。

上得山来，张仪惊奇地发现，三山真是一个好地方，山虽不甚高，但古木参天，清幽异常。天晴之日，站在山上往北极目远眺，海天一色，心情开朗极了。张仪心想，怪不得鬼谷先生找到这样的一个地方，常居此所，远离尘世，自然能够宁静致远。

不仅三山的风景绝佳，让人尘虑顿消，而且三山之上，聚集了来自各国操持不同口音的数十名游士，也让张仪感到兴奋，在稷下学宫时那种因语言不通而游离于淳于髡众弟子之外的孤独感没有了。大家都是来自五湖四海，说话不同，举止行为方式也各有不同，生活习惯也有很大的差异，因此，初来乍到的张仪，反而觉得新鲜有趣。

不久，张仪就结识了一个与自己一样操河洛口音的学兄，他就是从周都洛阳来的苏秦，已经跟鬼谷先生学习两年了。

上山十天后，张仪就听了一次鬼谷先生的讲论。鬼谷先生还是与他第一次见到的那样，银白的长发披于肩上，长过三尺的银须飘洒胸前，总是微闭双目，一副仙风道骨的模样，让人一见就不禁肃然起敬。

张仪今天是第一次听鬼谷先生讲论，心里充满了期待。可是，等了半天，鬼谷先生也没说几句话，而且都是一听就让人一头雾水的话，加上有浓厚的齐国口音，张仪是一句也没听懂。可是，其他人好像都听懂了，于是，开始议论起来。鬼谷先生则端坐闭目，作一种抑或养神，抑或静听之状。听着众弟子争论不休，偶尔睁开眼睛，插上一二句。

讲论结束后，张仪急切地央求苏秦，要他给自己讲解今天鬼谷先生的话，以及众弟子的争论。苏秦于是就耐心地跟张仪解说，不仅讲师父之言的微言大义，讲各位师兄弟对师父之言理解的差异，还讲师父说的东齐之语与河洛之语的差异，另外还讲到从来自各国的师兄弟那里听来的有关各国的不同风俗习惯与世道人情。直讲得张仪目瞪口呆，不禁从心底深刻感到：真是不出门不知天下之大，不学习不知学问之广。于是，在心里不断庆幸，幸亏在安邑遇到了淳于生，听了他的故事，这才起念要出门游学。

由此，张仪只要有机会，就向师兄苏秦请教，也向来自各国的师兄弟们学习请益。如此这般，在苏秦等师兄弟们的帮助下，不到一年，张仪就逐渐熟悉了鬼谷先生的东齐之语，也对其他师兄弟的五方之言有了一些了解。

语言一通，就一通百通了。一年后，张仪不仅可以自由地用东齐之语与师父交谈，求学问道；而且也与各位师兄弟，特别是与苏秦相处甚欢，感情日深。在与大家的朝夕相谈、晨昏切磋之中，学业不知不觉间大为精进。

学到第二年时，张仪终于有了一种茅塞顿开之感，很多事情好像在一夜之间就明白过来了。在三山之上，他不仅懂得了许多兵法阴阳之术，也学到了许多纵横游说之术，还了解了许多世道人情。

正当张仪学得渐入佳境，也与苏秦交情日深、难舍难分之时，第三年的头上，苏秦就告别师父下山了。

送别苏秦后，张仪又在三山之上跟师父习学了两年。

第四章　南游大楚

1. 辞别师父

周显王二十四年（前345）八月二十，一大早，张仪就起来了，独自来到师父经常与各位师兄弟们一起讲论切磋学问的草堂之前，徘徊良久，无语默默注视着草堂敞开的门扉，还有那空无一人的草堂内的许多蒲团。

突然一阵风从草堂之顶吹来，使张仪不禁一颤，情不自禁间，他抬头向三山的山脚、山腰与山顶望去，只见满山已是层林尽染：往下望，山脚下还是深黛一色；看山腰，则是青黄相杂，五彩斑斓；望山顶，已是赭赤一片。

“啊，已是初秋了。”张仪不禁自言自语道。

想到初秋，张仪顿感身上有了一丝凉意。于是，不自觉抬头看了看天空。

“啊，好高，好蓝！不登高山，不知天之高也；不临深渊，不知地之厚也；不学先王之道，不知学问之大也！”

由天高想到了学问之大，张仪不禁为这些年来的苦学而深感欣慰，如果不来三山，师从鬼谷先生，说不定自己现在还在张城的小天地里自高自大，自作小聪明呢。

呼吸着初秋三山之上清新而有一丝凉意的空气，张仪又依依不舍地回首望了一眼那间师父讲论兵法阴阳与纵横游说之术的草堂。想着四年来的岁岁月月，往事历历在目。

踏着山道上不时飘落的秋叶，张仪一步步地向着草堂之左的那间茅舍而去。

“春种秋收，而今也是俺学成下山，收获多年苦学成果的时候了。”张仪一边这样想着，一边就低着头走近了那间茅舍。

当他抬起头来，正准备抬手叩门之时，这才发现茅舍的门早就开了。

“师父!”张仪轻声对里面喊了一声。

见没人答应，张仪遂伸头向里张望，发现师父已经不在屋内了。

“这一大早，师父去哪里了呢?”

站在师父的屋前愣了好一会儿，张仪想到，师父可能下山到海边了。因为以前听师兄苏秦说过，师父常有一早就下山到海边独坐沉思的习惯。于是，他就想也下山一趟，到海边找找师父。

想到此，张仪就不自觉地迈开了步伐，轻快地下了山。三山本就不甚高，一顿饭的工夫，张仪就下得山来，来到了山脚下的海边。

站在海边，张仪向四周张望，却没见到师父的踪影。但是，看着一平如镜、蔚蓝如黛玉的平静海面，衬着蓝蓝的天，真正是那种人们经常形容的海天一色、浑然一体的景象。

看着看着，张仪顿然心怀豁然开朗起来。正在此时，突然远处的海面上飞来一群展翅盘旋的海鸥。它们飞得那样自由自在，时而低回，擦着碧波掠过；时而腾飞，直冲云霄。于是，不禁脱口而出道：

“天下之大，大丈夫何愁不能取卿相尊荣!”

“何以取之?”

突然背后冷不丁有人说出了这样一句话，把张仪吓了一跳。张仪急忙回首，发现竟然是师父站在了自己身后。

“师父，徒儿一大早就起来，到您舍前，不意您已经离开屋子了。”

“你是要与老夫告辞下山，要到诸侯各国去取卿相尊荣吧。”

张仪被师父这么一说，立即脸红到了脖子根，半天答不上来半句。

“老夫早就料定你今日要来告辞下山，故而一大早就下山在此等你。”

张仪见师父这样一说，顿然惊讶得目瞪口呆，师父竟然这么神，心想，别在师父面前要什么小聪明了。于是，就实话实说道：

“师父，徒儿已在山上跟您习学了四年有余，不知自己对师父之所教真正明白了几分，所以，徒儿想下山试试。如果不能成功，说明徒儿这些年还没有真正弄懂师父之所教，那么徒儿就会再上山向师父求教，重新好好习学，参悟师父之所教，以期终能游说诸侯成功，取卿相尊荣，不负师父这些年来耳提面命、谆谆教诲之苦心。”

鬼谷先生没吱声，张仪偷眼瞅了瞅师父，看不出师父心里在想什么。

沉默了一会儿，鬼谷先生道：

“‘知己知彼，百战不殆’，此乃百年之前孙子所言。你知自己所长在纵横游说，而不在兵法阴阳，已可谓‘知己’也。”

张仪见师父如此了解自己，心里更是佩服得不得了。连忙道：“师父过誉，徒儿实在说不上算是‘知己’，还请师父明言点拨。”

“今天下群雄并起，熙攘不止，何以得安？”

“纵成必霸，横成必王。”

“何为纵？何为横？”

张仪见师父一个问题接着一个问题，心想，这是师父有意要在自己下山之前考较自己平时所学，遂连忙答道：

“合众弱而攻一强，是为纵；事一强而攻众弱，是为横。”

鬼谷先生点点头。

张仪见此，自以为得意。

“纵合、横连，何由致之？”

“说人主也。”

“何以说人主？”

“揣其意，摩其情也。”

“如何揣意？”

“揣意者，必以其甚喜之时，往而极其欲也；其有欲也，不能隐其情。必以其甚惧之时，往而极其恶也；其有恶者，不能隐其情。情欲必出其变……”

“何为摩情？”

张仪正兴致勃勃地背诵师父所著之《揣篇》时，不意师父又提出了一个问题。张仪心想，师父这是在考察自己对他的学说熟悉的程度，所以才这样连珠炮似的不断提问。于是，又背诵师父的《摩篇》道：

“摩者，揣之术也。内符者，揣之主也。用之有道，其道必隐。微摩之以其索欲，测而探之，内符必应；其索应也，必微而去之。……”

张仪正欲还要背诵下去时，鬼谷先生又开口了：

“摩之精髓，为何?”

张仪一愣，道：

“精髓?师父之所著不皆为精髓之言吗?”

鬼谷先生不以为然地摇摇头，然后转身而去。

张仪一看，顿然不知所措，愣在了那里。

正在张仪怅然若失，一时还没反应过来之时，只听鬼谷先生好像自言自语地说了八个字：

“摩之在此，符之在彼。”

“摩之在此，符之在彼。摩之在此，符之在彼……”

张仪站在那里，嘴里不断地重复着“摩之在此，符之在彼”八个字。良久，他突然想起了《摩篇》确有这八个字，于是脱口而出，又背了出来：

“摩之在此，符之在彼，从而用之，事无不可。”

又念叨了几遍，张仪顿然有了一种茅塞顿开的感觉，心里一下子亮堂了许多。

可是，当他回过神来，想找师父再问些什么时，师父早就飘然而去，不知所终了。

2. 夜宿竹枝坡

站在山下海边，张仪傻愣了好大一会儿。

就在这时，起风了，原来平静的海面开始洪波涌起。随着风越来越紧，一股股浪头排空而来，不断摔打在岸边的岩石之上，卷起朵朵雪白的浪花。站在海边的张仪，此时顿觉有一种地动山摇之感。

望着海面上涌动的波涛，听着浪击岸岩之声，张仪心里也如此时的大海，上下翻腾，不能平静。

“下得山来，辞别师父，到何处一试身手呢?”张仪不禁在心里不断地问着自己。

想了半日，还是没有主意。心想，要是刚才问师父，让师父点拨一句，那该多好啊！可是，现在到哪里去找师父呢?就是找到师父，他也未必肯明说。既然师父那么神，连自己今天要来跟他告辞下山的事，都能事先料定，并且早早就在山下海边等自己，那么如果自己真的要再去找师父问问该去哪个诸侯国游说的事，师父也肯定会料到，必定会躲避不见的。

想到此，张仪只好依依不舍地回首仰望了一眼生活了四年有余的三山，极目眺望了高得遥不可及、蓝得一尘不染的秋日天空。就在这时，浊浪排空的海面上，又飞来了一群迎风搏浪的海鸥。

看着海鸥勇敢搏击风浪的雄姿，张仪终于抖擞起精神，义无反顾地向东而去了。

周显王二十四年（前 345）九月十五，张仪从三山往西南，行进到齐国东北部的一个小城夜邑。

十一月初，往西相继渡过胶水与潍水，十一月底到达潍水西岸的齐国大城淳于。

十二月底，往西北，到达剧。

周显王二十五年（前 344）二月底，过牛山，经稷下，最终到达齐都临淄。

到齐都后，张仪本来想在齐都求见齐威王，意欲一试身手。可是，一打听，还是那个成侯邹忌为相，而且刚刚发生了田忌袭齐事件，原因就是田忌不服邹忌，二人相斗，田忌不敌邹忌，遂铤而走险，企图以武力夺取齐国政权，彻底扳倒邹忌。结果，田忌谋事不密，未成其事，只得逃亡他国了。

张仪一听这个消息，遂彻底断了游说齐威王的念头。心想，田忌还是齐王室的贵族，又在齐、魏桂陵之役中立下汗马功劳，连他都不得重任于齐国朝廷，自己恐怕连见齐威王一面也是不可得了，遑论游说齐威王而取卿相尊荣了。

周显王二十五年（前 344）三月初五，张仪盘点了一下身上的盘缠，发现当初爹娘给自己备下的三年用度，还有八成没有动。因为在三山之上，虽生活四年之多，但并不像住在临淄城内有什么消费，所有吃住都是靠自己亲自动手，自己种菜，自己种地打粮，自食其力。因此，这些年他着实省了不少的吃、住、用的费用。不仅如此，三山之上的四年多，通过劳动，也强健了他的筋骨，还修炼了他的心性。

手中有钱，心里不慌。张仪略作思忖，觉得如果现在就这样回张城老家，一来一事无成，羞于见爹娘、妻儿，二来张城与临淄之间距离遥远，如果回家，差不多这笔盘缠到家也就没了，爹娘的血汗钱就这样浪费在自己往返东齐的路上了，实在太可惜了。在三山之上，曾在师父那里见到过一幅天下山川形势图，知道从临淄往南，穿过鲁、宋二国，就可以到达南方大国楚国了。

想来想去，现在唯一可以有他用武之地的地方，恐怕就是南方大国楚国了。不如到楚国，放手一搏，说不定能够成功，那就可以挟大国之威风而显赫于世了。

主意打定，张仪立即离开齐都临淄，往西南，先至齐国济水之东的大城历下。然后，沿济水东岸往西南行进，到达齐长城北部的平阴。

周显王二十五年（前344）六月初九，由平阴往南，过齐长城，折往东南，过泰山，再往南过阳关隘口。八月初六，入鲁国境内，八月十五到达鲁国之都曲阜。

在曲阜，张仪略作停留，向人打听了如何向南进入楚国境内的路线。接着，又继续向南进发了。

周显王二十五年（前344）十月底，出鲁国之境，过齐国之任城后，张仪又进入了宋国之境。十一月中旬，到达宋国北部大城单父。十二月底，渡丹水，到达宋国西南战略重镇睢阳。

周显王二十六年（前343）二月初十，张仪出宋境，过魏国南部之境，进入了楚国北境之苦县。然后，往西南，先后越鸿沟，过洧水，渡颍水，于四月十二到达楚国北部重镇召陵。

在召陵，张仪又向人打听好往楚都郢的最便捷路线。然后，继续向西南进发，沿着楚、魏交界的魏国南部边城郾、舞阳，再过楚国防御魏国的北部长城——楚方城，于周显王二十六年（前343）八月初六，到达楚国北部重镇宛。

十月初三，到达楚长城——方城西南端的重镇穰，此处是楚方城的西部防御秦国的战略要地。

在穰，张仪雇了一只楚国的小船，从汉水上游支流湍水由北往南顺流而下，沿途经过邓、鄢陵。

周显王二十六年（前343）十二月二十八，船行至蓝田，船夫不愿再走了，说要过年了。张仪无奈，只得弃船上岸，想到蓝田城内住下，等过了年再说。

可是，弃船上岸后，走了大半天，还不见蓝田城的影子。走着，走着，天就渐渐要黑下来了。这时，张仪就有些紧张了，心想，这楚国人生地不熟的，如果今天进不了城，这荒郊野外，如何过得了夜呢？说不定要被虎狼野兽吃了，不要说游说楚王而取卿相尊荣，恐怕连尸首也回不了张城老家。

想到此，张仪不禁紧张地看了看四周连绵起伏的群山。由于心里紧张，脚下不觉就快了起来。一会儿，转过一道山梁，突然眼睛一亮，前面的一个河湾内有一个偌大的村落映入了眼帘。

看到这个河湾内的大村落，张仪紧张的心情顿然放松了许多。于是，不禁边走边打量起眼前的这个村落来。只见这个村落坐北朝南，村后有一条湍急的溪流，流到村子时，突然分成两股，向南分流而去。整个村子后有群山，以及奔流于群山之间的大溪，左右被分流的二溪挽抱。沿着左右二溪，是由北往南绵延伸展的群山，两边的山势整体上呈现出北高南低之走向，好像左右二溪一样，缓缓向南而去。

再看整个村落，夕阳西下，掩映在绿树丛中的村舍，家家炊烟袅袅，户户白墙黑瓦，真如一幅画儿一样！完全与他在北国所见的情景不同，张仪不禁心中欣欣然。

迈着轻快的步伐，一会儿就走进了村落之中。可是，走到村口，张仪就犹豫起来了，到底到哪一家求宿呢？这大过年的，楚国的风俗习惯不知肯不肯留宿陌生的过路人？如果不肯，那么怎么办呢？想到此，张仪心里又打鼓了。

左右张了张，望了望，张仪发现有一户人家的房子特别大，还有与众不同的大院墙。张仪眼睛一亮，想道：莫非这是一个大户人家，或是做官人的宅府。这样的人家，往往是有供下人们住的偏房或耳房，根据以往的经验，向这样的人家借宿，一般都比较容易。再说，自己是个读书人，也不像歹人，如果是个读书人家或做官的人家，也是比较容易说话的。不然，语言不通，恐怕借宿打扰的事，说了人家也不懂。

想到此，张仪不自觉间就走到了那个大户人家的门前。院门没关，张仪轻声对里面叫了一声：

“请问家里有人吗？”

没人应声。于是，张仪又叫了一声：

“请问家里有人吗？”

这一次，终于有人应道：

“么人？”

张仪一听“么人”，不禁一愣，“么人”是什么意思？

正在一愣的当儿，已经走出一个青衣小帽的男人，腰里还系着一根什么带子。只见他以惊奇的目光，仔细地打量了一下张仪，又重复了刚才的那句话：

“么人？”

张仪听不懂楚国话，猜猜他说的两个字，知道大概就是“何人”的意思吧。于是，就自我介绍道：

“俺是魏国士人，天黑无处投宿，想在贵府借宿一夜。”

那人瞪大眼睛，很明显是不懂张仪的北国之语。愣了一会儿，他指了指门口，意思是让张仪等在那里。然后，转身走过院子，到正屋里去请示主人了。

不一会儿，就从屋里走出一位老者。张仪定睛一看，只见这位老者，年约七十，须发皆白，脸堂红润，真正就是人们常说的那种鹤发童颜的样子。再看他的举止神态，颇具几分仙风道骨，倒与师父鬼谷先生有点神似，张仪顿然感到有一种亲切之感。

未及老者走近，张仪连忙趋前几步，迎了上去，恭恭敬敬地先向老者深施一礼，尽量打着天下通语，对老者道：

“小生乃魏国张城士人张仪，师从齐人鬼谷先生习学纵横游说之术，今欲往楚都游说楚王，一展平生之所愿。今天色已晚，不得进城，有缘来至贵府门前，还望老丈开恩借宿一夜，明日早早进城。”

老者见张仪仪表堂堂，说话温文有礼，又听是齐人鬼谷先生的弟子，要去楚都做“干谒王侯”的大事业，于是就从心里有了好感，连忙躬身答礼，以天下通语说道：

“既为士人，承蒙不弃，不妨将就一夜吧。”

张仪一听，喜出望外，连忙又是深深一揖，道：

“谢老丈借宿之恩。”

其实，岂止是“借宿之恩”。进了门，就到了掌灯时分，此时正是晚饭时间。于是，张仪又得到了老者的“赐饭之恩”。

饭毕，张仪再次起身向老者躬身施礼，感谢一饭一宿之恩。

老先生大概是因为喝了点酒，精神正好，见张仪是读书人，谈吐不俗，遂在昏黄的灯光下，又与张仪聊起了天下大势。说着说着，突然说到了魏国桂陵之战大败的事。张仪不禁感慨道：

“都是因为齐人孙膑用计，才使魏国八万儿郎葬身于桂陵隘道啊！”

老者摇摇头，不以为然地说道：

“桂陵之败，亦非全是齐人用兵之故，楚国出兵救赵，亦是其因。”

“楚国出兵救赵？”张仪以前没听说过楚国出兵的事，所以不解地问。

“是。魏师围攻邯郸甚急，赵侯料定终究抵挡不住，迟早要城破国亡。遂连忙派出两路使臣，一路往东到齐国，一路往南到楚国。楚王接到赵侯求救之请，急召群臣问计。令尹昭奚恤向楚王进言道：‘大王不如不发兵救赵，而坐视魏国强大。魏国强大，则必割赵地甚多。魏求多割赵地，则赵必不从。赵不从，则必倚城死守。如此，魏、赵二虎相争，终必两败俱伤。’楚王以为然。楚将景舍出而反对：‘大王，不然！令尹有所不知，魏师攻赵，有所惧者，乃楚师掩其不备，而袭之于后。今楚不救赵，赵必有亡国之忧，而魏无惧楚之虑。如此，则无异于楚、魏共伐赵国。赵师败绩，魏割赵地必多，岂有魏、赵两败俱伤之事？且楚不救赵，魏必大获全胜，不挫兵锋而深割赵地。赵见国之将亡，而不见楚兵相救，必怨楚深矣。赵怨楚，则必与魏媾和，而反打楚国主意。今为大王计，大王不如少出兵，以为赵国之援。楚师既出，赵必自恃有楚之劲旅，而与魏国坚战到底。赵师坚战，魏师必怒甚。又见楚国救兵少，不足惧，必不解邯郸之围。如此，赵、魏相持既久，必两伤而自弱。齐、秦，皆虎狼之国，见楚助赵，而赵、魏相持不下，齐、秦必东西合击，魏国必破。’”

“结果如何？”张仪从来也没听说过这个事情，于是，急切地问道。

“楚王以为然，乃令景舍为将，出奇兵以救赵。最终，魏师虽破赵都邯郸，而楚师则乘机攻取了魏国睢水、濊水之间的大片土地。”

“哦，原来是景舍之计，魏国才终至失败。”张仪如梦方醒。

“魏王不知是景舍之计，以为是楚国令尹昭奚恤之策，遂深恨于昭奚恤。战事既毕，魏王遣魏国名臣江乙为使，入楚为臣，以离间楚王与令尹昭奚恤君臣之交。”

“魏国名臣江乙？”张仪没听过这个人的名字，遂不解地问。

“江乙可是个有名的说客！若非楚王贤明，令尹望重，几乎就中了江乙的离间之计。”

“哦？”张仪情不自禁地“哦”了一声，内心则充满了惭愧，真是孤陋寡闻，连魏国的名臣与说客江乙也不知道。

“江乙为魏使，至楚，见楚王道：‘臣入楚境，闻楚有俗谚说：“不隐人之善，不言人之恶。”大王，果有此言？’楚王道：‘确有此言。’江乙又问：‘楚俗“不言人之恶”，白公之乱何以不成？’”

张仪不知何为“白公之乱”，遂连忙问道：

“何为‘白公之乱’？”

“唉，别提啦，那是楚国一段不堪回首的往事，楚国因为此乱，差点就亡了国。”

“啊？有那么严重？”张仪又追问道。

“那是一百多年前的事了。楚平王太子建，因少傅费无忌谗害，先被贬居城父，后为避费无忌的进一步加害而逃亡至宋。宋乱，又逃至郑，终被郑人所杀。太子建有子名胜，在吴。楚惠王时，平王之长庶子子西为楚国令尹，召公子胜，使居吴境，号为白公。白公好兵，礼贤下士，常思对郑用兵，以报郑国杀父之仇，令尹子西、司马子期认为不可。后来，晋伐郑，子西、子期发兵助郑，受郑人之贿而回。白公大怒，阴结死士，袭杀子西、子期于朝堂之上，劫楚惠王，自立为王，楚国大乱。后幸得平王时司马沈尹戌之子叶公子高率兵平乱，白公战败自杀，惠王复位。”

“哦，原来如此。”张仪心中大为惭愧，心想，自己太孤陋寡闻了，对楚国历史竟然一无所知，这如何去游说楚王。

老者又接着说道：

“楚王见江乙说到‘白公之乱’，触及楚国痛史，遂大为不悦地问道：‘何以言之？’江乙从容应答道：‘楚俗“不言人之恶”，则白公何有祸乱之名，白公之罪从何而来？如果是这样，臣刚才的冒昧之言，其罪亦可免矣。’楚王默然。江乙见此，又说道：‘昭子相楚，贵极人臣，擅权独断，左右皆言无有此事。众人一词，如出一口。莫非此亦楚俗“不言人之恶”所致？’”

“江乙这话，是否在说昭奚恤不是没有罪，而是楚国群臣依楚俗‘不言人之恶’，不说而已？”张仪连忙解读江乙的弦外之音道。

“正是，这就是江乙的厉害。”

“那么，楚王听从了吗？”

“当然不会听从。但是，过了几天，江乙还不死心，又以求见楚王为名，游说楚王道：‘昔有一人，养有一爱犬，凶而猛，善守门户，其主爱之。一日，犬向井中便溺。邻人见之，就想登门告其主人。犬知其意，当门而吠，欲啮之。邻人惧怕，遂不得入告其主。邯郸之难，楚若进兵大梁，必取之矣。昭奚恤受魏人宝器，阻大王用兵于大梁，臣居魏知之，故昭奚恤常深恨于臣，唯恐臣见大王而言其事。’”

“昭奚恤果受魏人宝器?”张仪追问道。

“昭奚恤反对楚国出兵救赵，是事实；但未有谏阻楚王攻伐魏都大梁之事。楚王对此，心如明镜，遂不听江乙之言。江乙屡屡谗害昭奚恤，而楚王终不听，江乙以为乃自己势单力薄之故。遂心生一计，想为当时正在楚国的魏国山阳君求封。如果楚王听而封之，则山阳君必感恩戴德于他；如果昭奚恤谏阻，山阳君必衔恨于昭奚恤，而与自己同仇敌忾。”

“那么，江乙是怎么拉拢山阳君的呢?”张仪又追问道。

“一日，楚王大会群臣，山阳君与江乙亦参列其间。江乙巧辞而为山阳君求封，振振有词道：‘今魏、楚结好，魏王令臣与山阳君俱事大王为臣。山阳君乃魏室宗亲，德高望隆，大王何不封山阳君于楚，以示楚、魏永世为好?’楚王觉得言之有理，遂答言：‘诺。’昭奚恤知此乃江乙之阴谋，遂劝谏楚王道：‘山阳君无功于楚，不当封。’楚国群臣亦多附和之，楚王遂废前言。求封之事虽未成，江乙却由此深得山阳君之心，二人遂结成共恶昭奚恤之盟。”

“江乙之计，果然厉害!”张仪又不禁脱口而出评论道。

老者接着道：

“虽然楚王终不为江乙之言所惑，然昭奚恤贵为令尹，相楚年久日深，位高权重，势倾朝野，楚王深知之，亦心忧之。一日，楚王大集群臣，昭奚恤称病未入朝。楚王见昭奚恤未入朝，感慨系之，乃问群臣道：‘寡人闻北方诸侯甚畏昭奚恤。诚如此，为之奈何?’群臣闻之，莫敢应对。江乙心知楚王心中之忧，乃应声而对道：‘大王，臣听说有这样一个故事：虎乃兽中之王，饥而觅食，得狐。狐从容对虎说：你不敢吃我。虎怪而问之：为何？狐说：我奉天帝之命，而为百兽之长。现在你要吃我，这是逆天帝之命。如果你不信我言，不妨我为你先行，你随我后，看百兽见我敢不四处奔逃？虎以为然，遂随狐后，行于山中。百兽见之，皆奔走如飞。虎不知百兽之畏己而逃，以为畏狐也。’”

“江乙为何跟楚王讲这样的故事?”张仪不解地问道。

老者没有回答张仪的问题，继续说道：

“楚王与群臣皆莫名其妙，怪而异之。江乙续又说道：‘今大王之地方圆五千里，带甲雄兵百万，而专属之于昭奚恤。大王说北方诸侯皆畏昭奚恤，非也！其实是畏大王之甲兵，犹如百兽之畏虎也。'"

"此喻甚妙！"张仪不禁脱口赞道。

"江乙'狐虎之喻'，昭奚恤事后闻之，忧虑甚深。遂求见楚王，陈情道：'臣朝夕事大王，唯大王之命是从，治国理政，克尽心力。而魏人入我君臣之间，无事生非。为此，臣深以为忧，食不甘味，寝不安席。臣之忧，非为一己之权位，亦非畏魏人之谗言。臣之所忧所惧，乃魏人离我君臣之交，而诸侯又听其离间之辞，以为大王所宠信者皆奸佞小人。今魏人于外散布中伤微臣之言，于内离间大王与臣之交，臣知获罪于大王之日近矣！'楚王知其意，乃抚慰再三：'寡人知之，大夫何患之有？'"

"结果呢？"张仪又忍不住问道。

"楚王与令尹君臣之交如初。江乙知道已无所作为，不久遂离楚返魏。"

"如此说来，而今楚王之廷，莫非仍为昭奚恤一人独擅其宠？"

老者点点头。

张仪遂又问道：

"老丈何以知楚廷之事甚详？"

话一出口，张仪马上意识到此话问得唐突了。

然而，老者并不以为忤，莞尔一笑道：

"老夫即为令尹同僚，今春始致仕回乡。"

"哦！原来如此。"张仪这才恍然大悟。

从掌灯时分说到夜半时分，张仪突然想到，今天不仅向老者求了宿，又扰了一顿晚饭，还与老者谈了这么久，竟然忘了问老者尊姓大名。于是，连忙起身致歉道：

"今日惊扰老丈如此之甚，尚未请教老人家尊姓大名，实在失礼之至！"

老者达观地呵呵一笑，道：

"后生何必拘于细礼？老夫姓景名颇。"

"失敬，失敬！景姓可是楚国高姓尊氏啊！"

张仪这话，倒是实话，不是逢迎之言。在楚国，凡是位高权重之职，不是屈氏，就是昭氏，或是景氏。

张仪知道老者姓景，又是与楚国当今权倾朝野的令尹昭奚恤曾同朝为官，心想，看来眼前这位老者该是一个非同寻常之人。而今无意间求宿至他门下，这也是冥冥之中有缘了，千万不能错过这种绝无仅有的机会，得好好借重一下眼前的这位老者。

想到此，张仪对老者更是敬重有加，遂谦恭地对老者说道：

“景大人，小生乃一介书生，涉世未深，才疏学浅，若非景大人今日赐教，小生于大楚朝廷之事，乃至楚国历史及风土人情，可谓一无所知。今幸得求宿至大人府上，蒙大人允宿、赏饭、赐教，实乃小生今生之大幸。而今，小生欲至楚都求其温饱，不知何以得遂其愿，还望大人赐教！”

景颇见张仪说得诚恳得体，心中对其颇有好感，遂答道：

“今日已晚，容老夫三思，明日为你筹一策，可否？”

张仪一听，连忙答谢。

3．游食令尹府

第二日，景颇又留张仪相谈，并且告诉张仪道：

“以当今天下情势论之，不是游说楚王之时，遑论取卿相尊荣之想。老夫以为，目今不若托身令尹府，以图日后。老夫与令尹大人尚有多年同僚之谊，若令尹不弃旧情，老夫可荐一书，温饱之事当无忧也。”

张仪听景颇愿给令尹昭奚恤写信推荐自己，真是始料不及，大喜过望，遂连忙倒身跪拜，道：

“小生能得大人之荐，实是荣幸之至！大人之恩，小生没齿不忘！他日小生若有得志之时，粉身碎骨，亦当思报大人之恩于万一。”

景颇见张仪施此大礼，连忙俯身扶起，道：

“后生何出此言？你遇老身，亦是有缘。”

张仪起身，又是千恩万谢了一番。

之后几天，景颇不仅继续留张仪在家中过年，与之对饮相谈甚欢，有时，还带张仪出门，绕着村旁二溪闲步，指点村落周围风水景致，解说村落何以名为“竹枝坡”之故，以及景氏何以五世卜居于此的因由。

直到正月初五，景颇才依依不舍地送张仪出村，并指点了如何至楚都郢的路线。

带着景颇大人给令尹昭奚恤的书信，张仪一步三回头地告别了景颇，走出了这个令他终生难忘的竹枝坡。

走出竹枝坡，张仪沿着来时路，顺利来到上次上岸的汉水之滨，很快就雇妥了一条小船。于是，由汉水顺流而下，于周显王二十七年（前342）二月底，到达云梦泽畔的竟陵。

在竟陵略作停留，张仪又继续乘船由云梦泽直抵楚都郢。入郢都时，恰值周显王二十七年（前342）三月初三，春雨绵绵。在北国，这一天是祭拜祖先的寒食节。不过，楚国人似乎这一天并不拜祭祖先。

张仪来到人地生疏的楚国之都郢，来不及感伤，也顾不上思念远在北国的爹娘、妻儿，便急匆匆地揣着景颇大人的帛书，一路走一路向行人打听令尹昭奚恤大人的府第。

找了半天，终于找到昭奚恤令尹府上。可是，令尹府的值卫听张仪是北国口音，说的话又听不懂，所以几次要赶他走开。

张仪无奈，只得从怀中掏出景颇大人的帛书，递给值卫看。值卫一见是景颇大人的帛书，加上以前常见景颇大人来令尹府，心中猜测，眼前这位北国书生一定是景大人的朋友了。于是，值卫不敢怠慢，指指门口，示意张仪等在那里别动，然后转身拿着景大人的帛书向令尹大人禀报去了。

不一会儿，值卫就兴高采烈地出来了。见了张仪，微笑着向他招招手，然后径直带他去见令尹大人了。

令尹大人已经看过景大人的荐书，情况已然了解。见张仪进来，只是上下打量了一番，随便用天下通语问了他一些情况，便吩咐旁边的一个侍从，带张仪下去了。

从此，张仪便以令尹府的食客身份，优游于令尹府中，温饱已是不愁了。

转眼就是半年过去了，在令尹府出出进进，张仪着实长了不少见识，也了解了不少楚国朝廷内政以及楚国的世俗人情，语言上的障碍也少多了。

周显王二十七年（前342）九月的一天，令尹府突然来了一个客人，自称是令尹大人的故旧。令尹一听，连忙传进。

主客见礼毕，客人道：

“令尹大人，今有郢人屈氏湖滨之宅，在下愿出高价购之。”

令尹一听，不假思索地回答道：

“屈氏不当服其罪，故其宅不可处置，君亦不可购之。”

客人连忙应道：

“令尹大人言之有理，在下知之矣！”

说完，客人连忙告辞而去。

其时，张仪正陪侍令尹左右。见客人来去匆匆，临走脸有悦色，他觉得其中有问题。略一思忖，便明白了其中的道理。于是，连忙向令尹进言道：

“令尹大人，屈氏之讼，三年不能决断。楚国律法规定，涉讼者若决之有罪，则其宅可没公，他人自可购而得之；涉讼者若决之无罪，则其宅不得没公，他人不可购而得之。”

令尹一听，先是一愣，然后情不自禁地点了点头，没想到眼前的这个北国年轻人对楚国的律法还挺熟悉的。

张仪见令尹点头，遂接着说道：

“屈氏之讼，之所以三年不能决断，乃因牵涉甚多。今客来，以欲购屈宅之事而请命于大人，仪以为客之意不在得屈氏之宅，而在测大人之意。今大人言屈氏不当服罪，其宅不可得之，则客必以大人之意诉诸主事者。如此，则三年悬讼可决矣。”

令尹一听张仪的这番分析，立即明白了客人来询购屈氏之宅的用意。心中不禁一喜，幸亏张仪提醒，不然自己差点就上了他的套。如果将来屈氏之讼有差错，主事者则可以将责任推到我令尹身上。本来，朝野上下已有不少人说我令尹独断专权了，如果在此事上真出了问题，倒成了政敌扳倒我令尹之把柄。不行！

想到此，令尹立即对旁边的侍从道：

“快，快，将客人速速追回！”

不大一会儿，客人就被追回来了。

令尹一见客人，劈头便问：

“君为奚恤故旧，奚恤任君职事，君何以设彀以欺奚恤？”

客人故意装出一脸无辜的样子，回道：

“在下岂敢欺大人？”

“君非欺奚恤，请命而不得，何以面有悦色而去，非欺而何？”

客人一听令尹揭出了老底，遂只得默认。

由此一事，令尹始知张仪非平庸之辈，遂从此对他另眼相看，渐渐器重起来。随着张仪在令尹府中的地位逐渐提高，令尹府中的其他食客也就跟着对张仪敬重起来。

一转眼，就到了周显王二十九年（前340）的腊月，就要过年了。屈指算来，这已是张仪第三次在楚都郢过年了。

一天，令尹见张仪独自一人呆呆痴痴，好像有什么心事，遂关切地问道：

“张仪，何事独自沉思？可否说来一听？”

张仪嗫嚅了半天，最后才吞吞吐吐地道出了心事：

“仪蒙大人深恩，出入相府，衣食无忧。然爹娘、妻儿远在北国张城，不知今日如何？”

“思乡之情，人皆有之。不若将宝眷接至郢都，如何？”

“仪感大人之恩深矣！如此，来日何以报得大人之恩于万一？”

不久，令尹就派人往魏国张城，替张仪去接妻儿眷属。因为是楚相派人去接，轻车快马，取官道，不到一年工夫，就于周显王三十年（前339）的十月初，将张仪妻儿接到楚都郢。

张仪见到久别的妻儿，真是百感交集。他既打心眼里感激令尹大人的知遇之恩，感戴他善解人意、体谅自己苦衷之情；又觉得这些年来真是愧对了爹娘与妻儿，自从周显王十九年（前350）离家往东齐游学以来，至今已是整整十年没有回家探视过爹娘了，也不知他们二位老人家如今怎么样了。相别多年的妻子蕙兰，虽仍是旧时的模样，却明显要比以前老多了，憔悴多了。至于眼前的这个儿子，他压根儿就认不出来。

面对妻儿，张仪突然凝噎无语，一时不知该说什么好了。

好久，还是妻子蕙兰先开了口，她将儿子推到张仪面前道：

“快叫爹啊！你不是整天在家喊着要爹吗？”

孩子从没见过张仪，他不相信眼前这个峨冠博带的男人就是他爹。他娘将他往他爹面前推，他却往他娘身后躲。

张仪一见，更是感慨万分：

“这是继儿吧，都快十二岁了吧。”

“啥？这是嗣儿，今年十岁。”

“嗣儿？”张仪弄糊涂了，儿子出生后是自己给取的名，爹娘当初早早让自己娶媳妇，就是为了延续张家香火，所以儿子出世后，自己就给取了个“张继”的名儿，怎么现在变成了“嗣儿”了呢。

“继儿在张城念书呢，爹娘不让两孙儿都来楚国，把继儿给留下了。”蕙兰见张仪不明白，遂解释道。

可是，张仪还是一副不明白的样子，蕙兰不免有些生气了：

“你咋这样健忘，连自己的儿子也记不得了？你往东齐游学时，俺不就怀上嗣儿三个月了吗？嗣儿的名，是爹给取的。”

蕙兰这样一说，张仪终于想起来了。这样算起来，嗣儿十岁就对了。再仔细端详一番，嗣儿长得确实像自己，也有些像蕙兰。

这时，张仪真的是有些不好意思起来了。

沉默了一会儿，张仪突然想起刚才蕙兰提到爹，于是连忙问道：“爹、娘如今咋样了？”

“爹、娘都还康健，只是家境愈来愈不济了。”

夫妻又相叙了一会儿，相府的管家就领张仪全家到了相府西院的一处小屋，里外共两间，简单的生活用具也齐备。张仪明白，这就是令尹大人给自己的家了。虽然简单了点，但一家能够在楚都，特别是在相府有一个独立的空间，一家团圆并生活在一起，这已是天大的恩情了，其他门客都还没有这个待遇，应该知足感恩了。

有了个家，有妻儿相伴，张仪在楚都郢的生活就再也不感到孤单了，再加上有令尹大人对他的信任器重，他甚至有时会有一种错觉，似乎楚国就是自己的故乡。

在相府中游食的门客生涯，虽然平淡，却生活平静，无忧无虑。渐渐地，张仪已安于现状。当初告辞鬼谷先生下山时的那种奋发向上的豪情早就没有了，意欲取卿相尊荣的想法，则更被抛至九霄云外了。这样，日子也就觉得过得特别的快。一转眼，又是三年多过去了。

然而，周显王三十四年（前335）的五月，张仪本想继续下去的平静生活终于被打破了。

五月初八，正是南国初夏时分，不冷不热，是楚国最好的时节。午饭后，张仪正在相府西院的那个小屋，与妻子蕙兰、儿子张嗣闲聊，说到明日要出城游玩，因为郢都的大街小巷这些年都游玩得差不多了。

正在这时，相府管家突然驾临他所住的小屋，这让张仪大感意外。大家都知道，相府管家在相府可是个重要的人物，那是怠慢不得的。于是，张仪连忙起身，笑脸相迎，施礼让座。

没想到，管家一本正经，不但脸上没有一丝笑容，而且一摆手，说道：

“不必了，令尹有事要召张先生，请随老仆走吧。”

张仪一听，以为令尹大人真有什么大事要请自己出谋划策。心想，如果真有令尹大人为难的事，而自己能够替令尹大人出谋划策得好，为令尹大人赏识，说不定令尹大人一高兴，就给弄个一官半职也不一定呢。

这样想着，张仪心中不禁暗喜，遂兴冲冲地跟着管家出了门，并且走得飞快。

然而，万万没想到，等着他的并不是什么好事，更不是加官晋爵的机会，而是飞来的横祸。这正应了一句老话："闭门家中坐，祸从天上来。"

那么，这祸又从何而来呢？

原来，这天一大早，令尹大人还如往常一样，起床后就径直走到了书房，他要去看一看并摩挲一下他的宝贝——荆山之玉。这块玉可是了不得的宝物，乃是二百多年前楚康王时代一个玉人献给楚王的宝物，一共有两块。后来，令尹的先祖昭氏因为有大功，楚康王乃将二玉留下一块，另一块就赏给了令尹的先祖。因此，这块荆山之玉，对于令尹来说，不仅仅是个价值连城的宝物，更是楚王表彰昭氏于楚国有大功的证物，显示了昭氏家族在楚国的特殊地位。可是，今天早晨令尹进书房后，却发现他的荆山之玉突然不见了，这可是比要了他的老命还要严重的事。

于是，他立即喝令管家封锁相府大小门户，相府上下，除了令尹夫人的房里以外，所有老小尊卑的房里房外，包括身上，都彻底搜了个遍。可是，无论怎么搜啊查啊，盘问或拷打婢仆人等，就是见不到那块荆山之玉的影子。

时近中午，突然有门客向令尹进言道：

"而今相府上下都已搜遍，我等下人身上房内也都搜了几遍，况且我等之人都是单身孤影，就是偷了大人之玉，也是无处可藏。大人何不查查魏人张仪，今唯有张仪所居西院在相府之外，未曾搜得。大人亦知张仪之为人，贫而无行，与大人至酒楼饭肆，还时时不忘袖些饭食酒肉之类回家以飨妻儿，更何况大人之玉？或许张仪已经窃得大人之玉远走高飞了。"

令尹一听，觉得也有道理。于是，便令管家到相府西院察看，如果张仪果真走了，那就证明这玉就是他偷了。如果没走，那就传召他来盘问一番，也好弄个水落石出。

就这样，张仪被传召到了相府大堂之内。

等到张仪随管家来至相府大堂，见到令尹大人正盛气而待，又见大堂之上还站满了相府内的几乎所有门客与婢仆人等，就觉得情形有些不妙。

正当张仪感到纳闷不解之时，令尹突然断喝一声：

“张仪，你可知罪？”

张仪一头雾水，回答道：

“大人，张仪不知罪从何来？”

“果真不知？”

“果真不知，请大人明教！”

“今晨府中荆山之玉不翼而飞，你可知之？”

“大人不言，张仪何以知之？”

令尹以为张仪故意在跟自己绕弯子，自以为聪明，自以为能言善辩，就敢顶嘴。于是，气不打一处来，立即喝令管家道：

“来人，缚而笞之。”

没等张仪回过神来，身上的衣服早已被几个恶仆褪光，并且被绑到了一条长条案上。

张仪被绑，仍然不知就里，乃高声喊道：

“令尹大人，张仪究竟犯有何罪？”

令尹并不回答他的问题，只是对那几个恶仆一扬手，就见鞭儿雨点似的落在了张仪身上。

那几个恶仆一边抽打，还一边骂道：

“打死你这个忘恩负义的魏国猪！”

打了一百多鞭，张仪早就被打得昏死过去。于是，管家令人端来一盆清水，兜头泼在张仪头上。过了一会儿，张仪终于醒了过来。

管家见此，忙开口道：

“张仪，令尹大人待你何等恩义，没想到你竟偷了大人的镇府之宝，如今不仅不认错悔过，反而跟大人巧言诡辩，你还是人吗？”

张仪见管家如此坐实自己就是偷玉之人，遂忍不住又辩解道：

“大人待张仪恩重如山，情同父母，张仪妻儿老小亦赖大人恩德而活之，张仪乃读书之人，岂能忘恩负义，而窃大人心爱之玉？”

令尹听了张仪这番话，觉得也说得入情入理，其情可悯。但是，他仍然没有吱声。

管家见张仪又在狡辩，又见令尹没有搭腔，于是又令几个持鞭恶仆继续抽打。

没打多久，张仪又被打得昏死过去了。管家再让人泼水。

过了好一会儿，张仪再次醒来，但身上已是血肉模糊了。

忍着剧痛，张仪再次申辩道：

“大人，张仪妻儿尚在相府，张仪楚国亦无亲人，若张仪果真窃了大人之玉，张仪将之藏匿于何处？大人何不遣人至张仪所居西院一搜，岂不水落石出，真相大白？”

令尹一听，觉得这话也说得有理，张仪寄居自己府中，在楚国又无亲无故，即使真是偷了自己的荆山之玉，他也藏不到哪里去，何不一搜他所住西院小屋。

想到此，令尹立即吩咐管家道：

“遣人至西院一查。”

过了约一顿饭的时辰，搜查的人回来了，禀报道：

“大人，都搜了，没见任何玉石。”

令尹一听，觉得可能冤枉了张仪。心想，张仪虽然有些好贪小利，但也是因为人穷志短，他有妻儿要过活。一个读书人，如果不是没办法，也不会每次酒食之后要偷偷捎些剩饭余食回家。他能不忘妻儿，也还算是一个有良心的人。自己既然待他不薄，他也口口声声感恩戴德，看来也不是一个忘恩负义的人。再者，景颇大人跟他无亲无故，却肯向自己推荐他，也多少能说明张仪确实不算那种负义忘恩之辈吧。

虽然心里这样想，但令尹嘴上却不便承认自己的错。于是，不了了之地说：

“抬回西院。”

管家心知其意，遂喝令那几个持鞭的恶仆做一回好人，将张仪抬回了西院那间小屋。

却说张仪之妻蕙兰，先是见丈夫被相府管家叫走，不明就里。后又见来了一大帮人到家里翻箱倒柜，问他们却什么也不说，院里院外，屋里屋外，恨不得掘地三尺，也不知到底找些什么。等到那帮人走后，她开始觉得情况有些不妙了。于是，一直搂着吓得不知所措的嗣儿，焦急地等在小屋门外，等着丈夫回来问个究竟。如果丈夫万一有个什么三长两短，这叫她们娘儿俩怎么办啊？楚国离张城不知多远，自己就是手上有钱，也不知怎么回到魏国张城啊。

正当蕙兰急得不知所措而又望眼欲穿之时，就见西院的门儿开了，接着是四个大汉抬着一个什么东西进来了。

待到他们走近，这时她才看清楚，原来丈夫被绑在一个长条案上，被打得血肉模糊。她不看不要紧，一看就吓得昏过去了，好在儿子的哭声使她很快醒了过来。

张仪看着吓昏过去的妻子醒了过来，先是对她一笑。张仪不笑也罢，一笑更是让蕙兰万箭穿心，因为他那笑不仅让人看了无限心酸，而且要起鸡皮疙瘩，比哭还难看。

挥袖擦了擦眼泪，蕙兰连忙动手将绑缚丈夫的绳索解开。然后从锅里舀了一瓢热水，倒在一个瓦盆里，再从瓦罐里舀了大半瓢凉水兑了兑。最后，从床上拿起一件衣服，将其撕扯成几块。先拿一块放在瓦盆里浸了浸，再拧开，轻轻地替张仪擦拭，张仪疼得不断地大叫。

蕙兰一边擦，一边用嘴轻轻地吹，希望能够减轻丈夫的疼痛，嗣儿则吓得闭上了眼睛。血迹全部擦拭干净后，蕙兰又拿起那几块被撕碎的干布，在张仪的血口处轻轻掖着，不让血继续涌出。一切处置妥帖后，蕙兰叫儿子过来帮忙，将张仪抬到榻上躺好。

张仪在榻上躺定后，蕙兰一边替他掖被，一边埋怨道：

“唉！你若不读书游说，何以受此无端之辱？还算祖宗积德，没有被人打死。”

张仪笑着对蕙兰道：

“嗣儿他娘，你看俺舌头还在不？”

“都打成这样了，还在说笑。舌头当然还在，不然你怎么还跟俺说话呢？”

“舌在，足矣！”

蕙兰轻轻地在他嘴巴上打了一下，嗔怪地说道：

“再说，看你迟早不被人打死！”

第五章　北归故里

1. 穰城闻变

无端被令尹昭奚恤怀疑窃玉，并差点被辱打至死，张仪好多天都愤恨难平。

然而，不几日，就听相府中传出消息，说相府中的荆山之玉找到了。张仪一听到这个消息，连忙硬撑着想从榻上爬起，但是努力了几次，都未成功，却痛得额头上沁出大颗的汗珠。

妻子蕙兰一见，连忙制止道：

“嗣儿他爹，别动，你伤还没好呢，快躺着。”

“俺想去见令尹，要他还俺一个清白。”

“嗣儿他爹，俺看你真是读书读得昏了头，他是令尹，你算啥，他错了，他肯向你认错？就是认错了，又怎么样？”

张仪一听，妻子这话没错，是这个理儿。于是，只得再次躺下。

又过了几天，相府的管家突然带着几个人送了一些衣食之物过来，说是令尹大人的意思。

张仪一见管家，恨得牙痒痒，但是想到“在人屋檐下，不得不低头”的老话，遂强忍着满腔的愤恨，强作欢颜道：

“感谢令尹大人之恩。”

又过了约半个月，张仪终于能够起来走动了。

周显王三十四年（前 335）六月初五，张仪经过许多天的前思后想，终于决定离开楚国，先将妻儿送回张城再说。

那么，怎么走呢？是不告而别，还是礼节性地拜别令尹呢？张仪又踌躇了半天。不告而别，好像不行，自己既然住在相府，要回魏国，不与主人，而且是楚国一人之下、万人之上的令尹打声招呼，那怎么行呢？如果要辞别，那就得摆出尊崇有礼的样子。可是，自己心里实在是恨怨不平，如何能违心地摆出那副虔诚感激的样子呢？

在屋里踱来踱去，好久，张仪终于想通了。要回魏国，不仅不能不辞而别，而且要郑重其事，摆出虔诚感激的样子，不能在令尹面前有丝毫的恨怨之情表露出来。不然，不要说离开楚国，恐怕连相府的门也是出不了的。君子报仇，十年不晚。

打定主意，张仪便郑重其事地出门求见令尹去了。

一见到令尹，张仪瘸着一拐一拐的腿脚，快步趋前，倒身跪倒叩拜道：

“承蒙大人深恩，仪得以多年随侍大人，受耳提面命之教甚多；又得大人仁厚之爱，为仪接得妻儿至郢，使仪得以全家团圆，尽享天伦之乐。大人于仪之恩，可谓山高水长，仪将长记心田，永志不忘。”

令尹见张仪如此一说，内心更是惭愧不已。

张仪接着又道：

“仪追随大人七年有余，殷切之情，天地可鉴！一旦而别，实不相忍。然仪之老父老母远在魏国张城，风烛残年，朝不保夕。仪乃张氏之独苗，不能长相承欢爹娘膝前，父母百年之时亦当见上一面，以尽人子之道，以慰爹娘之心。”

令尹见张仪说得如此深情，觉得张仪不仅是个有情有义之人，还是一个仁孝之人。遂心中大生好感，于是答道：

“先生心情，我已知之。你可速速回魏，待令尊令堂百年而后，再至楚都。”

说完，叫过管家耳语一番。

张仪不知何意，他怕令尹会有什么招数。

不大一会儿，管家托来一盘金子。

令尹道：

“致送五十金，以作路资，区区之意，略表老夫之情。”

张仪连忙谢道：

“谢大人深恩，他日若有投效机会，定当舍命前驱。”

辞别得金，乃是张仪始料不及。但辞别所获得的效果，正如张仪所料。

一回到所住的相府西院，张仪就急急收拾行装，然后立即携妻挈子离楚回魏。

为了早点离开这个伤心之地，不在路途中耽误任何一点时间，张仪决定，还是按照来时路，舍车登舟，入云梦之泽，至竟陵，再沿汉水逆流而上。

轻舟熟路，逆水而上。四个月后，也就是周显王三十四年（前335）十月中旬，张仪与妻儿所乘之舟到达了汉水上游支流湍水之滨、楚长城——方城南端的重镇穰。

结束连续几个月的舟船生活，张仪与妻儿舍舟登岸，长出一口气，进了穰城。他们本是北国之人，不习惯于舟船生活，所以到达穰城后，张仪决定还是在此好好休息几天，然后再雇车马北行。

在一家叫做“南北客栈”的旅店住下后，张仪与妻儿都觉得好累好乏，于是，就先痛痛快快地睡了一天一夜。

第二天，闲来无事，张仪就携妻儿到穰城闲逛。日午时分，三人都觉得有点饿了，就信步走到一家门面不大的小饭铺里坐下，想略略吃上一顿好些的饭菜。

店里人不多，三人坐定后，几位已经吃好的客人，付过饭钱就出去了。这时，店里就剩下张仪一家三口。

一碗面下肚，张仪觉得意犹未尽。正好嗣儿说还不够，于是，张仪又对店主道：

“老板，再来三碗面。”

“好哉！”老板一边操着南腔北调答应着，一边顺手从灶台边抓起一大把面，放进了沸腾的水中。

就在这时，门外又进来了两位客人，一位满脸大胡子，一位面皮白白净净。二人一进门，便高声喊道：

“两碗面，一壶酒，再来两个小菜。”

“小二，拿壶酒，先来一盘小菜。”老板一边给张仪下着面，一边吩咐着伙计。

话音未落，店小二就手脚麻利地给二位客人送上了一盘熟小菜，一壶酒。

这时，店老板也端上了张仪要添的三碗面，张仪与妻儿又呼啦呼啦地吃了起来。

“唉，此行往楚都谋生，不知结果如何？”胡子客喝了一口酒，好像很感慨。

白面客一听，也叹了一口气，接着感慨了一大通：

“若非俺魏王错用庞涓，俺大魏何至于一败于桂陵，二败于马陵？如今俺大魏师弱民贫，我辈读书之人，也被连累沦落到如此地步，只得背井离乡，四处求生。遥想当年，李悝为相，俺大魏富敌天下，兵强马壮，天下谁与匹敌？"

张仪从他们刚才一进门时那句吆喝中所透露的口音，就猜出这二位应该是魏国人。现在又侧耳细听了一会儿他们说话的内容，就更肯定他们是魏国人，而且还和自己一样，也是读书人，想靠游说讨生活的。

于是，张仪就停下了手中的筷子，继续侧耳留心倾听他们的谈话。

"魏、齐二陵之战，实乃庞涓好逞其能，魏王为其蒙蔽所致。"胡子客道。

"邯郸之围，虚耗国力，致有桂陵覆军杀将之祸。庞涓被掳，不思其过，反积妒成恨，再起战端，马陵之难，祸实起于庞涓。"

听到这里，张仪忍不住了，忙侧脸相向，突然岔开二位陌生客的话，唐突地问道：

"二位是从魏国来的吧？"

二人一听张仪操的是河洛之语，知是魏国人，遂异口同声地答道：

"正是。"

"适才二位所言马陵之难……"

张仪想知道他们所说的"马陵之难"究竟是怎么回事，话还没完全问出口，就被白面客截断道：

"唉，兄亦是魏人，何以不知马陵之难？"

"弟本孤陋寡闻之人，羁绊楚都七载有余，楚、魏遥遥，何以得闻北国之事？"

"哦！"白面客方知其中因由，应了一声。

胡子客立即接口道：

"六年前，兄当在楚都逍遥吧。"

白面客接口道：

"六年前，庞涓怂恿魏王联赵攻韩，战于南梁。韩国告急，求救于齐。齐宣王即位未久，犹豫不能决，遂召群臣集议。群臣皆言当救。宣王问早救有利，还是晚救有利？张丐主张不如早救，晚救则韩师大折，必投降魏国。韩国降魏，必危及于齐。宣王以为然。但是，田臣思不以为然，谏止宣王道：'不可！韩、魏二师接战之初，双方锐气未挫，我若出兵，是我代韩抵挡魏国兵锋。我师受创，则反要听命于韩。大王也知道，魏国素有灭韩之志。韩、魏交战，韩国支撑不住，必东求于我大齐。届时，大王可答应韩国之请，但不要急于出兵。等到魏、韩二师力战俱疲，我师则承魏师之弊，一鼓而破魏。如此，则国可重，利可得，名可尊矣。'宣王甚以为善，乃依计而行。遂阴告韩国使者，齐将出兵救韩。韩使归国，告之于昭侯。昭侯自恃有齐国为后盾，乃奋力抗魏。可是，五战五不胜。遂又急遣使者再至齐国，要求齐宣王出兵。"

说到这里，胡子客接口道：

"那时，齐国名将田忌已归国。齐王遂命田忌为将，孙膑为师，起十万大军，往救韩国。然而，田忌率师出征，不救韩国，而直走魏都大梁。庞涓闻之，恐魏都有失，遂舍韩而急救大梁。齐师急过大梁，而西至韩、魏边界。孙膑建言田忌：'魏国之师，素以悍勇著称于天下，然有狂妄轻敌之弊。自古以来，善战者皆因其势而利导之。我师不如以怯懦诱之。兵法曰：百里而趋利者，必蹶上将；五十里而趋利者，其军半至。'"

"此言何意?"张仪虽然跟鬼谷先生学过兵法，但未听说过此言，遂问道。

白面客解释道：

"此言轻兵冒进，军队必不能全数到达，若遇大敌，则必损兵折将。"

胡子客又续前话道：

"孙膑又进言道：'今我齐师入魏地，可先为十万灶，明日为五万灶，又明日为三万灶。'"

"此乃何意?"张仪又忍不住问道。

白面客又插话了：

"此乃'减灶诱敌'之计也。"

胡子客再续道：

"庞涓行军三日，见之而大喜，说：'我早就知道齐师怯懦，入我魏境三日，逃亡之卒过半矣。'遂弃步军，率轻锐之骑急进，力逐齐师。"

"结果如何?"

胡子客道：

"孙膑计日而待，估计庞涓之师日暮将至马陵。马陵道狭，而旁多阻隘，可伏大兵。乃斫大树，削其皮，露其白干，书'庞涓死于此树之下’八字于其上。令齐师善射者万弩，夹道埋伏，约之曰：‘暮见火举，则万弩俱发。’庞涓果然夜至马陵道中，见斫木之白书，乃钻木举火。读其书未毕，齐师万弩齐发，魏师阵脚大乱，自相践踏而死伤大半。庞涓自知智穷兵败，遂自刎而死。刎前自叹道：‘遂成竖子之名！’齐师则趁其乱，大破其军，覆杀魏师十万之众，掳魏国主将太子申而归。”

“掳魏太子申而归？”张仪听到此，不禁大惊失色。

“是。”胡子客见张仪吃惊不信的神色，遂肯定地回答道。

“太子申乃魏国储君，而且不谙战事，魏王何以派太子申为主将而领兵？”张仪又问道。

胡子客道：

“这也是魏王听从庞涓之请而作的决定。”

白面客插话道：

“本来，魏王没有让太子申领兵的打算。只是齐师自东来，直走大梁，庞涓慌了手脚，唯恐救之不及。这才急遣使者，从南梁而往报魏王。魏王闻之，亦觉事态严重，遂悉起境内之众，任太子申为主将，迎击齐师。”

“然后呢？”张仪又急切地追问。

白面客见此，故意停了下来，抿了一口酒，又往嘴里送了一粒小菜。然后，才又不紧不慢地说了下去：

“太子申领兵将出，有客谏魏公子理之傅：‘何不使公子泣告于王太后，谏止太子之行？成，可树公子理之德；不成，公子理则为王储矣。太子年少，不习于兵事。田忌、田盼，乃齐国宿将；孙膑，是齐国最善用兵者。太子若领兵出征，则战必不胜，不胜则为齐人所擒。先生若使公子泣告太后，谏止太子之行，大王听从，公子必受封；大王不听，太子必败。太子败，公子则必立为太子，后必为魏王也。’公子理之傅一听，觉得有理，遂使公子理泣告王太后。王太后谏之于魏王，魏王终不听。”

张仪听到此，不禁摇头叹气。

胡子客又插话道：

“太子无奈，只得领兵出征。大军行至宋国外黄，外黄之客有徐子者，求见太子，口称：‘臣有百战百胜之术。’太子问道：‘可否说来一听？’徐子道：‘臣愿陈陋见。’太子道：‘先生请言。’徐子道：‘太子亲领大军攻齐，若大胜，破齐而并莒，则富不过有魏，贵不过为王。若战而不胜，则万世无魏矣。此臣之百战百胜之术也。’太子道：‘先生之言，莫非是教我回师而不战？’徐子道：‘太子果然睿智过人！’太子道：‘诺，我必尊先生之言。’徐子道：‘可惜，而今太子虽想回师，亦不可得矣。魏国劝说太子领兵出征者，皆欲太子与齐人力战，希望以此建功而取富贵。纵使太子决意回师，众人亦恐不从，故曰终不可得矣。’太子思之良久，决意回师。但是，御车者对太子说：‘兵出不战而还，与临阵脱逃者无异。’太子无奈，只得继续领兵与齐人力战。结果，兵败马陵，为齐人所掳，十万魏师无一生还。”

胡子客说完似乎无限感伤，不断地长吁短叹。

白面客则握拳擂得食案咚咚响，食案上的那盘小菜也被震得在食案上乱滚一气。

张仪则唉声叹气，不住地摇头。

张仪之妻蕙兰不懂这三个男人咬文嚼字的说话，见他们那样激切悲愤的样子，更是如坠五里雾中。

张仪之子嗣儿，更是不知爹究竟为什么与那两个陌生男人说得那么投缘，只是目瞪口呆地看着他娘。

良久，蕙兰敲了敲食案，提醒张仪道：

“快吃面，都凉了。”

张仪这时才清醒过来，于是忙三口两口，胡乱扒拉掉碗里的面条。然后，付了账，告别那两个陌生客，携妻带子，回到了下榻的“南北客栈”。

2. 召陵之夜

回到客栈后，张仪还是心情久久不能平静。

那两个魏国游士的话，让他彻底明白，如今大魏的强势不再，自己回到魏国恐怕更是无用武之地。十八年前（周显王十六年，前353），魏国攻伐邯郸，如果不是齐国出兵相救，魏师败于桂陵，赵国早就不复存在；六年前（周显王二十八年，前341），魏师伐韩，如果不是齐国再次出兵相助，韩国恐怕也早就被魏吞并。这次，魏师再次失利，兵败马陵，魏将庞涓战败自杀，太子申被齐人所掳。这魏国元气都已伤尽了，还有什么指望呢？

想到此，张仪心里不禁暗暗打定了主意：不如现在就到齐国去游说一次齐宣王。既然齐国能够打败魏国，那么齐国就是强者，齐王就是明主了。既是明主，那么只要自己游说得好，说不定齐王能听从。如果这样，那么自己这一辈子就有着落了。再说，自己在外游学、游说十多年，现在还是一事无成，如果就这样回到张城，实在心有不甘，不仅自己觉得毫无颜面，爹娘在张城乡亲们面前也会抬不起头来的。

检点了一下身上的盘缠，张仪发现还剩余不少。另外，还有辞别楚国令尹昭奚恤时，他所赠的五十金都还没有动用。有了这些钱，到齐国一趟，一家三口在齐国生活几年也够了。

周显王三十四年（前335）十月十八，张仪携妻儿从楚国穰城出发北上。

十二月中旬，往东北，到达楚国方城之南的重镇——宛。然后再往东北，越楚长城——方城，到达魏国南部与楚方城交界的重镇——叶。由叶再往东，至魏国与楚交界的另一南部重镇——舞阳。再往东北，到达楚、魏交界的魏国东南重镇——郾。

由郾往东北，出魏国之境，于周显王三十五年（前334）四月初六，到达楚国北部重镇——召陵。准备再往东北，过宋境，入齐。

行至召陵，张仪携妻儿入城略作休整，毕竟妻儿受不了太长时间的路途颠簸。

召陵历来是兵家必争之地，也是南来北往的必经之路，因此召陵街市也就格外的热闹繁华，人流熙熙攘攘。这里，南北杂居，什么人都有，可谓是南腔北调，什么方言都能听到。至于生活习惯，饮食习惯，也是各种各样，五光十色。还有来自南国北国的各种消息，不经意间，便从南来北往的过客嘴里溜出。因此，人称“坐召陵而知天下事”。

张仪携妻儿来到召陵一条南北大街，看见一家旅店竖着“通衢客栈”的招幌，就信步走了进去。进到店里，这才知道，这家旅店门面不大，纵深却不小，大小客房数十间，颇具规模。张仪与店主闲聊了几句，便要了一间大点的房间，以便一家三口都能住下。

晚上草草在客栈旁边的小食铺吃了点东西，一家三口就收拾被褥，准备就寝，想早睡早起，明天出城赶路，往齐国进发。

可是，头还没碰到枕头，张仪就听隔壁屋内好像有许多人在争论，声音好响好大。因为各间客房之间都是仅以木板简易隔开，隔音效果不好，所以隔壁房里有人说话，邻屋都能听得非常真切。

张仪见邻屋争论声越来越大，情不自禁间便将耳朵附到了隔板上。侧耳听了几句，觉得好像说的是东齐之语，因为在东齐游学了近五年，东齐之语他已经相当熟悉了。

“嗣儿他娘，你与嗣儿先睡，隔壁说话者好像是齐人，俺去向他们打听一些齐国的消息。”张仪说完，就起身带上了门扉，往隔壁齐国客人的房内而去。

来至齐国客人房门口，发现房门没关，敞开着呢。张仪偷眼往里一看，发现有三个人，正在一边饮酒，一边争论个不休。张仪一见，便知这三人肯定都是些游士，他们的做派与自己在齐都稷下学宫时所见到的那些淳于髡之徒一般无二。

张仪不禁心中一喜，心想，与这些从齐国来的游士谈谈，知道些齐国的情况，届时游说齐王时也能对症下药。否则，齐国的情况一无所知，如何游说齐王？反正，自己在楚国待了这么多年，楚国的情况已经知道不少。加上，在楚国穰城时遇到两个魏国游士，魏国的情况也了解到一些。天下大国楚、齐、魏三国情况皆知，也算天下大势尽在我心矣。如此，游说起来就可头头是道，纵论天下大势就能侃侃而谈，起码在气势上可以先镇住齐王。

想到此，张仪遂一边探头向齐客屋内张望，一边轻轻地在门上拍打了几下，打着不很地道的齐语，高声说道：

“敢扰诸位，请问诸位莫非齐国之士？”

三位齐客正说得热闹，突然听到一个陌生客探头问话，立即停止了争论，齐刷刷地将目光聚到了眼前这位不速之客身上。

张仪见此，又重复了刚才的那句问话。虽然齐语说得还是不标准，但三位好像都听明白了，而且几乎是异口同声地回答道：

“正是。”

张仪一听，心中大喜，心想，猜对了，不妨自报家门，把自己游学齐国的经历，也与他们说说，套个近乎。

“在下乃魏国张城人士，曾游学稷下，后至齐之三山，师事鬼谷先生习学纵横之术。”

三位齐客见张仪说曾到齐国稷下学宫游过学，还师事齐人鬼谷先生习过纵横术，不禁喜逐颜开。既然大家都是一路人，自然在心理上就有一种亲近感。

“既为鬼谷先生弟子，若蒙不弃，不妨入而聚谈。”其中的一个年长者发出了邀请。

张仪一听，心里更是大喜。于是，忙不迭地脱履入室。

年少齐客见此，连忙起身，给张仪腾出了布团。

张仪谦让了一番，还未坐定，另一位齐客，看上去胡须有点黄，就立即拿过一个酒盏，并顺势向盏内倒了半盏酒，递到张仪面前，道：

“不嫌，请饮了此盏薄酒。”

张仪连忙接盏在手，一饮而尽，以示敬意。

没等张仪放下酒盏，年长的齐士又开口了：

“敢问客人尊姓高名？至齐有何贵干？”

“在下姓张名仪，今无以为生，欲至齐游说齐王，以谋温饱。只是因为居楚多年，未谙齐国之事，故冒昧打扰诸位。”

黄须齐士应声说道：

“至齐何益？我等齐国之士尚且不能为齐王所用，而今离齐而往楚，就是为了谋个温饱生计。”

年少齐士接口道：

“而今的齐国，只是一士专宠的天下。”

张仪连忙追问道：

“敢问专宠者何人？”

“邹忌。”黄须齐士道。

“邹忌乃天下名士，亦是齐国贤臣，天下谁人不知？”张仪脱口而出。

“此乃陈年旧事矣！想当初，邹忌鼓琴而见威王，朝服窥镜，以妻妾客人逢迎之喻而讽威王纳谏，齐国大治，人皆称之。后得威王之宠，遂排斥异己，擅权独断。今之邹忌，非昔之邹忌也！”年长齐士不以为然地说道。

未等年长齐士言尽意足，黄须齐士就接口说道：

“犹记得十九年前，魏国倾起大军围困赵都邯郸，赵王告急于威王。威王问计于群臣：‘魏师攻邯郸甚急，赵王求救于寡人，诸位以为当救不当救？’群臣众口一词，皆言当救之。唯邹忌不以为然，力排众议道：‘不如不救。’段干纶起而反对，说：‘不救，则于我不利。’威王问其故，段干纶慷慨陈词道：‘魏师下邯郸，则赵国必亡。赵亡，则于齐何利？’威王以为然，乃决意起兵。邹忌见无力改变威王决定，遂又建言道：‘齐师出，可屯军于邯郸之郊。’

段干纶认为不可，乃陈其利害道：'解邯郸之围，而屯军于邯郸之郊，则魏、赵之师必休而不战。如此，邯郸虽不能破，然魏师亦无重挫之危机。故齐兵既出，不如径攻魏之襄陵，以使魏师首鼠两端，疲弊不能两顾。纵使邯郸城破，魏亦师老兵疲，齐师承其敝，必能大破之。如此，则赵破魏弱，我大齐可收两利矣。'威王道：'善哉！'乃命田忌为将，孙膑为师，起兵南攻魏之襄陵。七月邯郸拔。齐师承魏之敝，大破魏师于桂陵，覆军杀将八万有余。由此观之，邹忌实非贤臣。"

黄须齐士言犹未了，年少齐士接口道：

"邹忌非但不贤，实乃妒贤嫉能之辈。昔田忌败魏于桂陵，邹忌惧其功高而危及其相位，乃设计陷害之。田忌愤恨难平，乃铤而走险，以兵袭齐。惜谋而不密，事不成，亡奔于外。威王卒，宣王立，乃召田忌归国，任之为将。邹忌深以为患，日夜忧之。宣王二年，魏师伐韩。邹忌之客公孙闬知邹忌之意，乃献计于邹忌：'公何不建言大王，以田忌为将，以定伐魏之计？大王允请，战而胜之，论功行赏，则是公之谋略；战而不胜，田忌侥幸不死，亦得败将之名，追究责任，则有屈挠之罪。齐之军法：斩敌首者拜爵，屈挠败北者腰斩。如此，公之大患何愁不除？'邹忌以为然。当其时，适逢魏师攻韩甚急，韩侯告急于齐。邹忌乃进言于宣王，以田忌为将，出兵救韩。宣王允请，乃以田忌为将，以孙膑为师。兵出齐境，孙膑献计，入魏境三日，逐日减灶，诱庞涓及魏师夜入马陵道中，大破十万魏师，庞涓自刎，掳魏太子申而归。"

张仪在楚国穰城时，已经听魏国两个游士说过齐魏马陵之战的结果，但不知邹忌却是此次伐魏的主谋人，遂脱口而出道：

"真是人算不如天算！邹忌本来是出于妒贤嫉能，最终却成就了田忌之功。"

年长齐士则接口道：

"先生有所不知，田忌伐魏之功成，大祸亦至矣。"

"何祸之有？自古即有成法：有功者赏，有罪者罚。"

年长齐士立即岔断张仪的话，说道：

"田忌伐魏大获全胜，率师将归齐。孙膑密对田忌道：'将军有成大事之志否？'田忌不解，问道：'先生之言何意？'孙膑道：'将军若欲成大事，则勿解兵而入齐。可使疲敝老弱之卒守于华不注。华不注，乃天下之险隘，车不得方轨，马不得并行，百人守险，虽千万人不得过也。使老弱疲敝之卒守于华不注，必能以一当十，以十当百，以百当千。然后，背倚太山，左临济水，右凭巨防，辎重车马密至高宛，使轻车锐骑径冲临淄之雍门。若此，齐国君位可正，而成侯可逐出齐境。不然，将军最好不要解兵回齐。’田忌无心齐王之位，唯恨邹忌弄权而已。遂不听孙膑之言，将军队解散，径入临淄。”

“田忌解兵入齐都，结果如何?”张仪急切地问道。

黄须齐士接口道：

“邹忌听说田忌凯旋，急召心腹公孙闬而谋之：‘田忌三战三胜，今将入临淄，为之奈何?’公孙闬问：‘解兵否?’邹忌说：‘已解兵。’公孙闬放声大笑道：‘公无忧矣!’遂密遣心腹之人，持十金，诈言是田忌之人，往市中求卜，告卜者道：‘我乃田忌之人，吾主三战三胜，声威震天下，今欲成大事，故来卜，以问其吉凶。’求卜者出，公孙闬令人将卜者与问卜者一起捕获，带往朝廷去见齐王，要求他们当面对质。田忌闻之，顿足长叹，深悔没有听从孙膑之谋。徘徊临淄城外良久，惧而不敢入，最后只得亡奔于楚。”

张仪听到此，突然想起，前几年确曾听说过有齐将来奔，原来是名将田忌。遂暗暗地点点头。

黄须齐士又接着说道：

“田忌出奔楚国，邹忌深以为患，恐其日后借助楚国之力，而复位于齐。当其时，有成周游士杜赫来见，探知邹忌之忧，乃自请于邹忌道：‘公不必忧虑，臣请出使楚国，为公留田忌于楚，可否?’邹忌大悦，乃厚贿杜赫。杜赫至楚，对楚王说道：‘齐、楚二国之所以结怨交恶，实为齐相邹忌之故。邹忌与田忌水火不容，今田忌奔楚，邹忌恐田忌借楚之力而复位于齐。为楚之计，大王不若封田忌于楚之江南，以示田忌不复返齐也。如此，邹忌从此无患，必投桃报李，以齐国之力而厚事于楚。田忌，乃亡奔之人，今得楚国之封，必感恩戴德于大王。他日若能重返齐国，田忌亦必以齐国之力而厚事于楚。此乃楚国善用二忌之道也。’楚王以为然，遂封田忌于江南。”

“所以说，今之齐，乃一士之天下也。”年长齐士立即接口总结道。

张仪听完三个齐国游士的话，已然了解邹忌的为人。看来，此时再往齐国，料亦无所作为，不如就此打消了往齐游说齐宣王的念头。

3. 大梁之叹

告别隔壁三位齐士，回到自己的客房，已是午夜时分。看着熟睡的妻儿，想着刚才三位齐士的话，张仪却一点睡意也没有。本来计划好的齐国之游，如今不能进行下去了。那么，下面该怎么办呢？难道就要这样回张城老家？

思来想去，一夜无眠。第二天起来，张仪觉得头脑昏昏，心情愈发的坏，于是就独自一杯接一杯地喝起了闷酒。

妻子蕙兰见此，已然猜到其中的原因，肯定是因为昨夜与邻屋之人谈话后，触动了什么心事，才会这样。老话说“知夫莫若妻”。作为妻子，蕙兰知道张仪心里的苦，所以开始她也不制止他喝酒，也不问他。但见他越喝越多，越喝越凶时，遂忍不住劝道：

“嗣儿他爹，有啥心事，有啥苦处，就说出来吧，别闷坏了身子。实在不济，俺们回张城老家种地还不成吗？俺们母子也不想你为将为相了，俺们回家自种自食，两个儿子也大了，也能帮点手，做点事，何愁不能温饱度日呢？”

张仪虽然喝得多了，但并不糊涂，见妻子这样说，差点眼泪都要掉出来了。但是，他是男人，他不能在妻子与儿子面前落泪，那样妻儿还有什么信心呢？

“嗣儿他娘，俺没啥心事，也没啥苦处，只是好久没有喝酒了，昨夜见齐人豪饮，就想也痛快地豪饮一回而已。俺喝得好像多了点，想好好睡一觉，你带嗣儿出去吃点东西吧。”

说完，指了指包袱，示意蕙兰自己取钱，就和衣躺下了。

一觉醒来，睁眼看到蕙兰与儿子正守在自己身旁，张仪不好意思地问道：

“俺睡到啥时辰了？”

蕙兰指了指外面道：

“太阳都偏西了。”

“哦？”张仪忙一骨碌从铺上爬起，伸了个懒腰，又问道：“你们娘儿俩吃过饭了吗？”

“你醉成这样，俺们何来心思吃饭？”

张仪一听，忙说：

“要饿坏的，怎么这么傻呢？俺只是多喝了点，睡个觉，何必如此担心，连饭也不吃呢？再说，俺们现在还没到没饭吃的份儿上。留得青山在，不怕没柴烧，明天俺们还要赶路呢。快，快，俺们出去吃饭。”

蕙兰听张仪说“留得青山在，不怕没柴烧”，就知道他刚才喝酒确实是有心事的。心想，既然他说了这个话，那么他是想通了。

于是，三人一同到客栈旁的小饭铺好好吃了一顿。张仪又恢复了常态，跟蕙兰还说笑几句，儿子见此，也高兴起来。

周显王三十五年（前334）四月初八，一大早，张仪就与客栈老板结清了账，昨天委请老板雇的一辆驴车也已等在了客栈门口。于是，三人就登车出发了。

上了车，张仪才告诉妻子道：

“嗣儿他娘，俺们这就不往齐国去了，你们娘儿俩也受不了这种颠簸之苦。不如俺先回张城，看看爹娘，再看看继儿。往后的事儿，俺们再作计较吧。”

“这样最好！”蕙兰道。

“俺昨天问过人了，回张城，先往北，至俺大魏新都大梁，再折向西，越韩而过，就到俺张城了。”

“俺不知道那么多，你决定的总没错。”

其实，张仪是跟妻子有所隐瞒的。如果真的想回张城，应该直接往西，入魏境，过韩，就到张城了。张仪心有不甘，不想就这样回到张城，所以借口说回张城要经过大梁，目的是想去大梁碰碰运气，看能否游说得了魏王。如果成功，那么自己的人生也就有了转机，也就不负爹娘与妻儿之望了。

从楚国召陵出发，往北越过楚、魏之界，就进入了魏国之境，然后再北渡颍水与洧水，就到了魏国东部大城安陵。再往北，至林。然后，绕道逢泽，于周显王三十五年（前334）九月十一，三人终于到达魏国新都大梁。

一入大梁，张仪无限地感慨。魏都本在西部的安邑，离自己的家乡张城很近。可是，由于魏惠王好战，屡与邻国结怨，兵戈相向。长期与邻为壑，结果让虎狼之秦屡屡钻了空子，十几年间，不仅使魏国失去了河西之地，没了战略屏障，甚至连本土的河东之地，也屡屡被强秦蚕食。最后，竟然连魏都安邑也朝不保夕，只好迁都，偏安于大梁了。

张仪曾游学于安邑，对于安邑当时的繁华景象，印象非常深刻。而今，才过去十多年，魏已不是昔日之魏，魏都亦不是安邑了，而是眼前的这座新都大梁。虽然大梁也是繁华无比，但因心中有安邑，对着眼前繁华的大梁，张仪就益发觉得感伤。

而蕙兰和嗣儿，毕竟是妇道人家与娃儿，也从未到过魏国旧都安邑，所以就不可能有张仪那种触景生情的沧桑感慨。他们到了大梁，看到繁华的街市，熙熙攘攘的人流，都觉得新鲜有趣，东看西瞧，兴味盎然。加上到处听到的都是家乡之语，更是倍感亲切。楚都郢之繁华与独特的南国情调，虽然并不输给魏都大梁，但听到的都是楚声楚语，对于他们来说，只有陌生、孤独、隔阂之感，所以不时会涌起一种离乡背井的苦涩之感与深深的怀乡思亲之情。

陪妻儿在大梁街市略走了一遭后，张仪先去找了一家价格还算便宜的客栈，将妻儿安顿停当。第二天，他就借口去会朋友，独自往大梁闹市的酒肆去了。因为这种地方南来北往的人多，最能打听到各种消息，对于这一点，他在外这么多年，已经算是很有经验了。

从客栈出来不久，张仪就转到了大梁的一条主要繁华大街上。一边走，一边看，最后驻足于一家名曰“新都”的酒肆前。只见酒肆规模相当大，里面人头攒动，熙熙攘攘，就像一个买卖市场一般热闹。张仪心想，这个酒肆倒是不错，生意兴隆，想必南来北往之客肯定很多。于是，就迈步走了进去。

进去后，放眼一望，客人满满，一座难谋。正在为难之际，店小二指了指西北角道：

“廊边尚有一座，客人不嫌，可与三位异国之客共席。”

张仪定睛一看，果然，西北角紧靠廊边的一张食案边，坐了三位客人，正在把酒谈天，兴味正浓呢。张仪心想，这倒好，正好借此机会听听这三位异国之客谈些什么。说不定，他们就是到魏国游说的游士呢。如果这样，倒是会有不少消息的。

想到此，张仪就朝西北角的那个廊边之席走了过去。

“三位若不介意……”

张仪指着余下的一个坐布团，言犹未完，一个峨冠博带之人就拍着那个坐布团道：

“客人请便。”

张仪遂在那个空布团上坐下，伸手从案上拿过一个酒盏。那个说话的峨冠之人顺势给张仪斟上了一盏酒。

张仪连忙欠身谢过，然后仔细端详了他那高耸的峨冠，又听他刚才说话中带有浓重的齐国口音，于是就猜到他可能是齐国的游士。因为在稷下游学过几日，这种装束的齐国游士到处都是。于是，张仪就顺口问了一句：

“客人莫非齐国之士？”

旁边一个束着高髻的瘦高个接口反问道：

“先生何以知他为齐国之士？”

“在下曾游学稷下学宫，后在三山师事鬼谷先生习学纵横之术数载。”

“哦！”另一个胖点的黑面之人，连忙说道：“先生乃是鬼谷先生弟子，失敬！失敬！”

张仪见黑面人知道鬼谷先生，就知道他也是游说之徒了，且听他的口音好像不是魏国之人，遂问道：

“敢问先生为何处之士？”

“在下来自鲁国。”黑面之士答道。

张仪遂转向那个束着高髻之士，谦恭地问道：

“不知这位先生又是何处之士？”

高髻之士应声答道：

“在下为楚人。”

张仪点点头道：

“闻先生之言，有楚人之音。”

高髻楚士立即接口反问道：

“先生莫非游历过楚国？”

张仪点点头，心中却有无限的怅恨。他怕三位游士要问到自己游楚的经历，勾起自己不愉快的回忆。又怕他们万一问出口，不说吧，就失礼了；实说了被楚相鞭笞的事，又好没面子。于是，连忙转移话题，先发制人地问三位游士道：

“三位高士何以至魏？”

峨冠齐士接口道：

“闻先生口音，应当是魏国人吧。魏王卑礼厚币，以招天下贤士，先生何以独不知此事？”

张仪一听，心中一惊，心想，还有这事？怪不得有这些异国游士云集于魏都大梁，自己倒是孤陋寡闻了。于是，兴味盎然，急切地回答道：

“在下游齐、居楚，已历十余载矣。魏国近事，知之甚少，尚望诸位见教。”

高髻楚士接口道：

“魏师失利于马陵，魏王痛自反省。闻秦孝公曾下令求贤，得卫人公孙鞅，为秦变法，遂有今日之强。所以，援秦孝公之例，亦下令求贤。天下之士闻之，趋之如骛，遂云集于大梁。驺衍、淳于髡、孟轲，皆天下名士，亦至大梁矣。”

张仪一听，这才明白是怎么回事。又听高髻楚士说到驺衍、淳于髡与孟轲等人，他更是来了兴趣，遂连忙问道：

“驺衍、淳于髡、孟轲果真都来游说过魏王？”

“当然，这还有假？”黑脸鲁士道。

“三人如何游说魏王，先生可否为在下详述之？”张仪想了解一下他们三人是怎么游说的，也好从中学些技巧，遂追问道。

峨冠齐士道：

“驺衍乃齐国名士，目睹天下为人君者多喜淫侈，不能尚德，遂作《终始》、《大圣》之篇十余万言。其语闳大不经，必先验小物，推而大之，至于无垠。然其学说，要而言之，必止于仁义、节俭，及君臣、上下、六亲行事之准则。齐威王时，其学说在齐国很有影响。驺衍闻魏惠王求天下贤士令，遂不远千里，自齐至魏。惠王闻之，亲迎于大梁之郊。可是，交谈之后，魏惠王觉其见解迂大不切实际，不中其意。于是，就没有用他。”

峨冠齐士说到此，张仪便急切地问道：

“那么，淳于髡游说魏王，结果又是如何？”

峨冠齐士见张仪对自己的讲述如此有兴趣，更来了精神，接着说道：

“淳于髡乃齐国第一名士，为人博闻强记，学无所主。生平敬慕齐国先贤晏婴之道，故其谏说君王之术，皆以承君王之意、观人主之色为要务。淳于髡闻魏惠王求天下之贤士，遂离齐至魏。刚到大梁，就有客引荐给惠王。惠王久闻淳于髡大名，遂摒斥左右，独坐而恭迎之。可是，两次召见，淳于髡皆终其席而不发一言。惠王乃召客而斥之：‘先生极称淳于髡其人，言管仲、晏婴亦不及之。然其见寡人，终其席而无有一言，寡人一无所得。如此之人，寡人如何亲之任之？’客退，以惠王之言报之于淳于髡。淳于髡莞尔一笑，从容说道：‘此不出髡所料。承蒙先生荐引，髡得以两见魏王。

前见魏王，其志在骏骑之驱；后复见魏王，则其志在丝桐之声。故髡见魏王默然也。’客遂以淳于髡之言报惠王，惠王大骇，感叹道：‘淳于先生真圣人也！前次来见，有客献良马于寡人，寡人未及察看，适淳于先生至；后复来见，有客献琴于寡人，寡人未及调试，又适淳于先生来。淳于先生来见，寡人虽屏退左右，礼之恭谨，然情系琴马，心有旁骛也。’”

“果有此事？”张仪将信将疑地问道。

峨冠齐士并不搭张仪之腔，继续说道：

“过了两天，淳于髡第三次来见，惠王与之接谈，三日三夜，而无倦意。惠王大悦，欲以卿相之位授之，淳于坚却不受，谢而去之。惠王无奈，乃送安车驾驷，束帛加璧，黄金百镒，亲送至大梁之郊。”

峨冠齐士说完，那个沉醉之态，得意之色，如同自己就是淳于髡似的。

张仪听完，既深深敬佩淳于髡之善说，又为他谢绝尊荣之位而可惜。

沉默了一会儿，张仪突然想到高髻楚士说到鲁人孟轲也来游说过魏惠王，于是又追问道：

“孟轲说魏王，结果如何？”

因为孟轲算是鲁国人，于是黑脸鲁士就接过张仪的话茬，说道：

“孟轲乃仲尼之徒，祖述仲尼之说，推崇唐、虞、三代之德。游齐，称仁义而说宣王，期年而不见用。今闻魏惠王求天下贤士，乃离齐至魏。惠王见之，执宾主之礼甚恭，急切请教道：‘寡人不佞，兵三折于外，太子虏，上将死，贻笑于天下，羞愧于宗庙社稷。今国库空虚，民不聊生，寡人不知计之安出。今先生不远千里而来，辱临敝邑，不知将何以利吾国？’孟轲不悦，回答道：‘世间尚有仁义在，大王何必只言利？今王言：“何以利吾国”；大夫言：“何以利吾家”；士庶之人言：“何以利吾身”。如此上下交相争利，则国必危矣！万乘之国，若有弑其君者，必为千乘之家；千乘之国，若有弑其君者，必为百乘之家。王若行仁，则天下无有遗其亲者；王若行义，则天下无有忘其君者。王言仁义可也，何必曰利？’”

“魏王以为如何？”张仪急切地问道。

高髻楚士语似不屑地说道：

“此乃迂阔之论，如何能中魏王之意？当今之世，秦用商君，富国强兵；韩用申不害为相，变法图强；齐威王、齐宣王用孙膑、田忌之徒，诸侯东面而朝齐。今天下以‘合纵’、‘连横’为务，皆以攻伐争霸为贤，孟轲以仁义说魏王，岂能得魏王之心？”

张仪点点头，似乎意有所得。

这时，店小二过来，先拿开案上的那个快要空了的酒壶，换上了一个灌满的酒壶，然后再给四人各斟了满满一盏。

于是，四人几乎同时举盏在手，啜了一口。

接着，张仪又开口问道：

“请问三位高士，诸位游说魏王，结果又如何？”

峨冠齐士见问，先叹了口气，然后不无忧虑地道：

“我辈时运不济，至大梁，魏王已任惠施为相矣。今魏王听惠施之言，三度入齐，至今未归，故我等尚未见魏王一面。”

“惠施为魏相？”

惠施，乃宋人，为名家代表人物之一，这个张仪早就听说。但魏惠王任惠施为魏相，张仪没想到，故有此问。

高髻楚士见张仪有问，遂接口道：

“马陵之战不久，宋人惠施至魏。魏王闻惠施贤能，乃召而问之：‘齐，魏之寇仇也！昔桂陵之战，田忌杀我八万健儿；今马陵一役，又覆我师十万，杀庞涓，掳太子。此恨一日不雪，寡人死不瞑目！今魏国虽弱，寡人常思倾起魏境之兵而攻之，先生以为如何？’惠施从容答道：‘不可！臣闻之，王者得法，霸者知谋。魏有今日之败，皆因疏于法而远于谋。昔魏结怨于赵，而与齐战；今构怨于韩，复与齐战。战而不胜，国无守战之备，大王又欲悉起魏境之兵而攻齐，此非臣所谓‘得法’、‘知谋’也。大王必欲雪二陵之耻，不如折节变服而朝于齐。大王朝齐而不朝楚，则楚王必怒。楚迁怒于齐，大王复遣游士以挑之。如此，楚必伐齐。齐与魏战久矣，今已师老兵疲；楚则养精蓄锐，兵锋正健。齐、楚兵戎相见，齐必为楚所败。此乃大王借刀杀人、借力使力之上策也。’”

“果为好计！”张仪不禁脱口而出。

高髻楚士接着说道：

“魏王以为然，乃遣使报于齐，言魏王愿折节变服，以人臣之礼朝于齐王。”

“齐王不知其中有诈？”张仪又问道。

峨冠齐士接口道：

“魏王之使至齐，未见齐王，先见靖郭君田婴。田婴与惠施相善交厚，遂允魏王之请。齐臣张丑不以为然，谏阻田婴道：‘不可！齐与魏战，若无胜负，得朝见之礼，而与魏媾和，出兵伐楚，则可以大胜；今齐与魏战，覆其十万之军，杀其主将，擒其太子。魏乃万乘之国，今臣服于齐，齐居秦、楚二国之上，秦、楚必疑齐有谋霸天下之心。且楚王之为人，好用兵而务其虚名。今靖郭君许魏王以臣礼见齐王，楚王必迁怒于齐。齐之大患，必楚也。’田婴不听，最终还是答应了魏王之请。前年与去年，魏王两次入齐，朝齐王于齐之平阿、甄。今年，又朝齐王于齐之徐州。”

高髻齐士言罢，不胜唏嘘顿足。

张仪听完，不禁默然。他知道，如今楚、齐、魏三大国，皆无可为矣。楚有令尹昭奚恤，一手遮天，岂有他人插足之份？齐有邹忌为相，还有靖郭君田婴。邹忌之专权，在召陵时已经听三位齐国之士说过。而靖郭君田婴之威权，天下无人不知。他是齐威王之少子，齐宣王之弟。齐王之廷有此二人，哪有其他游士立足之地？而魏国呢？虽然魏惠王战败后反躬自省，有思贤之心，也有求贤之举，可是眼下他已经任命了宋人惠施为相，那么其他游士如自已，是否还有机会呢？

从“新都”酒肆回到下榻的客栈，张仪想了很多。通过今天三位游士的话，他感到此次游说魏惠王的事，恐怕也不那么乐观了。甚至他已经开始感到绝望了，想马上就回张城老家，免得白费盘缠，白费精神，起码不会因为游说失败而再受一次精神打击。

可是，想了一夜，还是觉得应该等魏惠王从齐国徐州回来再说，因为现在各诸侯国王之中，也只有魏惠王下了求贤令。既然下了求贤令，就不至于拒绝游士求见与游说的。这也是自已目前唯一能直接游说君王的机会，居楚七年多，连这样的机会也没有。说不定，时来运转，说得好而为魏惠王赏识，尽管不可能像惠施那样，成为魏国之相，但若能谋个朝臣之职，人生也就有着落了。

打定主意，张仪就在大梁耐心等待。每天还是到那个“新都”大酒肆，与各路游士闲聊，探听各种消息，然后仔细分析揣摸，就等魏惠王回来时去游说他了。

十一月初七，魏惠王终于从齐国回来了。张仪一听，心中大喜，急忙在心里打着游说辞的腹稿，准备第二天一大早就去求见魏惠王，去一试自已的游说功夫。

十一月初八一大早，张仪就早早起来漱洗，穿戴整齐。

妻子蕙兰怪而问之：

“今天要往哪里去？咋如此讲究起来了呢？”

张仪不想让蕙兰知道，他怕万一游说不成，又惹得妻子也跟着伤心一番。俗话说得好，“事不知，心不烦”。蕙兰不知道自己要去游说魏王，即使游说不成，有什么烦恼与苦闷，自己一人独吞就好了，那样也就不必带累妻子了。

于是，张仪就信口胡诌了一句道：

“昨日遇见一个故旧，相约今日再叙，自然当穿戴整齐，方显礼貌。”

说完，关照了一下妻儿吃饭的事，就径自出门了。

可是，当他来到魏王宫前，请求门禁官通报魏惠王时，却被告知：

“魏王今日不见客。”

张仪本来是带着满腔的热望而来，一听这话，顿时傻在了魏王宫前。

傻了好大一会儿，终于清醒过来。又想了一会儿，他在心里说服了自己：肯定是因为魏惠王旅途劳顿，需要好好休息一下，才有不见客之说，这也是可以理解的。看来是自己太心急了，不应该急在一时，也得让魏惠王休息几天才是。

这样一想，张仪心里又开朗了。于是，又回到下榻的客栈，继续等待。

过了三天，张仪再去魏王宫求见魏惠王，门禁官告诉他的还是那句话。张仪无奈，只得再回客栈。

又过了三天，张仪想，这下魏惠王该休息好了吧。于是，再去魏王宫求见。得到的回答，仍然如前两次一样，没有一字半句的不同。

这时，张仪就开始纳闷了，情绪陡然低落下来。

恍恍惚惚，张仪毫无目标地走在大梁的闹市上，对喧闹的车马人声，好像全然充耳不闻。不知不觉间，又走到了那家平时与他国游士饮酒聚谈的“新都”酒肆前。酒肆还是一如往常地人头攒动，热闹非凡。

不自觉间，张仪又信步走了进去。刚要在一个空席前坐下，就听到身后好像有人在叫自己。转过身来一看，发现原来是第一次遇见的那三个游士。

张仪于是就朝他们坐的地方走过去，又一起坐下饮酒闲聊起来。

谈了一会儿，张仪忍不住，便问道：

“闻魏王已自齐返魏，三位可曾见过魏王？”

峨冠齐士忙接口道：

“如何能见魏王？魏王病矣。”

“魏王病矣”，张仪一惊，心想，怪不得门禁官总是那句话，说魏王不见客。那么，这三位是怎么知道魏惠王病了的消息呢？

“兄何以知魏王病矣？”

“大梁何人不知？”高髻楚士道。

张仪这才知道，自己竟然是这样的孤陋寡闻。于是，就不好再往下问了。

此后的日子，张仪不仅隔三岔五地到魏王宫去问魏王情况，还经常到“新都”酒肆来打听消息。

十二月初二，一大早，张仪起来漱洗已毕，正准备要到魏王宫再去探探消息。一出客栈大门，这才发现漫天大雪铺天盖地兜头而来。再看地上，早已积有厚及足胫的大雪，肯定是昨夜就已经下起来了。

看着漫天大雪，张仪就更加忧上心来。老话说：“大雪纷飞下，柴米皆涨价。”这住店的日子，看来也要每天所费颇多了。

想到此，张仪还是冒着漫天大雪向魏王宫而去。他想，这样的天气，相信不会有任何游士去求见魏王的。说不定，魏王一感动，就接见了自己。要是再说得让魏王赏识，说不定今天就是自己时来运转之日。

一边走，一边想，因为心里揣着满心的希望，也就不怎么感觉到寒冷。街上的行人特别少，积雪又深，这一趟倒是费了平日的两倍的时间。直走到日中时分，才艰难跋涉到了魏王宫。

到了魏王宫，张仪找了好半天，才找到门禁官，原来是天冷雪大，他们已经蜷缩到了宫门背后了。

“官爷，今日大雪，谅无他客求见魏王，可否烦请官爷为在下通报一声，就说有魏张城之士张仪，乃齐人鬼谷先生弟子，闻大王求天下贤士，至大梁候见已数月矣。”

门禁官早已认识了张仪，见他这么大的雪还来求见魏王，心想，做个游士真的不容易，也怪可怜的。于是，想了想，忙向张仪招了招手，示意张仪靠近。

张仪见此，立即上去。

门禁官对着张仪附耳言道：

“实不相瞒，魏王自齐返魏，即一病不起，三天前已驾崩矣。”

张仪不听则已，一听顿然如五雷轰顶，脑子里一片空白。

“俺见先生之意至诚感人，遂告以魏王驾崩之事，望先生不可为外人道也。”门禁官又嘱咐了张仪一句，就又蜷缩到宫门后去了。

在大雪中呆立了好久，手脚早已冻得没有知觉了，加上突然听到魏惠王的死讯，张仪这时连脑子里也好像没有知觉了。好久，好久，才从惊愕中清醒过来，不禁悲从中来。因为这一下，连唯一的一次游说魏惠王的机会都没有了，何以取卿相尊荣？

回到客栈后，张仪还是神思恍惚，时时发呆。妻子蕙兰虽然隐隐约约猜到他此次到大梁的意图，但他不说，她也不便再问他，怕给他增加心理压力。今天看到张仪这个样子，终于忍不住了，问道：

“嗣儿他爹，你咋的啦？”

“魏王驾崩了。”张仪终于言不由衷地说出了真相。

这下，蕙兰算是彻底猜到了，原来丈夫这些日子，天天早出晚归，有时早起穿戴齐整，就是为了去游说魏王的。而今魏王死了，他变成了这个样子，可见他此趟大梁之行是有计划的，不是像他在召陵所说的那样，是为了回张城老家，必须路经大梁。

第二天，雪越下越大，街上的积雪已经深及牛目了，很多居民的房子都被厚厚的积雪压塌，甚至大梁的城郭也受到了大雪不同程度的毁坏。大梁城中已经开始人心浮动起来，粮、菜都不能进城，城里人的生活越来越困难了。

第三天，客栈里的客人都在议论纷纷，说魏王已经死了好多天了，安葬之日就择定在明日，今天已经派人清道除雪，又在山上开栈道，以为出殡之用。

张仪一听，连忙凑到人堆里去听。只见一个白须老者道：

“明日为魏王出殡，实非明智之举，群臣多有异议。有老臣谏道：‘雪大如此，道不得通，此时为大王出殡，民必困苦之，官费又恐不足，愿太子从群臣之请，缓期更日。’奈何太子不听，说：‘为人之子，以劳民与官费不足之故，而不举先王之丧，不义也。诸卿幸勿复言。’”

“如此说来，魏王明日一定要出殡？”一个客人插嘴问道。

老者点点头，然后深叹一口气。

旁又有一客问道：

“老丈何以知之甚详？”

“老夫之弟，即为魏王之朝臣也。”老者斩钉截铁地回答道，以示其消息的可靠与权威。

“哦！”大家不约而同地应了一声，便散去了。

第二天一大早，很多客人就起来了，要去看魏王出殡。可是，到了日中时分，也不见动静。于是，大家就去问店主：

“昨日那位白须老者呢？”

店主告知大家：

“哦，老者不是住店之客，就在隔邻而住。莫急，他每日必来小店与客人闲话。若有一日不与店中客人说些朝中之事，定然不自在。”

于是，大家都等着那位老者，希望他再来发布朝中的消息。

果然，日午之后，老者来了。

店客见此，一拥而上，七嘴八舌地问了起来。

其中，有一位黑脸客人，一见老者，劈头就毫不客气地反问老者道：

“老丈昨日有言，今日太子要为魏王出殡。今时已过午，为何尚不见动静？”

老者捋了捋飘于胸前的白须，不紧不慢地回答道：

“昨日群臣进谏，太子不听。群臣集议，乃请惠施往谏。惠相从群臣之请，往见太子，问：‘先王卜葬之日定否？’太子说：‘定矣。’惠相从容谏道：‘昔周武王之祖王季，葬于楚山之尾，栾水冲蚀其墓，而见棺之前椁。文王曰：“嘻！先君欲见群臣百姓，故使栾水露其椁。”于是，出其棺而陈于朝堂，百姓皆见之，三日后更葬。此文王之义也。今先王卜葬之日既定，而雪大如此，深及牛目，难以出行。太子为卜葬日之故，执意明日为先王出殡，岂不嫌民有急葬之议？臣请太子三思，缓期更日！臣以为，今雪大如此，必是先王有不忍之心，有扶社稷、安百姓之意。缓期卜葬，既为文王之义，今太子何不效法之？’太子以为然，乃从惠相之请，已更择吉日矣。”

老者说罢，捋须一笑。

众店客听完，“哦”了一声，如梦初醒。

而张仪听完，则在心里深深一叹。

因为他心里比谁都明白，惠施乃魏惠王所任之相，今太子如此听从惠施之言，太子即位而为魏王，则必倚重惠施。惠施乃为名家，自己则为纵横家。前贤有言："道不同，不相为谋。"新魏王有名家之惠施，必不用纵横家之言，自己哪有机会为新魏王重用呢?

第六章　二度出山

1. 不速之客

周显王三十五年（前334）十二月初八，大梁的积雪开始消融，张仪的希望也随着消融的雪水，付之东流了。

无奈之下，张仪只得携妻挈子，一大早就离开了大梁。因为这大梁再住下去，不仅毫无意义，而且还要白白消折已经不多的盘缠。到时没钱了，就上不着天，下不着地了，岂不要一家三口冻馁于街头，成了孤魂野鬼？

顶着深冬腊月凛冽的寒风，张仪一家三口，坐着一辆雇来的驴车，一步三滑地往西而去。越过魏境，到韩国东部邻近魏国的大城华阳时，已是腊月三十了。

在华阳，在家家欢聚、户户团圆的气氛下，张仪一家三口蜷缩在客栈里度过了一个冷冷清清的大年夜。对着客栈里昏黄的油灯，喝着从客栈旁小酒店沽来的一壶冷酒，看着形容憔悴的妻儿，张仪不胜感伤，眼泪差一点都要掉下来了。此时此刻，这种心境，恐怕善解人意的妻子蕙兰也是不能体会得到的，只有他自己知道。

因为是大过年的，客栈中的客人不多，显得特别冷清、孤寂。于是，张仪就想早点离开。可是一问店老板，才知道，此时要雇车很难，必须等到正月初五以后，才有可能雇到车。无可奈何之下，张仪只得与妻儿一家三口继续待在客栈，计划一到正月初五，就立即雇车往西而去，早些回到张城老家，不说别的，起码可以让爹娘少一日记挂。

在客栈的几天，实在闷得发慌，张仪就与客栈里仅有的几个店客闲聊，知道华阳离韩都郑不远，如果雇车，也就是三天的路程。闲聊中，张仪还知道了有关韩国朝政的许多事情，知道了韩都郑的繁华。

这样，张仪心里又活动开了。心想，既然韩都这么近，要去也费不了几个盘缠，何不到韩都郑去碰碰运气？如果时来运转，说不定能够游说得了韩昭侯，那样人生不就有着落了？

打定主意后，张仪就等正月初五。

可是，出乎张仪意料的事又发生了。正月初四一大早，张仪就见店老板与店里的几个店客在叽叽喳喳地说着什么，好像很神秘的样子。

张仪连忙凑过去，这才知道，韩昭侯就在正月初一驾崩了。据说，韩昭侯这几年因为贤相申不害过世，韩国政局不稳，一直心忧意乱。前年，又遇百年不遇的旱灾，颗粒无收，人民流离失所，饿殍遍地。而就在此时，韩昭侯因为一时糊涂，听信了术士之言，又做了一件不明智之事，在郑城兴师动众修建了一座高门，希望改变韩国的国运。结果，修建高门加重了人民的负担，更是引得韩国民众怨声载道。楚国大夫屈宜臼听说韩昭侯做高门之事，公开宣示诸侯道："昭侯不得过此门也。"韩昭侯听到，心里大为不悦。此时，韩昭侯执政已经二十五年，人也老了，身体就更差了。再加上去年九月，魏惠王带他一道前往齐国徐州，朝见齐宣王。结果，年老体衰的韩昭侯从齐国回来后，就因旅途劳顿，身体不支，而一病不起，正月初一就大归而去了。

张仪听到韩昭侯过世的消息以及韩国近些年来的变故，知道韩国已是一个不可能有什么大作为的国家，再加上韩昭侯刚刚去世，新君还得为昭侯办丧事，一时半会儿也不会接受什么游士游说的。看来，到韩都郑游说韩国之君的事只能作罢了。想到此，张仪不禁长叹一声，惆怅地回到自己的客房之中。

周显王三十六年（前333）正月初五，一大早，张仪就带着妻儿，坐着客栈老板帮忙雇来的一辆驴车，冲着扑面而来的刺骨寒风，往西而去了。

行行重行行，往西经韩之成皋，东周之巩，周显王小朝廷洛阳，西周之河南，三月初到达韩国西部与魏国西部交界的大城渑池。

在渑池，张仪一家三口略作休整后，就再度出发往西直行。越过韩国之境，进入魏国西部。周显王三十六年（前333）七月初，终于回到阔别多年的魏国张城老家。

九月中旬，张仪回到张城才两个多月，就听说魏国又与秦国开战了。当然，这次不是魏师主动出击，由河西西进，攻打秦国，而是秦师袭伐魏之河西重镇——雕阴。据说，这次秦王起用了魏国河西阴晋人公孙衍为大良造，命其率兵东伐。公孙衍曾事魏惠王，官至犀首（将军），后至秦游说秦惠王。卫人公孙鞅（商君）谋反被杀后，公孙衍逐渐为秦惠王所重任。秦惠王此次用公孙衍为将，用的是以魏人而制魏的谋略。很快，魏师就被秦师打得大败，河西战略重镇顷刻间易手，魏国河西之地由此更加岌岌可危了。

十月底，又有人从东部传来消息，说齐宣王正在燕国之权对燕用兵，鏖战正酣，楚威王亲率大军乘机向齐国徐州逼近。齐宣王派大将申缚率军迎击，结果齐军不敌楚师，大败于徐州。

张仪一听，知道这就是魏相惠施之计奏效了。心想，惠施果然厉害，这是借刀杀人之计啊！遂不得不从心底佩服惠施。

也因为如此，从此他更加意志消沉了。因为他意识到，在这个乱世之中，确实是强手如林，强中自有强中手，自己看来根本就算不得什么游士。不如趁早收了心，老老实实地种地吃饭。

沉静下来的张仪终于返璞归真，老老实实地跟人学着种起了地。两年下来，他逐渐学会了扶犁耙地，整地锄草，以及春播秋收的全部农活。如今的张仪，从表面上已完全看不出曾是个读书人。特别看到他那黧黑的皮肤和粗糙如干树皮的双手，没有人不把他视为一个地地道道的日出而作、日落而息的农夫；根本不会把他与整日想凭三寸不烂之舌游说君王，而取卿相尊荣的游士联系起来。

心静如水的张仪，在张城过着平静如水而又心安理得的农夫生活。夏天，农活之余，他会与妻儿一起，躲在田间树荫下，啃一个大大的西瓜，并为此感到无比的满足，那种感觉比做君王还要畅快。冬天，寒冷的北风呼啸着吹过屋顶，他与妻儿坐在热烘烘的炉边，围着食案嗑点葵花籽儿，那种快乐也让他满足得不得了。

然而，就如平静的水面总会被风儿吹起涟漪一般，张仪这样平静、安详的农夫生活，才刚刚过了两年多，就突然被一个意外的过客打破了。

周显王三十九年（前330）三月初二，张仪无事可做，正在院子里靠着南墙晒太阳，仲春的阳光暖洋洋地洒满张家破败的院落，洒在他破旧的老棉袄上，洒在他满是皱纹的脸上，他觉得好惬意，正眯着眼睛舒服地享受着这人间的至福。

“请问，屋里有人吗？”

突然听到有人这么轻声喊了一句，张仪立即睁开眼睛，慌忙从墙根边爬了起来，走到院门口，发现院外门口正站着一个陌生人。张仪仔细端详了一番眼前的陌生人，觉得他的样子像是个读书人，于是就问道：

“客人莫非他乡之士?”

客人见张仪跟自己说话打的是天下通语，且文绉绉的，于是，连忙答道：

“正是。”

“仙乡何处？今欲何往?”

客人立即对答如流道：

“敝乡赵之邯郸，今欲往秦都游说秦王，过张城，路经府前，口渴求饮。”

“既为邯郸远路之客，若蒙不弃，进来饮壶淡酒何妨。”

“如此，打扰老伯了。”

张仪一听眼前这位游士竟称自己为老伯，不禁莞尔一笑。心想，俺看起来有这么老吗？于是，也不说什么，权充一回老伯，将他引到院中。

院中树下有一张小案，太阳暖洋洋地照着小院，也将金色的光线洒在小案上。请客人在案前坐定后，张仪连忙进屋，从灶间捧出一个大瓦罐，放在案上后，又进屋去拿酒盏。摆放停当，张仪就先给邯郸之士斟了一盏，道：

“先生请。”

邯郸之士接盏在手，就先饮了一口，作品尝状，然后赞道：

“好酒!”

张仪知道这不是真话，连忙道：

“先生见笑，寡味薄酒，不成敬意，望先生海涵。”

“听老伯谈吐，便知是饱学之士。”

“今实乃一农夫耳。”大概是因为很久没有与读书人对饮清谈了，突然有了这种情境与情调，张仪一高兴，不知不觉间便在言语中透出了读书人的口气。

邯郸客一听，不禁面露一丝不为人察觉的得意之色。从张仪的话中，他已然解读出，眼前的这位老伯可能就是他此次要找的张仪，张仪说今天就是一个农夫，说明以前不是。他今天之所以要讨水喝讨到这里，是因为他已经打听好了，这里就是张仪的府上。于是，他又啜了一口酒，环顾了一下张家的院落，道：

“观老伯院落规模，当原为一世家吧。”

张仪一听，不禁叹了口气道：

“今非昔比矣。”

邯郸之士接口道：

“老伯所言极是。而今天下纷扰，黎庶不宁，我辈读书之人亦举步维艰矣。”

张仪见他如此感叹，乃接口问道：

“先生何以舍邯郸繁华之地，而往西秦僻远之国？”

邯郸之士又叹了口气，道：

“老伯有所不知，今邯郸乃为一士之天下也。”

张仪不禁好奇地问道：

“何等之士，有此能耐？”

“洛阳之士苏秦也。”

“苏秦？”张仪一听，不禁顿然目瞪口呆起来。

邯郸之士立即发现了张仪的这种表情，接着说道：

“苏秦，乃齐人鬼谷先生高足。闻秦孝公乃天下明君，遂西游秦都，欲以连横之术说孝公。至秦，孝公卒，乃说秦惠王。书十上，不见用。留秦期年，裘敝金尽，面有菜色。遂含恨离秦，步行数千里，北游于燕。说燕侯以‘合纵’之术，燕侯资以金帛车马，南游于赵。说赵王于华屋之下，抵掌而谈，深得赵王之心，乃任之为赵相，爵封武安君。赵王又饰车百乘，资黄金千镒、白璧百双、锦绣千纯，命其往游山东五国诸侯，以成‘合纵’之盟。苏秦奉命，乃西游魏、韩，东游齐，南游楚，三年而‘合纵’成。遂自任纵约长，并相六国。”

张仪都听呆了，呵呵，苏秦竟然身兼六国之相，这是多么的威风啊！于是，不自觉间便脱口而出道：

“苏秦乃吾师兄也。”

邯郸之士一听，终于彻底放心了。心想，眼前的这位，就是自己奉苏秦之命要找的师弟张仪，一点也错不了了。

想到此，邯郸客不禁心花怒放。但是，他忍着了，不让喜悦之情形之于色。接着张仪的话，不动声色地说道：

“老伯既与苏秦为同门兄弟，何不往邯郸与苏秦一见？今苏秦已当道，老伯若往相见，必能获其荐举。”

张仪听了，点点头。

邯郸之士见张仪点点头，知道已经说动了张仪。心想，苏秦交代的任务算是完成了，该走了，言多必失，如果让张仪识破是苏秦激将之计，那么就前功尽弃了。

又喝了几口酒，说了一些闲话，邯郸之士便以要赶路为由，告辞出门去了。

2. 邯郸之辱

邯郸之士走后，张仪心里就翻腾开了。苏秦与自己同事鬼谷先生为师，如今苏秦以合纵之策说山东六国成功，身兼六国之相。自己与苏秦同师事鬼谷先生习学纵横阴阳之术，苏秦能够成功，难道自己就不行？苏秦能够成功游说六国之君而身兼六国之相，自己即使比他差很多，难道就不能游说成功一个诸侯国之君，弄个一官半职？

前思后想，张仪愈益觉得现在是应该出去游说的时候了，不能再这样安于做农夫的现状了。如果要做农夫，何必当初要远至东齐，跑到齐国偏僻的海滨三山之上，师事鬼谷先生五年，习学纵横阴阳之术呢？如果最终不能凭口舌之功而取卿相尊荣，那当初爹娘为自己花的那么多钱，不就白费了吗？如此，爹娘在九泉之下有知，何以得安？张家从此就这样沦落下去而不能复兴了吗？再说，爹娘已于前几年相继过世了，现在如果出游，也不必再顾念老父老母了。两个儿子也都快长大成人了，也得给他们讨个媳妇了。以目前的家庭经济状况来说，恐怕过几年给两个儿子讨媳妇的钱，也是凑不上的。

当他最终在心里说服了自己，决定要重操旧业、去游说人主后，却又突然想到这样一个现实的问题：如今山东六国已是苏秦一人的天下，刚才那个来讨水喝的邯郸之士都不得不离开故土邯郸而远走西秦，自己要是出游，该去哪里呢？现在唯一可能有作为的地方，就是去秦国，与刚才的那个邯郸之士一样。因为师父鬼谷先生所教的“纵横”术，一为“纵”，一为“横”。现在苏秦“合纵”成功，捏合了山东六国。那么，要想有作为，就只剩下说秦王，实行“连横”之策，去与山东六国的“合纵”之策对抗。

想到此，张仪终于决定，也像刚才的那位邯郸之士一样，西行去游说秦王。

打定主意后，张仪开始准备西行的盘缠。可是，东凑西凑，与妻子商量了好多天，还是觉得往西秦的路太远，盘缠恐怕凑不齐。

这一下，张仪又开始打退堂鼓了。因为除了盘缠的问题，他还想到另一个问题，那就是苏秦当初的教训。苏秦当初也是主张“连横”的，所以要去秦国游说秦惠王。可是，最终却失败了，而且非常惨。苏秦那么能说，在秦国留了一年，上书十次，弄得裘敝金尽，狼狈不堪，最终还是不得不放弃自己的主张，掉头东还，改变主意，由主张“连横”助秦，而变为合山东六国为纵而对抗秦国。自己如果操持“连横”之策说秦王，难道还能胜过苏秦？

左思右想，张仪最终还是失去了信心。

妻子蕙兰看见张仪整天那种眉头深锁的样子，知道他最终还是不安于在张城务农终其一生。于是，就提醒丈夫道：

“你不是说苏秦是你师兄吗？既是师兄弟，他总会念些同门之谊。他都做了六国之相，难道还不能在六国之中随便给你荐一个职差？”

张仪不吱声。因为这个道理他是明白的，如果自己能拉得下脸皮，求到苏秦门下，一般总会没问题的。可是，都是同门师兄弟，他实在是低不下这个头，矮不下这个身，说出没志气的话。毕竟他是男儿，毕竟是堂堂之士。

人言：“知子莫如父，知夫莫如妻。”妻子蕙兰是个善解人意的女人，见张仪不吱声，就知道他是拉不下面子，说不得低声下气的话。于是，就劝慰道：

“男子汉，大丈夫，能伸也要能屈。”

这话说得好，一下子就把张仪给说醒了。心想，是啊，脸皮厚一点，就能谋个职差，总比如今在张城这种僻远之处蛰居一辈子强啊。如果将来有机会，自己也可以另外再谋前程，不必一辈子都靠苏秦之庇。

沉吟了一会儿，张仪终于坚定地点了点头。

周显王三十九年（前330）三月初八，张仪一大早就准备停当，早已雇好的一辆驴车，已经等在门外了。

告别妻儿，深情地看了一眼张家破败的院落，张仪便登车出发了，目标直指赵都邯郸。

从张城出发，往东北而行，三月中旬，到达魏国河东大城命瓜。然后，再往东，三月底到达魏国旧都安邑。

由安邑再往北行，先至曲沃。然后又往东北，越过魏、韩边境，入韩后不久就到了韩国西北部大城皮牢。由此再往东，到达韩国中北部少水西岸的大城晋。再由晋东越少水，往东北而行，四月中旬到达韩国东北部毗邻魏国东部边境的重镇——长子。

由长子往东北，到达韩东北部毗魏的另一重镇——屯留。然后出韩境，入魏境，四月底到达魏国北部潞水西岸的大城路。

在路稍事停留后，东越潞水，再往东北而行，出魏境，入赵境。五月中旬，在赵境之东越漳水，到达赵国漳水东岸之城涉。然后绕道赵国长城西南端，到达赵都邯郸西北部的战略屏障——武安。

由武安，再往东南而行，终于在周显王三十九年（前330）六月初八，到达赵都邯郸。

赵都邯郸，对于张仪来说完全是一个陌生之城，以前从未到过。不过，入邯郸后，一问武安君苏秦的相府，人人知道。

“请问，此处可是武安君苏秦之相府?”张仪来到苏秦的相府，向门者问道。

“正是。”

“可否烦请通报武安君，说有故人来见?”

“客人请稍等。”

说着，门者转身入府。

不大一会儿，门者出来，回道：

“武安君已经出门，入朝理政去了。”

张仪一听，觉得非常奇怪。心想，苏秦在不在府中，门者应该是最清楚的啊。既然刚才自己一说是苏秦故人，他就立即进去通报，那就说明苏秦确实是在府中的啊。苏秦堂堂一个赵国之相，爵封武安君，出门入朝问政，难道不走正门，而走后门不成?不然，门者何以不知?

呆立了一会儿，张仪突然想到，莫非没有给门者行些见面礼，他故意刁难?这种侯门相府的奴仆都是坏得很的。

想到此，张仪无奈，不得不在袖中摸索了好一会儿，心疼地拿出一小块碎金。然后，恭恭敬敬地递了上去，说道：

“这是俺的一点心意，请笑纳!”

没想到，门者并不动心，连忙推辞道：

“使不得，俺家相爷规矩多，门者不得收受客人之礼，请客人不要难为俺们小人。”

张仪一见，这就纳闷了。心想，难道苏秦真的不在府中，确是从后门而出，或是苏秦出门之时，这个门者不知？

门者见张仪站着发愣，遂对张仪道：

“客人明日再来吧。”

张仪无奈，只得缩回手，将捏在手里的那块小碎金又重放回袖中。然后，快快地离开了苏秦的相府。

一边走，张仪一边想，自己与苏秦是同门师兄弟，当初在齐国三山之上，同师事鬼谷先生，与苏秦朝夕相处，与他的感情相当不错，苏秦想必不至于一阔脸就变吧。大概今日他真的不在相府之中，而是到朝中理政去了。

想着想着，他突然想到，刚才跟门者只说了是苏秦的故人，没说自己的姓名，真是太粗心了！是不是苏秦因为有求于他的人太多，想见他的客人为了顺利达到求见目的，就故意冒充他的故人，这才避而不见呢？如果是这个原因，那是可以理解的，也是有可能的啊！

想到这里，张仪站住了。他觉得应该再回去，跟门者说清楚自己的身份以及自己与苏秦的关系。

可是，当他转过身来，才走了几步，就觉得这样并不妥当。因为此时再回到苏秦相府，跟门者说明了自己的姓名与身份，如果苏秦此时真的在府中，门者恐怕也不愿再做通报的，不然他不就自打嘴巴，刚才的话便变成说谎了吗？

于是，张仪便又重转过身来，继续漫无目的地在邯郸的大街上走着。虽然邯郸的街市并不逊于魏都大梁的繁华，但此时的他却一点心思也没有。因为袖中只有为数有限的盘缠，不比当初在大梁，因为怀中有楚国令尹相赠的五十金，心里不慌。本来，他想今日若是能够见到苏秦，那么一切都能解决了，至少吃住肯定没问题，偌大的相府，还没有他的吃住？而现在没见着苏秦，今天只得自己掏钱，吃住客栈了。

这样想着，抬头一看，已经走到了一个无名小客栈前。于是，抬腿就走了进去。反正只住一夜，越便宜越好，对付着一夜，明日就要再去见苏秦了。

一夜无话。第二天一大早，张仪就早早地起床，漱洗已罢，没吃早饭就匆匆地沿着昨日走过的路途，找到苏秦的相府。

到了相府门口，见相府大门还关着呢。张仪心中大喜，心想，门还没开，这下苏秦总不会又入朝问政去了吧。今日再清楚明白地报上姓名，说清楚自己与苏秦的关系，相信一定是能见到苏秦的。只要见到苏秦，一切都好办了。

于是，张仪就上去抓住相府大门上的铜门环，使劲地敲了几下，他怕轻了，相府院深，侍者听不见有人敲门之声。一边敲着门环，一边想着苏秦见到自己的亲热情景。

敲了好一会儿，终于有人来开门了。一看，不是昨日的门者，而是一个年纪轻些的门者。

“客为何人？何以大清早就来敲打相府之门?”

张仪连忙道：

“在下乃武安君故人，姓张名仪，魏国张城人氏，昔与武安君于齐国三山同事鬼谷先生为师。”

年轻门者连忙躬身施礼，堆出满脸笑容道：

“如此失敬了，原来客人是相爷的同门师兄弟。”

“正是。”张仪也不谦虚地答道。

“可是，今日相爷已经出门，天未亮，赵王之使便来相府请相爷，说赵王有急事要召相爷相商。”

“哦!”张仪不自觉地应了一声。但脸上立即露出了失望的表情。

正在失望之际，突然昨日的那个年长的门者远远走过来，说是随相爷入宫，现在回来。张仪这时终于认定年轻门者的话属实，于是只得又转回客栈去了。

如此五日，张仪接连到苏秦相府求见，都因种种不同原因，而始终没有见到苏秦。这时，张仪不禁开始怀疑苏秦是不是真的是有意躲避自己。如果不是，何以连续五天求见，总是不能见到一面呢?

毕竟张仪也是一个有血性的男人，也是一个自尊心很强的读书人。凭他的个性，如果不是因为现在家境困窘，如果不是实在仕出无门，要他如此三番五次地去求人，他是怎么样也拉不下面子的。如今为了自己的前程，为了妻儿的温饱，他好不容易放下了士子的尊严，在妻子蕙兰的怂恿下，厚颜至赵都邯郸来见师兄苏秦，没想到竟然这么难见一面。

带着深深的失望，在自尊心受到严重损伤的情况下，张仪终于决定离开邯郸，回到张城老家，去当他的农夫。

六月十三，天刚麻麻亮，张仪就起床了。找到店主，结清了五日的房钱，就走出了客栈，准备步行出城，再在城外小镇雇辆驴车，这样好节省一点钱。如果在城中雇车往魏国张城，恐怕怀中的这点盘缠，是到不了张城的，因为一路还有吃住之费用，想省也是省不了的。怀中无钱，心里就慌。加上以前在外闯荡了许多年，早已知道了生活的艰辛，学会了精打细算。不过，这也是被生活逼出来的。

带着满怀的失意与惆怅，张仪背着一个破旧的包袱，在尚显微凉的仲夏之晨，垂头丧气地走在冷清无人的邯郸大街之上。

走了好久，终于望见邯郸西城之门，张仪不禁长长叹了一口气，好像是为快要出城而庆幸，又好像是为此次邯郸之行的失望而叹息。

“哒，哒，哒！”突然身后传来一阵有节奏的马蹄之声。

张仪情不自禁间，回头望了一眼，见有一骑枣红马正从远处疾驰而来，他以为这是赵王之使有公务要急急出城的。于是，连忙躲让到一边。

就在这时，枣红马已如疾风似的刮过张仪的身旁。没等张仪回过神来，枣红马又兜头回来了，并在张仪面前突然停住了。接着，从马上跳下一位骑士。走到张仪面前，先深施一礼，然后从容说道：

“先生请留步，武安君知先生已求见多次，均未能与先生相见，深以为歉。故武安君昨日决意推却今日之朝政，吩咐小人今日一早就到先生下榻之客栈，有请先生往相府一叙。可是，一大早小人奉命往客栈去请先生，这才知道先生已经辞店出城了，遂快马疾驰而追先生至此。幸得追及先生，不然小人就无法向武安君复命了。”

张仪这时才定睛看清楚，眼前的这位骑士，正是前几日见到的那位年轻的门者。

张仪一听，心想，不管前几日苏秦不见自己是什么原因，今日既然他派门者快马相追，以礼相请，那么这也是好事。不管怎么样，能够见苏秦一面，总是有益无弊的。

想到此，张仪便在骑士陪伴之下，一同往相府而去。

到了相府，骑士将马交给其他侍者，就陪张仪进了相府。穿过相府深邃的庭院，来到相府的正厅之上。

一入相府正厅，张仪举目一望，只见大厅雕梁画栋，富丽堂皇，气派不输于一般小国诸侯的王宫大殿，便不禁十分感慨。心想，同是鬼谷先生的弟子，如今苏秦这么成功，身兼六国之相，爵封武安君，过的是锦衣玉食如帝王般的生活，威仪声名却不知要胜过多少诸侯国之君。而自己同样也游学东齐，同样也到处游说，但十余年间，不仅连一个诸侯之王也没见着一面，而且随楚相昭奚恤游食，在楚国混了七年之后，结果却被楚相视为窃玉之贼，被屈打鞭笞几死。而今只是一个农夫身份，蛰居张城，实在无法求得妻儿温饱，只得来求苏秦，真是惭愧之至也。

正在张仪发愣之时，那位陪伴的骑士，开口道：

“先生在此稍等片刻，小人这就去通报相爷。”

骑士说请张仪稍等片刻，张仪也以为很快苏秦就会出来见自己的。可是，骑士走后很久，张仪左等右等，等了约有两顿饭的时辰，也没见苏秦的影子，甚至连那个陪伴的骑士本人也不见了踪影。

张仪开始有些急躁了，心想，这到底是怎么回事？真是奇怪！自己连续五天求见不得见，今日要离开邯郸，却被快马追回，被请到了相府。而到了相府，却连主子与仆人都不见了踪影，自己就这样被晾在了这里。

越想，张仪就越觉得事有蹊跷，自尊心再次受到了极大的刺激。于是，他想离开这里，算了，不求这个为侯为相的师兄了。

然而，当张仪正要起身离去之际，大厅的各个门都同时打开了，一大帮随从、侍者，男的、女的，好像安排好了似的，不约而同地从打开的各个门里走进了大厅，然后依序各自站立于不同的位置之上。

张仪知道，苏秦大概马上就要出来了。果然，不大一会儿，大厅内侧的中门打开，四个美得令人眩晕的美人簇拥着一个峨冠博带的男人出来了。

那男人好像看都不看厅上的所有人一眼，就在四位美女的搀扶下，坐上了厅上正中的一个高高的台案之前。然后，右手一挥，厅上所有的人都立即跪下。接着，十余位侍者模样的年轻女子，从侧门托着食案鱼贯而入，众人连忙在各自的案前坐定。随着那十几个女侍不断地进进出出，不大一会儿，所有人的食案前都有了一份食物。

就在这时，只见那高高在上的男人，左手一挥，厅内立即响起了悠扬的琴瑟之声。张仪猜想，这大概就是弦歌鼎食了。眼前这情景，不就是传说中的帝王排场吗？

随着琴瑟之声响起，所有的人都低头吃起食案上的食物，大厅中静得鸦雀无声。

张仪仰望厅上那个高高在上的男人，他几乎不敢相信眼前这个威风八面的男人，就是十多年前与自己在齐国三山之上朝夕相处的师兄苏秦。他那排场与威仪、做派，简直与帝王没有两样。这个人是苏秦吗？

张仪不禁怀疑起自己的眼睛，是否看错了人。但是，不论怎么看，他都可以确信自己没有看错人，眼前这位威风八面的人，确确实实是当年的师兄苏秦。只是因为他如今阔起来了，做了六国之相，又爵封什么武安君。所以，到现在为止，他也没拿正眼看一下自己这个贫困潦倒的师弟。

看看高高在上的苏秦，以及他那不可一世的做派，张仪不禁感慨万千，心里像打翻了的五味瓶。而环顾周围埋头进食的众人，比比他们食盘中的食物与自己食盘中的食物，张仪既悲哀又愤怒。众人的食盘中都有鱼肉之类，而他的食盘中，则只是些粗劣的饭菜，连一块肉皮与一根鱼骨头也找不到。甚至他还发现，自己的食具也与大家不一样，是一种非常粗劣的碗具，比自己家平常用的碗具都不如。更令他气愤的是，别人面前都是有食案的，食盘是放在食案上的，而他的面前则没有食案，食盘是直接放在席子上的。

看在眼里，气在心里，张仪感到从未有过的屈辱，遂屈腿长跽，正准备起身离去。然而，就在他一挺身的瞬间，不经意又瞥见那高高在上的苏秦。此时，他正由四个美人侍候着一边饮酒吃肉，一边面有得色地欣赏着堂上所有婢仆男女津津有味地享受盘中美餐的满足情状。于是，更加愤怒了，下意识地掀翻了面前的那个食盘。

就在张仪掀翻食盘而发出“啮”的一声响的瞬间，厅上的琴瑟之音也突然中止了，大厅上的所有人都停止了进食。

“张仪何在？”

突然，那个令张仪非常陌生的师兄苏秦终于开口了。

“张仪在此。”张仪不禁脱口应道，连他自己也不知道为什么要应答这一句。

“兄至邯郸多日，我已知之。兄求见于我，其意我亦知之。以兄之才，取卿相尊荣亦游刃有余。为兄取富贵，荐兄于六国之君，非我不能也，实不愿为之。”

刚才的那一番蔑视与羞辱，张仪已经难以忍受了，现在又听苏秦的这番话，不禁愤怒至极。遂脱口而出道：

“兄不念同门之谊，而出此言，何意?”

“今兄潦倒至此，兄知其原因否?”苏秦不答反问道。

“以武安君之见?”张仪亦不无讽嘲地反问道。

“无他，皆因兄既无人之恒心，亦无士之志望。”

张仪一听，觉得苏秦这是故意在找理由，不愿帮他，还要挑他的不是。遂怒不可遏，拂袖而起，道：

“仪念同门之谊，故不远千里，远涉万水千山，拜谒于君，以求荐一职以为温饱。未料君屡避仪而不见，今又召仪而辱之。尔今尔后，仪纵使冻馁至死，亦不复求武安君矣!”

说完，张仪看也不看苏秦一眼，就起身出了相府。

3．看雄鹰展翅

愤怒至极的张仪，出了相府，就低头直奔邯郸西城之门而去。

他想早点离开这个伤心、伤感之地，回到自己的老家张城，还是过回自己已经习惯了的农夫生活。虽然必须每日面朝黄土背朝天，土里刨食，辛劳辛苦；虽然当农夫没有荣华富贵，不能光宗耀祖，但是，自己可以不必看别人的眼色，不必在人前摧眉折腰，低声下气，忍羞忍辱，使自己心里滴血。

然而，骨气是骨气，现实是现实。当张仪负气离开苏秦相府，出了邯郸城后，就知道了骨气这东西，在衣食温饱面前实在是不堪一击的。

仲夏午后的太阳晒在头顶之上，无遮无挡，加上早饭没吃就离开了客栈，中午饭因为受不了苏秦的羞辱也没吃一口，这时的张仪已经感到全身乏力，腿脚也开始提不起来了，遂不由自主地一屁股坐在了路边。

此时，他最大的心愿是有一个馍馍吃，或是有碗稀稀的米糊糊喝也行。这样想着，他觉得越发地饿了，肚子咕咕直叫，恐怕连几十步远的路人也能听到了。

坐了好大一会儿，他已经没有气力与心思去生苏秦的气了，此时他最想解决的便是肚子的问题。遂不得不从路边地上爬起来，继续沿着大路往前走，希望前面有户人家，能讨点吃的。

走了大约两三里地，发现前面有片小树林。因为实在走不动了，遂不由自主地又在路边树下坐了下来，想歇歇暑，也歇歇腿。

突然，一阵风过，随即从树上掉下一个什么果实，正好重重地砸在路边的一块石头上。

张仪一看，不禁眼睛一亮，这不是野沙梨吗？抬头向身后一望，这才发现身后的这片树林，竟然全是野沙梨林。他知道，野沙梨虽然有些酸酸的，不及白沙梨甘甜可口，可是这种野沙梨，人也是可以吃得的。

精神为之一振后，张仪就近爬上了一棵野沙梨树。这种野沙梨树，本就不高，爬上去一点没困难。不一会儿就从树上采得了七八个比较大的野沙梨，就着破旧的袍袖，揩了两揩，便狼吞虎咽地吃了起来。虽然酸不溜叽的，但正好解渴。等到七八个野沙梨下肚，张仪顿然感到神清气爽，浑身便觉得有了气力。

看了看太阳，已经快要偏西。虽然夏天日长，但恐怕再有两个时辰，也就日落夜临了。于是，张仪赶紧从地上爬起，背上破包袱，又急急往前赶了。

走着走着，突然觉得头顶好像刮过一阵风。抬头一看，原来是一只苍鹰，正从自己头顶飞过。

张仪情不自禁地站住了，呆呆地看了好一会儿。只见那只硕大的苍鹰正往西飞去，越飞越高，越飞越远。渐渐地，就不见了踪影。

“要是自己也是一只苍鹰，那该多好，可以一飞冲天，可以自由自在，可以搏击长空。”眼望远去的苍鹰，张仪不禁在心里自言自语道。

虽然变身苍鹰是不可能的，但苍鹰的那种搏击长空、志在苍穹的志向，一个有志男儿也是应该有的。这样想着，他突然有了灵感，为何不学苍鹰往西而去，去西秦，说秦王。既然苏秦能够说得了山东六国之君，而今爵封武安君，身兼六国之相，难道自己与他同一个师父门下出来的，他能行，俺就不行？

越想越不服气，越想越恨苏秦。一想到今天在苏秦府中所受的羞辱，仿佛又见到苏秦那种得意傲人的小人嘴脸，不禁恨得咬牙切齿。心想，你苏秦不是败在秦惠王手里吗？你不是裘敝金尽，差点冻馁饿死于秦，成了异乡之鬼吗？俺就偏偏要去游说秦惠王，说得他信用了俺。然后，怂恿秦惠王接受俺的“连横”之策，破了你苏秦的“合纵”之策，看你苏秦还当不当得成六国之相，还做不做得了你那个狗屁武安君？

张仪这样想着，一股浩然之气不禁油然而生，脚底好像生风，健步如飞起来。不多会儿就走出了三四里地。

打定主意后，张仪又边走边在袖中摸索，盘算着往秦国去的盘缠。结果，越算心里越虚，觉得无论如何，怀中的这点盘缠都是到不了秦国的。于是，又开始泄气了。现实再一次击碎了他的理想，也消解了他刚才油然而起的男子汉骨气与血性。他再一次想到，是否应该回到张城老家去种地，就此死了游说君王而取卿相尊荣之心？

可是，转念一想，又觉得回张城也不容易了。一来，回到张城，如何向妻儿交代，妻儿今后的生计怎么办？二来，即使妻儿可以交代，可以理解，但张城的父老乡亲那里，他这张脸往哪里放？前一次在外游学、游说十几年后狼狈回家，张城的人不知在背后说了多少令他难堪的话，爹娘过早地离世，何尝不与他们心里郁闷有关呢？

越想越烦，真是到了上天无路，入地无门的绝境。于是，脚步再一次慢了下来。

又慢慢地，没精打采地往前走了二三里地，一轮红日开始在前面的山口慢慢沉了下去，夜幕就要降临了。看看前不着村，后不着店，张仪开始着急起来了。

正在此时，突然身后传来“哒，哒，哒”马蹄击地的清脆之声，与“哐啷，哐啷，哐啷”马车车轮滚过地面的声音。张仪急忙转身而望，并不自觉地伸出了手作招呼之状。

“吁——”

随着车夫长长的一声“吁”声，那辆疾驰的马车就在张仪面前戛然停住了。

“客人何事相招？”一个读书人打扮的人打着东齐之语问道。

张仪见问，又见他是读书人打扮，还说着东齐口音，遂心里定了不少。于是，连忙用天下通语答道：

“在下乃魏国张城之士，出城匆匆，未及赁车。今天色将晚，恐日暮不能到达前方客栈，故扬手相招先生之车……”

未及张仪把求托的后半句话说出，那读书人非常善解人意地说道：

“既同为士子，如蒙不弃，不若登车，与在下同行，如何？”

张仪一听，真是大喜过望，遂一边道谢，一边连忙登上马车。

对眼前这位齐国之士，他是既感激，又倍感亲切。心想，毕竟都是士子，有同类相惜之情。

上得车来，齐国之士给张仪腾出一个空，二人遂并肩而坐。两个本是互不相识的陌路之人，如今就这样奇妙地成了同车并驱之友了。

“驾！”

待张仪坐定后，马夫甩了一个响鞭，马车就急急往前而行了。

伴随着马夫清脆的鞭声与车后滚滚的烟尘，坐在车中的齐国之士便开始与张仪攀谈起来了。

“在下姓魏名孟，曾师事鬼谷先生习学纵横之术。”齐国之士自我介绍道。

张仪一听这位齐国之士也曾事鬼谷先生为师，习学纵横之术，心中又是一喜，这不成了同门师兄弟了吗？遂连忙接口道：

“如此说来，先生与仪乃同门兄弟也。”

齐士魏孟吃惊得睁大了眼睛，将信将疑地问道：

“果然？”

“果然。”张仪确定地点点头。

“先生何年至齐，事鬼谷先生为师？”

“显王二十年，乃十九年前之事。”

“如此说来，先生算是孟之师兄。”说着，魏孟连忙在车中略一欠身，以示对师兄之敬。

“先生何年至三山师事鬼谷先生？”张仪也反问了一句。

“显王三十二年，至今已七年有余。”

张仪点点头，心想，这样算来，魏孟确实算是自己的师弟了。

知道了魏孟与自己的师兄弟关系，张仪心里顿时放松起来，坐在魏孟的车里，心里就踏实多了。

“师弟此行，意欲何往？”张仪又问道。

“往秦。”

“往秦？”

“正是。”魏孟确定地回答道。

“为何舍齐而往秦？”

“师兄难道不知今日山东六国之情势？”

张仪当然知道，如今山东六国已经在苏秦的撮合下，建立了六国“合纵”之盟。自己此行就是因为苏秦的成功而去求他荐职，以谋温饱的。结果，却惹了一肚子的气。不过，此时此刻他不想说这些，于是故意装着不知，反问魏孟道：

“今日山东六国情势如何?”

“苏秦昔以‘连横’之术说秦王，书十上，裘敝金尽，终不见用于秦，大困而归。遂改弦易辙，转以‘合纵’之策而游说山东六国之君。北说燕，得燕侯之资；又说赵王而悦之，赵王任之为赵国之相，爵封武安君，饰车百乘，资黄金千镒，白璧百双，锦绣千纯，命其为赵国之使，以约诸侯。苏秦奉命，乃西说韩、魏，东说齐，南说楚，三年而‘合纵’之盟成。遂北报赵王，自任纵约长，身兼六国之相。今日之山东，乃苏秦之天下矣。”

说完，魏孟不胜感叹，似有不满之意。

这话也触动了张仪之痛，于是二人都陷入了沉默。

过了好一会儿，魏孟突然问张仪道：

“师兄何以至邯郸?”

张仪一听，不说不行了。遂先叹了一口气，然后恨恨地说道：

“仪与苏秦本有同门之谊，同师事鬼谷先生于三山之上，朝夕相处三载有余。后苏秦先仪而下山，周游诸侯各国。仪后苏秦二年辞别师父，往楚欲说楚王。至楚，说楚王未成，得楚国令尹昭奚恤之赏，遂得游食于令尹之府，七年有余。后令尹府中失荆山之玉，疑仪所窃，鞭仪而几至于死。仪遂辞楚而往齐。道经召陵，闻齐士言齐相邹忌专擅之事，遂息念而转往魏都大梁。闻魏惠王求天下之贤士，遂居大梁，欲见惠王而说之。不意，惠王往齐朝见齐王未归。归则一病不起，未久即驾崩。仪又闻宋人惠施已任魏相，知魏已无用武之地矣。遂西归，欲回老家张城。行至韩都郑，欲说韩昭侯，以谋温饱。适昭侯崩，新君未立。乃归张城，为农夫数载，心静如水，不复作取卿相尊荣之想。后有一赵国之士，行经舍下，渴而求水，言及苏秦已合六国而为纵，爵封武安君，身兼六国之相。仪思昔与苏秦之谊，乃起念而往邯郸，欲谋一职，以求温饱。不意，苏秦得意傲人，先避而不见，后召仪百般辱之。故仪负气而辞苏秦，未及赁车便出邯郸矣。”

张仪说到此，激动之情难以掩抑。

魏孟听到此，深沉地点点头，未有一言。

过了好一会儿，魏孟道：

“师兄今欲何往?”

“仪以为，今日诸侯之君，皆不可辅之而有为，唯秦王可辅之而成功业。况今之天下，能苦赵、苦六国者，唯秦一国而已！故仪欲西游咸阳，说秦王，以‘连横’之策而取天下。”

魏孟立即接口道：

“师兄之想与孟不谋而合。如此，不若同往咸阳，说秦王，取卿相，如何？”

张仪一听，心想，这倒好，这下可以一直搭他的马车，资费倒可省了不少。遂脱口而出，回答道：

“如此，仪求之不得也！”

魏孟一听，连声称好，面露一种不为人察知的神秘微笑。

说着话，不知不觉间，就到了前面一个小镇上。

“吁——”

马夫“吁”的一声带住了马缰后，马车就在一个客栈前停下了。

入得店来，魏孟向店主要了一个二人大间，另外再要了一个马夫的下人小间，且一并预付了三人一宿与早晚二餐之费。

张仪见魏孟替自己代付了住宿与今夜和明早二餐之费，连忙说道：

“承蒙载乘厚谊，已是感激不尽，为何又让魏兄代偿食宿之费？”说着便要从袖中摸钱。

魏孟连忙止住，道：

“师兄何拘区区之细节？孟自处，亦一室；与兄同宿，亦为一室，并无多费，何妨？且与兄同处一室，尚可对卧夜话，何乐而不为？”

张仪听魏孟这样一说，倒是觉得宽了心。心想，也有道理，反正他一个人也是要住一室，如今和自己同住，也是一室，确实没有多费他的钱。再说，如果他想省钱，也不能与他的马夫同居一室的。

于是，张仪就不再推托了。

第七章　西说秦王

1. 过东周

一夜无话，第二天早上，在客栈中匆匆吃了早饭后，张仪与魏孟又驱车出发了。

从此，每日如此，都是日出而行，日落而息。每到客栈食宿时，都是魏孟抢先付了费用。开始几天，张仪甚是过意不去，慢慢地，时间长了，次数多了，张仪也就渐渐坦然了，不再拘于这些生活小节。

周显王三十九年（前330）六月十五，到达邯郸之西的赵国西部大城武安。在此，张仪与魏孟向人打听了往秦的最便捷而可靠的几条路径，然后商量了一下，决定选择先往南，再往西，行走人烟密集的大城，走官道大道，车马可以及时得到补充，这样可以保证早点到达秦都咸阳。

二人计议已定，六月十五，便又乘车出发了。在武安之西，绕过赵之长城西北端，然后往南过漳水，入魏国之境。再往南，越洹水。六月底，到达魏国东北部大城安阳。

由安阳，再往南，至荡阴。然后，南渡淇水，到达朝歌。八月初八，到达汲。

由汲，往南行，行有一日，渡河而南。然后，往南，至酸枣。再绕道韩国东部防御魏国的长城，九月底，经阳武，到达韩国长城南端的魏国之城中阳。

由中阳往西，就进入了韩国之境。十月初八，到达韩国东部大城华阳。

出华阳，再往西绕道敏山、少陉山、浮戏山、嵩高山，十一月底，再往西到达韩国中南部重镇——九里。

由九里，再北折到东周之境。准备由东周，经周都洛阳，再过西周，入魏，然后渡河而西，就可入秦了。

东周，其实算不得一个国家，而只是一个分天下共主周王的地盘而成的小朝廷。它的出现，源于周考王（前440—前426）。周考王执政期间，封其弟揭于王城，是为河南桓公。后桓公之孙惠公又自封其少子班于巩，因在王城之东，遂号为东周。而河南惠公本在王城，因而号为西周。而当时的天下共主周王，仍以成周（洛阳）为都。周显王二年（前367），赵与韩二国，已是尾大不掉的诸侯王，为了进一步削弱周显王的势力，遂硬生生地将周一分为二，即在王城的西周与在巩的东周。从此，天下共主周显王就成了抱有空名的天下共主，周廷实质上是由西周与东周两个小朝廷分而控之。

周显王三十九年（前330）十二月十二，张仪与魏孟乘车入东周之境。到了东周小朝廷之都巩时，却意外地发生了一个小插曲。

就在这一年的十月，即张仪尚未入东周小朝廷巩之前的两个月，东周之主周文君刚刚免去了楚人工师藉的东周相之位。然后，代之以魏国张城人吕仓为相。吕仓虽然没有跟张仪见过面，但他在魏国做过朝臣，曾听说过张城人张仪事齐人鬼谷先生为师，习学纵横阴阳之术，行走诸侯各国之事。东周本就是弹丸之地，东周之都——巩更是小而又小之城，来几个外人、生人，差不多全城人都会知道的。张仪与魏孟乘车入巩，自然瞒不了东周之相吕仓。

吕仓闻张仪入巩，遂派人至张仪下榻的客栈，召张仪到相府相见。张仪不知就里，但既是东周相相请，不能不走一趟，因为自己现在就在他的地盘上，主人之命，岂可不从？

来到相府，见到吕仓，张仪连忙谦恭拜礼道：

“魏张城之士张仪拜上吕相，不知大人相召有何见教？”

吕仓连忙躬身答礼，道：

“先生免礼，仓亦为魏国张城人，与先生乃为同乡。先生乃天下辩士，仓闻先生驾幸东周，实乃喜出望外，故遣人相召先生。如有怠慢不敬之处，深望先生见谅！”

“大人过誉！仪乃乡野之人，无名游士，游天下诸侯十余载，终无所成，今尚不得温饱，惭愧惭愧！”

“先生不必过谦，今仓召请先生，实有求于先生也。”

“大人见笑矣！大人何人哉，仪何人哉，大人何以有求于仪？”

吕仓连忙请张仪坐定，然后徐徐道来：

“周君免工师藉之相，以仓代之。国人不悦，周君乃有悯悯之心。”

张仪一听，就明白了吕仓的意思。吕仓这是怕周文君迫于东周民众的压力，同情工师藉被免相之苦闷，再次复用工师藉。如果这样，那么吕仓的这个东周之相也就做不成了。张仪心想，这倒是人之常情，谁不想为卿为相，谁愿意做上了一国之相，而又再失去其位呢？吕仓请自己来，莫非是要自己游说周文君，稳住他的相位？

张仪正在这样想着的时候，吕仓又说道：

“先生若不嫌东周乃弹丸之地，仓有意荐先生于周君。”

张仪一听，心有所动。心想，如果能够在东周谋个一官半职，虽然没有大的作为，但是可以作为一个历练的机会，对今后成功地游说秦王，一定会有所助益。

想到此，张仪连忙回答道：

“如此，仪则深谢大人举荐之恩。”

吕仓点点头，脸上露出欣慰的笑容。其实，在他心中，张仪只是他的一个棋子，举荐张仪在东周之廷为官，可以扩大自己的势力，巩固自己的相位。

却说张仪告别吕仓，回到下榻的客栈，魏孟连忙问道：

“东周之相召师兄何为？”

“周文君免工师藉东周之相，民有怨怼之言，周文君遂有悯悯之心。吕仓恐周文君意有反复，免其相，复工师藉之相位。今闻仪至东周，遂相召，意欲荐仪于东周之君。”

“吕仓何以独荐师兄于东周之君？”

张仪一听，以为魏孟对吕仓只荐自己，而不荐他而不高兴，遂解释道：

“吕仓乃魏之张城人，吕仓之荐仪，乃出于同乡之谊。”

“非也！吕仓荐师兄，其意不在此，而在固己之相位也。”

张仪早已知道这一点，遂点点头，同意魏孟的说法。

接着，魏孟又说道：

“东周乃弹丸之地，不足以师兄一展宏志，有所作为。师兄之志，乃在说秦王，以‘连横’之策辅秦而霸天下，破苏秦六国‘合纵’之约。今为区区之小利，而臣于东周之君，惜矣！”

张仪一听，觉得有理，遂坚定地点点头，说道：

“兄之言，金声玉振，与仪意合。仪以吕仓为同乡之人，不便却其盛意，故允之。”

魏孟见张仪如此说，遂不再言之。

第二天，吕仓遣人来客栈相请张仪，言东周君有召。张仪遂立即随来人往见东周之君。

来到周文君之殿，张仪与周文君见礼毕。接着道：

“臣乃僻远乡野之人，今过东周而得见周君，何其幸哉！”

周文君道：

“先生乃天下贤士，寡人久闻大名，今先生辱临寡人之廷，故相召，望先生有所教于寡人也！”

“周君何人哉，臣何人哉？岂敢言教，周君若有吩咐，臣自当效命前驱。”

“寡人免工师藉之相，代之以吕仓，国人议之，群情汹汹，为之奈何？”

张仪一听东周之君问到这个问题，心中早有定见了。因为昨日吕仓找到他，目的就是要他就这个问题游说周文君，以打消周文君的疑虑，不要为国人之议所左右，继续任吕仓为相。张仪心想，既然吕仓求托了自己，又向周文君荐了自己，所以今日才有周文君问计于自己的事，那么，得为吕仓好好游说一番了。

想到此，张仪便不慌不忙，从容不迫地说道：

“一国之政，民必有诽之者，有誉之者。然忠臣之为政，必令诽议在己，而誉声在君。昔宋平公时，皇国父为宋之大宰，为平公筑台，有违农时，碍于农事。宋相子罕谏平公，请俟农事之毕而筑台，平公不允。民大怨，筑台者讴歌曰：‘泽门之皙，实兴我役；邑中之黔，实慰我心。’‘泽门之皙’者，乃谓大宰皇国父；‘邑中之黔’者，言宋相子罕也。子罕闻之，乃自请免其相，而亲任司空，亲任筑台之事。执笞督工，鞭其怠惰者，曰：‘我辈小人，皆有居室阖庐，以避燥湿寒暑。今汝辈为吾君筑一台，何以为苦，何以有怨？’筑台之民讴歌乃止。后平公之台成，民皆诽议子罕，而称颂平公。”

周文君知道这个典故，说的是二百多年前宋国贤相子罕，为了平息民众对大兴土木而妨害农时之怨，代国君受过的佳话。张仪说到这样善于为君代过受怨的臣子，周文君当然高兴了。于是，笑眯眯地点点头。

张仪知道这个典故说到了周文君的心坎上了，遂又继续说道：

“昔齐桓公于宫中设七市，聚伎女七百，日游于市，执鞭而为妇人御车，国人皆非之。管仲为相，闻国人非议桓公，乃为三归之家，娶三姓之女。出则朱盖青衣，归则置鼓鸣钟。庭有陈鼎，富奢可比王者，以此而掩桓公之非，自求分谤于己。”

张仪说的这个典故，乃是三百多年前的事了，周文君也是熟悉的，桓公虽有荒淫奢侈不经之事，但不失为明君，终成“春秋之霸”，那是因为有管仲为相之贤。所以，张仪说到管仲为桓公分谤之事，周文君非常赞赏，遂频频点头。

张仪见此，遂总结道：

“《春秋》记臣弑君者，数以百计，皆是为民称誉之臣。故大臣得誉，非国家之福也。谚云：‘众庶成强，增积成山。’以国家言之，大臣誉多威重，拥众必多，其势必大，终则威震其主，必生篡逆之心也。”

周文君一听，默然良久，然后深深地点点头。

张仪知道，周文君肯定明白了自己的意思，他的这番话让周文君认为东周之民群情汹汹，为前相工师藉鸣不平，正是说明工师藉乃弄权取名之逆臣，不可再用。

张仪的这个目的达到了，最后周文君坚定了决心，没有再复工师藉之相位，而是任吕仓为相不变。

辞别时，周文君赠张仪以三十金。但是，没有像张仪预先想象的那样，封他一个什么官职。这一点，令他有点怀疑吕仓的为人，是否他仅仅是要自己游说东周之君，固其东周相之位，并没有举荐自己在东周为官的意思。

其实，吕仓倒不是这样的人，他确实是郑重其事地向周文君举荐了张仪。只是由于两个原因，最终使周文君放弃了起任张仪之想。一是吕仓召张仪相见，欲荐之为官时，前相工师藉知之，游说周文君，说：张仪是个诡辩之士，好攻毁他人，不可重用。二是秦国的右行秦曾至东周，向周文君献策，认为东周困于大国之间，不如暗中结交二周的辩士，游说秦王，让秦国做东周的保护伞，以保东周处大国之间而无患。周文君今日见张仪如此善于机辩，知道他终有一天会为秦王重用。于是，决定不留张仪在东周，而是资助他三十金，以结张仪之心，让他西说秦王，以为东周之利。

却说张仪得金回到客栈，魏孟见之，乃问今日东周之君相召之事。张仪将其与东周君的问答，一一尽述之。魏孟一听，心中大喜，不禁在心底为张仪的善辩而惊叹不已。

接着，魏孟又问道：

“周君今日以何官而授师兄？”

“未授一官半职。”

“何以如此？”

“虽未授官，然致仪三十金矣。”

魏孟点点头，未置一言。

在巩逗留二日，第三天，张仪与魏孟又离巩而起程往西了。

临行前，吕仓出城相送，亦致送二十金，以表心意。

张仪拜而受之，辞别而去。

往西行有三日，至天下共主周显王之都洛阳。

然而，将入洛阳城时，因说话口音明显不似成周洛阳之人，周吏遂不让张仪与魏孟二人入城。张仪乃问其原因：

“我等皆为读书之人，不曾作奸犯科，为何不能入城？”

周吏回答道：

“周王有令：‘非周人，不得入城！’二位是外来之客，故不得入城。”

张仪争辩道：

“我辈非客，而是主人！”

周吏见张仪强辩，遂故意问其洛阳街巷之名，张仪与魏孟皆未到过成周洛阳，因而答不出周吏之问。于是，周吏将其拘而囚之。

周显王闻知其事，乃命周吏执张仪而见之，问道：

“你非周人，却说非客，而是主人，寡人愿闻其详。”

张仪脱口而出道：

“臣少而诵《诗》，《诗》曰：‘普天之下，莫非王土；率土之滨，莫非王臣。’今大王乃天下之王，我则为天子之臣。臣至洛阳，怎么是客？”

周显王一听，不仅暗自钦佩张仪的机辩，而且对张仪引《诗》如此推崇他这个天下共主感到无比的欣慰。要知道，如今的天下，有哪一个诸侯把他这个天下共主当回事？只有眼前的这个张仪还尊崇他这个天下共主的地位，认为普天之下，都是他周显王之土；普天下之人，都是他周显王之臣。他心里这个高兴啊，真是无以言表。

于是，令官吏礼而待之，最后恭而敬之地送张仪出了洛阳之城。

2. 说秦王

出了洛阳城，张仪与魏孟又继续往西而行。经西周之廷河南，于周显王三十九年（前330）十二月二十八，到达韩国西部与魏国西部接壤的战略重镇——渑池。

因为马上就要过年了，所以魏孟建议，别再赶了，就在渑池城中过完年再说。虽然张仪在东周得到东周君资助三十金，又有东周相吕仓相赠二十金，但是过东周之后的所有食宿之费，魏孟仍然不让张仪支付。同样，在渑池过年，也是一切由魏孟包揽了。

周显王四十年（前329）正月初二，张仪与魏孟又出发了。

出渑池城，往西入魏国西部之境，沿河之南岸往西行。经魏国河南重镇陕、曲沃，入秦国所据之天险——函谷关。

过函谷关后，先至秦、楚交界的湖，然后再西行，经魏河西之地阴晋，再入秦境之武城、郑县、戏，然后北渡渭水，于周显王四十年（前329）三月底，终于到达秦都咸阳。

到咸阳下榻已定，第二天一大早，张仪就急急起身，往秦王宫求见秦惠王。

这时的秦惠王，已非昔日的秦惠王。当初，即位伊始，苏秦来秦游说，他因憎恶商鞅而嫉恨天下所有的游士，故而拒绝了苏秦的游说。而今，苏秦已经改变了主张，合山东六国而成“合纵”之盟，其矛头之所指正是秦国。因此，他如今的当务之急，就是广揽天下贤士英才，为秦所用，寻求破解苏秦“合纵”之盟的妙计良策。

闻说张仪求见，又听说他是苏秦同门师兄弟，曾同师事齐之鬼谷先生，也是专门习学纵横阴阳之术的游士策士，秦惠王心中大喜。心想，这个张仪如果可堪重用，倒是一个“以毒攻毒”的好人选，用他来破苏秦的“合纵”之盟，那是再合适不过了。只是还不知道这个张仪到底如何。于是，立即传召张仪觐见。

张仪万万没想到，像秦这样的万乘之国，像秦惠王这样雄才大略之主，竟然这样容易就能见到，真是时来运转了。

带着激动的心情，张仪“蹬，蹬，蹬”几个健步，就爬上了秦王宫高高的台阶，然后在门禁官的导引下，登堂入室，见到了一路上一直在心中揣想着的秦惠王。

与秦惠王见礼毕，张仪就直接上题道：

“臣乃魏之张城僻远穷乡之人，闻大王雄才大略，志存高远，有席卷天下之志，并吞八荒之心，包举宇内之愿，故不揣固陋，释鉏耨而谒大王。”

张仪的这几句说得谦恭有礼，而又铿锵有力，同时还恰到好处地吹拍了秦惠王。秦惠王一下子就被吸引了，认为眼前的这位魏国游士不简单！于是，情不自禁间便深深地点了点头。

张仪一见，深受鼓舞，遂接着说道：

“今天下有七雄，秦、楚、齐、魏、赵、韩、燕。秦自孝公而始，广揽天下贤士而用之，变法图强，国力日盛。楚处南国，襟二江而带云梦，地广、人众、物饶，且有形胜之优，亦为天下之强国。齐临东海之滨，地尽平原，沃野千里。临淄一都之富，已可敌国。自威王任邹忌为相，百业兴，国大治，诸侯朝之。魏自李悝变法，国富民强，天下独步，西割秦之河西之地，北围邯郸，南伐韩，东与齐战。魏王逢泽之会，挟十二诸侯而朝天子，乘夏车，称夏王，势逼周王。赵之为国，北有燕，南有河漳，西有恒山，东有清河，有名山大川之险，地方二千里，带甲数十万，车千乘，马万匹，粟可支十年，乃山东之雄国也；韩有关河之固，地理之利。且天下强弓劲弩皆从韩出，韩卒之勇，名闻天下。自昭侯任申不害为相，内修清明之政，外结诸侯之交，渐至强盛矣。燕虽小国，然僻处北国，东接朝鲜、辽东，北邻林胡、楼烦，西有云中、九原，南有嘑沱、易水，倚天然之形胜，而无有战伐之事，不见覆军杀将之祸。且燕有枣栗之利，民不待耕作，亦可得温饱，故人称‘天府’也。”

秦惠王听到张仪对七国历史与形势的分析如此周详，且切中要害，不禁从心底佩服眼前的这个魏国书生，认为他确是有头脑有眼光的人，遂又点点头。

张仪察知秦惠王的表情，又接着说道：

“谚云：‘天有阴晴，国有盛衰。’魏之为国，昔为天下之霸，今则不然也。显王十五年，魏围邯郸，期年不拔，魏、赵俱困。显王十六年，邯郸城破，齐师救赵，直走大梁，围魏救赵，大败魏师于桂陵，覆军杀将八万众，魏将庞涓亦为齐将田忌所掳。显王二十八年，魏伐韩，意欲吞而并之。韩告急于齐，齐复以田忌为将，孙膑为师，出兵救韩，减灶诱敌，大败魏师，魏师十万之众尽覆于马陵隘道，魏将庞涓死，太子申为齐人所掳。魏之为国，至此元气殆尽，师弱民贫，昔霸不再。显王三十三年，魏惠王听惠施之计，折节变服，东入齐，朝齐于平阿。显王三十四年，魏惠王复入齐，朝齐王于甄。显王三十五年，魏惠王三入齐，朝齐王于徐州。齐、魏徐州相王，楚王大怒。显王三十六年，楚威王亲率大军，北伐于齐，大败齐将申缚。山东三强齐、楚、魏，至此俱困矣。”

秦惠王听到此，又点点头。

张仪接着又说道：

“方其时，苏秦北走燕，以‘合纵’之计说燕侯。燕侯从之，资以车马金帛，令其南游于赵。苏秦至赵，说赵王于华屋之下，赵王大悦，听其计，任之为赵相，爵封武安君。又为之饰车百乘，资黄金千镒，白璧百双，锦绣千纯，为赵而游说山东诸侯。苏秦遂西说魏、韩，东说齐，南说楚，显王三十七年，‘合纵’之盟成矣。”

秦惠王见张仪说到苏秦“合纵”成功之事，立即接口道：

“苏秦欺寡人之国，欲以一人之智，而反复于山东六国之间，‘约纵’以欺秦，为之奈何?”

张仪见秦惠王已经开始问计于自己，心想，看来已经说动了秦惠王了。于是立即接口献计道：

“苏秦，乃天下无信之人。以三寸之舌，翻云覆雨，说六国以为纵。虽无分寸之功，山东六国之君皆亲拜之于庙，而礼之于廷，兼领六国之相，自任纵约长，其意在秦也。”

说到此，张仪故意停顿了一下。

秦惠王则急切地追问道：

“如此，为之奈何?”

张仪见秦惠王如此急切，遂不紧不慢地说道：

“今山东六国虽合而为纵，然苏秦之合六国，犹拴群鸡而栖于一架，终不能长久也。”

秦惠王一听，觉得张仪的这个比方，真是妙不可言。心想，山东六国之间本就矛盾重重，昔日互相攻伐，结下深仇大恨，今日虽被苏秦巧言令辞暂时说合到一起，但终究会因各自的国家利益而不能长久结盟，迟早还是要分崩离析、分道扬镳的。

于是，秦惠王拈须而笑，心情似乎放松了很多。

张仪察知秦惠王这一微妙的表情变化，遂趁热打铁，进一步阐发其意道：

“六国结盟，乃苟合也。昔魏拔邯郸，与赵结怨深矣；南梁之难，韩切恨于魏；齐伐燕之权，又夺燕十城，燕与齐不共戴天。齐一败魏于桂陵，二败魏于马陵，魏国之衰，乃由齐也，魏切齿深恨于齐，不言而喻；楚师伐齐于徐州，齐蒙耻大矣，齐王焉能不耿耿于怀?”

听张仪历数六国之间的矛盾与宿怨，娓娓道来，如数家珍，秦惠王更是高兴。

张仪顿了顿，接着说道：

“臣以为，为秦国计，大王不若兵取河西，士游山东，从而离间之，合纵之约可破也。”

秦惠王一听，立即接口道：

“善哉！贤士可为寡人详说之。”

张仪一听秦惠王称自己为“贤士”，心中大喜，遂马上阐发其意道：

“秦、魏皆大国，毗邻而居，互为劲敌。然今之魏，非昔之魏也，国衰师弱，已非秦之对手。秦、魏山水相连，大王若兵出河西，攻城略地，燕、赵、韩、齐、楚虽与魏有纵约之盟，纵然出师相救，亦路遥遥而无期，救之而不及。如此，魏之河西之地，秦可蚕食而得之。魏失河西之地，地益狭，国益弱，必惧秦而退‘合纵’之约。魏退‘合纵’之约，必摇动五国之心。届时，大王再遣使东游五国，从中离间，纵约之盟必散。”

秦惠王听到此，不禁拍案而起，道：

“善哉!”

于是，立即任张仪为客卿。

3. 一诺明心

辞别秦惠王，出了秦王大殿后，张仪连忙赶回客栈。

魏孟一见张仪兴冲冲地回来，脸上还带着一种掩抑不住的喜悦之情，猜想张仪今天的游说可能已经成功，遂连忙问道：

“今日说秦王，结果如何?”

“秦王已任仪为客卿矣。”

“果然?”魏孟吃惊地睁大了眼睛。

“果然。”

于是，张仪就将如何游说秦惠王的话，一一说给魏孟听。魏孟听了，不住地点头，脸上也现出了不可掩抑的喜悦之色。

良久，魏孟突然倒身于地，拜于张仪之前道：

“今先生已为秦王所用，小人可告辞东归矣。”

张仪一见魏孟突然拜倒在地，又口称“小人”，顿时如坠五里雾中，不知就里。遂连忙问道：

“魏兄何出此言?知仪者，兄也。仪有今日，全赖兄助。今日仪取尊荣于秦廷，正欲报兄之德，兄何故离仪而去?”

“知先生者，非小人也；有德于先生者，亦非小人也。”

张仪一听，更是一脸的茫然。

至此，魏孟这才从容揭开谜底道：

“知先生者，武安君也；有德于先生者，亦武安君也。”

“武安君?”张仪再次吃惊地睁大了眼睛。

“武安君忧秦伐赵，而败‘合纵’之约，以为今日天下之士，非先生莫能得秦国权柄，故设计激怒于先生。”

张仪一听，一时回不过神来，瞪大眼睛，直盯着魏孟。

魏孟乃从容问道：

“先生何以至邯郸?”

“仪游诸侯十余载，大困而归张城，释书简而执鉏耨，为农夫已数载，日出而作，日落而息，心如止水，不复有功名之念矣。不意前年有邯郸之士，往游西秦，道经寒舍，口渴求饮，偶言苏君合六国以为纵，兼相六国，爵封武安君，说仪往邯郸，求托苏君。”

“先生知邯郸之士，究竟是何人?”

“不知。”

“那个邯郸之士，不是别人，乃武安君所遣之舍人。”

“噫，原来如此!”张仪一听，方才恍然大悟。

“先生至邯郸，求见武安君，为何屡屡而不得?”

“不知何故。”

“那是因为武安君告诫门者，不为先生通禀之故。”

张仪听了，又是一惊。

“先生屡求见而不得，求去又不得，何故?”

“不知。”

“此亦武安君遣门人故意而为之。”

张仪听到此，方才顿悟，怪不得怎么那么巧呢？当初屡屡求见不得，正想离邯郸而去时，却有人出来挽留慰藉，使自己欲留不得，欲去不能。

想到此，张仪忙问道：

“如此说来，武安君召仪而赐以粗食，且当众辱之，是其激将之计？”

“正是。”魏孟毫不隐讳地笑着答道。

张仪点点头，似乎若有所思。

接着，魏孟又继续说道：

“先生受辱，愤而离去后，武安君立即召小人，嘱咐道：‘张仪，天下贤士也，我不如也。今我先用于六国，实乃侥幸。观天下之士，能得秦国权柄者，唯张仪一人而已。然张仪家贫，无法前往游说秦王。我恐其乐小利而不能成大事，故召而辱之，以激其志。今我往见赵王，游说赵王发金币车马，使你暗随张仪，与之同宿同行，稍稍接近他，奉其车马金钱。所有用度，皆为取给，而不告其情。’”

“如此说来，兄并非游士，此行也不是为了游说秦王？”

“正是。小人乃武安君之舍人，并非欲说秦王之游士。今先生已为秦王所用，小人请告归邯郸，报之于武安君矣！”

张仪不禁大为感叹道：

“噫！仪入武安君彀中而至今不悟，仪不及武安君远矣！仪新用事于秦，如何能打赵国的主意？烦兄为仪报苏君：‘有苏君在，仪何敢出一言。武安君一日在赵，仪不敢谋一策。’”

“有先生一诺，足矣！”

说完，魏孟就拜别张仪出了客栈。出咸阳，直奔邯郸去也。

第八章　执政为秦相

1. 入秦第一功

目送魏孟出了咸阳城，张仪开始心里不安了。

因为他万万没有想到，原来自己能有今天，却是苏秦暗中帮忙的结果。是苏秦设计激发了自己奋发有为的斗志，也是苏秦说服赵王发车马金币，并派魏孟随行伴送自己到达秦都咸阳的。可是，由于自己事先并不知道这一切内幕，以至于今日说秦王时，以苏秦为敌，并为秦王出了一个详尽的破坏苏秦“合纵”之盟的计策。

想到此，他不禁且愧且恨。

愧的是，自己与苏秦为同门师兄弟，却入苏秦彀中而始终不悟，不是魏孟说破谜底，至今自己还被蒙在鼓里呢，真是其智逊于苏秦远也！

恨的是，自己受了苏秦泼天似的大恩，却给秦王出了一个破坏苏秦“合纵”之盟的计策，要坏苏秦的大事。想他苏秦东奔西走好多年，好不容易说合了山东六国之君，做了六国之相，那也是非常不容易的啊！如果秦惠王将自己的计划付诸实施，最终破了苏秦的“合纵”之盟，那么苏秦的前程岂不就断送在了自己的手里了吗？那么自己对苏秦不就是恩将仇报了吗？

为此，张仪多少个白天都是坐立不安；多少个夜晚都是辗转反侧，不能成眠。虽然现在已经入住了秦惠王给他的客卿官邸，生活舒适，但他心里却并无一点幸福感与兴奋感。

正当张仪处在不安与愧恨交集的心理煎熬之中而不能自拔时，周显王四十年（前329）四月初五，秦惠王已经按照张仪所提出的计划开始行动了。秦惠王以十万雄师，兵分两路，一路绕过魏国河西防御秦国的长城，渡河而东，攻入魏国河东本土部分的两个战略重镇——汾阴、皮氏。另一路，则东出函谷关，围住了魏国河南两个战略重镇——焦、曲沃。

秦惠王的这一步棋走得非常巧妙，让张仪惊叹不已。因为秦国攻占与合围的这四个魏国重镇，对于魏国来说都是致命的，也是秦国得以卡住魏国脖子的狠招。皮氏处于河源地带，在河源上游的西水与汾水汇合外，隔河与龙门山和龙门相望，是魏国得以控制河西上郡广袤之地的战略后方。汾阴则在魏国河东前沿，隔河西望，便是魏国河西防御秦国的长城，还有一个长城边上的河西战略重镇——少梁。魏国若要守住河西之地，就必须守住河西的魏长城与长城之北的重镇少梁，以及长城之北、河源龙门山边的龙门重镇。而要守住河西的这些重镇，关键在于有河东的皮氏与汾阴的后方支撑。如果连皮氏、汾阴都失守了，魏国不仅不能保住河西的广大地区，甚至连河东的本土也要受到威胁。而河南的焦与曲沃，则是守护魏国河东本土的南部战略屏障。如果焦与曲沃失守，秦兵就可渡河而北，占领魏国河东地区与韩国西部之间的魏国西部本土。而魏国的另一个本土部分，则因为中间有韩国阻隔而无法策应西部河东本土。一旦河东本土尽失，那么魏国就只有魏国东部包括新都大梁在内的东部本土了。如此，则大魏就不成其为大魏了。

周显王四十年（前329）五月底，张仪获得消息，秦师已经攻占了魏国河东的皮氏与汾阴，掳降卒万人，获车百乘。又旷日持久地围攻魏国河南重镇——焦，最终亦迫使守卫的魏国将士投降了秦师。

魏国上下震惊，魏襄王星夜遣使往秦，向秦国求降。秦惠王允之，周显王四十年（前329）七月中旬，秦惠王与魏襄王会于韩国南部的应。

魏襄王与秦惠王会于韩国之应，自以为保证了魏国的安全，可是这一步棋，却激怒了另一个强国楚。楚威王认为魏是山东六国纵约之盟的成员，如今却与秦国媾和，这是破坏“合纵”之约。于是，就以维护“合纵”之盟的理由，于周显王四十年（前329）九月初，出兵北伐，攻打魏国。楚王这样做，实际上有两个目的，一是可以维护楚国在六国“合纵”之盟中的领导地位，因为谁都知道，名义上赵国是“合纵”之盟的发起国，实际上实力最强的楚国才是真正的领导者；二是可以制约秦国，不让魏、秦联合，对楚国构成威胁。

魏襄王知道，魏国刚与秦国打了一仗，丧师失地，国家元气大伤，如果再跟楚国开战，后果将不可想象。从历史上看，曾经两次打败魏国的齐国，都败在了楚威王手上，而且是被楚威王打到了齐国境内。可见，跟楚国开战，将必败无疑。魏襄王无计可施，只得硬着头皮，遣使向秦惠王求救。

秦惠王接报，召集群臣相商，讨论是否要救魏国。结果，许多秦国之臣都认为不必出兵救魏，让楚、魏相争，俟其两败俱伤之时，再起兵承其敝，一举而败楚、魏，于秦更为有利。

魏襄王之使见秦惠王迟迟不予答复，心里着急，遂使出了最后一招，乃向秦惠王许诺：事成，将以魏国河西华山以南的上洛之地献纳于秦。

秦惠王早就觊觎魏国河西上洛之地了，一听魏王之使有此许诺，遂心有所动。

这时，张仪看出了秦惠王的心思，他想迎合秦惠王，从而获得秦惠王的进一步信任，最终掌握秦国的权柄。除此，他心里还有一个自己的小算盘在打着：如果秦国不救魏国，那么楚国势必会打败魏国，魏国从此更弱，必然进一步死心塌地地投入秦国怀抱。那样，苏秦的“合纵”之盟势必就真的要被瓦解了。而楚国若打败了魏国，势必会更为强势，那么也会造成山东六国在“合纵”之盟中的实力失衡，最终也要使苏秦的“合纵”之盟破局。为了报答苏秦之恩，目前还不能让“合纵”之盟破局，同时自己也要在秦惠王面前有所表现，要立下功业，才能最终执掌秦国的权柄。

想到此，他便向秦惠王献了一个一箭双雕的妙计：

“大王，楚、魏相争，秦不如助魏。魏战而胜之，则必感戴大王之德。如此，魏必臣服于秦，必践其诺而效上洛之地；上洛之地既效，魏河西之地亦为秦国囊中之物。魏战而不胜，师弱国贫，必不能守河西之地，秦亦可随时取之。”

秦惠王一听，不禁拍案叫绝：

“善哉！”

“大王，秦助魏师，不必另外出兵，只要以秦取皮氏所掳魏师万人，所获战车百乘，返还于魏。”

秦惠王一听，觉得张仪的这个计策更是妙不可言。心想，这个账，无论怎么算，都只赢不输的。于是，立即拍板道：

“依卿所言。”

于是，秦惠王立即下令，将伐取魏国河东皮氏时所掳的魏兵万余人，战车百乘，尽数交由魏襄王之使，让他带回魏、楚交战的前线——陉山。

这些魏兵本就是魏国的精锐之卒，如今意外地回到魏国，上了楚、魏之战的战场，就格外英勇。

周显王四十年（前 329）九月中旬，楚、魏之战分出了输赢，楚国大败。不久，楚威王也因此一病不起，第二年就呜呼哀哉了。

楚、魏战事已毕，秦惠王立即遣使至魏，向魏襄王索要当初应诺的河西上洛之地。

这时的魏襄王与魏国之臣，都觉得魏国不必给秦国上洛之地，认为魏师战胜楚师于陉山，秦国未出一兵一卒，一车一马，只是将所掳魏国皮氏之卒与车乘归还给魏国而已，是魏国自己打败了楚师。同时，魏襄王打赢了楚国，这时自信心也上来了，于是，就在群臣的怂恿之下，明确拒绝了秦国的要求。

秦惠王闻报，大为震怒。

张仪见此，心里有点着慌。因为当初是自己献计让秦惠王支持魏国与楚国作战的，且资以魏国降卒万余人，车百乘。如今魏襄王赖账，秦惠王即使不责备自己，恐怕秦国其他大臣也要说自己的闲话，认为自己是魏国人，当初是出于助魏之心才那样建议秦惠王的。如此，自己在秦国就无法待下去了，好不容易挣来的大好前程就要就此断送了。

越想越慌，情急之下，突然想出了一个主意，遂立即进献秦惠王道：

“大王，何不遣使往楚，言于楚王：‘楚、魏相争，魏王许诺寡人以上洛之地，今战胜，则背信而食言。寡人今欲与大王相会约盟，不知意下如何？如此，魏王惧秦、楚和合，必予秦上洛之地。魏若献秦上洛之地，则是魏胜楚而反失地于秦。若此，便是大王以魏国之地嘉惠于寡人。寡人得魏上洛之地，定当遣使多赍财货而献于大王。秦、楚和合，则魏国弱。魏不出地，则大王攻其南，寡人绝其西，魏国必危矣。’”

秦惠王一听，不禁拍案而起道：

“善哉！”

遂立即发使而往楚都，以张仪所教之言游说楚威王。楚威王此时因被魏国大败，正气闷大病在榻，闻秦惠王发使来请合盟，遂于愤怒之下答应了秦惠王之请。

紧接着，张仪又使人散播消息，言秦、楚合盟，欲夹攻魏国。魏惠王一听，顿时慌了神，立即遣使至秦，拱手将河西上洛之地效纳于秦。

秦惠王听从张仪之计，不费一兵，不折一弓，就取得了魏国河西上洛之地，使秦国的东进扩张计划得以有了实质性的进展。秦惠王是越想越高兴，越想越得意，他为自己知人善用，外才秦用的策略大为成功而激动。同时，也从内心里感佩张仪这个魏国游士，为他的过人智慧所折服。

于是，周显王四十一年（前328）正月十五，秦惠王就力排众议，任张仪这个才到秦国不到一年的客卿为秦国之相，全面执掌秦国的内政、外交大权。

2. 龙门会

正月十五的夜晚，秦国的天空格外深邃蔚蓝，月光静静地泄在秦国的相府，洒满相府的院中、房中以及相府的每一个角落。

这是秦国深冬的月光，虽然显得格外的皎洁，却透着阵阵寒气，使得空旷的相府院落益发显得格外的冷清。

十五的月光，本就易于诱发游子的思乡之情，触动游子对于世事人生的感叹。

今日突然由一介书生飞升为天下第一强国的权相，又搬进这样阔大的秦国相府，在这样的月圆之夜，叫张仪如何能安然、坦然地入眠？

虽然成为秦国之相是他梦寐以求的，但他万万没想到，这个一人之下、万人之上的天下最强国的权相之位，在自己来秦不到一年的时间内，就这样落到了自己的头上，这太让他感到突然了！

辗转反侧，终是不能成眠。张仪遂索性披衣而起，信步走到了清冷的院中。

举头而望遥远星空中的那轮圆而清冷的月亮，张仪不禁思绪万千、感慨万千，想到了自己的身世遭际。

望着遥远不可及的明月，他首先想到了远在赵国邯郸的苏秦，想到了他刻意安排的一个又一个激发自己奋发仕进的情节，想到他召辱自己的苦心，想到了他说服赵王发车马金币资助自己的恩情，想到了魏孟一路与自己相随的情谊。于是，心里暗暗下定决心，无论如何，即使是各为其主，即使是为了自己的前程，也不能做对不起苏秦的事。最起码，不能使苏秦在赵国的地位受到动摇。虽然实行“连横”之策，东向而并天下，是秦国的既定国策，自己不可能保证永远不破苏秦的“合纵”之局，因为在其位，就得为秦谋其政。但是，自己已经对魏孟承诺过，有苏秦在赵一日，决不能让秦王打赵国的主意，从而危及苏秦的前程与地位。

望着秦国之空圆圆的明月，他又想到了远在魏国张城的妻儿，不知他们现在怎么样？是不是已在梦中，还是倚窗而望明月，想到自己远在他乡的寂寞呢？要是他们知道了自己而今不再是一介无名书生，而是一跃飞登到秦国之相的高位，那他们会怎么样呢？会不会欣喜若狂，喜极而泣呢？还有，要是爹娘今日还健在，能够看到自己有这么一天，他们又会怎么样呢？虽然这已经不可能了，但是如果死去的爹娘，九泉之下有知，张氏列祖列宗神灵有知，他们会怎么样呢？是不是该安心了，感到非常欣慰了呢？

望着清冷的秦国之月，他想到了自己当初出游诸侯各国时的一切世态炎凉，特别是想到了在楚都郢的往事：他随楚国令尹昭奚恤游食七载有余，到头来，不仅没得个一官半职，反而因为贫困而被昭奚恤及其相府上下疑为窃玉之贼，无故受辱，几至被鞭笞而死。那一鞭鞭的抽打，鞭鞭带血；那一盆盆的冷水，兜头泼来，使他死而复醒；妻子蕙兰为他擦拭伤口血迹的那一块块白布，块块带血，痛在自己身上，也痛在妻儿的心里。至今想起来还令他刻骨铭心，身体上的每一个神经似乎都还有痛楚之感。

想着在楚七载有余的往事，一幕幕地从眼前掠过，张仪终于不能释怀那种令其心里滴血的屈辱感，于是血流冲脑，立即回房，裂帛为书，写下了一篇给楚相昭奚恤的文檄：

> 大秦之相张仪昭告楚令尹昭奚恤：往昔，吾从汝游，我不盗尔璧，汝笞我几死。今汝善守尔城则已，不然，吾将盗尔城也！

写完了给楚相昭奚恤的文檄，张仪这才觉得憋了十多年的一口恶气，总算一吐为快，心里顿时觉得平静了不少，浑身也通泰了。三更时分，终于沉沉睡去。

第二天，张仪正式开始执掌秦政的第一件事，就是遣使往楚，将昨夜写给楚相昭奚恤的昭告送往楚国。

然而刚刚送走了文檄，张仪正筹划大计，意欲一展拳脚，要有一番大作为时，却听说公孙衍已经离开了秦都咸阳，往魏国之都大梁去也。

张仪一听，心里“咯噔”一下，立即明白了其中的因由：肯定是因为秦惠王任命了自己为秦国之相，公孙衍觉得自己这个大良造已经不再是秦国的最高权力者了，秦惠王宠信的已经不是他，而是自己这个后来者。

不过，仔细一想，张仪也觉得可以理解，因为他知道公孙衍的经历与在秦国的事功。

公孙衍，乃魏国河西阴晋人。早年侍魏惠王为犀首（将军之类），人称“犀首”。后见秦王用卫人公孙鞅变法图强，公孙鞅以一个从魏国逃秦的卫国孽庶子，竟然被秦孝公亲之任之，委以秦相之位，放手让他实施新法，最终使秦国由弱变强，迅速崛起。公孙鞅也因此而被秦孝公爵封大良造，后又封以商、於之地，号为“商君”，成了权倾朝野的秦国第一号人物。公孙衍为人十分机警，当他洞悉了天下情势后，遂离魏往秦，游说秦孝公，终赢得其信任，成为秦国客卿。秦孝公死后，秦惠王即位，因做太子时与商鞅结下的矛盾，遂找理由车裂了商鞅。执政之初，还由于愤恨商鞅的缘故，秦惠王还一度排斥一切的游说之士。当初苏秦来游说，就是在此背景下失败而黯然离去的。也因为如此，这才有了苏秦说六国，而成今日山东“合纵”抗秦之势。当苏秦“合纵”成功，投纵约书于秦，明确向秦发出挑战之后，秦惠王终于认识到当初拒绝苏秦“连横”之策的错误，遂改变了政策，也调整了用人之策。恰在此时，公孙衍献计，正中秦惠王下怀，于是秦惠王任之为大良造，与当年商鞅的职位相当。公孙衍上任，果然不负秦惠王期许，接连筹划了一系列对魏国用兵的计划，都取得了很大的成功。特别是周显王三十八年（前331）对魏国的雕阴一战，掳魏国镇守河西的大将龙贾，斩魏师之首八万，魏国上下震动，国力彻底衰竭。第二年，魏惠王无奈，只得纳河西之地于秦。

河西之地，原本就是秦国所有。早在春秋时代，晋国强大，强行夺占了秦国的河西之地。后来，晋为魏、赵、韩所灭，史称“三家分晋”，晋国不复存在，原来晋国夺占的河西之地，就由魏国继承。而魏国自魏惠王执政之后，任用李悝为相，变法图新，国富民强，魏国逐渐成了当时的天下独霸。为了遏制秦国自商鞅变法后迅速崛起之势，魏惠王加强了对河西之地的控制。其中，最重要的一招，就是于周显王十七年（前352）魏国围攻赵都邯郸，被齐国大败于桂陵之后，魏惠王鉴于魏与赵、齐决战之时，秦国乘机偷袭魏国河西之地，与魏战于元里，斩魏师之首七千，取少梁而去的教训，派大将龙贾率师在河西修筑长城，巩塞固阳，以抵御秦国东进而威胁河西之地，同时保护魏国河东之本土。

虽然收复河西之地是秦国几代君王的心愿，但长期以来，秦国一直未能实现这个愿望。而自公孙衍为秦国大良造后，通过对魏的一系列战争，最终实现了秦国几代君主之愿，让魏惠王放弃了河西之地，使之重新回到了秦国的版图，这是何等之功劳！可是，而今秦惠王任他张仪为秦国之相，公孙衍自然感到失落，心有不悦。因此，公孙衍出走，张仪是可以理解的。

将心比心，推己及人，对公孙衍离秦往魏的心情寄予了一番理解之后，张仪突然想到，此次公孙衍离秦往魏，重新投效魏国，恐怕会不利于自己在秦执政。因为他清楚地知道，公孙衍的能耐不在自己之下，也不在苏秦之下。如果公孙衍辅佐魏襄王，使魏国重新崛起，那么不仅要威胁到秦国以及自己在秦国的地位，也会危及苏秦在山东六国的布局平衡，从而动摇苏秦现有的地位。为了自己的权位，也为保住苏秦的既得利益，张仪觉得必须在公孙衍还未实现目标之前，就先下手，使公孙衍重振魏国的计划胎死腹中。

想到此，张仪决定怂恿秦惠王再度对魏用兵。结果，张仪将伐魏计划一说，秦惠王立即同意了张仪的伐魏计划。因为这几年秦国接连夺得魏国河西上洛等地，又伐魏国河东皮氏、汾阴以及魏国河南焦、曲沃成功。去年魏国在河西之地已为秦所据有的既存事实面前，不得不正式效纳河西之地。于是，秦惠王东扩版图的野心就越来越大了。

周显王四十一年（前328）三月，秦惠王听从张仪之计，遣秦公子桑率十万大军，渡河而东，向魏国河东北部重镇蒲阳发动了突然袭击。魏国之师万万想不到，去年秦王与魏王刚刚约盟和好，没过几个月就又渡河而东，对魏开战。在毫无准备的情况下，魏师大败，魏国上下震动，魏国河东本土现今也面临了巨大的威胁。魏襄王早已被秦国接连不断的攻伐吓怕，基于魏国河东本土都有不保之虞，还谈什么坚守河西呢？于是，最后索性将河西之北的上郡十五县都效纳给了秦国，这才阻止了秦国继续东进的步伐。

秦惠王不仅得了魏国河西全部之地，而且还意外地得到了魏国河西之北的上郡十五县，于是大为高兴，从此，一切听计于张仪。

周显王四十二年（前327）五月，秦国西部的劲敌义渠来朝，向秦惠王称臣。

义渠，原为西戎之一支，分布于秦国之西的岐山、梁山、泾水、漆水之北地区。春秋时代，势力日益坐大，并自称为王，亦有城郭。因与秦国地近，一直与秦处于时战时和的状态，大为秦国之患。周显王三十八年（前331），义渠国内发生内乱，秦庶长操率兵平定之。义渠因此次之乱，大伤了元气，势力有所削弱。与此同时，自秦惠王五年（前333）开始，随着秦国接连伐魏频频得手，特别是在张仪入秦后所策划的几次伐魏战争中，魏国的河西郡、上郡之地先后正式归入秦国版图，秦国势力由此更加强大起来了。义渠遂在张仪为秦相、魏纳河西上郡十五县于秦后，迫于秦国如日中天的强大武力的背景下，终于选择了向秦俯首称臣。

义渠向秦称臣后，张仪觉得秦国的后顾之忧，至此已经得以解除，遂向秦惠王建议道：

“大王，今义渠来归，秦之西患已除；然魏之上郡新附于秦，宜经之营之，固其本基。”

“如何固其本基?”

“上郡，乃戎、狄杂处之地。戎、狄之性，勇悍好斗，或城居，或野处，食粮少，金币多，故其人勇于斗，难以败之。且上郡之地，地广形险，戎、狄负其形利之便，多有不臣之心。”

秦惠王一听，非常赞赏地点点头。

张仪继续说道：

“龙门，乃上郡之要塞，居河之上源，为河宗氏众部族游居之所，亦为河源神圣之地。大王何不为腊祭，会戎、狄诸君于龙门，猎禽兽，庆丰收，祭鬼神，结戎、狄诸部之心，则上郡之基可固矣，秦之后患可去矣。”

“善哉!”

得到秦惠王的同意并赞许后，张仪便放手去做，积极筹备起了“龙门会”之事。他一方面派人四处与戎、狄诸部首领多方联络沟通，另一方面大规模地从秦国士卒中挑选勇兵悍卒，训练他们射猎禽兽的技能，又发动广大河源之地的民众积极参与，操练腊祭的各种仪式。

经过一年多的各种积极准备，周显王四十三年（前326）十二月初八，秦国历史上的第一次“腊祭”如期举办，秦惠王与秦国周边的戎、狄众部族的首领相会的“龙门会”也随之登场了。

从十二月初一开始，来自上郡周边的戎、狄诸部首领，率领各自的部属，便陆续到达，总数有数万人之多。张仪发动组织而来的秦国之民，也有近万人的规模。

十二月初八，秦国的“初腊”以及秦惠王与戎、狄诸部首领的“龙门会”，便在河源地的龙门正式举行了。

虽是隆冬腊月，天寒地冻，但从龙门山山脚，到龙门城的沿河地带，聚集起来的数万参加腊祭的秦民与戎、狄之人，燃起熊熊篝火，不仅驱除了严冬的寒冷，也燃起了腊祭狂欢的热烈气氛。

于是，一个个戎、狄蒙面之舞上来了，一个个秦国剑戟之舞也上来了。虽然这些起舞的秦民与戎、狄之民语言不通，但伴随着秦缶之乐，戎、狄之音，翩翩而舞的秦民与戎、狄之人早已经打破了彼此的隔阂，沉浸于庆丰收、祭鬼神，尽情狂欢的喜悦之中。

与此同时，张仪安排已定的猎禽兽的角力之争也同时展开了。参加腊祭的秦国士卒与戎、狄诸君的部属，围绕龙门山，在上郡广阔的河谷地带，纵马驰骋，弯弓射箭，各逞其能，展开了一场不露声色的武力角逐。

结果，由于张仪事先的精心安排，加上秦国士卒事先经过训练，秦国士卒猎获的禽兽大大多于戎、狄诸部之人的收获。

张仪建议秦惠王，将秦国士卒所获之禽兽猎物，尽数赏赐给戎、狄诸部之人。为此，戎、狄诸部首领大为高兴，戎、狄之民一片欢呼。

最终，腊祭在持续了十天之后，圆满结束。秦惠王与戎、狄诸部之首领欢笑而盟后，也尽欢而去。

从此，秦国东西戎、狄之患尽除，上郡之基得固，河源之地太平矣。

3. 立秦王

举办完秦国“初腊”，安排了秦惠王与周边戎、狄诸部首领的

“龙门会”后，张仪觉得心中的一块石头终于放下，这下可以轻松一下了。

因为就目前的情势看，秦国四境基本安全了。西部的义渠君刚来称臣，而今不会成为后患；西部与北部的戎、狄诸部，也因为刚刚举办的腊祭与“龙门会”而暂时可以放心。南部的劲敌楚国，大前年（周显王四十年，前329）与魏战于陉山而大败，前年（周显王四十一年，前328）威王又突然病逝，新君怀王刚刚即位不久，政局未稳，目前也不能构患于秦。至于东部的魏国，这些年接二连三的失败，河西之地与北部的上郡已尽纳之于秦，如今已国弱民贫，无力抗秦了。再加上去年（周显王四十二年，前327），为了厚结魏国之心，使魏国死心塌地投怀于秦，张仪已经劝说秦惠王主动归还了魏国河南两个战略重镇——焦、曲沃。因此，无论从软的方面，还是从硬的方面来看，目前魏国都不可能再成为秦国的东部之患。

想到此，张仪心中又酝酿起另一个计划，这就是要效仿往昔魏惠王“逢泽之会”与齐宣王“徐州相王”的成例，会诸侯于咸阳，正式立秦惠王为王，以确立秦国在诸侯各国中的领导地位。

周显王四十四年（前325）正月十五，张仪正欲入朝觐见秦惠王，向他提出“咸阳相王”的计划时，从齐国回来的密使急急来相府禀报情况。这个密使，是张仪为秦相之初，特意派到东方大国齐国的，目的是刺探齐国的情报，以为自己决策之用。

将密使延入内室，尚未坐定，张仪就迫不及待地详细询问起齐国近年来的情况。当密使说到“徐州之战”齐师大败，齐宣王发愤图强、招贤纳士的事，张仪表现出特别的兴趣。因为他自己就是秦惠王所招纳的贤士，知道一国之君重视招贤纳士对于国家崛起的意义。于是，连忙问道：

“齐宣王所招贤士，究竟是何人？”

“徐州之战后，齐宣王效法昔日齐威王之例，颁令全国，招贤纳士，广开言路。齐国之士颜斶闻之，叩齐王之宫而求见。齐宣王欣然见之，说：‘颜斶，过来！’颜斶应声而答：‘大王，过来！’”

张仪一听，觉得奇怪，这个颜斶也真是无礼，齐宣王让他趋前说话，这是礼遇与亲切的表示啊，他怎么反而让齐宣王趋前，来跟自己说话呢？于是，就问道：

“齐宣王是什么态度？”

“齐宣王不悦。左右皆怒，斥之道：‘王为人君，你为人臣。大王叫你趋前说话，你却叫大王趋前跟你说话，这于礼不合。’”

“颜斶怎么回答？”张仪急切地问道。

“颜斶答道：‘斶趋前近王，乃为趋炎附势；王趋前近斶，则为礼贤下士。与其使斶有趋炎附势之名，不如使大王有礼贤下士之誉。’”

张仪一听，不禁频频颔首称许，内心无限敬佩颜斶之善辩，遂又问道：

“齐宣王以为如何？”

“齐宣王勃然作色，厉声问道：‘王贵？士贵？’颜斶答道：‘士贵，王不贵！’”

“齐宣王如何？”张仪替颜斶着急起来。

“齐宣王这次倒没有生气，反而语气平和地说道：‘寡人愿闻其详。’颜斶遂从容说道：‘善哉！昔日齐、秦交战，秦王有令：有敢在柳下季之墓五十步内采樵者，罪死不赦！又有令说：有能得齐王头者，封万户侯，赐金千镒。由此观之，齐王之头尚不如死士之墓。故臣言：士贵，王不贵。’”

张仪听了，情不自禁地点头赞许，问道：

“齐宣王以为如何？”

“齐宣王默然，意有不悦之色。左右皆怒，斥之道：‘颜斶来！颜斶来！大王据万乘之地，铸千石之钟，立万石之簴，对礼乐不谓不倾心。天下之士，仁者义者，皆趋之若鹜，争相至齐，而为大王所驱使；智辩之士，莫不闻风而至，争相游说于王廷；东西南北之人，诸侯各国之君，莫有敢不服者。大王求万物，无不备具；大王治天下，百姓无不亲附。今天下之士，多若尘沙。其高者，乃称匹夫、徒步，求生于垄亩之中；其下者，则处鄙野穷乡，或守监门闾里。今士之贱，不亦甚哉，何贵之有！’”

张仪一听齐宣王左右如此作贱士人，顿有不平之意，脱口而出道：

“齐王左右无礼之极！”

“颜斶不疾不徐，不愠不火，从容回应道：‘不然！斶闻大禹之时，禹帝合诸侯于涂山，执玉帛者有万国。何以至此？厚德善教，贵士之力也。故舜帝起于垄亩，出于野鄙，而为天子。及商汤之时，诸侯亦有三千。当今之世，南面称寡人者，二十四人而已。由此观之，得士与失士，高下可知矣。今诸侯殄灭殆尽，士欲为监门闾里之守，亦不可得矣。大王岂不闻《易传》有云："居上位者不行贵士之实，善而用之，而喜好士虚名以炫世，必入骄奢之歧途也。倨慢而骄奢，则凶必从之。"人主无贵士之实，而喜好士之名者，地必日削，国必益弱。无其德，而望其福者，必陷于困境；无其功，而受其禄者，必自取其辱。如此，祸患必大。古人有言："矜功不立，虚愿不至。"大凡幸乐其成，华而无实者，终不能成其大功。昔尧有九佐，舜有七友，禹有五丞，汤有二相三辅。古往今来，能成虚名，大行于天下者，未之有也。故古之贤主明君，皆不羞于亟问，不耻于下学，恭而敬之以待士。自古及今，能成其道德，而扬名于后世者，惟尧、舜、禹、汤数人而已。楚人老聃有言："虽贵，必以贱为本；虽高，必以下为基。侯王自谓孤、寡、不榖，此非以贱为本乎？"孤、寡，乃人困贱之谓，而侯王用以自称，岂非贱己而贵士之意？尧传舜，舜传禹，周成王而任周公旦，而世世称为明主。此乃"君为轻，士为贵"之义也。'"

张仪听到此，不禁为颜斶的善辩与淹通古今的博学而折服。心想，如果颜斶到秦国来游说秦惠王，说不定秦惠王重任的不是自己，而是颜斶吧。遂又急切地问道：

"齐宣王以为如何？"

"齐宣王喟然长叹道：'嗟乎！君子岂可侮哉？寡人自取其辱也！今闻君子之言，始知贱士乃小人之德。今寡人愿执弟子礼，日日求教于先生！有生之年，寡人愿与先生同游，食必太牢，出必乘车，衣必丽艳。'"

"颜斶受之否？"

"颜斶坚辞不受，说：'玉生于山，琢之磨之，则必破焉。破璞而出玉，非不宝贵也，璞不存矣。士生于鄙野，举而食禄，则为官也。食禄为官，虽名尊位显，然士之形神不全矣。斶愿告归于鄙野。饥，然后食之，亦有食肉之香。安步以当车，无罪以为贵。清静以致远，贞正以为人，则可心安理得矣。令言国事者，大王也；尽忠直言者，颜斶也。今斶言已尽意矣，愿大王赐归鄙野，安行而返敝庐。'齐王慰留久之，终不为所动，乃拜别而去。"

张仪听完，不禁深为颜斶的高风亮节所折服。于是，便又想起了早先几年在魏都大梁听到过的齐国名士淳于髡的故事。当时，淳于髡闻魏惠王求贤于天下，遂至大梁而说魏惠王，魏惠王大悦，虚卿相之位以留之，结果他也是不受而去。心想，怎么齐国之士都这么清高呢？

想到此，张仪对齐宣王求士的事更有兴趣了。于是，又追问密使道：

“颜斶之后，尚有他人否？”

密使回答说：

“有。齐有修道之士，名曰王斗，闻齐宣王有求贤令，遂往临淄。宣王闻之，连忙让谒者延入内廷。王斗不进，告谒者：‘今斗趋庭见王，则为好势；王出迎见斗，则为好士。望大王三思。’谒者以王斗之言告宣王。宣王说：‘请先生留步，寡人将迎之于中门。’遂出中门，迎王斗于宫门之外。礼毕入座，宣王长跽而请教道：‘寡人奉先君之宗庙，守社稷，闻先生直言无讳，愿先生明以教我！’王斗说：‘大王所闻有误矣！斗生于乱世，事乱君，何敢直言无讳？’”

张仪一听齐宣王对王斗如此之恭敬，王斗却当面指责齐宣王是乱君，于是，就为王斗捏了一把汗，问道：

“齐宣王闻之，如何？”

“宣王忿然作色。沉吟有顷，王斗说道：‘昔先君桓公所好者有五：犬、马、酒、色、士。然桓公九合诸侯，一匡天下，天子授胙，立为太伯，世所周知。今大王所好者，则有四焉。’宣王听王斗将其与齐桓公相比，遂转怒为喜，说道：‘寡人愚陋，守齐国，唯恐有失，焉能所好者有四？’王斗说：‘桓公好马，大王亦好马；桓公好狗，大王亦好狗；桓公好酒，大王亦好酒；桓公好色，大王亦好色；桓公好士，但大王不好士。所以臣说桓公所好者有五，大王所好者有四。’”

“齐宣王何言以对？”张仪急切地问道。

“齐宣王说：‘当今之世无士，寡人何好？’”

“王斗何言以对？”张仪又问道。

“王斗说：‘世无骐麟、騄耳，而大王之驷已备；世无东郭俊、卢氏之狗，而大王之走狗已具；世无毛嫱、西施，大王后宫已充。大王若好士，何患无士？’”

张仪情不自禁地点点头，深为王斗之善说而感佩于心。

密使继续说道：

“宣王说：‘寡人忧国爱民，得士而治之，乃生平所愿也。’王斗说：‘大王忧国爱民之心，不若大王爱尺縠之情。’”

“何为‘尺縠’？”张仪不解地问。

“‘尺縠’，是齐国的一种名帛。”

张仪“哦”了一声，明白了。

密使遂又继续说了下去：

“宣王不悦，问道：‘先生之言，何意？’王斗说：‘大王所戴冠冕，不使左右便嬖之人制之，而使工匠为之，何故？’宣王说：‘王者冠冕，唯工匠能之。’王斗说：‘今大王治齐国，不用士而听左右便嬖之人，故臣言：大王忧国爱民，不若大王之爱尺縠。’宣王闻之，且羞且愧，乃长跽而谢道：‘寡人有罪于国。’于是，听王斗之谏，举士五人为官。今日齐国之治，王斗举士有功也！”

张仪听到此，顿时陷入了沉思。看来，齐宣王励精图治，齐国又要重新崛起了。今后之天下，必是齐、秦争霸之时代。如果齐国重新崛起成为事实，势必会影响到魏国的态度，同时也会影响到苏秦以赵国为轴心的“合纵”之盟的旧有格局。那样，无论是对维护自己在秦国之位，还是维持苏秦在山东六国现有的权位，都是有碍的。为了维护自己今日得之不易的权位，也为了报答苏秦当日资助自己入秦之恩，为今之计，不若怂恿秦惠王正式称王，笼络住秦国周边小国，拉住魏、韩，孤立齐国，从而维持目前东西平衡的局面。也只有如此，自己的秦相之位才能长久，苏秦在山东之权位才能确保无虞。

想到此，张仪打发了密使，让他继续返齐刺探齐国情况。然后，就急匆匆地入朝面见秦惠王去了。

一见秦惠王，张仪就直接上题道：

“大王，臣所遣密使，今日自齐归，言齐宣王徐州之败后，发奋有为，效其先君威王之所为，张榜求贤，广开言路，天下贤士趋之若骛，齐国由此大治。臣以为齐宣王其志不在小，其称雄山东、独霸天下之心可见矣。”

“如此，为之奈何？”秦惠王急切地问道。

“臣以为，当今之计，大王莫若效昔日魏惠王‘逢泽之会’、齐宣王‘徐州相王’之成例，大会天下诸侯于咸阳，与魏、韩诸君相与称王。如此，一则可振我大秦之威仪，二则可结魏、韩之心，而成‘连横’之实，以遏强齐崛起之势，绝其西进伐秦之心。”

“卿所虑极是！卿自为之，可矣！”

得到秦惠王的同意后，张仪接下来就紧张地筹备起了“咸阳相王”的大事。

周显王四十四年（前325）四月戊午（初四），经过三个多月的紧张筹备，张仪策划的秦惠王“咸阳相王”的仪式正式登场了。

参加秦惠王称王仪式与“咸阳相王”活动的，除了张仪计划重点所在的魏、韩二国之君外，还有来自秦国周边的戎、狄诸部族的九十余个首领，和刚刚归顺称臣的义渠国之君，另外秦国南部毗邻的巴、蜀诸国之君，也到场了。

大小诸侯会齐之后，张仪首先要求魏襄王与韩宣惠王比照周显王三十五年（前334）齐宣王“徐州相王”的前例，推尊秦惠王为王。同时，也承认魏襄王与韩宣惠王的王号，名之为“相王”。接着，张仪又援引周显王二十七年（前342）魏惠王“逢泽之会”称王时“乘夏车，称夏王”的规格，要魏襄王、韩宣惠王当场为秦惠王执鞭，驾驭作为称王标志的马车。最后，是大小诸侯国之君以及戎、狄诸部首领祝贺秦惠王为王的朝贺仪式。

第九章　内争外伐

1. 逐陈轸

秦惠王称王仪式完成后，秦国的声望如日中天，张仪在秦廷的地位也随之如日中天。

俗话说："妒忌之心，人皆有之。"张仪异乎寻常地飞升，并迅速得势，自然引起秦国其他朝臣的不满。然而，其他人不满，也无法奈张仪如何，因为他们自知确实没有张仪的能耐，因此他们的妒忌只能是放在心里，表面上则还得奉承、逢迎，不然在朝廷还没法混事呢。

但是，有两个人不满并妒忌张仪的得势，那是有理由的。他们不论是游说机辩，还是治国用兵，其能力都是不在张仪之下的。这两个人，不是别人，就是公孙衍与陈轸。

公孙衍，是魏国河西阴晋人，早在张仪入秦之前就已经是秦惠王面前的大红人。苏秦"合纵"成功，投纵约书于秦，秦惠王一筹莫展，满朝文武手足无措之时，是公孙衍献计，解除了秦惠王之忧，并亲自率兵接二连三地大败魏师，迫使魏国割地求和。也因为功高，秦惠王封之为大良造之爵。这个爵位，在公孙衍之前，只有为秦国变法成功的商鞅得到过。得到大良造之爵位的公孙衍，正想着秦惠王能够任自己为相，继续实施他为秦国"连横"而取天下的方略大计之时，苏秦为了破公孙衍之计，激将并资助师弟张仪来秦。万万没想到，就是这个同样也是魏国人的张仪，一来就游说秦惠王成功，并且不到一年就建功立业，被秦惠王任为秦相。公孙衍至此，终于死心了。他知道，一山难容二虎，如果自己继续在秦惠王之朝为官，有了张仪，就不可能有自己的前程。况且张仪为了自己的权位，必然也会嫉恨自己的。于是，他知难而退，决定另图前程。想来想去，他决定回自己的故国魏，因为他早先在魏惠王之朝官任犀首（将军之类），对魏国的情况与官场也了解。再说，魏国毗邻秦国，秦夺魏河西之地，魏、秦势不两立，投魏则可以以魏为轴心，展开与张仪的较量，可以与张仪一比高低，看看到底谁是老大。这样，就在张仪被任为秦相的第二天，公孙衍就悄然离开了咸阳，往魏国去矣，而今已是魏国之将了。

陈轸则与公孙衍情况有所不同。陈轸虽与张仪、公孙衍是一路人物，也是靠三寸不烂之舌而取富贵的游说之士，但是他不是外来的游士，而是秦国本土之士。他也知道自己没有公孙衍那样的事功，因此觉得他没有资格跟张仪争相，于是就在张仪为相后，低调做人。

其实，说陈轸没有事功，也不公平。只是陈轸长期负责的是与南方强国楚的外交工作，不像公孙衍伐魏那样轰轰烈烈，斩敌首，陷敌城，为人所知。他做的是与楚国的外交斡旋工作，但对秦国的国家安全与全盘战略绝对是有至关重要的作用的。自秦惠王执政以来，有陈轸与楚国折冲樽俎的功夫，秦、楚从未有过兵戎相见之事。秦国屡屡兴兵伐魏东进，楚国并未乘机而伐秦，这就是陈轸的功劳，只是这些功劳不易为人所知所见而已。可是，别人不知不见，秦惠王却是心中有数的。因此，陈轸在秦惠王心中还是相当有地位的，也是被秦惠王视为一个非常得力的干臣的。

张仪毕竟不是一般人，他知道，公孙衍走了，自己秦国之相的权位迟早要受到一个人的威胁，那就是看起来一直默默无闻的陈轸。陈轸其人，虽没有自己与公孙衍那样为秦攻城略地的事功，但是他的能力不在自己与公孙衍之下，而且陈轸是秦国本土之人。公孙衍是魏人，是客卿，曾为了秦国的利益，多次率师伐魏，攻城略地，为秦国夺得了河西大片土地，伤害自己的故国魏很深。然而，到头来公孙衍没有得到秦惠王进一步重用，而是用了自己这个同样是魏国的游士，这说明秦惠王用人的策略实在可怕。说不定，有一天他觉得自己没有进一步利用的价值，就会将自己的相位夺了，换上别的人。而目前最具潜力的人选就是陈轸，且陈轸秦国本土之士的背景，也是最能危及自己权位的一个因素。

想了好多天，张仪终于决定要撵走陈轸，才能真正放下心来，然后再大展宏图不迟。不然，有陈轸在，自己为秦国的强大而作的辛苦努力，迟早都会落在陈轸的功劳簿上。届时，自己再转事他国之君，已经无可作为了。

打定主意后，张仪决定找个适当的时机，不露痕迹地以陈轸与楚的长期往来说事，诬其通楚卖秦，那就可以逐出陈轸于秦了。

终于，机会来了。一天，秦惠王召张仪商量秦国的外交事务，于是，张仪乘机向秦惠王进言道：

"陈轸驰走于楚、秦之间，已有多年。今楚不亲善于秦，而亲善于陈轸。莫非陈轸驰走楚、秦之间，不是为国，而是自谋？臣闻之，陈轸素有离秦往楚之心，望大王深察之！"

秦惠王默然无语。

张仪见此，觉得不便再往下说了，否则就有故意进谗之嫌。反正点到为止，先在秦惠王心里投下一个阴影就可以，相信以后再说的机会多的是，自己是秦相，单独与秦惠王商议的机会很多。

张仪辞别而去后，秦惠王就开始犹豫了，心里不得平静。因为他觉得陈轸应该不是这样的人，而且他也不能完全相信张仪，因为张仪作为秦相，会有有意进谗言陷害陈轸的可能性。陈轸虽然没有张仪那样的功业，但是这些年来一直奔走于秦、楚之间，秦、楚之间一直相安无事，也算是他的功劳了。如果楚国在秦国屡起大兵大举进伐魏国河西与河东之地时，乘机举兵北伐，偷袭秦之商、於之地，那是非常容易得手的。即使不能得手，也会牵制秦国的兵力，秦国很难伐魏屡屡得手的。

想到此，秦惠王决定召陈轸来问问，不管有没有张仪所说的那种情况，君臣之间谈谈心，也是一种信任的表现，相信是会感动陈轸的。

于是，秦惠王立即密召陈轸来见。

陈轸来，秦惠王直截了当地问道：

"寡人听说先生想离秦往楚，果有其事？"

陈轸见秦惠王如此问，知道肯定是张仪背后造谣中伤。于是，便不假思索地回答道：

"确有其事。"

"如此说来，张仪之言不诬。"

秦惠王此言一出，陈轸终于明白，自己的猜测没错，果然是张仪在背后捣了鬼。于是，又对秦惠王道：

"臣想离秦往楚，非独张仪知之，路人皆知矣。"

秦惠王一听，心想，看来张仪跟自己说的话，不是空穴来风，也不是张仪故意造谣中伤，而是确有此事，张仪只是将大家都知道的事告诉了自己而已，况且张仪是秦国之相，这样的事情也是应该禀报自己的。于是，心里对张仪的疙瘩就此解开了。

正在秦惠王这样想的时候，陈轸续又说道：

“昔殷王高宗武丁有一子，名曰孝己。后母病笃，孝己侍后母一夜五起，视衣之厚薄，枕之高下。天下人闻之，皆欲以孝己为子。昔楚平王有大夫伍奢，伍奢有二子，长曰伍尚，次曰伍员。平王信费无忌之谗，逐太子，杀太子太傅伍奢并其长子伍尚。次子伍员，字子胥，为人机智有谋，察知平王与无忌之计，遂出奔于吴。后助吴王阖闾伐楚，战于柏举，入楚都郢。其时，平王已亡，子胥乃掘平王之墓，鞭平王之尸三百，以报父兄之仇。后阖闾卒，其子夫差继立为吴王。夫差伐越，一举大破之，越王请和，子胥谏夫差莫允，一举灭越而绝后患。夫差不听，乃与越媾和。后子胥屡谏夫差伐越，夫差终不听。后吴太宰伯嚭受越人之贿，谗言子胥于夫差，夫差信之，乃赐剑令子胥自刎。子胥刎前，喟然而叹，嘱门人：‘我死后，抠吾眼，悬于吴之东门，以视越人入城灭吴。’言讫，自刎。后九年，越人果灭吴。子胥侍吴王之忠，天下人主闻之，尽欲以子胥为臣。”

秦惠王一听陈轸说到孝己之孝与子胥之忠的典故，非常感动，知道陈轸是有委屈的，正想找句话来安慰他，陈轸续又说道：

“卖仆出妾，而售于闾里，则仆妾必良；出妇休妻，而嫁于乡曲邻里，则其妇必善。何故？所售仆妾、所出妇人，良善与否，闾里乡邻尽知之矣。”

秦惠王一听，觉得是这个理，遂情不自禁地点点头。

陈轸接着又说道：

“轸若不忠于大王，楚王如何能以轸为臣？忠而被疑，轸不往楚，欲归何处？”

秦惠王终于明白了陈轸之心，也知道了他的委屈，遂连忙安慰道：

“寡人知之。”

经秦惠王再三劝慰，陈轸觉得秦惠王还是信任自己的，于是决定暂时不离开秦国。

可是，过了不久，张仪又向秦惠王进言道：

“陈轸为大王之臣，而常以国情暗中输楚。如此之人，仪不能与之共事，愿大王逐之。若陈轸果然往楚，则望大王杀之。”

秦惠王一听张仪这话，觉得为难了。看来，一山真是容不下二虎的！张仪的话，说得非常明白，如果陈轸不离开秦国，那么只好他离开。而秦国目前还少不了张仪。如果听从张仪之言，真的逐出陈轸，似乎太冤屈了陈轸。可是，从目前的情况看，自己必须在张仪与陈轸这二虎之间作出一个选择，确定到底是留哪一只老虎在秦国这座山上。

可是，想了半天，秦惠王还是下不了决心。于是，就不置可否地回答张仪道：

“陈轸岂敢往楚！”

秦惠王口气虽显得恶狠狠，心里实是不忍的。

打发了张仪后，秦惠王又立即密召陈轸来见。

秦惠王一见到陈轸，又开门见山地问道：

“谚曰：‘良禽择木而栖，良臣择主而侍。’先生欲往何国，可明言而告寡人，寡人为先生约车治装，以礼相送。”

陈轸一听，明白秦惠王的意思了，看来自己必须离开秦国了。于是，就果断地答道：

“臣愿往楚国。”

秦惠王一愣，没想到陈轸还是说出了想往楚的想法。其实，他非常想听到不是这样的回答，而是陈轸说愿意留在秦，或是到楚国之外的其他诸侯国。如今陈轸自己都这么说了，是想往楚，那么就不能说张仪是有意谗诬他了。于是，不无失望地对陈轸道：

“张仪以为先生必往楚国，寡人亦知先生欲往楚国。先生不往楚国，还能去哪儿呢?”

秦惠王这话实际上是用的激将法，表面是说你陈轸除了楚国就不会再有别的地方可去了。实际上是暗示陈轸，希望他能赌口气，改变主意，不到楚国，而到别的诸侯国，以此证明自己能去的诸侯国多的是，不仅仅楚国才能重用他。

可是，出乎秦惠王意料的是，陈轸却回答道：

“臣若离秦，必往楚国。”

“为何?”秦惠王不解地问道。

“如此，则可顺大王之计，遂张仪之愿，亦可见臣坦荡之心。”

秦惠王明白了，原来陈轸是故意要往楚，以此证明自己本来与楚国没有什么见不得人的交易，从而使张仪那些中伤他通楚的谗言不攻自破。于是，点点头，表示会其意矣。

陈轸见秦惠王点点头，明白了自己的意思，遂接着进一步申述道：

“昔楚人有一妻一妾，有人引诱其妻，其妻破口大骂；诱其妾，其妾欣然允之。不久，楚人死。有客告诱者：‘昔你所诱二妇，其夫已死。今二妇你皆能娶之，愿娶其妻，还是其妾？’诱者说：‘愿娶其妻。’客怪而问之：‘其妻骂你，其妾许你，何以愿娶其妻？’诱者说：‘此一时也，彼一时也。彼时，其妻乃他人之妻，故愿其许我；今时，将为我妻，则愿其为我骂人。’今楚王乃明主，昭阳为贤相。轸今为大王之臣，若常以国情输楚，则楚王必不留轸为臣，昭阳必不与轸共事。今轸往楚，楚王若愿留轸为臣，昭阳愿与轸共事，大王即知轸事秦之心，明白臣往楚之意。”

秦惠王一听，更明白了陈轸之心。但是，既然陈轸与张仪不和，要让二人同朝为官，同心协力为秦，已是不可能的事了。那么，也就只好作个痛苦的选择。

想了半日，秦惠王终于决定，为了秦国的大计，目前他必须选择张仪，而只能委屈陈轸了。于是，乃厚赐陈轸，从陈轸之请，让其往楚国去了。

陈轸刚刚离开，张仪就侦知情况，马上入宫晋见秦惠王。

秦惠王知张仪此来何意，故意问道：

“贤相此来何为？”

张仪也不闪避，倒是直截了当地问秦惠王道：

“陈轸果然要去楚国？”

秦惠王见张仪问得这样不避嫌疑，遂也直截了当地回答道：

“陈轸，天下之辩士也。寡人问他欲往何处，他熟视寡人，坦然应之：‘轸必往楚国。’寡人无可奈何，乃问道：‘先生必往楚国，则张仪之言不诬。’陈轸莞尔一笑，说道：‘轸欲往楚国，非独张仪知之，路人皆知矣。昔子胥尽忠吴王，天下人主皆欲以子胥为臣；孝己孝顺后母，天下父母皆欲以孝己为子。卖仆出妾，不出里巷而售者，必良仆善妾也；休妻出妇，而嫁于乡里者，必为贤妇也。臣不忠于大王，楚王何能以轸为臣？忠而见弃，轸不往楚，而欲何归哉？’寡人闻其言，怜而从其请。今陈轸已往楚矣。”

张仪听出了秦惠王话中的弦外之音，心中顿有愧疚之意。但是，想到陈轸终于离开了秦国，心里还是不免窃喜，遂告辞而出。

2. 伐　齐

回到相府，张仪心里那个痛快啊，就别提了。

可是，没等张仪心里痛快几天，烦心的事就来了。

周显王四十四年（前 325）十月二十七，张仪正欲入朝理政，派往齐国的密使突然快马来报：

“相爷，魏将公孙衍游说齐将田盼，已合兵伐破赵国。”

张仪一听，心里“咯噔”一下，这消息太突然了，让他一时呆住了。

好久，他才清醒过来，知道这是公孙衍故意破苏秦旧有的“合纵”之局，另组新的“合纵”之盟的计谋。如此一来，那么师兄苏秦不就完了。于是，连忙追问道：

“武安君苏秦何在?”

“齐、魏伐赵，赵国新君深责武安君，武安君今已离赵往燕矣。”

张仪心情一下子便沉重起来，想想苏秦，好日子没过几年，就被这个公孙衍给破了局，现在六国之相没得做了，赵国的武安君之爵更别说了。如今往燕投奔燕君，不知结果如何呢。

沉默伤感半日，张仪突然又高兴起来了。心想，这下可好了，自己为秦实施“连横”之策的时机到了。当初答应过苏秦，有苏秦在赵一日，就不会破他的“合纵”之局，不危及他在赵国的地位。自执政秦国以来，自己也恪守了这个诺言，虽然迫不得已对魏作战过几次，但始终没有危及苏秦的“合纵”之盟的根基，也没有使苏秦在赵国的地位受到一丝半毫的动摇，这也算对得起苏秦了。如今，公孙衍破了苏秦“合纵”之局，苏秦又北走燕国，那么自己完全可以放手做去，实施早已计划好的以秦为中心的“连横”之策，一来可以实现自己扶持秦惠王称霸天下的宏愿，进一步稳固自己在秦国的地位，建功立业，彪炳千古；二来可以破公孙衍之局，挤压公孙衍这个冤家对头的生存空间，同时也可以为师兄报一箭之仇。

想到此，张仪立即打发密使快马回齐，再探消息。

“相爷，尚有一言相禀。”

“何事?”

“魏与齐合兵伐破赵国，今魏将公孙衍又移师伐韩矣。”

张仪一听，更是气得七窍生烟了。心想，这个公孙衍也太过分了。看来，他的野心不小。

于是，张仪一刻也不停留，立即驱车出门，往朝廷而去。他要面陈秦惠王新的情况，怂恿秦惠王出兵伐魏，再立新功。

因为密使来禀报情况耽搁了一些时辰，当张仪到达朝廷时，秦惠王与群臣早已集于大殿。

张仪见此，立即禀报秦惠王道：

“臣顷接密使来报，齐将田盼、魏将公孙衍合兵一处，已伐破赵国。今魏将公孙衍又移师伐韩，双方鏖战正酣。”

秦惠王一听，拈须而笑。

群臣一见，便猜到秦惠王的心思，他这是幸灾乐祸呢，山东六国之间终于自己打起来了，这就不能“合纵”而威胁秦国了。

接着，便有很多大臣谏说秦惠王出兵东进，乘乱伐魏攻韩，攻城略地。

见群臣纷纷进谏，张仪反而不吱一声，他要听听大家都说些什么，然后再出主意不迟。

就在这时，寒泉子开口了：

“大王，不可。年初‘咸阳相王’，魏、韩二君共尊秦为王，三国已为盟邦。今盟誓在耳，就兵戈相向，日后秦国何以取信于诸侯？且魏、韩战犹酣，若二虎之相搏，大王何不坐而观之？为今之计，不如借道于魏、韩，出奇兵，千里奔袭，直捣齐境。齐无备，必重挫其锐气也。如此，山东诸国皆可使臣服矣。”

寒泉子是秦国高士，向来都是深受秦惠王敬重的。秦惠王一听他的话，觉得果然是高人高论。于是，脱口而出道：

“善哉！”

其他秦国之臣也是一片附和之声。

秦惠王见此，乃转而对张仪问道：

“贤相以为如何？若可行，寡人欲令贤相率师伐齐。”

张仪一听秦惠王点将要自己率师东征齐国，心想，这种长途奔袭的战事，恐怕自己应付不来。再加上齐国向来都是天下强国，不是魏、韩那样的小国。如果失败了，自己在秦国的权位就要不保了。这样，反而是画虎不成反类犬了。

正在张仪犹豫未应之时，寒泉子又开口了：

“大王，不可！善我国家，出使诸侯，请使张相；攻城略地，则请使武安子。”

张仪一听，真是打心眼里感谢寒泉子。

而秦惠王一听，更觉得有理，武安子是秦国名将，领兵出征，恐怕确实是比张仪要好，特别是长途奔袭，轻骑冒进，张仪这个书生恐怕不能胜任。

于是，秦惠王便当场决定，由武安子领兵。明日就出征，东进袭齐。

周显王四十四年（前325）十月二十八，武安子领命，率轻骑五万，东出函谷关，借道魏、韩南部之地，昼夜兼程，于周显王四十四年（前325）十一月底，入齐国之境，兵指齐国西部与魏国东部交界的重镇甄。

却说齐宣王此时年事已高，他当初就不太同意田盼与魏将公孙衍合兵伐赵，只是公孙衍与田盼设计，说只借五万之兵，所以就答应了。最后，他又觉得赵国乃强国，恐怕兵出失利，遂不得不再发重兵。结果，破了赵国。虽然破赵对齐有利，但他心里却时常有不安之感，他怕山东六国自苏秦“合纵”成功后已经平静了很久的局面一旦打破，就有不可收拾的后果。于是，破赵之后，他就特意派出很多密使，往各国刺探情报。

果然不出意料，周显王四十四年（前325）十一月中旬，密探就探得情报，秦惠王正趁魏、韩鏖战之时，借道魏、韩南部，轻骑冒进，马上就要到达齐国西部边境了。于是，齐宣王立即召集群臣计议。最终，决定让齐威王时就已经闻名的大将匡章领兵迎敌。

匡章领命出兵，十一月底，在齐国毗邻魏国的西部重镇甄，与秦将武安子率领的五万精锐之师相遇。双方合军聚众，立定军门，扎营已毕后，匡章多次派使者与秦将武安子来往，同时又让自己的将领变换旗帜，士卒改穿秦卒号服，杂于秦师之中。

齐师中负责侦察的“候者”，不知就里，立即将此情况向齐宣王禀报道：

“匡章率齐兵投秦矣。”

齐宣王默然不语，不置可否。

又过了几天，又有别的“候者”密报齐宣王，说匡章率齐兵降秦了。齐宣王闻报，似乎充耳不闻。如此者三次，“候者”也就不再禀报了。

这时，专门负责谏言的朝臣就奏请齐宣王道：

“候者数言匡章叛敌，异人而同辞，当不为诬，请大王发将击之。”

齐宣王不以为然地说道：

“匡章不会背叛寡人，为何发将而击之?”

未过几日，捷报传来，齐师大胜，秦师大败而去。

原来匡章用的是“以逸待劳”与“以假乱真”之计，出其不意，突然在秦师麻痹大意之时偷袭，利用天时、地利、人和的优势，一举大败秦国悍将武安子所率秦国精锐之师，终使武安子损兵折将，仓皇西窜而去。

齐宣王左右此时便问齐宣王道：

“大王何以知匡章不会叛国?”

齐宣王从容道来：

“匡章有母启，得罪其父，其父杀之，埋于马栈之下。寡人使匡章为将而迎击秦师，行前与匡章有约：‘若师出而胜，全兵而还，寡人必更葬将军之母!’匡章回应道：‘臣不是没有能力为母更葬!臣母得罪于臣父，臣父死之日，未曾嘱臣为母更葬。今不得父命而为母更葬，是欺死父也。故臣不敢为母更葬!’为人之子，不欺死父，焉能为人之臣而欺其生君哉?”

左右皆服。

3. 伐　魏

武安子大败而归，从此在秦国的日子自然不好过了。

而当初建议秦惠王派兵远途奔袭齐国，并推荐武安子出征的寒泉子，自然日子也就更不好过了。

不过，武安子与寒泉子的日子不好过，却有一个人的日子从此更好过了。

这个人不是别人，就是秦国之相张仪。

武安子与寒泉子都是秦国本土之士，一武一文，都是深受秦惠王所倚重的重臣。如果武安子此次袭齐成功，那么武安子今后就有更多率兵东进的机会，立功封爵的机会也就更多，地位会更高。还有一层，武安子此次如果成功了，那么寒泉子的计谋就证明是正确的，寒泉子今后就会更为秦惠王所倚重了。而今，这秦国本土之士中的一文一武，都因为此次的伐齐失利而失宠了，这对张仪这个客卿身份的秦国之相来说，压力就小多了。最起码，目前没有更有力的竞争对手对自己构成强力威胁了，因为公孙衍自己识相，悄悄地走了，如今正在魏国为将，跟韩国作战呢；陈轸不识相，但最终也被自己设计逼走了，如今大概远在南国大楚望月思秦吧。

却说秦惠王因为伐齐失利，暂时也收敛了不少。就这样，秦惠王与张仪君臣二人现在谁也不提用兵的事了。虽然韩国被魏国之将公孙衍攻打得急了，有些挺不住了，几次来秦向秦惠王求援。可是，张仪不吱声，其他秦国之臣也不敢多言，大家都怕失败了要担责任，所以谁也不开口进言要秦惠王援韩伐魏。好在现在的魏国早已不是昔日的魏国了，实力已经不强了，跟韩国开战了近一年，也并没有灭了韩国。于是，双方就这样打打停停，耗在了那里。

周显王四十五年（前324）十月初五，陈轸首次以楚国使者的身份出使秦国。

秦惠王本就与陈轸有感情，陈轸也对秦国有感情，秦惠王也知道陈轸离秦往楚的委屈。所以，陈轸一到咸阳，秦惠王就立即热情召见。

就当陈轸与秦惠王寒暄见礼毕，正欲坐下相叙时，突然有韩国使者急急来见。

“韩王之使拜见秦王。魏师伐我，我抵死相敌已一载有余，大王亦知之矣。今魏师攻之甚急，我师力有不支，韩王特遣臣求救于大王!”

秦惠王一听，觉得韩国之使说得可怜，况且韩国之使至秦求救，至今已是第五次了。于是，就想答应下来。可是，刚要开口，却又犹豫起来。

沉默了一会儿，秦惠王对韩国之使说道：

“且容寡人思之。”

说着，就示意左右侍臣，引领韩国之使暂时出了秦廷。

韩国之使退后，秦惠王对陈轸道：

“先生离开秦国，做了楚王之臣，是否还想到过寡人?”

陈轸脱口而出道：

“大王听说过越人庄舄之事吗?”

“没有。”

“越人庄舄仕楚，官至执珪。年老有病，楚王对左右近侍说：

‘庄舄昔为越国细民，出身低微，今仕楚而为执珪，富贵已极矣，不知还会不会思念越国?’左右回答道：‘凡人思念故土，皆在其生病之时。庄舄若是思念越国，肯定病中皆是越语；若不思念越国，则会说楚语。’楚王乃令人潜往庄舄住所窃听，结果听到的都是越语。今臣虽弃逐而至楚，岂能无秦声哉?”

秦惠王一听陈轸此语，大为感伤，遂更加了解陈轸对故国秦的感情。

沉默感伤了良久，突然秦惠王对陈轸说道：

“先生之心，寡人知之矣。先生居楚而有故秦之心，乃秦之福也，亦为寡人之福也！今寡人有一事决策不下，想听听先生的意见。”

“何事决策不下，大王但说无妨，臣定当知无不言。”

“魏、韩二国相攻，期年不解，韩王数次请兵于寡人而救之。寡人之臣，有的说救韩为好，有的说不救为妙，寡人犹豫不能决。韩国之使今日又来求援，先生亦已见之，这已是第五次了。望先生为楚王筹策之余，亦为寡人计之一二。”

陈轸见秦惠王说得诚恳，心想，虽然自己现在是楚王之臣，要为楚国谋取国家利益，但是今日魏、韩相争，为秦王出计，而解魏、韩纷争，并无碍楚国利益，不妨为秦惠王谋一计，也算是对故国尽一份情谊。再说，秦惠王也通情达理，并不为难自己，说要自己在为楚王筹策之余，为其谋计一二，真是贤明之君，深知为人之臣各为其主的道理。

想到此，陈轸遂答道：

“大王听说过卞庄子刺虎的事吗?”

“没有听说过。”

“有二虎争一牛，卞庄子欲刺之，舍下竖子谏止道：‘两虎争食，争则必斗。斗则大者伤，小者死，然后从而刺之，一举必有双虎之得矣。’卞庄子以为然，乃持剑却立，静观二虎争牛。最终大虎受了伤，小虎被咬死。卞庄子遂剑刺受伤之虎，一举果有双虎之得。”

陈轸说到这里，看了看秦惠王，见秦惠王似乎意有所悟，遂接着说道：

“今韩、魏相攻，期年不解，终必大国伤，小国亡。大王何不作壁上观，俟其大者伤而伐之，一举必有二功。此犹卞庄子刺虎也。”

“善哉！”

秦惠王终于主意已定，遂传令打发了韩国之使，不发兵相救。然后，又令左右设酒备筵，就在大殿之上，盛情招待陈轸。

虽然陈轸今为楚王之臣，但是在秦惠王与陈轸二人心中，仍有君臣的情谊，所以，在这秦惠王为陈轸一人所特设的筵宴上，二人对饮相叙，就显得毫无隔阂，气氛也是相当的融洽。

酒酣耳热，秦惠王突然令左右搬过一张琴来，轻舒长袖，抚琴慨然而吟唱道：

有车邻邻，有马白颠。未见君子，寺人之令。

阪有漆，隰有栗。既见君子，并坐鼓瑟。今者不乐，逝者其耋。

阪有桑，隰有杨。既见君子，并坐鼓簧。今者不乐，逝者其亡。

这是一首秦国人人熟悉的秦风民谣，秦惠王今日抚琴唱出这首秦风民谣，既有对陈轸寄予深切情谊之意，也是有借此秦风民谣打动陈轸故国情怀之意。

而陈轸呢，一听此曲，则立即明白秦惠王之意。秦风民谣很多，秦惠王今日特意选择此首民谣，在酒筵中对他唱出，那是因为此首民谣的词句，在此情此景中，是别有深意的。秦惠王借歌中“既见君子，并坐鼓瑟”、“既见君子，并坐鼓簧”的现成词句，既自然而然地抒发了他见到故人的喜悦之情，又借此将故人比作君子，赞誉其人格的意味，其意也不言自明。还有，“今者不乐，逝者其耋”、“今者不乐，逝者其亡”的话，似乎又有劝慰之意，婉转地传达出这样的意思：为君为臣，都有迫不得已的无奈，所以应该及时行乐。

想到此，陈轸更是无限地感慨。于是，也乘着酒兴，上前为秦惠王抚上了一曲：

蒹葭苍苍，白露为霜。所谓伊人，在水一方，溯洄从之，道阻且长。溯游从之，宛在水中央。

蒹葭萋萋，白露未晞。所谓伊人，在水之湄，溯洄从之，道阻且跻。溯游从之，宛在水中坻。

蒹葭采采，白露未已。所谓伊人，在水之涘，溯洄从之，道阻且右。溯游从之，宛在水中沚。

陈轸所唱，也是一首秦风民谣，而且是一首在秦国家喻户晓的情歌。它表达的是一个男子对他所心仪的女子的深切之情，强烈表现了该男子对其所追求的女子那种锲而不舍的追求之志。

秦惠王是个明主，也是一个聪明绝世的主儿。他听陈轸抚琴唱出这首《蒹葭》的秦国情歌，立即明白陈轸的心志，知道陈轸这是有意借此情歌，将自己比作那个痴情的男子，而将秦国或自己这个秦国之君比作他心仪的女子，虽然追求得非常苦，却矢志不改。秦惠王想到此，更是深切感动。

眼前，宾主二人虽无君臣之分，而感情却胜似君臣。在彼此明志见心后，相对而饮，其情更欢。于是，二人从日中直喝到日落，最后是大醉方休。

陈轸告别秦惠王回楚后，约有一个月的时间，十一月十三，秦惠王正无事而听瑟观舞，张仪突然急急进殿，禀报道：

“大王，韩师不敌魏兵，恐有亡国之虞。”

秦惠王一听，心里明白，此时正是陈轸所说的“大虎伤，小虎死”的时候了，该是秦国出手、一举而获“双虎”之功的时候了。遂立即召集群臣，提出了自己的想法：

“今韩、魏相攻，期年不解，二国俱困，寡人欲起大兵，乘二国之敝，渡河而击魏。”

群臣一听，都觉得可行，遂一片赞颂之声。

张仪此时则更是积极，连忙附和秦惠王与群臣的意见道：

“大王虑之深矣，谋之远也！臣愿奉大王之命，效死于战场，率师以伐魏！”

“贤相愿领兵而往，善莫大焉！”

于是，秦惠王乃当廷任张仪为主将。

周显王四十五年（前 324）十一月十四，张仪统秦师十万，浩浩荡荡地出了咸阳城，东渡渭水，往函谷关方向而去。

十一月底，兵抵函谷关。

十二月初，前锋直指魏国河南重镇——陕。

由于魏国的主力都在东部与韩国鏖战，西部的河南地区防御力量严重不足，加上魏、韩相攻不是一天两天了，已经一年有余，秦国始终没有出兵救韩，所以魏国防守河南之师就有些麻痹大意，根本没有想到秦国此时会突然袭击。因此，当张仪大兵突然从天而降时，魏国防守陕的将士根本来不及反应。结果，张仪所率秦师不费吹灰之力，一战而胜，二日之内陕便易手，成为秦师囊中之物。

从此，陕由魏国防御秦国的河南重镇，就变成了秦国进一步向魏国河北扩张的跳板，魏国形势更加吃紧了。

第十章　山东风云

1. 襄陵之役

魏、韩二国经过一年多的相攻，国力都消耗得差不多了，特别是魏国，输得更惨。因为张仪率师伐陕，大败魏师，又夺了魏国河南重镇，魏国西部的河南与河北两地，都直接受到了秦国的严重威胁。

周显王四十六年（前323）二月，南方大国之君楚怀王突然得到情报，闻知就在去年底，在魏、韩相攻一年有余，二国俱困之时，秦惠王使张仪为将，乘魏国大困之时，率兵伐魏，战于魏国西部河南重镇——陕，大获全功，得了个大便宜。

楚怀王心想，如今的魏国早已不是昔日的天下独霸，也不是先王楚威王时代击败楚国于陉山的魏国了。何不趁魏国重创之时，也学学秦惠王，趁火打劫，出兵伐魏，以一雪七年之前魏败楚师于陉山的奇耻大辱呢？

想到此，楚怀王立即召见官任上柱国、爵封上执珪的楚国大将昭阳，问计道：

"寡人闻魏、韩相攻，一载有余，二国俱困。秦王命张仪为将，兵出函谷关，直取魏之河南，取陕而去矣。"

昭阳点点头，这个情报他也知道了。

"昔魏师与我战于陉山，我师败绩，魏夺我颍水、汝水之地。今寡人欲趁魏师之敝，起兵伐之，以雪陉山之耻，将军以为如何？"

"大王之策是也！昭阳愿领兵而往。"

楚怀王见大将昭阳认为自己的决定是正确的，信心便更足了。于是，立即决定任昭阳为主将，起兵伐魏。

昭阳领命，立起楚国方城之内各镇之兵，计有十万之众。集合已定，便开赴楚国东北与魏国东南交界的前线。

三月底，昭阳之兵，已至楚国东北部与魏国东南部边境的楚国重镇——召陵。

四月中旬，楚国十万大军就攻到了魏国东南部的重镇——襄陵。

襄陵，乃魏国东南重镇，也是防御楚国与齐国、宋国的最前线。因此，驻守襄陵的魏国之师也是魏师中最为精锐的。于是，楚、魏之师便在此展开了一场殊死的鏖战。

就在此关键时刻，韩宣惠王听说楚师伐魏的消息，心中大喜。想想魏国无故伐韩一年有余，如果不是因为秦使张仪趁机偷袭魏国西部河南之地陕，从而阻止了魏国进攻韩国的步伐，说不定韩国已经被魏国灭了国。越想越恨，遂仇从心中起，恶向胆边生，立即萌发了趁火打劫的念头，决定派兵伐魏，以雪昨年之恨。

却说韩宣惠王策划已定，就立即派出军队向魏国西部河东之地开赴而去，意欲趁魏师与楚师激战于魏国东南，无暇顾及魏国西部的河东之地时，来个突然袭击，使其首尾不能策应，东西不能兼顾，从而大败魏师。

然而，韩国的军队刚刚开赴不久，魏将公孙衍就从秘密渠道得到了情报。因为公孙衍与韩国的关系太密切了，包括韩宣惠王以及韩相公叔都是与他过往甚密的。至于他在韩国安插的密探人等，更是多得不得了。去年他在与韩国交战时，为了与魏相田需争夺魏相之位，一边与韩国交战，一边还在跟韩国之相公叔做交易，派人说服公叔故意让他在伐韩中得手，以提高他在魏国的地位，结果韩相公叔还真的故意让了一次。

公孙衍得到情报后，一边亲自坐镇襄陵与楚师决战，一边派出两路使者，往韩国之都郑而去。因为魏、韩路近，不几日，公孙衍的两路使者都到了韩都郑。

这两路前往韩都的使者，一是成恢，二是毕长，都是公孙衍信得过的策士。成恢负责游说韩宣惠王，毕长则专门游说韩相公叔。

成恢一见到韩宣惠王，便开门见山地游说道：

“臣闻大王欲掩魏国不备，倾起韩师，袭攻魏国河东之地，果有其事？”

韩宣惠王一听，不禁一愣，心想，韩国军队刚刚才开拔，怎么魏国就知道了？是谁泄了密？

不等韩宣惠王有更多的时间寻思，成恢又说道：

“今楚师伐魏于襄陵，韩师欲袭魏之河东，魏国真是危如累卵了！不过，大王也应该知道，魏东受敌于楚，西遭袭于韩，必然力有不支。魏力有不支，则楚师必进矣。”

韩宣惠王一听，心中窃喜。心想，你们魏国现在也知道国之将危了？那么，去年你们为什么无故而伐韩一年有余呢？

成恢看了看韩宣惠王的表情，知道此时他心里想的是什么。但是，成恢似乎并不在意韩宣惠王想什么，又自顾自地继续说道：

“魏受腹背之敌，力不能支，终必交臂拱手，而听之于楚。楚、魏和合，则大王之韩必危矣。故臣以为，大王不如与魏讲和，撤兵回师。”

成恢说到此，不禁抬眼看了看韩宣惠王，想看看他到底是什么表情。可是，令成恢奇怪的是，说到这个地步，韩宣惠王竟然还是不动声色，一向善于察言观色的成恢，此时也揣摸不出韩宣惠王心里到底是怎么想的。

成恢没办法，只好恫吓不成，便来利诱了：

“大王若撤兵回师，魏无后顾之忧，必与楚战。战而不胜，则大梁不能守。大梁不能守，魏国之地，韩何患无所取？魏与楚战，战而胜之，魏亦师老兵疲矣，大王乘其敝而伐魏，何患不能多取魏国之地？”

成恢说完，韩宣惠王仍然不置可否。

成恢见话已说尽，只能到此为止。心想，韩宣惠王也许自己拿不定主意，毕竟继续对魏用兵好，还是撤兵以观楚、魏相争更有利，不是太易作出判断的。可能韩宣惠王觉得这是件大事，需要召群臣商议一下才能决定吧。

想到此，成恢乃恭恭敬敬地对韩宣惠王道：

“臣言而尽意矣，愿大王三思！”

说完，成恢就告辞而出，回驿馆去矣。

就在成恢从韩王宫告辞而出后不久，韩相公叔又进了韩王之宫，求见韩宣惠王。公叔此来，目的实际与成恢是一样的，也是为了说服韩宣惠王不要起兵伐魏的。

当然，公叔不是作为魏国的使者来说服韩宣惠王的。不过，实际上他是充当了魏将公孙衍的代言人了，只是他自己并不知道而已。

原来，就在成恢游说韩宣惠王的同时，公孙衍派出的另一个使者毕长，则正在游说韩相公叔。

毕长见到公叔后，首先表明了自己是公孙衍之使的身份，然后，就直截了当地游说公叔道：

“今楚师伐魏，公以为何故?”

公叔一听毕长劈头便问了自己这样一个问题，心中不免好笑。于是，便不假思索地脱口而出道：

“为取魏地而已。”

“非也。”

“雪陉山之耻。”

“非也。”

公叔一听，觉得奇怪了，楚国伐魏，不为取魏地，也不为一雪当年魏、楚陉山一战丧师失地之耻，还有什么事呢？于是，便反问毕长道：

“不然，楚何以伐魏?”

“昔魏公子高得罪于魏王，乃亡奔于楚。公子高屡欲复国，终不能如愿。今之魏，非昔之魏也。去年魏、韩相攻，韩大困，魏亦大困。秦乘魏国之敝，举师伐魏于陕，大败之。今魏国之困，已至极矣。”

公叔点点头，认为确实是这样。

毕长遂接着说道：

“今楚师伐魏，欲效秦之所为，承魏之敝，以兵临境，其意不在取魏地，而是想让魏公子高复国。公子高若复国，必对楚国唯命是从。”

说到此，毕长停下不说了，看了看公叔。

公叔乃促之道：

“那会怎么样?”

“若魏公子高复国，听命于楚，则韩国必危矣。楚乃大国，魏有楚国之助，必无韩矣。”

公叔听到此，又默默地点点头。

毕长见此，知道已经说动了公叔。于是，一鼓作气道：

“为今之计，韩国不如撤兵回师，坐观楚、魏之战。楚战而胜之，国亦大困，公子高复魏，终将无所作为。楚战而不胜，则魏公子高复国无望，魏亦不听命于楚。魏困而不听命于楚，则韩国无忧也。”

公叔听到这里，遂深深地点了点头，说道：

“好！我这就去说服韩王。”

正是因为毕长说动了韩相公叔，公叔遂立即往说韩宣惠王。

却说成恢辞去后，韩宣惠王越想成恢所言，越觉得有理，觉得此时伐魏，终非上策。于是，就想着是否应该传令撤回西伐魏国河东的韩国之师。

正当韩宣惠王犹豫不决之时，突然韩相公叔来了。

“寡人正欲召贤相，贤相不召而至，善哉!”

“大王何事欲召愚臣?”

“今魏王之使成恢来，游说寡人撤兵回师，坐观楚、魏之战。寡人意欲允之，然韩师已出，故疑而不能决。”

公叔一听，心里一下子便知道公孙衍的用意了。他是怕成恢不能说服韩王答应撤兵，所以在为游说韩宣惠王而派出成恢的同时，又另派了毕长来游说自己这个韩国之相，希望自己能够最终说服韩宣惠王。公叔与公孙衍本有交情，又深知公孙衍并非等闲之辈，既然公孙衍那样看重自己在韩宣惠王面前说话的分量，再说此次韩国出兵伐魏之举，确是不及坐观楚、魏相攻对韩国有利，不如卖一个人情给公孙衍，说服韩宣惠王撤兵。不过，说服归说服，但看来不必告诉韩宣惠王有关毕长来游说自己的内情。那样，一来会使韩宣惠王反感，认为魏国将自己这个韩相与他这个韩王等量齐观；二来会引起韩宣惠王的疑心，以为自己说服他撤兵，不是为韩国国家利益而来，而是替魏国着想。

想到此，公叔不露声色地回答道：

“大王所虑是也！今楚、魏相攻，韩不如坐视之，令楚、魏久战不下，二强俱困。然后，承其敝而伐之，韩必取利多也。”

韩宣惠王一听，觉得这个想法与成恢的说法一致，也与自己的想法一致，看来是英雄所见略同。于是，韩宣惠王决心遂定，肯定地对公叔道：

“寡人明白了。”

遂立即传令，撤回了正在开拔魏国河东的韩国之师。

虽然韩宣惠王撤回了欲伐魏国河东的军队，公孙衍的阻韩伐魏的计划得以成功，使魏国避免了腹背受敌的窘境。但是，由于自公孙衍至魏国为将以来，先是联合齐国之将田盼伐破赵国，接着又与韩国打了一年有余。打到精疲力竭之时，又被秦国趁火打劫，偷袭了魏国西部的河南重镇——陕，从而使魏国元气伤到了根子上。如今又被楚国趁火打劫，落井下石，公孙衍虽然素有计谋，终是敌不过楚国大将昭阳的十万楚国雄师。结果，苦战了两个月，楚师不仅攻陷了魏国东南的重镇襄陵，还伐取了魏国东南八邑之地。

2. 五国相王

周显王四十六年（前323）六月初，陈轸至魏都大梁。

陈轸此次来魏，不是为楚国出使魏国，而是以秦国之使的名义，替秦惠王出使齐国的，到达大梁，是路过。

那么，陈轸何以现在又替秦惠王当使者了呢？那是因为陈轸“双面人”的特殊身份。他本是秦人，在秦惠王之朝为臣。可是，张仪为秦相后，极力排挤他。秦惠王虽然知道陈轸对自己、对秦国的忠心，但为了用张仪之才，只得委屈陈轸，听任其远走楚国为臣。但陈轸至楚做了楚怀王之臣后，仍不忘故国故君之情，秦惠王也从不以异国之臣待陈轸。去年，秦伐魏西部河南重镇陕成功，就是陈轸使秦时，替秦惠王出的主意。不过，这个主意，却使自己的死敌张仪又乘机立了一次大功。

因为陈轸与秦惠王有此特殊的关系，去年又曾经以楚国之臣的身份替秦惠王谋了一个好计，所以今年四月陈轸再次以楚怀王之臣的身份使秦时，秦惠王便又想到了陈轸的好处，遂又委请陈轸以重任，想让他此次也充当一次秦国之使，为自己出使齐国，以弥合秦与齐的裂痕。

秦与齐相隔甚远，本来没有多少仇恨，只是因为前年魏、韩相攻不下，韩国之使屡屡来求援之时，秦惠王便让群臣集议。当时，群臣多倾向出兵救韩，但是秦国高士、也是秦惠王一直信用的重臣寒泉子却提出了一个大胆的想法，让秦惠王兵出不是救韩，而是乘机偷袭毫无防备的齐国。结果，秦惠王听从了他的计策，派大将武安子借道魏、韩，千里奔袭齐国东部毗邻魏国的重镇甄，最后却反被齐国大将匡章所败。

事后，秦惠王为此深悔不已，认为此举乃是大大失误，可谓是“偷鸡不成蚀把米”，秦国为此不仅损兵折将，还从此搞坏了与东方大国齐国的关系。于是，秦惠王痛悔之中，就在心里常常想着陈轸，认为如果当初陈轸在，就不会有这样的结局了。

因此，当陈轸这次再次以楚怀王之使的身份出使到秦国时，秦惠王便毫不犹豫地将出使齐国、弥合秦齐关系的重任，托付给了这个目前在楚为臣的陈轸。因为秦惠王相信，目前只有陈轸这个身份才能为齐国所接受，也只有陈轸之辩才，才能达成自己的外交目标。

就这样，陈轸四月便受命从咸阳出发，经韩国，于六月初到达了魏都大梁。然后，准备再由大梁出发，往东到齐都临淄，游说齐王。

到大梁后，陈轸就打听公孙衍的情况，得知他最近情况不妙，因为襄陵之战的失利，加上这些年来与魏相田需相争并不占上风，所以最近倒是赋闲在家，无所事事了。

陈轸曾与公孙衍在秦惠王朝中为臣多年，虽然二人没有多少交情，但是公孙衍为秦国大良造时为秦国所立下的不世之功，陈轸是心中有数的。还有，公孙衍之所以出走至魏，与自己出走至楚，原因是一样的，都是因为受张仪的排挤。因此，陈轸到了魏都大梁，就想到公孙衍，并将之引为自己的同类，大有惺惺相惜之意。

因为这个原因，陈轸了解到公孙衍的近况后，就想见公孙衍一面，想与他谈谈心。可是，出乎他的意料，公孙衍却拒绝与他见面。

陈轸是个善解人意的人，知道公孙衍不见自己，并不是与自己有什么仇恨，或对自己有什么成见，而是因为他个人目前处境不妙、心情不佳，羞于见到故人而已。

想到这一层，陈轸就越发想见公孙衍一面，一定要与公孙衍谈谈心。于是，他便以激将法，托人给公孙衍带话说：

“轸至大梁，是专为将军之事。将军不见轸，轸将离去矣。他日若想见轸，恐怕亦不可得矣。”

果然，公孙衍听说陈轸此来，是为了自己的事而来。心想，既然他已经知道自己这些年的情况以及最近的处境，且明言说是为自己的事而来，想必见上一面，也是对自己有益的。毕竟陈轸不是等闲之辈，他的智慧不在自己之下，说不定能给自己出个主意，帮助自己摆脱目前的困境呢。

想到此，公孙衍立即决定前往陈轸下榻的驿馆拜访陈轸。然而，刚刚备好车马，准备出门，公孙衍又停住了，觉得这样不妥。因为陈轸是楚国之臣，虽然此次是以秦国之使的名义出使齐国，路过魏都大梁，但是无论是他的秦使身份，抑或楚臣身份，都是非常敏感的。因为秦、楚都是魏国的仇敌，都是使魏国丧师失地的强敌。加上，楚国大将昭阳刚刚在襄陵打败了魏师，并夺得魏国东南之境八邑。魏襄王此时正恨着楚国与秦国呢，还有魏相田需又与自己为敌，争斗不已，如果此时自己主动到驿馆拜访陈轸，说不定会引起魏襄王的怀疑，也给田需谗言自己以把柄。但是，如果陈轸来自己将军府上拜访，倒是正常的。因为他是客人，来大梁拜访自己这个魏国将军，也可以说得过去的。再说，魏王也知道自己曾与陈轸同在秦惠王之朝为臣，算是故人、故交，老朋友见个面，叙个旧，也是情理之中的事。

想到此，公孙衍立即决定，还是不到驿馆拜访陈轸为好，最好让陈轸来拜访自己。于是，就派自己心腹之人秘密前往陈轸下榻的驿馆请陈轸，但不派将军府的车马，而是让陈轸坐自己的车马来见。这样，就不会有任何话柄让田需抓住了，也不会使魏襄王有什么可以怀疑的。

打发心腹之人前往驿馆请陈轸之后，公孙衍就在府中准备着，并在心中猜想着陈轸到底想找自己谈什么。但是，想了很久，并不能肯定陈轸到底会找自己谈些什么事。于是，百无聊赖地自己先喝起了酒。

正喝着，突然门人通报道：

“将军，有车马至矣。”

公孙衍知道，这是陈轸到了。于是，立即起身来到府门之外迎候陈轸。

二人相见，寒暄、答礼已毕，公孙衍便携陈轸之手直入将军府内厅相叙。

甫一坐定，陈轸兜头就问了公孙衍一句道：

“将军为何厌倦于政事？”

公孙衍一听，觉得奇怪，自己从来都是一个好揽事揽权的人，怎么会厌恶从政做事呢？但不知陈轸此言所意，遂反问陈轸道：

“先生何出此言？”

“将军若不厌倦于政事，何以饮食终日，而无所事事呢？”

公孙衍一听，知道陈轸对自己的近况真的是非常了解，于是就坦言道：

“衍何敢厌于政事？先生有所不知，衍不肖，今不能得事矣！”

陈轸见公孙衍不把自己当外人，能够坦陈心声，于是就一语中的地道：

“既然如此，今轸请移天下之事于将军，如何？”

“天下之事？”公孙衍眼睛一亮，精神一振地问道。

“天下之事。”陈轸直视公孙衍，语气肯定地说。

“衍愿闻其详。”

陈轸点点头，乃从容说道：

“今闻魏王命田需为使臣，约车百乘，正欲往楚。公何不令人于诸侯之间播扬其事，令天下诸侯皆疑魏王之所为？”

公孙衍一听，心里不禁大吃一惊，连魏王最近的动向陈轸都知道了，看来陈轸真的有办法。于是，就对陈轸更加寄予厚望了。遂急切地问道：

“如何能令诸侯皆疑魏王之所为？”

“将军去见魏王，跟他说：‘臣与燕、赵之君有故交，燕、赵之君屡屡使人召臣，让臣无事时就去相见。今臣在魏无所事事，望大王允请，臣欲往燕、赵一见二君，以一月为期，至期必归。’”

公孙衍一听，心想，这个陈轸真不愧为辩士，这样的瞎话也能编出来，自己何曾与燕、赵之君有什么故交呢？不管这些，当策士，何人不说假话？

想到此，公孙衍就进一步试探地问道：

“魏王若是不允，当如何处之？”

“将军以轸之言而说魏王，魏王必允将军之所请。”

“魏王若允之，衍当如何做才好？”

“魏王若允之，将军就可往燕、赵二国。将军可于稠人广众之中，放言：‘臣欲出使燕、赵，急欲约车驾，备行具矣。’诸侯闻之，必欲以事嘱托于将军，而交结于魏。将军受诸侯之事，天下事岂非皆移之于将军之身哉？”

陈轸说到此，戛然而止。公孙衍听到此，则心领神会，默默地点点头。

于是，二人相对一笑，心照不宣。接着，陈轸就起身告辞了。

见到了公孙衍，并暗示他在山东六国之间重新实施“合纵”之策，以对付死对头张仪后，陈轸觉得到大梁的目的达到了。于是，立即命车驾，往齐而去。

周显王四十六年（前323）七月初，陈轸到了齐都临淄。

当其时，楚国大将昭阳伐取魏国襄陵与魏东南八邑之后，略作休整，便临时起意，自作主张，想越宋地而攻齐。这时，当政的是刚刚即位不久的新君齐闵王。齐闵王知道楚国的厉害，当年他爹齐宣王执政的时候，因为魏、韩等国之君入齐朝见，齐宣王在齐国南境的徐州搞了一个“徐州相王”，结果引得楚威王大怒，亲率大军伐齐，打到了齐国的徐州，大败齐师，使齐国受到了历史上最严重的一次重创。如今楚国官任上柱国、爵封上执珪的大将昭阳率十万大军，伐败魏国，正操得胜之师向齐国而来，这怎能不叫他心急如焚、坐立不安呢？

也就在此时，齐闵王听说楚国之臣陈轸正受秦惠王之托，为秦出使齐国，来到了临淄，遂立即热情接待，并坦诚地向陈轸表达了对于楚师之攻的深深忧虑：

“今楚将昭阳伐魏功成，又率得胜之师往齐而来，寡人深以为忧。”

“大王不必忧虑，臣可以前往说服昭阳，让他退兵！”

齐闵王没想到陈轸如此爽快，愿意往说昭阳退兵。心想，这比什么都好。陈轸乃楚怀王倚重之臣，又是秦惠王之旧臣，且一直往来于秦、楚之间，协调秦、楚外交之事。虽然他今日是楚国之臣，但此次前来却为秦惠王之使，以复齐、秦之交。既然他肯为秦惠王出力，相信他也是能够真心为齐国出力的。再说，以他目前的身份，往说昭阳，是再合适不过了。

想到此，齐闵王兴奋地说道：

“善哉！如此，寡人无忧矣！”

于是，齐闵王也爽快地答允了陈轸为秦请和之求，齐、秦从此修好。

陈轸完成了为秦惠王复齐故交的任务后，立即践诺往说昭阳去也。

陈轸与昭阳同朝为官，二人已是相当熟悉与了解了。所以，到得楚营，见到昭阳后，陈轸就直截了当地游说昭阳道：

“轸听说有这样一个故事，有一个楚人祭祀祖先，赐舍人卮酒。舍人相互约定：‘数人饮之不足，一人饮之有余。请画地为蛇，先成者饮酒。’未久，一人蛇先成，持酒将饮之，乃左手持杯，右手画蛇，说：‘我尚能为之添足。’乃为蛇画足。画足未成，一人之蛇已成，乃夺其杯，说：‘蛇本无足，岂能为之添足？’遂饮其酒。为蛇添足者，终失其酒。今将军奉大王之命，伐魏于襄陵，攻城略地，得魏之八邑，功莫大矣！然楚之律法，覆军杀将，攻城略地，官不过上柱国，爵不过上执珪。将军官已拜上柱国，爵已封上执珪，今率师欲陷齐国城邑，莫非将军意欲取令尹之位而代之?”

昭阳一听陈轸说自己有取令尹昭奚恤之位而代之的野心，急忙辩解道：

“昭阳无有此心。”

“将军若无此心，今举兵伐齐，岂非楚人画蛇添足之举?”

昭阳一听，觉得有理。如果执意伐齐，一来会引起令尹的猜疑，二来恐怕也会引起楚王的不满，因为此次伐齐，并没有得到楚王的授权。如此，岂不是如陈轸所说，是画蛇添足之举?

想到此，昭阳连忙答谢陈轸道：

“昭阳不敏，蒙先生教之，幸矣哉!”

于是，昭阳班师回楚，陈轸也回楚复命去也。

就在陈轸为齐闵王游说楚将昭阳撤兵的同时，公孙衍正在按照陈轸所教之计，筹划他的“五国相王”大计。

当魏襄王派出田需往楚不久，公孙衍看准了机会，立即往谒魏襄王，说道：

“臣与燕、赵有旧交，燕、赵之君屡召臣，说：‘无事，必来。’今臣居魏，无所事事，故欲往燕、赵拜谒二君。时日无多，以一月为期，至期必归也。”

果然如陈轸所预料的那样，魏襄王觉得没有理由阻止，遂允公孙衍之请。

公孙衍得魏襄王之允后，不仅在魏国朝野上下大张旗鼓地宣扬自己即将出使燕、赵二国之事，而且还暗中派人到诸侯各国散播消息。

结果，很快诸侯各国之君都知道了魏襄王一边派魏相田需出使楚国，一边又派魏将公孙衍出使燕、赵二国。于是，各国之君纷纷猜测魏国此举之意。

齐国因为是与楚国有仇隙的大国，楚国大将昭阳不久前刚刚要率师伐齐，幸得陈轸替齐国说止了。齐闵王一听魏襄王派魏相田需使楚，以为魏、楚要结盟。如此，齐国就危险了，因为魏、楚都与齐有仇，它们二国结盟，其意必在齐也。于是，齐闵王就立即派人暗中联络魏将公孙衍，以事嘱之于公孙衍。

因为齐闵王知道，公孙衍是天下枭雄，诸侯各国人人尽知。昔日他为秦国大良造，打得魏国丧师失地，使魏国从此元气大伤，一蹶不振。后因张仪至秦，受秦惠王重任，他的空间被挤压，遂出走到魏。刚到魏为将不久，他就游说齐国名将田盼，用计借得齐、魏二国之兵，一举破赵，使得苏秦千辛万苦组织起来的山东六国“合纵”之盟破局，山东六国重新陷入互相残杀的乱局之中。破赵成功后，他又接着发动了对韩国为期一年多的战伐。如果不是被秦国钻了空子，在魏、韩打得两败俱伤之时，由张仪率师伐陕，一战而胜，公孙衍差一点就灭了韩国，使魏国得以重振了雄风。而今，魏襄王对公孙衍由秦到魏为将以来的表现非常不满，加上公孙衍与魏相田需相争，一直有取而代之之心，使魏襄王不胜其烦。所以，最近公孙衍就被魏襄王搁置不用，使这样的一个天下枭雄无所事事。今日魏襄王既派魏相田需使楚，又使魏将公孙衍出使燕、赵，其意究竟何在，使他一时无法猜测得到。不过，就公孙衍与田需二人的能力而言，田需不是公孙衍的对手。既然如此，何不拉住公孙衍，那么田需结交于楚，也就无所作为了。

却说齐闵王抢先结交于魏，以事嘱之于公孙衍的消息传出后，因为齐国的大国地位与影响，很快燕、赵、韩、中山四国之君都争相结交于公孙衍。不久，韩宣惠王还礼聘公孙衍为韩相。这样，公孙衍谋取魏相未成，却成了韩国之相。

有了韩相的身份，又有了齐国的支持，还有燕、赵、中山三国的信任，公孙衍就大胆地开始策划陈轸所教之计，决定将山东的五强齐、魏、韩、燕、赵与较小的中山国捏合到一起，组成一个新的六国“合纵”之盟，以西抗于强秦，南抗于大楚。一来可以与张仪作对，二来可以确立自己在山东各国的盟主地位，像当日的苏秦一样，兼挂六国相印，也风光一番，气气秦惠王，打击打击张仪。

主意已定，公孙衍遂立即北走燕、赵、中山，西走魏，很快就说得了包括韩国在内的五国之君。

周显王四十六年（前323）十月，正当公孙衍准备再东说齐闵王之时，却突然获得消息：就在自己积极策划山东六国“合纵”之盟的同时，秦相张仪已于九月与齐、楚二国之相会于宋国的齧桑。

公孙衍一听，马上意识到，这是张仪在帮秦国策划“连横”之计，其意在破自己还未成局的“合纵”之盟。看来，现在齐国已经不可靠了，只能以目前已经游说好的魏、赵、韩、燕、中山五国为对象，来个“五国相王”，组成一个互为支持、互为保护的“合纵”之盟。

打定主意，公孙衍立即准备，终于在周显王四十六年（前323）

的十一月中旬，将魏、赵、韩、燕、中山五国之君集合到一起，举行了一个“五国相王”的仪式，就算正式成立了他的“合纵”之盟了。

3. 中山为王

公孙衍的“五国相王”，对于魏、赵、韩、燕四国来说，只是具有一种联盟的意义，因为它们本来就是力量较强的诸侯国，他们自己早就自立为王或自以为王了。

而对于中山国来说，则意义非同寻常。因为中山国是个小国，北有燕，西有赵，东边还有一个大国齐，疆域有限，人口不众。因此，中山国之君从来没有想到称王之事。如今，因为公孙衍为了“合纵”抗秦，硬拉中山国入盟，并让中山君与魏、赵、韩、燕四国之君会盟，互相承认各自的王号。这样，中山之君便得了个便宜，从此可以南面而称“寡人”了。

不过，中山国此次能够与魏、赵、韩、燕四国并称为王，虽然主要是因为公孙衍之故，但也与其近年来自身的实力有所增强有关。不然，公孙衍也不会拉中山国入盟的。而中山国实力之所以有所增强，究其原因，是与中山国最近几年有两个能臣有关。

那么，中山国最近几年有哪两个能臣呢？

这就是司马憙与张登。

司马憙（蓝诸君），本是一个游士，曾在赵国为官，后往中山国。到中山后，司马憙就想着借赵国之力，为自己谋得中山国之相的位置。但是，司马憙的这一企图心，正好被中山之臣公孙弘所窥知，并且公孙弘本人也想谋取中山之相的位置，这一下，二人就发生了矛盾。

一次，中山君出行，令司马憙驾车，让公孙弘陪侍参乘。公孙弘见中山君器重自己，而排斥司马憙，于是，乘机就向中山君进谗道：

“为人之臣，而借大国之威，为己求中山之相，对此国君会如何？”

中山君一听，竟然有人胆敢假借大国之威，而为自己求取中山相之位，这还了得！这不是胁迫自己吗？于是，勃然大怒道：

“有如此之臣，我必食其肉，而不以分人。”

中山君与公孙弘在车内的这番对话，都被在前面驾车的司马憙听得一清二楚。司马憙觉得不妙，既然中山君说出这等狠话，自己如果不主动坦诚相告，而是被公孙弘说出自己的名字，那么后果就不堪设想了。

来不及多想，司马憙立即停车，匍匐于中山君车驾轼前，顿首求告道：

“臣自知死罪至矣。”

中山君见司马憙突然停下车，又伏地称罪，遂惊讶地问道：

“何故如此？”

“臣之罪，国君已知之矣。”

中山君见司马憙如此坦白，又服罪态度非常诚恳，遂怒气顿消，宽容地说道：

“起来吧，寡人知道了。”

司马憙一听，中山君原谅了自己，表示他知道有这么回事也就算了。于是，立即遵命，重新为中山君驭驾而行。

未过多久，赵国果然遣使来中山国，替司马憙求取中山相之位。

这下，倒使中山君对公孙弘起了疑心。心想，怎么他早就知道有今日之事，莫非他自己就是私通赵国之人，反诬司马憙呢？

想到此，中山君立即遣人去传召公孙弘。

却说公孙弘一听赵国之使已经来到中山，且正式向中山君提出了为司马憙求取相位的消息，知道这下倒是被动了。因为他知道：一来，赵国之使既然奉赵王之命来为司马憙求取相位，那么，不管中山君愿意还是不愿意，都必须答应。也就是说，中山相之位是非司马憙莫属了。既如此，司马憙做了中山之相，岂能放过自己？二来，今日赵王之使来为司马憙求相，自己先把消息说给中山君，说不定中山君还要怀疑自己也是通赵之人，不然何以知道得这么清楚。

想来想去，公孙弘觉得，不管如何，还是一走了之，才是上策。于是，就在中山君还未遣人传召他之前，就悄然出了中山之都顾。

公孙弘一走，中山君更加确信公孙弘有问题了，相反却认为司马憙是个可靠之人。于是，立即答应了赵使之请，任司马憙为中山国之相。

然而，司马憙为相，还没过几年舒心的日子，就又有了一个新的麻烦，这就是中山君的美人阴姬与他作对。

为此，司马憙可犯了愁。因为阴姬不同于公孙弘，她可是中山君宠信的美人儿。以前公孙弘与他相争，毕竟还可以防备，因为公孙弘也不是时时刻刻都能跟中山君在一起的，要说坏话，也还有个时间与地点的限制。而阴姬则不同了，她时时刻刻伴侍于中山君左右，要进谗言，那机会太多了。如果她在与中山君的欢会中，于枕席之间吹风，那力量就更加可怕了。

想到此，司马憙为相的欢乐，马上消失得无影无踪。代之而起的，是对阴姬这个女人的刻骨仇恨。可是，想来想去，再怎么恨，也是没有用的。因为中山君喜欢她，自己再怎么能耐，也不会让中山君信任自己超过对阴姬的宠爱。

于是，司马憙陷入了久久的苦恼之中。

然而，到了周显王四十六年（前323）九月，中山国出现了意料不到的新情况。

九月十一，这天司马憙入朝后无事，回到府中，刚刚坐定独自饮酒解愁之时，突然有心腹之人来报：

"相爷，韩相公孙衍至矣。"

"公孙衍?"

司马憙当然知道公孙衍是何许人也，只是他不明白这个天下枭雄怎么会来中山这种小国，难道他会对中山之相的位置有兴趣？正因为有此一想，司马憙才惊讶地问道。

"正是。"

"公孙衍来中山，意欲何为?"

"公孙衍欲立中山君为王。"

"立中山君为王?"

司马憙差点要跳起来了。

"正是。"

"公孙衍何以能立中山小国之君为王?"

"公孙衍已撮合魏、赵、韩、燕四国之君，今至中山，欲使中山之君与四国之君相互称王，合纵以结盟。"

司马憙终于明白了，原来如此。心想，这倒是好事，如此中山君得了个便宜，可以做国王，那么自己从此也就堂而皇之地成了真正的一国之相了。

听到此，司马憙立即起身，往见中山君，问问是否果有此事。刚斟好的酒也顾不得喝了，现在还有何愁？如果是真的，高兴还来不及呢。

司马憙整衣弹冠，备车套马，入得朝来时，公孙衍已经告辞而去了。一问中山君，果有其事，中山君此时正高兴得合不拢嘴呢。

君臣说了一会儿，高高兴兴地分手而别。

第二天，群臣大会，中山君告知大家韩相公孙衍来约“相王”之事，群臣皆呼“万岁”，一片欢腾。因为从此大家都可以关起门来做大官了。

到了第三天，司马憙突然听说中山君的后宫闹开了。一打听，才知道，原来阴姬与江姬听说中山君要称王了，于是二人就开始争着要当王后了。

司马憙一听，不禁摇头感叹，心想，中山君现在还没称王，这两个女人就争着做王后了，真是好笑！

司马憙在心里笑了一回后，突然灵机一动，想到了一个妙计：既然中山君宠爱阴姬，自己不能改变这个现实，那就不如承认这个现实，并利用这个现实，将计就计，顺着阴姬，结交阴姬，帮助她实现做王后的理想。这样一来，阴姬必然感激自己，从此与自己抱成一团，自己的中山国之相，不就可以长此以往地做下去了吗？

想到此，司马憙不禁拍案而起，多年来因为与阴姬的别扭在心头郁结的忧愁一扫而光。

然而，高兴了一会儿，司马憙又愁上了心头：怎么样才能结交上阴姬呢？难道直接跟中山君进言，让他封阴姬为王后？如果这样，中山君会觉得突兀，会怀疑到自己与阴姬有什么交易。还有一层，如果直接进言中山君，中山君即使同意封阴姬为王后，阴姬未必就领自己这份情，以为中山君本来就会封她为后，认为自己只是顺水推舟，想做顺水人情而已。如果这样，自己的目的还是达不到。

想来想去，司马憙最后想到了一个更好的计策，不如遣心腹之人暗中放话，怂恿阴姬之父来求自己，帮助阴姬谋得中山国王后的位置。如果阴姬之父这样做了，那么阴姬也就必然知道内情，会对自己感恩戴德，事成后也必然会与自己同心同德。那样，自己的目的就达到了。

策划已定，司马憙就遣心腹之人依计而行。

阴姬之父不知是计，果然为之心动，立即来相府求司马憙：

“今江姬与我女争为王后，若得相爷之助，事成，必不忘相爷之大恩。”

司马憙一听，立即答道：

“事成，公则裂土封侯；事不成，憙恐无容身之所矣。”

“以相爷之智，事必成也。”

“事若成，阴姬何以报憙？”

“事若成，必报答恩相！但现在尚不敢多言。”

司马憙点点头，表示同意阴姬之父的话。于是，爽快地答应阴姬之父道：

“善哉！憙将进言于中山君。”

阴姬之父辞别后，司马憙立即入朝去见中山君，游说道：

“臣今有一策，可弱赵而强中山也。”

中山君一听，自然高兴。心想，如果赵能削弱，中山能强大起来，自己这个一国之王才能真正算是个王。于是，喜悦之情溢于言表，遂急不可耐地问司马憙道：

“愿闻其详。”

“臣愿往赵国，观其地形险阻、人民贫富、君臣贤与不肖，以为他日筹策之用。不过，现在还不敢跟您夸口细说。”

中山君一听，觉得这话也有道理。于是，立即答允其请，遣司马憙为使，往赵都邯郸而去。

司马憙至赵都邯郸，很快就见到了赵君赵武灵王，因为以前在赵为臣，赵国的一切对于司马憙来说，都是了如指掌的。

赵武灵王见司马憙来见，非常感兴趣，因为他这个中山国之相，还是他遣使为之求取的。所以，他见到司马憙就像见到自己的臣子一样，感觉上没有异样。

“司马相今来，何以报答寡人？”

司马憙是个明白人，一听就知道赵武灵王这是在邀功呢。于是，连忙答道：

“大王之恩，臣何敢一刻忘之于心哉？”

赵武灵王一听，满意地点点头。

于是，司马憙又接着说下去：

“大王，臣听人说，赵乃天下吹竽善音之国，亦佳丽美人云集之国。可是，今臣入赵境，每至都邑，观人民谣俗，察容貌颜色，却没见有什么特别的佳丽美人。”

赵武灵王一听，觉得奇怪了，赵国自来都是天下公认的擅长音乐的国度，更是美女如云的国度，怎么这个司马憙今天却否认这一点呢？于是，就问道：

“以司马相之见，天下诸侯，何国有善音，何国有佳丽?”

“臣不知也。”

赵武灵王一听，顿然脸色有点不好看了。

司马憙一看，知道赵武灵王要生气了，以为自己在耍他呢。于是，急忙接着说道：

“臣周游天下，所到之国不可谓不多矣。阅诸侯之美人，亦不可谓不多矣。但未曾见过有美人盖过中山君之阴姬。”

赵武灵王是个年轻之君，自然也是一个好色之君。听到司马憙这么一说，顿然转怒为喜，不自觉间，早就作出延颈而听之态。

司马憙一见，知道吊起了赵武灵王的胃口了。于是，接着说道：

“中山君阴姬之美，不知者，还以为是神人下凡。其容貌颜色，不仅为世上美人所不及，而且其眉目、准頞、颧衡、犀角、偃月，还有帝后之相，乃贵不可言，非诸侯之姬也。臣拙舌，难以尽言之。”

赵武灵王一听，不禁为之意乱情迷，遂情不自禁间脱口而出道：

“寡人欲求取阴姬，如何?”

司马憙一见，知道赵武灵王上钩了。于是，故意推避道：

“中山君阴姬之美，臣偶有所窥，今见大王，不能不言。不言，则于大王为不忠也。但是，若大王欲求取之，则非臣所敢议也，希望大王勿泄其情于中山君。”

赵武灵王见司马憙这样一说，于是更加确信中山阴姬有那么美，遂铁了心要向中山君求取阴姬，哪怕中山君不高兴，也要把这个中山美人儿弄到自己手上过过瘾。

司马憙见已经说动了赵武灵王的心，遂立即辞去，回到了中山国。

中山君见司马憙回来得这样快，遂怪而问之：

“贤相何以归之甚急?”

司马憙见中山君又着了自己的道儿，遂故作悲伤之状道：

“赵王，非贤君也，不好道德，而好声色；不好仁义，而好勇力。臣在赵国听说一件事，所以急急回来向您报告。”

“什么事?”中山君问道。

“据说，赵王早就私慕阴姬美色，正要遣人来向您求取呢。”

中山君一听，立即脸色陡变。

司马憙一见，心中窃喜，知道中山君正为赵王的无礼而愤怒，正为他作为一国之君与一个男人的自尊心受到伤害而愤怒呢。于是，故作忧虑深深之状道：

“赵乃天下强国，中山则是小邦。赵王既起此心，则必来中山求取阴姬！您若不允其所请，中山之社稷必危；君若从其所请，出阴姬与赵王，则必为天下诸侯笑也。”

“如此，为之奈何？”中山君显得十分的无奈，眼光直视司马憙，希望他能给自己排忧解难。

“为今之计，您不如立即立阴姬为后。”

“立阴姬为后？”

“您若立阴姬为后，必可绝赵王之念。世上有求人之女、求人之姬者，未有求取人君之后者。纵然赵王坚其心，一定要求取阴姬，亦恐为天下诸侯笑也。”

“善哉！”

中山君终于转忧为喜，立即封阴姬为王后。

司马憙见目的已经达到，一面立即将消息告知阴姬之父，以邀功；一面暗中遣人到赵国之都邯郸散播中山君册立阴姬为后的消息。

果然不出司马憙所料，赵武灵王一听到这个消息，立即打消了遣人至中山国求取阴姬之念。

这样，中山君尚未正式称王，阴姬就做起了王后。从此，阴姬就成了司马憙的同党，对司马憙唯命是从。而司马憙中山之相的位置，也就稳固起来，任何人都不敢想了。

司马憙凭借自己与赵国藕断丝连的暧昧关系，同时又善于运用借力使力的计谋，不仅为自己谋得了利益，也使中山这个小国在与大国赵的一来二往中增加了分量，从而在诸侯各国中造成了赵与中山关系密切的假象，达成了客观上有利于中山的效果。

周显王四十六年（前323）十一月中旬，也就是在中山君册立阴姬为后不久，公孙衍操纵的魏、赵、韩、燕、中山五国之君相会于赵国之境的“五国相王”仪式终于登场了。

如此一来，中山君真的就称起了大王。他所册立的阴姬，如今也就水涨船高，真的成了王后了。

可是，还没等中山君高兴几天，麻烦事就来了。

因为齐闵王听说公孙衍搞了一个什么“五国相王”，认为魏、赵、韩、燕、中山是自己的近邻，又是从北到西将齐国严严实实地包围起来的五个国家，他们搞什么“五国相王”，实际上就是“五国合纵”之盟，矛头所指就是齐国，于是他就不干了。

但是，齐闵王心里也非常明白，虽然对五国都有不满，但目前不便与五国同时为敌，必须采取分化政策，分而制之。于是，决定先拿中山小国开刀。就在魏、韩、赵、燕、中山“五国相王”刚刚结束之后，齐闵王便立即派出使节到魏、赵两个大国，游说魏襄王与赵武灵王道：

“寡人羞与中山君并世为王，愿与大国共伐之，以废其王号。”

中山国之君获得消息后，大为惊恐，知道自己这样一个小小的中山国，一个齐国都无法抵挡，又岂能只手而敌三拳，同时抵敌齐、赵、魏三个大国呢？于是，开始后悔起来，要是当初不贪那个虚荣，不参加“五国相王”，老老实实地做一个小国之君，又岂能惹出如今这样大的麻烦呢？如果三国真的来伐，那么中山国的灭顶之灾就要至矣。

就在中山君一筹莫展、自怨自艾、惶惶不可终日之时，中山国的另一个能臣登场了。他就是张登。

张登听说齐闵王要邀集魏、赵同伐中山，逼迫中山君取消王号，立即求见中山君，并自告奋勇地请战道：

“大王不必忧虑！您可为臣多备高车重币，臣请求前往齐国求见靖郭君。”

中山君允其所请，乃为张登多发车马金帛，让其往齐都临淄游说靖郭君。

靖郭君，不是别人，即齐威王少子田婴也。齐威王在世时，因为得威王之宠，他的权力大得惊人，可谓是齐国仅次于威王的人物。后来，威王卒，他的哥哥辟疆即位，号曰齐宣王。虽然权势有所减弱，但仍是齐国之相，是齐国的二号人物。而今是宣王之子地执政，号曰齐闵王。这样，靖郭君田婴就成了齐闵王的叔父了。

张登了解靖郭君田婴的这些身世背景，所以才决定不游说齐闵王，而是去游说靖郭君田婴。

中山国就在齐国之邻，从中山国之都顾到齐都临淄，路途不算很远。因此，张登昼夜兼程，很快就到了临淄。

找到靖郭君田婴的府上，献上重礼后，张登就开门见山地游说起田婴道：

“臣闻齐王欲废中山君王号，将与赵、魏共伐中山。臣以为，这有些失策。以中山国之小，而三国共伐之，纵使三国有甚于废王之求，中山君亦必惧而从之。不过，中山惧齐，则必依附于赵、魏。如此，齐国岂不是像为人驱羊一样，使中山国投入赵、魏二国的怀抱。而这并非齐国之利啊！所以，臣以为，不如让中山君自废王号，而臣事于齐。不知靖郭君以为如何？”

田婴一听，觉得张登的话不无道理，遂点了一下头。

张登遂接着说道：

“臣今有一策，不知可行否？为今之计，靖郭君不如召中山君，与之相会，且许其王号。中山君大喜，必绝赵、魏之交。如此，必激怒赵、魏，而共攻中山。中山君情急，则必从齐王之愿，而自废王号。中山君因靖郭君之故，自废王号而臣事于齐，岂不贤于为赵、魏驱羊？”

靖郭君田婴认为有理，遂明确地回复张登道：

“诺！”

未久，田婴不听门客张丑之谏，果然背着齐闵王，以靖郭君的名义召见中山之君，约盟于齐、赵之境，准备私相许之以王号。

就在靖郭君田婴车马始动之时，张登见田婴已然入套，遂急走赵国，游说赵武灵王道：

“齐王欲起大军，伐赵、魏于漳水之东。”

“何以知之？”赵武灵王急忙问道。

“齐王羞与中山君并世为王，其念已甚。今齐王遣靖郭君田婴召中山之君，与之相会，且许以王号，此乃欲用中山之兵也。以臣愚见，大王不如先许中山君以王号，以阻止其与靖郭君相会，拆解齐与中山结盟之局！”

赵武灵王觉得有理，遂答应了张登的请求。

张登辞别出去，立即马不停蹄奔往魏国，将与赵武灵王所说的话跟魏王又说了一次。结果，魏王也同意了。

最终，赵、魏二国之君因惧怕齐合中山而伐己，率先承认了中山君之王号，又遣使至中山，与之亲善。中山国有了赵、魏二大国为依靠，遂与齐国断绝了关系，齐国也因之闭关不通中山之使。

齐闵王一计不成，遂生二计，乃遣使游说赵、燕二国之君，并许诺割让齐、赵毗邻的齐国平邑给燕、赵二国，以求借道于燕、赵，共伐中山国。

齐闵王筹划此策时，张登已成功游说了魏、赵二国，正在回归中山国的路上。中山君闻报，急召中山相司马憙相商。司马憙一听，感到此次事态严重了，一时也想不出什么良策。

就在中山君与司马憙一筹莫展之时，张登正好回到了中山之都顾。闻知齐闵王欲割地而联合赵、燕，共伐中山的消息，张登立即来见司马憙。

司马憙一见张登，就立即向他说明了情况，并无比忧虑地说道：

“如今之势，中山国大难将至矣。”

张登听了一笑道：

“公何必如此悲观，中山何患之有，齐有何可惧？”

司马憙听张登说得如此若无其事，遂瞪大了眼睛，看了张登好久，然后认真地说道：“齐乃万乘之国，中山为千乘之国。齐强，耻与中山为伍，故不惮割地以赂燕、赵，出兵以攻中山。燕、赵贪图齐国之地，恐不助中山也。如此，大则危国，小则废王，如何不令人心忧？”

张登从容说道：

“登可令燕、赵坚其心，以辅中山而成王，事终可定。公不必忧之！”

“如此，则是中山万民之幸也！不过，公何以说燕、赵二王？”司马憙不放心地问道。

张登轻松一笑，道：

“登不说燕、赵二王，往临淄说齐王，可矣。”

司马憙一听，不禁瞪大了眼睛，问道：

“公往临淄说齐王？”

“公以为如何？”

“公何以说齐王？”

张登神秘地一笑，说道：

“登自可说之。”

司马憙知道张登的能耐，又见他这样说，也就不再追问他到底怎么说了。于是，催促张登道：

“如此，公速往临淄说齐王！”

于是，张登又第二次从中山之都顾急急出发，晓行夜宿，终于在周显王四十七年（前322）正月，赶到了齐都临淄。

见到齐闵王，拜礼已毕，张登也不绕弯子，直接上题道：

“臣闻大王欲割平邑以赂燕、赵，合兵以伐中山，臣以为过也！”

没想到齐闵王还颇有雅量，对于小小的中山国之使劈头就说自己之计错了这种行为，并不生气，而是兴味盎然地鼓励张登说下去：

“愿闻其详。”

张登立即接口道：

“大王不惮割地以赂燕、赵，出兵以伐中山，其意不过是要废中山国王号而已。然大王之所为，不是太费周折而且很危险吗？大王亦知，割地以赂燕、赵，是资强敌也；出兵以伐中山，是首发其难也。大王若行此二者，所求中山必不可得。大王若用臣之策，则地不割、兵不用，中山之王可废也。”

齐闵王一听，遂更来了兴趣，不禁脱口而出道：

“先生之策如何，请道其详。”

张登故意顿了顿，然后从容不迫地说道：

“大王不如遣使而告中山之君：‘寡人所以闭关不通中山之使，乃因中山独与燕、赵亲善相王，而寡人不得与闻焉。君若举玉趾以见寡人，则齐亦愿佐君以为王。’中山之君本惧燕、赵之不助，今有齐愿佐之，必弃燕、赵，而与大王相见。中山君朝于大王，燕、赵闻之，必怒绝中山之交，大王亦继而绝中山之使。如此，中山则孤立无援。中山孤立无援，岂能不自废其王？”

齐闵王听到此，不禁脱口而出道：

“善哉!”

遂听张登之计，发使至中山，招中山之君来见。

然而，就在齐闵王之使刚刚出发往中山的路上，张登却暗中遣人至燕、赵，游说燕、赵二王道：

“今齐王发重使至中山，告我主：‘寡人所以闭关不通中山之使，乃因中山独与燕、赵亲善相王，而寡人不得与闻焉。君若举玉趾以见寡人，则齐亦佐君以为王。’”

结果，燕、赵二王信以为真，认为齐闵王原来说要割平邑以贿自己，并不是真的要废中山国王号，而是想借此离间燕、赵与中山国的关系，然后自己与中山国亲近结盟。

燕、赵二王这样一想，就都起了疑心，以为齐闵王要联合中山国夹击自己。因为中山国处于燕、赵之间，其地理位置在那里假不了，齐联合中山，既可以北向而夹攻燕国，又可以西向而夹击赵国。

于是，燕、赵二国拒绝了齐闵王割平邑而共伐中山的建议。相反，与中山国的关系更好了。结果，中山国不仅王号没被齐闵王废掉，反而使燕、赵、中山结成了更加紧密的联盟关系。

第十一章　兼相魏秦

1. 逐惠施

就在公孙衍合山东魏、赵、韩、燕、中山之君，谋划“五国相王”之事，忙得不亦乐乎之时，远在秦国的张仪也没闲着。

通过安插在山东各国的密探，张仪不断得到来自山东各国一举一动的消息，并时刻关注着各国最新的动态，分析着天下大势，等待着他谋划已久的“连横”之策的实施良机。

周显王四十六年（前323）十二月底，当公孙衍合魏、赵、韩、燕、中山五国之君，举行了“五国相王”的会盟仪式，以及齐王为此勃然大怒，欲举兵讨伐中山等消息传到咸阳后，张仪知道时机到了。如果现在不实施自己酝酿已久的“连横”之策，等到公孙衍“五国相王”的“合纵”之局得以稳定后，秦国就要面临危机了。而秦国有危机，自己这个秦国之相也就做不成了。

想到此，张仪立即向秦惠王禀报了来自山东的最新情报，并谏议道：

“大王，公孙衍合五国而相王，意在合纵而伐秦。今五国相王，齐王大怒，大王何不乘机起兵伐魏，破其五国合纵未成之局，以绝秦患？”

秦惠王一听，觉得公孙衍现在所搞的这个“五国相王”，和以前苏秦所搞的“六国合纵”一样，都是矛头直指秦国的，所以应该将之扼杀在萌芽状态。如果现在不予以根除，将来就要后患无穷了。

想到此，秦惠王坚定地点点头，说道：

“善哉！”

于是，立即起秦兵五万，命张仪为将，于周显王四十七年（前322）一月中旬，趁魏师无备，出函谷关，直捣魏西部重镇——曲沃，伐而取之。

曲沃，是魏国紧邻秦国雄关函谷关的一个战略重镇，地处河之南岸，是护卫魏国西部河东之地的战略屏障。只要曲沃失守，魏国河东之地都要受到严重威胁。因此，只要秦师一出函谷关，必然先攻曲沃。早在周显王三十九年（前 330）时，也就是在张仪入秦前一年，秦国就已经攻取过曲沃。周显王四十二年（前 327），为了结魏国之心，实施拉拢魏国、对付楚国的策略，张仪谏议秦惠王，将已经伐取的魏国西部河南重镇——曲沃与焦，都归还给了魏国。

由于曲沃对于护卫魏国西部的河东之地，具有至关重要的意义，魏襄王一听秦师伐取曲沃，大惊失色，连忙遣使至秦都咸阳，向秦求和。

周显王四十七年（前 322）三月初，魏国的求和之使刚刚离开咸阳，张仪又谏议秦惠王道：

“今魏与秦媾和，局势虽趋于平静，但公孙衍居山东，终究是要合山东诸国而成合纵之盟，秦国之患隐然在也。为今之计，大王不如使仪兼相秦、魏，以成东西连横之势。仪在魏，则公孙衍不能有所作为，山东之患可绝矣。”

秦惠王一听，这个主意非常好，让张仪在魏国为相，直接替秦国控制着魏国，魏国还能翻得了天？魏国没有作为，秦国就没有来自山东各国之患。同时，张仪在魏，可以更直接地替秦国实施“连横”之策，从而最终实现灭诸侯、王天下的大计。

于是，秦惠王立即同意张仪的这个谏议，准备派张仪往魏国为相。

为了迷惑诸侯各国，不让天下人窥知秦国的真实意图，张仪故意让秦惠王免去自己的秦相之位，并暗中遣人到诸侯各国散布张仪被免秦相的消息。

周显王四十七年（前 322）四月底，张仪到达魏都大梁，奉秦惠王之命，按秦、魏二国的秘密约定，正式就任魏国之相。

张仪至魏为相，魏之邻国赵、韩之君都有忧患之感。因为他们都知道，张仪是天下枭雄，他相秦，秦国天下无敌，如今他来相魏，魏国必然会迅速崛起的。而魏国崛起，最直接受到威胁的就是韩、赵二国了。齐、楚是两大国，魏国不可能威胁到它们，而燕国又远在北国，不与魏毗邻，想威胁也威胁不到。况且魏有屡伐赵、韩二国的历史，历史证明：只要魏国稍稍恢复元气，就会攻伐韩、赵。

张仪的计谋虽然高明，但也瞒不过同样是天下枭雄的公孙衍。因此，张仪一至大梁，时任韩国之相的公孙衍立即行动，北走赵，意欲游说赵武灵王，让韩、赵之君相会，以结成互为支持的战略联盟。

公孙衍本就是个天下有名的辩士，一到赵国，就迅速说服了赵武灵王。于是，周显王四十七年（前322）五月底，也就是张仪至魏为相才一个月的时间，韩、赵二国之君韩宣惠王与赵武灵王就在公孙衍的安排下，会于赵国河北之地区鼠。第二年，为了巩固与赵国的联盟关系，公孙衍又促成了赵、韩联姻，准备让赵武灵王娶韩国宗室之女。

就在公孙衍暗中与张仪较量，策划韩、赵联盟，以围堵魏国，不让张仪有扩张“连横”的余地之时，在魏国朝廷之内，惠施与张仪的较量也正在进行。

惠施，乃宋人，是名家的代表人物，在魏惠王时曾为魏相。后来，魏惠王卒，魏襄王即位后，又任田需为相。田需为相不久，公孙衍因张仪入秦为相，而入魏为将。公孙衍不服田需，屡屡与田需相争。后不如意，乃转而至韩国为相。而惠施则一直在魏国为臣，且一直坚持自己的主张不变，认为自齐、魏“二陵之战”（即桂陵之战、马陵之战）后，魏国已非昔日之魏，为了抗衡已经崛起的强秦的不断侵伐，魏国只有联合齐、楚二大国，才有可能有效遏止秦国东进的野心。周显王三十三年（前336）、三十四年（前335）、三十五年（前334），魏惠王连续三年入齐朝见齐王，就是惠施之策。这一策略的实施，事实上确实有效地遏止了秦国东伐魏国的步伐。特别是周显王三十五年（前334）的“徐州相王”，惠施之策尤显高明。“徐州相王”后，楚威王感到不快，认为魏王没有朝楚而只朝齐，显得对楚不够尊重，于是亲率大军北伐齐国徐州，大败齐师。这样，魏国便实现了一箭双雕的目的，既削弱了魏国南部邻国楚的实力，又借楚国之力报了齐国昔日“二陵之战”的宿仇。齐、楚二大国虽被惠施所利用，但一直都还蒙在鼓里，始终没有醒悟。

应该说，惠施这一“合齐、楚以案兵”的策略（联合齐、楚，秦、韩联合也不敢加兵于魏，使战争打不起来，从而保证魏国得以长治久安）对魏国是非常有利的。但是，张仪至魏为相，不是为了魏国的国家利益，而是为了秦国的利益。所以，张仪一为魏相，就极力反对惠施为相时替魏国制定的这一既定国策，主张合秦、韩以攻齐、楚。于是，惠施就与张仪起了争执，从此势不两立，常在魏襄王面前争个没完没了。

惠施虽然也是一个非常有名的辩士，然而终究不敌张仪，结果在二人之争中，张仪的势力占了上风，争论时常常是赞成张仪之见的魏国大臣为多数。最后，惠施无奈，只得找魏襄王单独进谏道：

“以往朝堂议政，即使是小事，说可者，说不可者，朝臣尚各居其半。何况军国大事？今张仪欲以魏合于秦、韩，以攻齐、楚，此乃国之大事，而大王之臣皆以为可。臣以为，魏国危矣！”

魏襄王沉默无语。

见魏襄王没有为其所动，惠施知道，魏襄王直到现在还没有明白问题的严重性，于是痛切地说道：

“张仪之策，群臣皆以为可，臣不知群臣究竟是英雄所见略同，还是附势而趋同？臣之策，群臣皆以为不可，臣不知群臣究竟是智谋一同，还是望风而盲从？若非出于智谋一同，则大王必为群臣所蔽塞。蔽塞，则不能兼听；不能兼听，则必偏信；偏信，则必失国也！”

虽然惠施的这番话说得慷慨痛切，是发自肺腑的忠言；但是，可能是因为惠施话说得不是那么顺耳，也可能是因为魏襄王已经为张仪所惑而不悟，最终魏惠王没有听进惠施的忠言。

惠施为此感到非常苦恼，可是，想了几天，也没有办法。最后决定，还是一走了之，免得天天跟张仪相争，无故添烦。

周显王四十七年（前322）五月底，也就是在张仪在魏执政满一个月的时候，惠施不辞而别，悄然离开了大梁，急急往楚国而去，准备投奔楚怀王，再展一番作为给世人看看，也好出出今日在魏所受的这个窝囊气。

2. 弥齐楚

将惠施逐出魏国，张仪大大地舒了一口气，这下魏国再也没有有识之士在朝与自己为敌了，从今而后，魏国的朝政就完全可以由自己掌控了，以秦为核心的“连横”之策也可以真正实施起来了。

就在张仪这样打着如意算盘，做着“连横”霸天下的美梦之时，周显王四十七年（前322）六月底，张仪派往齐、楚二国的密使相继来到魏都大梁，向张仪报告了一个重要情报：齐、楚二国之王都认为秦使张仪为魏相，是意在实施“连横”之策，有联合魏国、拉拢韩、赵，从而对付自己的倾向。所以，齐、楚二国之王都有起兵伐魏之念，从而赶走张仪，阻止秦国“连横”之策的实施。

张仪一听，立即感到问题的严重性。不要说齐、楚二国同时起兵攻伐魏国，就是其中的一个国家起兵伐魏，以魏国目前的国力，也是不能抵挡的。而一旦齐、楚大军出，魏王必然惧怕而赶走自己。如此，自己的计划就无法实施了。

想到此，张仪不禁愁上心头。于是，就在相府之中踱来踱去，抓耳挠腮，苦苦思索着应对的良策妙计。

想了很久，想出了三个应对之道：一是由自己亲自以魏相身份出使齐、楚二大国，游说安抚齐闵王与楚怀王，讲明魏国的国策，并无针对齐、楚的用意；二是由秦派出使节，往齐、楚二国进行调解斡旋；三是派心腹之人游说齐、楚二王。

可是，仔细琢磨，觉得第一策并非上策。如果自己亲自出马，游说齐、楚，身份是够了，也表示了对齐、楚二大国的尊重，而且凭自己的辩才，相信也是能够游说成功的。但是，出使齐、楚二国，所需时间很多，特别是楚国，路途遥遥。从魏都大梁到齐都临淄，再由临淄往楚都郢，一来二回，再快恐怕没有半年也是不行的，因为既是以魏相身份出使，就不能轻车简从，必须车驾仪仗鲜明，这就更慢了。如果出使齐、楚二国，持续的时间有个一年半载，一来怕齐、楚二国早就打上门来了，二来自己一走，而且还走这么长时间，恐怕魏国朝中不稳。如果公孙衍或惠施乘机回来，取自己的相位而代之，那么，一切都完了。这个忧虑不是没有根据，凭自己对魏襄王的了解，那是极有可能的。因为魏襄王是个没主意的人，像公孙衍或惠施这样的善辩之士，如果没有自己在场，那是绝对可以游说得了魏襄王改变主意的。

想到此，张仪终于否定了第一个方策。

再考虑第二个方策，请秦惠王派使节往齐、楚二国斡旋调解，虽然可以借强秦之势威慑齐、楚二国，但是正好会被齐、楚二国确认，自己相魏是代表秦国利益，是秦欲合魏、韩而攻齐、楚的有力证明。这样，齐、楚二国更不会同意与魏媾和了，肯定要伐魏而阻止秦、魏联合之局。看来，这第二策也是下策，非上策也。

至于第三个方策，张仪想来想去，觉得比较可靠。一来可以速去速回，不会旷日持久，可以赶在齐、楚伐魏之兵未出之时，就止息战争；二来又不会使自己在魏国的地位受到威胁，有碍合魏“连横”大计的实施；三来可以避免齐、楚二国的猜疑，至少不在表面上让齐、楚二国觉得自己相魏是秦国的主意，是代表秦国利益的，从而直接威胁到齐、楚二国的利益。

想到此，张仪紧锁的眉头终于舒展开来。

可是，当他一摸排自己从秦国带来的几个心腹之人，却找不出一个可以担当此任的。再说，自己的心腹随从，从身份上来说，也不是魏国的大臣。即使他们能说会道，可以担负得起游说齐、楚二王的大任，齐、楚二王也会觉得出使者身份不够，对齐、楚二国不够尊重，那样效果同样不会好的。如果有一个魏国大臣可以担负此任，那就再好不过了。如果说自己原来是秦国之相，现在是魏国之相，还有代表秦国利益的嫌疑，那么让土生土长的魏国大臣去游说齐、楚二国，说明魏国的国策，那就不会引起齐、楚二王的猜疑了。那样，效果之好是可以预料得到的。但是，到哪里去找这样的人呢？

为此，张仪又再次愁上了眉头。

正在一筹莫展，几乎是到了山穷水尽的绝望之时，突然门者通报道：

“相爷，雍沮大人求见。”

“雍沮大人？”

张仪一听，不禁大喜过望，心想，自己怎么把雍沮给忘了呢？雍沮可是自己张城的同乡，是自己到魏国为相之后，在朝中始终坚定支持自己政见的同僚。而且他曾经也是一个游士，善于游说君王。不妨探探他的口气，看他是否有意替自己担负游说齐、楚二王之大任。如果愿意，那倒是一个最佳且最可靠的人选了。

想到此，张仪急急地迎到了府门之外。

“雍大人大驾莅临，仪门何等之幸哉！”张仪一见雍沮，就上前拉住雍沮的手，亲切地说道。

雍沮见张仪如此亲切，顿然心情放松起来，立即在内心深处引发出一种同乡之谊来。

二人携手登堂入室，分宾主之礼坐定后，张仪直接上题道：

“雍公今来，甚慰我心！”

“张相何出此言?”

“仪与雍公，同为张城人也。知我者，雍公也！今仪至魏为相，乃念桑梓之情。然而，齐、楚皆迁怒于仪，而欲攻魏。仪忧之患之，寝不安席，食不甘味，仪恐魏之大祸将至矣。”

雍沮见张仪说得深沉，忧患深切，觉得张仪并非外人所猜测的那样，是为秦国利益而来。从张仪的话语与神态中，雍沮觉得张仪是真心为了故国的，确有忧国忧民之心，魏国有此良相，当是魏国之福。

想到此，雍沮诚挚地对张仪说道：

“魏王之所以任张公为相，是觉得张公为魏国之相，则国家安，百姓无患矣。今张公相魏，而魏受齐楚之兵，乃魏计之过，非张公之过也。尽管如此，但齐、楚今欲兴兵攻魏，则魏国危矣，张公亦危矣。”

张仪见雍沮的话触及到问题的实质，不禁从心底佩服雍沮的深谋远虑与远见卓识，认为自己没有看错人，雍沮确是魏国难得一见的人才。看来，要托他以大事，他是可以胜任的。

想到此，张仪便诚恳地对雍沮说道：

“如此，为之奈何?”

雍沮见张仪如此谦恭地问计于自己，遂慷慨地说道：

“张公不必忧虑，雍沮愿往齐、楚游说二国之王，使齐、楚取消攻魏的计划。”

张仪一听，不禁大喜过望，心想，自己就等着他说这句话呢。

但是，张仪是个城府极深的人，他抑制住心底的极度喜悦之情，故作深沉之状，以不放心的口吻问道：

“雍公如何游说齐、楚二王?”

雍沮一笑，道：

“沮自有说辞，张公姑且待之。”

张仪见雍沮如此自信，心里对他也非常有信心。于是，就不再追问他到底怎么说齐、楚二王了，只是催促道：

“如此最好，那就请雍公速速成行，往说齐、楚二王。”

雍沮受命，第二天一大早就以魏王之使的身份，前往齐、楚游说二国之王去了。

张仪为了雍沮能够早日到达齐、楚，说得齐、楚二王止戈息战，特意从魏师之中挑选了两个精干的骑士，打扮成随从模样，护卫雍沮轻车简从直奔齐、楚之都。

由于雍沮年轻，又是轻车简从，所以行程非常快，周显王四十七年（前322）七月初从魏都大梁出发，不到两个月，八月底就抵达齐都临淄。

此时，齐闵王正厉兵秣马，准备着讨伐魏国呢，战争的气氛已经笼罩了齐都临淄。

雍沮见气氛不对，见到齐闵王，就连忙直接上题道：

“张仪以秦相魏，天下人人皆知。”

齐闵王一听，点点头，觉得这个魏使倒是坦白，并不敢跟自己打马虎眼，玩什么小聪明，心想，这就对了，这个态度是好的。

雍沮见齐闵王点头，态度还算平和，似乎对自己的游说没有什么抵触情绪。心想，这就好。于是，接着说道：

“张仪以秦相魏，大王若起兵伐魏，则中秦王之计矣。”

“何以言之？”齐闵王倒是奇怪了，心想，这怎么可能呢？于是，未等雍沮说完，就紧接着追问道。

雍沮见齐闵王紧迫追问，心中大喜，知道齐闵王有兴趣了，这正是自己的目的。

想到此，雍沮倒是不急了，相反却从容不迫起来，接着齐闵王的追问，反问一句道：

“大王闻张仪与秦王之约否？”

“未闻。”

雍沮点点头，心想，你也不可能听到的，事实上根本就没这回事儿。于是，便装着一本正经的样子，煞有介事地说道：

“张仪离秦往魏之时，与秦王有约：‘大王遣仪相魏，齐、楚一向痛恨于仪，必迁怒而攻魏矣。齐、楚伐魏，魏战而胜之，仪固然能够掌控魏国；魏战而不胜，魏必臣服于秦，割地而贿大王，以求保全其国。如此，他日秦魏交恶，魏之国力亦不足以抗秦矣。’此乃张仪之谋，亦秦王之谋。今张仪相魏，而大王兴兵伐之，正中张仪之计，无疑使张仪与秦王之约得以应验。故臣以为，大王兴兵伐魏，非困张仪之道也。”

齐闵王听到此，觉得雍沮言之有理，遂深深地点头道：

“善哉！寡人知之矣。”

于是，齐闵王立即传令解兵。

至此，一场一触即发的齐魏大战，就被雍沮三寸不烂之舌化为乌有了。

接着，雍沮又马不停蹄地出了临淄城，往南游说楚怀王去了。

可是，十月初，当雍沮行至魏国南部与楚国北部毗邻的楚国战略重镇召陵时，却并没有发现楚国的军队。如果楚国要伐魏，此时早就应该兵至召陵了。

这到底是怎么回事呢？雍沮有点想不通了。

其实，不仅雍沮想不通，就是张仪本人，如果知道内情，也会想不通的。原来，楚怀王至今还没有起兵伐魏，是因为张仪的老冤家陈轸在楚怀王面前谏止的。

早在周显王四十七年（前322）六月初，当楚怀王听说秦惠王派秦相张仪兼相魏国时，就勃然大怒，认为秦惠王岂有此理，这不是明明要合魏而实施“连横”之策，其意在与齐、楚为敌吗？于是，立即决定发大兵，北伐魏国。

就在此时，陈轸说话了：

“大王何故兴兵伐魏？”

楚怀王不解地看了看陈轸，心想，寡人伐魏逐张仪，你不高兴吗？张仪可是你的冤家仇人啊！别人谏止可以理解，你陈轸谏阻，就有点奇怪了。

于是，楚怀王就明确地告诉陈轸道：

“伐魏，逐张仪也。”

“大王何故逐张仪？”

楚怀王一听，更加奇怪了。心想，不管什么理由驱逐张仪于魏，对你陈轸都是有利的，起码可以为你出口气啊！

想到此，楚怀王想告诉陈轸说，是为你陈轸出气。但转思一想，陈轸也不是傻瓜，当然知道不是因为这个理由。于是，就另找了一个理由道：

“张仪为臣不忠不信。”

陈轸接口便道：

“张仪不忠，大王不以张仪为臣，可矣；张仪不信，大王勿与张仪约盟，可矣。且张仪为魏王之臣，不忠不信，于大王何伤？张仪既忠且信，于大王何益？”

楚怀王一听，觉得陈轸真是一个正人君子，倒不是一个借刀杀人的小人。虽然自己现在愿意充当杀张仪之刀，但陈轸却不愿意借他这把快刀。于是，在心底对陈轸的人格更加佩服。情不自禁间，楚怀王对陈轸之言连连点头。

陈轸见此，接着说道：

“今大王出兵伐魏，其意在逐张仪于魏。若魏王听之则可，若不听，是大王自取困辱也。”

楚怀王一听，又点点头，觉得陈轸这话说得在理。如果楚师出，魏王惧而畏之，听从自己的意志，将张仪逐出魏国，那么结果还可以。如果魏王硬是不买自己的账，那么自己不就自取其辱，在天下诸侯面前毫无脸面了吗？

陈轸见楚怀王又在点头，遂又接着说道：

“楚乃万乘之国，魏亦万乘之国。楚以万乘之国兵临魏国城下，逼迫万乘之国魏免其相，魏必盛怒。魏盛怒，则其师必勇。魏以盛怒之师，而待远来疲惫之师，臣不知大王虑其胜败如何否？”

楚怀王一听，觉得陈轸之言说得客观而在理，遂点头应道：

“寡人知之矣。”

遂罢其兵。

其实，楚怀王不会明白，陈轸之所以劝止楚国伐魏而逐张仪，实质上不是为楚国，也不是为张仪。因为秦国是他的故国，他与秦惠王的关系非同一般。他也知道，虽然张仪排挤自己非常可恨，但是张仪相魏，乃是秦惠王合魏以“连横”的大计。所以，为了故国秦的利益，他寻找到一个非常有说服力的理由谏止了楚怀王的伐魏之举。只是他的心计太深，说辞太妙，不仅楚怀王不能洞悉，恐怕连老冤家张仪做梦也不会梦到的。这就是智谋过人的陈轸，这就是秦惠王之所以至今不忘陈轸这个楚王之臣，并倚重他的原因。

行行重行行，周显王四十七年（前322）十一月初，当雍沮日夜兼程赶到楚都郢时，战争的气息早已不见踪影，楚都到处是一片繁华而平静的氛围。

雍沮虽然不知就里，但既然不辞艰险，远涉万水千山来到楚都，还是应该不辱使命，游说一下楚怀王，回去也好对魏王与魏相张仪有个交代。于是，就求见楚怀王，将在齐都临淄时对齐闵王游说的话，再对楚怀王说了一遍。因为楚怀王早就为陈轸所说服，取消了伐魏的念头，既然魏王派使臣来游说，就假装认真地听取了，也算卖了一个面子给魏王，当然也使雍沮有了不辱使命的成就感。

3．博弈群雄

却说张仪派雍沮游说齐闵王成功，又无意中得老冤家陈轸之助，谏止了楚怀王的伐魏之举，于是就坐稳了魏相之位，从而正式开始了他兼相魏、秦的执政生涯。他心里的那个得意啊，就甭提了。

然而，没高兴几天，他就犯愁了。

周显王四十八年（前321）一月中旬，也就是雍沮出使楚国，回来复命不久，突然有密使从楚都郢来到魏都大梁，向张仪报告说，惠施已经至楚，为楚怀王所收留，并任之为客卿。又说楚怀王准备命楚国令尹昭奚恤往韩为相。

张仪一听，顿觉不妙，一阵从未有过的紧张袭上了心头。

那么，张仪何以觉得不妙、感到紧张呢?

因为张仪本就是个工于心计的策士，一听到密使禀报的消息，略一思索，他就非常清楚地意识到：楚怀王收留惠施为楚国客卿，同时又命楚国令尹昭奚恤往韩为相，这绝对不是孤立的两件事，而是互有关联且有深刻寓意的两件事。特别是联系到惠施与昭奚恤的身份背景，更加可以证明这两件事的意义不可小觑。

张仪比谁都清楚，被自己逐出魏国的惠施，本就不是一个等闲之辈。他曾是魏惠王之相，魏惠王对他颇是倚重。“合齐、魏以案兵”的国策，就是他在魏国屡败于齐、秦的情况下，为了保存魏国的实力而为魏国制定的长远国策。直到魏襄王执政之后、自己相魏之前，魏国都是执行这一国策的。后来魏襄王虽改任田需为相，但惠施仍然是魏国的重臣。而自己相魏后，就设计将惠施排挤出魏国，因此惠施对自己的仇恨，也就可以想见了。

至于昭奚恤，那更是一个令他百感交集的人物了。因为这个昭奚恤，跟自己有着很深的渊源关系，更有许多爱恨情仇。昭奚恤是楚国的令尹，在楚威王与楚怀王两朝，他都是居一人之下、万人之上的国之执政，是楚国政坛上的一个不倒翁。自己早年至楚，就是跟他游食的，前后共达七年有余。本来宾主二人感情不错，昭奚恤也一度非常器重自己。可是，后来因为丢了一个传世的荆山之玉，就无故怀疑是贫困的自己所窃，遂将自己缚而鞭之，差一点就要了自己的一条小命。也正因为如此，自己才发奋图强，时刻记着有朝一日要报昭奚恤当初笞辱自己的深仇大恨。记得就在自己就任秦国之相的第一天，就含恨给昭奚恤写过一个昭告，重提旧事，明言要报前仇。不曾想，这个仇人今日又要到韩国为相，要合楚、韩以抗衡秦、魏之盟，从而破坏秦合魏而伐齐、楚的大计，真是冤家路窄啊！

想到此，张仪可谓感慨万千，也思绪万千。

但是，沉静了一会儿，张仪终于从感情的漩涡中摆脱出来。因为现在不是感情用事的时候，而是要冷静地寻求对策，破解楚怀王收留惠施为楚国客卿、派昭奚恤往韩为相所形成的合楚、韩而成“纵约”的格局，防止楚怀王的“纵约”之计对自己合秦、魏而实施“连横”之计构成巨大的挑战与威胁。

想了半日，并没寻思出什么可以应对的良策，张仪不禁喟然长叹一声道：

“为士难，为相难，兼相秦、魏，何其难哉！”

正在张仪叹息之时，那个还等候在旁的密使开口了：

“相爷，小人还要返回楚都吗？”

张仪一听使楚之密使这样问了一句，这才从沉思与感叹中清醒过来。

想了一会儿，张仪突然问道：

“楚王之臣中，有无魏人？”

“有。”

“何人？”

“冯郝。”

“冯郝？”张仪不知道冯郝，遂喃喃自问道。

“冯郝虽是楚王之臣，却是魏国之士。”密使肯定地回答道。

沉默了一会儿，张仪转过脸来，直视密使道：

“能否拜谒冯郝？”

“能。”

张仪一听，脸上顿然露出了一丝不被察知的微笑，道：

“我今写一书信，为我拜上冯大人。”

密使点点头，表示领命。

于是，张仪立即裂帛为书，给冯郝写了一封书信。写毕，交付密使妥为收藏。然后，叫来相府管家耳语一番。

不一会儿，管家就托出一盘黄金，约有百镒，另有白帛百纯。

同时，也赏赐了密使一些金帛，以酬其劳苦为国之功。

密使告辞之前，张仪又附耳教其如何谒见，如何送上金帛之礼，如何察言观色，如何试探冯郝心意，最后再如何巧妙地转达所托付之事。如此种种，不一而足，反正该想到的，他都吩咐叮嘱到了。

周显王四十八年（前321）三月中旬，张仪所遣密使又回到了楚都郢，并且按照张仪所教之策，很快拜谒到了在楚国为臣的魏人冯郝。

冯郝不为张仪所知，但张仪的底细，冯郝可是一清二楚。张仪是个说客，嘴巴功夫了得，刀笔功夫自然也不差。因此，冯郝在收受了张仪的重礼、展读过张仪的书信后，就欣然答应了张仪所请托之事。张仪说逐惠施是为了故国魏，冯郝自然也就为其爱国之情所感动，自己也是魏国人，为了故国，接受张仪之请托，尽力而为之，自是义不容辞的了。

第二天，冯郝就找了个机会，谏说楚怀王道：

“大王，今张仪以秦相魏，秦、魏之盟隐然成矣。秦、魏和合，其势大矣，天下莫能敌。”

楚怀王虽然不高兴冯郝把秦国说得那么强大，但心里也不得不承认秦乃当今天下最强国的事实。因此，听冯郝夸大秦、魏联合而势大，也就没有反驳，只是默然不语。

冯郝看看楚怀王的表情，也知道他心里在想什么，但也不管他，继续说道：

“张仪相魏而逐惠施，这是以秦合魏而攻齐、楚之策。”

楚怀王听到冯郝说到秦合魏是意在攻齐、楚，觉得这话有道理，遂表情专注起来。

冯郝见此，觉得楚怀王的兴趣调动起来了，遂立即接口道：

“昔惠施相魏，‘合齐魏以案兵’，其意在遏制楚国。齐、楚徐州之战，即惠施之计。”

楚怀王一听，觉得这话也说得有根有据，句句在理。当初先王时与齐国的徐州之战，起因确是因为惠施建议魏惠王实行“合齐魏以案兵”的国策，让魏惠王多次带同韩昭侯入齐朝见齐王，尊齐为王，激怒了楚威王的结果。想到此，楚怀王终于深深地点点头，表示同意冯郝的说法。

冯郝见楚怀王点头，知道楚怀王已经明白了惠施之计对楚国的伤害了。于是，立即趁热打铁道：

“徐州之战，惠施借力使力，一举而敝齐、楚，魏国独得其利矣。由此观之，惠施实乃楚之寇仇！”

楚怀王又点了点头，心想，这话也不假。虽然齐、楚徐州之战，结果是楚胜了，但是与强大的齐国作战，却也因此消损了楚国不少的元气。是惠施之计，挑起了齐、楚二强之争，让齐、楚二国两败俱伤的。

铺垫至此，见楚怀王的表情也到了火候，冯郝便直捣中心了：

“今张仪逐惠施于魏，而大王与惠施亲约于楚，是欺张仪也。张仪相魏，天下人皆知其为秦国。大王欺张仪，也就是欺强秦。所以，臣以为大王伐魏而逐张仪，非为上策！”

这句说得有些重了，等于指责楚怀王收留惠施是失策了，是不可取的。

说完了这句话，冯郝马上停了下来，似乎意识到刚才的话说得太重了，怕触怒了楚怀王。于是，紧张地仰头看了看楚怀王。

见到楚怀王并没有生气，而是态度平和、神情专注地看着自己，冯郝一颗悬着的心又放了下去。于是，继续说道：

“惠施至楚，乃为张仪所逐，故惠施必怨张仪深矣。秦乃强国，张仪兼相秦、魏，大王不将其交张仪，势所不能。大王若将其交张仪，则惠施必怨大王。”

楚怀王一听，又点点头，觉得冯郝这话又说对了，现在收留惠施于楚，确实是左右为难之事了。但是，作为堂堂大国之君，既已接受了惠施，又怎么好把他给驱逐了呢？如果这样做了，今后还会有别的高士英才至楚而为自己效力吗？

想到此，楚怀王感到为难了，遂一时陷入了沉默。

冯郝见此，知道楚怀王是为如何体面地甩掉惠施这个已经拿在手里的烫手饼饼而犯难，于是，不失时机地献计道：

“宋国之君一向敬重惠施，天下无人不知。张仪与惠施不和，也是天下人所共知。为今之计，大王不如举惠施而荐之于宋，宋君必喜。尔后，大王告张仪：‘寡人乃为先生之故，而不纳惠施。’如此，张仪必感戴大王之德。惠施乃穷窘见逐之人，今大王奉之敬之，惠施亦必感激于大王。大王此举，可谓张仪得其实，而惠施受其惠也。”

楚怀王一听，觉得这真是一个绝妙的主意！如此一来，自己倒可以一箭三雕了，既讨了张仪的欢心，又让惠施感恩戴德，同时又让宋国之君君偃得到了他心仪已久、敬重有加的人才惠施，这对密切楚与宋的关系，增加今后与齐国抗衡的力量，都是有益的。因为宋国虽小，却是天下富国强国，又位居齐、楚之间。搞好了与宋国的关系，如果一旦齐、楚交恶，有宋国这样一个盟邦，那么楚国的胜算就大得多了。

想到此，楚怀王不禁非常得意，脱口而出道：

“善哉，冯卿之计也！”

不久，楚怀王在冯郝的建议下，密遣使者至宋，让宋国之君君偃以隆重的礼节，从楚国将惠施体面地迎回宋国。

周显王四十八年（前321）六月中旬，张仪接到派往楚国的密使传递的消息：惠施已经被赶出了楚国，现在已经被宋君接走了。

张仪一听，终于长长地舒了一口气，心想，这下惠施不在楚国，他也就搞不成以楚为中心的“合纵”抗秦之盟了，自己不仅可以安稳地兼相秦、魏，还可以从容地筹划“连横”之策，帮助秦惠王实现并吞天下的目标，自己也可水涨船高，做一个天下一统的权相了，永远位居一人之下、万人之上的高位，那多美啊！

然而，没高兴几天，派往韩国的密使从韩都郑带来消息：楚国令尹昭奚恤已经到韩国了，现在已经为韩国之相。据说是公孙衍建议韩宣惠王礼请来的，公孙衍为此让出韩相之位，自己与原来的韩国之相公叔则襄助昭奚恤，共理韩国之政。

张仪一听，不禁大吃一惊。之前虽然听说楚王有意派昭奚恤至韩为相，但没想到这不是楚王的意思，而是老对头公孙衍的主意。不仅如此，而且他还竟然有让出韩国之相的雅量。看来，这个公孙衍是为了与自己作对，是什么都豁得出去了。

于是，张仪刚扳倒了惠施，又开始寻找对策，要与公孙衍博弈一番了。如果不扳倒公孙衍，他一定会“合纵”成功。届时，不仅自己的“连横”之策无法实施，恐怕连秦国之相也没得做了，重新沦为一个不名一文的游士。

不行，无论如何，一定要扳倒公孙衍。张仪一边在心里暗暗地下着决心，一边在苦苦地思索着对策。

可是，思索了许多天，也没有一个真正能扳倒公孙衍的良策。为此，张仪已经有点失望，更感到有些吃力了，因为这个公孙衍确实不是一个好对付的角色。

就在此时，派往韩国的密使又带来了新的消息：在公孙衍的促成下，六月十八，赵武灵王来韩都郑迎娶了早已议定的韩王宗室之女为夫人。

张仪一听，差点跳了起来，这不是韩、赵联姻吗？韩、赵都联姻了，那不就是韩、赵联盟已成。如此，公孙衍现在实际已经是合楚、韩、赵三国而成一个“合纵”之盟了，而自己目前才只有秦、魏二国之盟，如何以二国之“连横”而对付得了公孙衍的三国之“合纵”？

想到此，张仪第一次真正认识到了公孙衍的厉害，觉得自己原来是不及公孙衍的。于是，不免自卑自叹起来。

然而，张仪毕竟是个非常要强的人，沉沦灰心了半日，就又重新振作起来了。下定决心，无论如何，也要跟公孙衍斗下去，分个高下胜负，不然何以咽得下对公孙衍的这口恶气？

周显王四十八年（前321）六月二十五，张仪一大早就起来了，头昏脑涨地在相府后园中独自徘徊，可能是因为天气太热，也可能是因为公孙衍的事，至今想不出应对的良策，所以这些天一直睡不好，整天浑浑噩噩，精神与情绪都不好，饮食也不正常。以酒浇愁，结果愁上加愁。

在后园徘徊了一会儿，大概是因为清晨园中的清凉，以及空气的清新，还有阵阵蝉声等因素的作用，慢慢地，张仪觉得脑子清楚了点。于是，就信步踱回到屋内，想好好吃顿早饭。

就在此时，突然门者急急来报：

“相爷，有客从齐来。”

“哦？”张仪不禁吃惊地叫了一声。接着，吩咐道：

“速速请进。”

不大一会儿，就急急进来了一个仆从打扮的人。

张仪定睛一看，认出是自己暗遣至齐的密使。心想，他这一大早来见，行色匆匆，定然有什么重要情报。于是，急忙问道：

“齐国有何急情？”

“禀张相，齐王与靖郭君不善，欲遣靖郭君出都。”

“欲遣靖郭君于何地？”

“往其封地薛。”

“靖郭君是否愿意出都而居薛？”

“小人不知。但小人听说靖郭君闻命，闭门谢客，门人有进谏者，亦拒而不见。”

张仪早就听说靖郭君田婴的事，他喜欢养游士、聚门客，在齐威王时深得其父威王所宠，权倾朝野，是个炙手可热的人物。后来，威王卒，其兄辟疆即位，号为齐宣王。虽然宣王时田婴仍然为齐相，但宣王忌其势大，关系已经相当微妙了。甚至宣王曾经一度要靖郭君离开齐都临淄，往他自己的封地薛为薛公。再后来，宣王之子地即位，号为齐闵王。田婴可能倚仗是闵王的叔父，有些倚老卖老的做派，于是，田婴与齐闵王的关系就更形紧张了。因此，今日齐闵王乃效其父宣王昔日故伎，又要将田婴赶到他的封地薛，这明显是要借此削弱靖郭君在齐国的势力。

张仪一听密使说靖郭君闻命后，闭门谢客，就知道，这说明靖郭君也是知道齐闵王的用意的，知道出都居薛的后果是什么，所以，他才非常沮丧，闭门谢客。

想到此，张仪不禁大喜过望，何不打打靖郭君的主意，在此关键时刻帮帮他，以后就可以通过他，拉拢住齐国，从而实现自己联合齐、魏而成东西“连横”之势。如果齐国能拉拢得到，自己何以再怕公孙衍搞什么楚、韩、赵三国“合纵”呢？秦、齐、魏联合结盟，天下谁能抵敌？

于是，张仪急切地问道：

“靖郭君门客之中，何人最得靖郭君之心？”

“昆辨。”

“昆辨？”张仪没听说过昆辨这个人，所以不自觉间就随口念叨了一下昆辨的名字。

密使一听，知道张仪可能不了解昆辨（或称“齐邈辨”）其人，遂立即接口介绍道：

“昆辨是靖郭君最亲近的门客，亦可谓之心腹。昆辨为人，不拘小节细行，人品多有瑕疵，门客皆不悦之。曾有门客士尉谏于靖郭君，欲逐昆辨，靖郭君不听，士尉只得辞别而去。靖郭君之子田文亦曾秘密进谏，靖郭君大怒，说：‘纵使杀儿戮女，离析我家，若可惬昆辨之意，快昆辨之心，我亦在所不辞。’”

张仪一听，大感吃惊。心想，靖郭君对昆辨竟然如此信任，甚至可以为其家破人亡，也在所不惜，真可谓是“用人不疑”的典范了。

于是，张仪情不自禁地点点头，对靖郭君的用人雅量表示钦佩。

密使见此，接着说道：

“靖郭君待昆辨为上宾，馆昆辨于上舍，又令其长子侍之，旦暮进食。没过几年，齐威王卒，齐宣王立。宣王非常不喜欢靖郭君，命靖郭君离开齐都临淄，往居其封地薛。靖郭君无奈，只得辞宣王而至薛，昆辨亦一同前往。不久，昆辨辞别靖郭君，欲至临淄请见宣王。靖郭君止之，说：‘大王不悦婴甚矣，今公往见大王，必死。我不忍心！’”

张仪听到此，为昆辨着急道：

“昆辨往见宣王否？”

“昆辨慨然应道：‘臣本不求生，既与君辞别，则必行也！’靖郭君不能劝止。于是，昆辨便到了临淄。行至都门，宣王闻之，藏怒以待之。昆辨入见宣王，宣王问道：‘听说先生是靖郭君所爱之人，所言皆为靖郭君所听。’昆辨说：‘靖郭君爱臣，确有其事；臣所言，靖郭君皆听之，则不是事实。大王方为太子之时，臣谏说靖郭君：‘太子非尊贵高雅之相，其颐狭而长，眸斜不正，此乃俗谚所谓背反之相也。不如请废太子，改立卫姬少子郊师为储君。’靖郭君泣咽，说：‘不可，婴不忍也。’彼时靖郭君若听臣言，岂有今日之患哉？此其一也。靖郭君辞临淄而往薛，楚将昭阳请以数倍之地，以与靖郭君易薛，臣谏之道：‘今日之事，务必要听昭阳之请！’靖郭君说：‘薛，乃婴受之于先王。以薛而易楚地，婴何以告先王？且先王之庙在薛，婴岂能以先王之庙而予楚人？’又不听臣之言。此其二也。”

“宣王听后怎么样？”

“宣王闻之，慨然而叹，情动于衷，形之于色，说道：‘靖郭君之于寡人，恩义一至于此！寡人年少，一切皆不知情。而今，不知先生是否肯为寡人迎靖郭君回都？’”

张仪听到此，又急不可耐地问道：

“结果如何？”

“昆辨立即应道：‘敬诺！’遂往薛地将靖郭君迎回齐都。又教靖郭君一计，让靖郭君穿着威王之衣，戴上威王之冠，腰悬威王之剑，前往觐见宣王。宣王闻之，出都门，至郊外二十里而迎靖郭君，望之而泣。靖郭君回到临淄，宣王坚请其为齐相。靖郭君辞让再三，不得已，乃受相印。为相七日，又强辞相职。宣王不听。过了三日，靖郭君这才勉强再复相位。”

张仪听到此，情不自禁地叹赞道：

“靖郭君可谓知人矣！”

密使接口道：

“靖郭君于昆辨，可谓信而不疑；昆辨于靖郭君，则弃生、乐患、趋难而报之。”

张仪听了密使这句话，不住地点头，然后自言自语道：

“生，人之所欲也，而昆辨弃之；患，人之所忧，而昆辨乐之；难，人之所避，昆辨趋之。真义士也！”

沉默、感叹了一番后，张仪突然转向密使，认真地说道：

“你今天所言，皆是陈年旧事，我知道了。而今闵王又与靖郭君大不善，欲逐靖郭君出都而往薛地。你能否往齐都临淄拜访一次昆辨，让他阻止靖郭君出薛？”

“能。”

“善哉！”

说完，张仪立即裂帛为书，给靖郭君田婴写了一封书信，准备让密使托昆辨转达靖郭君，说服靖郭君一定不能离开齐都临淄而往偏僻的封地薛。在书信中，张仪还婉转地表达了对靖郭君的厚望。

写毕，嘱咐密使道：

“此书非比寻常，务必妥为收藏。往谒昆辨，当避人耳目，密呈此书。”

密使诺诺连声。

于是，张仪封金帛若干，交由密使以作打点昆辨之用。又资密使以路资，让其立即起身，往齐都临淄秘密拜谒靖郭君心腹门客昆辨去也。

密使领命，立即辞别张仪，昼夜兼程，火速往齐都临淄进发，晚了，就怕靖郭君已经离开了齐都，那就误了张仪与秦、魏二国的大事了。

周显王四十八年（前321）七月中旬，张仪遣往齐国的密使到达临淄，并很快见到了昆辨。

昆辨本就想谏止靖郭君往薛，只是靖郭君自齐闵王表达了让他往居薛地的意思后，就一直闭门不见任何人，包括他最亲信的昆辨在内。

这样，昆辨竟有两个多月没有见到靖郭君了。而在见了张仪的密使，并展读了张仪写给靖郭君的帛书后，昆辨觉得确如张仪所说，无论如何不能让靖郭君离开齐都临淄，前往他的封地薛筑城为君。如果那样，以后就再也回不来了，齐国的朝政就永远没有他插足的地方，永远只能僻居薛地做井底之蛙了。

昆辨知道自己的主子靖郭君是个治国的能臣，也是个喜欢在诸侯国之间驰骋出风头、露脸显风光的角色，不可能耐得住寂寞僻住薛地一辈子的。

想到此，昆辨决定无论如何要去游说一下靖郭君，一来是为主人的前程和自己的前程，二来也为了张仪之托。如果游说成功，靖郭君能够继续留在齐都临淄，那么将来继续执政的机会还是有的。再说，游说成功了，也就等于是帮了张仪一次忙。张仪兼相秦、魏，必然是有助于靖郭君的。

主意打定，昆辨就请门者通报。

门者虽然明知昆辨与靖郭君关系非比寻常，但因为靖郭君说过，不许为任何人通报，所以昆辨前几次求见不成，这次仍然不成。

昆辨无奈，就想放弃了。但是，刚往回走了几步，他突然有了主意，转身又回来了。对门者说道：

“你为辨告主君，辨见主君，只说三个字而已！多一字，辨请主君烹杀之。”

门者见昆辨这样说，立即来了兴趣。心想，你昆辨确实是得靖郭君宠信，你昆辨也确实曾为靖郭君立过功，但你今天要想求见靖郭君，夸下海口，俺倒想看看热闹，看你昆辨有没有那么大的本事。

于是，门者立即通报了靖郭君。

靖郭君独自闭门思索了两个多月，思前想后，虽然主意不少，但是终究打不定主意，是继续留在临淄呢，还是往封地薛筑城为君，躲进小城成一统，当一个小国寡民的城主呢？如果执意要留在临淄，齐闵王也不便拿他这个叔父如何，谅他也不敢如何。如果往薛筑城为君，虽然从此不仰齐闵王这个小畜生的鼻息，看他的眼色，受他的窝囊气，可以做个自由自在的城国之君，但是，这样自由是自由了，自在也自在了，可从此在诸侯国之中，就没有自己的地位了，谁会把自己这个屁股大的且附属于齐的城主当回事呢？

因此，今天听门者说昆辨又来求见了，而且说只跟自己说三个字，顿然也来了精神。于是，就让门者延进昆辨。

昆辨见了靖郭君，未及施礼，就说了三个字：

“海大鱼。”

说完，转身就走。

靖郭君一听，莫名其妙，什么“海大鱼”？于是，连忙叫住昆辨道：

“昆辨止步，请为婴详说之。”

昆辨见靖郭君叫住自己，让自己详细跟他说说，虽然心中暗自高兴，表面上却不露声色，一本正经地说道：

“鄙臣不敢拿命当儿戏。”

“先生与婴莫要见外，有话尽管说。”

昆辨见此，遂回转身来，从容回答道：

“君没听说过海中有一种大鱼吗？其鱼体大无比，网不能获，钩不能牵。然此吞舟之鱼，荡然失水，则蝼蚁亦能苦之。”

说到此，昆辨停了一下，抬眼看了看靖郭君。

靖郭君无言，认真地注视着昆辨，意思是让他继续说下去。

于是，昆辨又接着说道：

“今之齐，犹君之水也。君有齐，何必以区区之薛为意？若失齐，即使高筑薛城如天高，终亦一无所益。”

靖郭君听到此，不禁拍案而起道：

“善哉！”

接着，昆辨又巧妙而自然地献上了张仪转达的帛书。

靖郭君接书在手，展读已毕，对昆辨拈须一笑。

于是，靖郭君终于放弃了出齐都往薛筑城为君的念头了。从此，居临淄而不问朝政，深居简出，韬光养晦，等待时机。

周显王四十八年（前321）八月底，张仪派往齐国的密使带来了两条消息：一是昆辨说服了靖郭君，靖郭君而今还留在齐都临淄，没有往薛地筑城为君；二是齐闵王夫人突然死去，齐闵王正在独自悲伤呢。

张仪听到第一个消息，好像没什么反应，因为这个已在他预料之中；而对于第二个消息，张仪听后，似乎感到特别兴奋。

未及密使更详细地说下去，张仪就追问道：

“齐王夫人何时殡天的？”

“八月初一。”

张仪听了，连连点头。接着，便在府中不停地走来走去。

密使不知就里，不解地看着张仪低头走来走去，又不时独自点头，捋须。

良久，张仪突然停了下来，对密使道：

“你速归临淄，有事则急报于我。”

说着，就让管家封金以赏密使而去。

密使一走，张仪立即裂帛为书，让随侍心腹之人星夜出城，急急往咸阳给秦惠王送信去了。

第二年，也就是周慎靓王元年（前320）的十月，在张仪的暗中策划与筹备之下，经过秦、齐二国之使不停的外交穿梭，秦惠王将女儿嫁给了齐闵王，秦、齐东西二大国从此便结成了姻亲关系。

第十二章　纵横之争

1．秦魏伐韩

张仪策划促成了秦、齐联姻后，秦惠王觉得张仪所筹划的东西“连横”之策已经差不多了，于是，就在周慎靓王二年（前319）的十月底，遣使至魏都大梁，召回了张仪。

至此，张仪以秦相魏四年的使命，到此告一段落。

周慎靓王三年（前318）一月底，张仪回到秦都咸阳不久，突然有来自魏都的密使来报：

“魏王已任公孙衍为相矣。”

张仪一听，知道公孙衍又要来事儿了。心想，刚刚安定了四年的天下，又要风起云涌了。

“嗟乎，公孙衍，公孙衍，真乃我之寇仇也！”张仪不禁从心底如此感叹道。

张仪视公孙衍为寇仇，公孙衍何尝不视张仪为寇仇呢？

不过，公孙衍视张仪为寇仇，那也是张仪逼出来的。

张仪未到秦国之前，公孙衍已经为秦国立下了盖世奇功，也因此而被秦惠王封了秦国大良造的高爵。这个爵位，在秦国是很少封给客卿的。只有商鞅因为替秦国变法图强，使秦国从一个西部弱国小国，一举崛起而为天下强国，立下盖世奇功后，秦孝公才将这个爵位第一次封给了商鞅这个来自卫国的客卿。同样，当公孙衍这个来自魏国的客卿，在苏秦“合纵”成功，投“纵约书”于秦，使秦国面临山东六国联盟强大的军事威胁而岌岌可危之时，为秦惠王筹划大计，并率师伐魏，连连告捷，不仅解除了山东六国的威胁，而且打得魏国屈膝投降，将秦国几代君王想恢复的河西大片土地从魏国手里夺了回来。这是何等的功劳！也正因如此，秦惠王毅然决然将大良造的高爵封给了客卿公孙衍。正当公孙衍做着美梦，希望能够在获封大良造之爵后，顺利接任秦国之相时，他的同乡张仪来了。不到一年，就是这个同乡张仪，竟然凭着三寸不烂之舌，博得了秦惠王的欢心。而秦惠王一高兴，竟然将公孙衍垂涎已久的秦相之位给了张仪。这，如何不让公孙衍由失望变为仇恨呢？

也正因为如此，公孙衍怀着无奈又仇恨的心情，在张仪为相执政之后不久，悄然离开了秦国，重新回到了曾经生他养他、也曾被他深深伤害过的故国魏国。

凭着能言善辩，公孙衍顺利获得了魏王的重任，官任魏将。不久，公孙衍设计，游说齐国名将田盼成功，借得齐、魏二国大兵，伐破赵国，破了苏秦旧有的“合纵”之局。之后，又经过多番努力与苦心经营，最终捏合了魏、赵、韩、燕、中山五国之君，搞了一个“五国相王”，算是初步建立起了一个属于自己掌控的新“合纵”之盟。

然而，就在“五国相王”不久，正当公孙衍跃跃欲试，准备大干一场，与秦国博弈一番，与张仪较量一番之时，张仪却挟秦国之势，来魏国为相了。于是，公孙衍的“合纵”之盟受到了威胁，同时公孙衍有限的生存空间也被张仪给挤压了。

好在公孙衍有办法，离开魏国后，竟然到韩国谋了个韩相之位。但是，面对咄咄逼人的张仪，为了打破张仪合秦、魏，实行“连横”而吞天下的计划，公孙衍不得不借楚国之力，到楚国请来楚国令尹昭奚恤，自己让出韩相之位，让昭奚恤也来个兼相楚、韩，以与张仪兼相秦、魏相对抗。后来，又经过努力，促成了韩、赵联姻，使“合纵”之盟增加到三国，总算超过了张仪的秦、魏二国之盟。可是，万没想到，张仪竟然也仿效之，使山东另一大国齐国与秦国结成了姻亲关系，再一次挤压了公孙衍的“合纵”空间。

张仪虽然在魏为相四年，但由于公孙衍与他不断博弈斗智，日子并不好过；但是，公孙衍这四年何尝不是每日心里滴血、夜里叹息呢？他这四年的日子，远比张仪过得艰难！

终于有一天，公孙衍觉得自己有了出头的日子。

这一天，是周慎靓王二年（前319）十一月初二。

这天晌午时分，突然公孙衍派往魏都大梁的密探匆匆忙忙地回到了韩都郑。公孙衍见他跑得上气不接下气，知道肯定是有什么重要消息了。

“何事如此慌张？”

“大人，张仪已回秦国了。”

“何时之事?”

“前月三十。”

公孙衍一算，也就是两天前的事。怪不得密探跑得如此匆忙。魏都大梁离韩都郑虽近，但也有好几百里地，看来密探是昼夜兼程而来的。

想到此，公孙衍连忙叫管家端上一盏水来。密探接水在手，也不问冷热，就“咕咚，咕咚”地喝了个精光。

然后，公孙衍又让密探坐下。

于是，密探就将张仪离开大梁的经过，一五一十地给公孙衍讲了个明白。

公孙衍听完，脸上终于露出了几年来难得一见的微笑。

第二天，公孙衍就辞别韩宣惠王，又找韩相昭奚恤与原韩相公叔密议了一番。然后，又悄然离开韩都郑，往东北方向的魏都大梁而去了。

三天后，公孙衍到了魏都大梁，驾轻就熟地拜见了魏襄王，游说了一番，魏襄王遂又任之为将。于是，公孙衍又住回了他原来为魏将时所住的将军府。

一住进将军府，公孙衍就又想到了如今正空着的相府。因为住进相府，是他一直以来的理想。上次从秦国归魏后，他就一直想着这个位置。

因为公孙衍比谁都清楚，只有成为魏相，真正掌控了魏国的朝政，自己有所凭借，才可能真正实施“合纵”之策，进而与秦为敌，与张仪为敌。可是，以前由于田需已经占着相位，不肯相让，而且为了巩固其地位，田需又与周霄结成了同盟，又勾结在齐国为客卿的苏秦与自己为敌，甚至还请来了齐国靖郭君之子田文，宁可让田文为相，也要阻止魏襄王任自己为相。结果，自己只好离魏往韩，就任韩国之相。

想到此，公孙衍就恨田需，恨周霄，恨苏秦，更恨张仪，还恨一切阻止他为魏相的人。

如今公孙衍又回来了，自然念念不忘魏相之位。于是，来魏之后几天，他就开始活动开了。可是，一活动才知道，目前在魏襄王之朝为臣的人中，还不止他公孙衍一人想争这魏相之位，另外还有两个人：一个是翟强，一个是周最。

翟强在魏惠王与魏襄王两朝为官，已经很有些年头了，而且也是个相当有分量的魏国大臣。至于周最，可也算得上是一个天下闻名的人物，因为他的身份背景与众不同，他是周王朝周武公之子。他之所以来魏为臣，一来是为了替周王朝控制山东诸侯，二来是冲着魏相之位。前一个目的，那只是水中之月而已，周王朝早就控制不了任何诸侯国了，即使是鲁、宋、卫这些小国，也未必听周王的，遑论秦、齐、楚、魏、韩、赵、燕七大国了。因此，周最来魏为官，最直接的目的，就是想做魏国之相。

尽管翟强与周最都早有争夺魏相之心，可是当初田需为相，公孙衍相争，结果公孙衍都没占上风，所以翟强与周最也就不再有觊觎之心了。而当公孙衍最终离魏，赴任韩国之相后，翟强与周最二人就又跃跃欲试了。因为这二人各有背景，翟强历来与齐国关系很好，周最则与楚国关系密切，于是，二人就暗中展开了较量。

可是，人算不如天算。就在翟、周二人翻云覆雨，斗得不可开交之时，张仪挟着更强大的秦国背景来魏为相了，而且张仪相魏是秦、魏交好的结果。这下，翟、周二人之争便戛然而止，原来的一对生死对头，反而联合起来跟张仪斗了起来，一心要把张仪拱走。

张仪初来乍到，对于翟、周二人一搭一唱、三天两头就到魏襄王那里恶言中伤的行为，感到既恨又烦，同时也觉得非常无奈。想了很久，最后张仪终于想到了一个彻底的解决办法，那就是建议魏襄王在宫内设立了一个见者啬夫的官职（啬夫，是魏国所特有的官名，是专司某一方面工作的负责人之称谓，如仓啬夫、库啬夫、田啬夫、苑啬夫、厩啬夫、发弩啬夫、司空啬夫等，皆是其类），专司大臣在理政之外的时间求见魏王的事务。这个官职是张仪防备翟、周二人向魏襄王进谗言所特设，自然用的是自己的心腹之人。翟、周二人一见这种情势，从此就收敛了不少。

当公孙衍了解到魏王朝内这些激烈内争的内幕后，就知道而今想做魏相并不容易。自己没有张仪那样强大的大国国交做背景，只好自己想办法争取了。

周慎靓王二年（前319）十一月十五，公孙衍如往常一样，上朝之后，又策马回到将军府。但在府前驻马下车之时，他无意间瞥了一眼将军府门前的“将军府”三个字，立时来了灵感。

“将军，将军，将军战伐，方可立功；立功，方可升迁晋爵也。”

公孙衍在内心这样自言自语了一番后，立即回府策划如何战伐取功。

想了很久，觉得真要战伐，也不容易。现在，魏国能伐谁呢？

伐秦？伐秦当然最好，也最能解恨。但是，自己明白，魏襄王也明白，伐秦是无论如何都使不得的，魏国现在根本不是秦国的对手了，如果主动伐秦，那只能自取其辱，必然丧师失地。即使自己再怎么游说魏襄王，相信魏襄王也不会同意的。

伐齐？伐齐，魏襄王心里肯定是很想的，因为魏国今天的衰弱，就是因为齐国在桂陵、马陵二战中打败了魏国，使魏国彻底伤了元气的结果。但是，魏襄王即使心里想伐齐，事实上也没这个胆，他知道这肯定不可行，魏国是没有实力与齐国较量的。如果自己游说魏襄王，肯定不能获准的。

伐楚？那是不要想了。

伐赵？没道理，也不现实。

想来想去，最终公孙衍觉得可以伐韩。他觉得，伐韩一来把握比较大，可以取胜，容易立功；二来魏襄王能够被说服，因为韩国除南面与楚、秦毗邻外，其余三面都被魏国所包围，自魏惠王以来，魏国一直都想把这个被包围于自己东西国土之内的韩国给吞并了，那样，不仅魏国的国土大大扩张了，魏国的国力也会成倍增强，而且更为重要的是，韩国灭掉后，魏国东西两部分就可以连成一体，东西可以策应。如果秦国再与魏国开战，那么魏国东部大梁方面的兵力很快就能驰援河东之地，重新夺回被秦国所占的河西之地，也是有本钱的。再说，自己前次至魏为将，就跟韩国打了一年有余，如果不是秦国在最后关头趁其不备，派张仪偷袭魏国河南重镇——陕，说不定韩国早就被魏国所吞并了，自己早就是大魏国之相了。

想到此，公孙衍觉得这个计谋可行。于是，决定第二天，就入朝见魏襄王，游说他出兵伐韩。

也是机缘凑巧，正当公孙衍主意打定之时，突然他留在韩国的密使匆匆而来，禀报道：

“大人，秦师伐韩，已取鄢而去矣。”

公孙衍一听，心中猜想，这肯定是张仪的计谋，他人尚未回到秦都咸阳，就发兵伐韩，这是在报复自己这些年以韩为据点与他作对吧。

其实，公孙衍只猜对了一半。伐韩之举，确是张仪之策。在他奉秦惠王之命西归咸阳之前，就密奏秦惠王在自己出魏都大梁之后，立即出兵伐韩，一来报复公孙衍这些年来在韩国上下其手，凭借韩为支点，跟自己博弈较量，让自己为之心力交瘁；二来可以防止魏王在自己离开大梁之后，为公孙衍所迷惑，拆散了秦、魏、齐三国即将成形的“连横”之势。希望借伐韩之举，可以对魏国起到一个敲山震虎的威慑作用。

虽然公孙衍没有猜透张仪深不可测的居心，但是，公孙衍毕竟也是一个枭雄。他一听密使说到秦伐韩的消息，立即来了精神，心想何不趁火打劫，这不正是伐韩的最好机遇吗？想到此，也不等第二天了，公孙衍当天就入朝觐见魏襄王。结果一说，魏襄王果然同意了，而且还相当积极。

于是，周慎靓王二年（前319）十一月十六，公孙衍统率的魏国五万大军，就从大梁出发，准备抄道韩国东南部地区。

十一月底，兵至韩、魏东部毗邻的魏国重镇岸门时，公孙衍突然命令大军驻而不前。

魏国将士对此都非常不解，但是公孙衍是主将，谁也不敢问他原因。

原来公孙衍是别有计谋的。因为他此次伐韩与上次伐韩意在灭韩的目的不同，此次伐韩只是为了取功，然后获取魏相之位，而不是真的要灭亡韩国。他还要留着韩国“合纵”伐秦呢。也就是说，此次伐韩，只是为了取魏相之位而已，不过这一目的除了他公孙衍，任何人都猜不到。还有一层，鉴于上次伐韩一年有余，却被秦国偷袭的教训，此次如果真的伐韩，打的时间过长，说不准又被老冤家张仪所利用，或是被齐国趁机利用，那一切就都完了。不仅魏相没得做，自己“合纵”伐秦的长远大计，也就永远无望了。

正是因为有此深谋，所以公孙衍才驻军不前，只是让兵士大肆鼓噪，搞得动静很大，吓唬韩国。除此之外，他还搞了一个神不知鬼不觉的小动作，就是暗遣心腹之人往韩国联络他在韩国的同党——原来的韩国之相公叔，游说公叔道：

“昔日张仪以秦相魏，曾对魏王说：‘魏攻南阳，秦攻三川，韩氏必亡矣。’魏王之所以亲善张仪，任之为魏相，意欲得韩国之地。今魏王命公孙衍伐韩，其意亦为韩国之地。不如这样，公往说韩王，略奉魏国一点土地，以为公孙衍之功。公孙衍有功，则必为魏相。如此，秦、魏之交不复存在，秦攻三川、魏伐南阳之虞不复有矣。公孙衍相魏，魏、韩和合，秦患可绝矣。”

公叔在公孙衍离韩之前，本就与公孙衍有约，今见公孙衍之使如此一番说话，觉得确实可行，对韩国也有好处。于是，跟韩宣惠王一说，韩国立即就遣使向魏襄王求和，并答应割让一块土地给魏国。

这样，公孙衍兵出而不战，已让韩国求降割地，不仅让魏国人都觉得大魏又重振了雄风，更使魏襄王兴奋不已，虚荣心一下子就得到了满足。于是，魏襄王一高兴，就委任公孙衍为相了。

周慎靓王三年（前318）一月底，当张仪从密使所报信息中获知公孙衍已为魏相的消息时，虽然并不知道公孙衍如何玩弄计谋而成为魏国之相的细节，但是，从密使所禀报的公孙衍伐韩一事，张仪清晰地推测出：魏王任公孙衍为相，肯定是与公孙衍伐韩，为魏国获得了土地一事有关。

想到此，张仪不禁顿足而叹，虽然自己的伐韩之计可算是一箭双雕的妙招，没想到老冤家公孙衍竟然将计就计，如法炮制，也来了一次伐韩。结果，他的效果却比自己的伐韩效果好得多，兵出未战，就屈人之兵，又割人之地，同时以此谋得了魏国权相之位。既然他已经谋得魏国权相之位，他岂能与自己善罢甘休？

想到此，张仪不禁又是一阵紧张，看来一场恶斗又要开始了。

2．五国伐秦

张仪不愧为枭雄，果然料事如神。

公孙衍通过伐韩之举，谋得魏国之相的权位后，便正式开始了他的“合纵”大计。

周慎靓王三年（前318）一月底，就在张仪接获密报跌足长叹之时，公孙衍一边派心腹之人以魏王之使的名义出使韩国，与韩国言和，订立魏、韩联合之盟；一边亲自以魏国之相的身份南游楚怀王，策划并实施合楚、魏、韩、赵、燕五国以为“纵”的抗秦御齐“连横”之盟的大计。

由于韩国是公孙衍经营多年的老地盘，又有同党公叔在朝，还有公孙衍请来兼相楚、韩的楚国令尹昭奚恤在韩国为相，公孙衍以魏王名义派出的使者一到，先以私情说公叔，次以秦伐韩而意在楚而游说昭奚恤，再以秦伐韩而取鄢地而游说韩宣惠王。二月底，魏使回报魏襄王，韩国已答应与魏成为联盟。

与此同时，还在出使楚国路上的公孙衍，也于三月底得到了密报：韩国已入彀，今已成为自己密谋的五国“合纵”之盟的第一个盟邦了。

四月初，经过朝行暮宿的紧张旅程，公孙衍终于到达楚都郢，并马上见到了南方大国之君楚怀王。

楚怀王见是魏相公孙衍亲自出使，自然不敢怠慢。因为在楚怀王心中，魏国也是一个强国大国，而且曾经多次打败过楚国。

待公孙衍拜礼问候毕，楚怀王就热情地问道：

“先生不远千里而来，何以教寡人?”

“楚乃天下大国，大王为天下明主。衍不过是魏王一介之臣，何敢言教哉?”

楚怀王本就是个好大喜功的君主，见公孙衍如此赞誉楚国与自己，心里那个舒服，就甭提了。

公孙衍是个游士出身，本就善于察言观色，精于揣摸人主心理，见楚怀王面有得色，遂续而说道：

“今天下之强者，莫若楚、秦、齐三国。”

楚怀王见公孙衍将楚国排在天下三强之首，又是欣欣然，遂肯定地点点头。

公孙衍知道楚怀王此时正在得意的兴头上，于是，话锋一转道：

“秦以张仪相魏，意在连横；楚令昭奚恤相韩，意在合纵。楚、秦势均力敌，天下可保太平矣。”

楚怀王一听，觉得公孙衍分析得透彻深刻，当初自己派令尹昭奚恤相韩，正是应对秦以张仪相魏的策略，有针锋相对之意。而且，自从昭奚恤相韩后，也确实如公孙衍所说，天下达到了一种势均力敌后的平衡，张仪在魏，昭奚恤在韩，四年间，天下确实是太平无事，这说明自己当初的决策是对的。

想到此，楚怀王乃深深地点了点头，表示嘉许之意。

公孙衍见此，话锋再作一转，道：

“今秦、齐联姻，楚、秦势均力敌之势不再矣。”

楚怀王听到此，开始有些紧张了，情况正是如此。本来，楚、秦、齐三大国是呈鼎足而立之势的。如今秦王嫁女于齐王，秦、齐联姻，则楚为一方，秦、齐共为一方，楚国自然就处于弱势了。

公孙衍说到此，故作停顿，看了看楚怀王的表情后，又从容说道：

“张仪未归秦，秦兵已伐韩，其意何在？”

楚怀王当然知道公孙衍所提问题的答案，但是，他没有回答。

公孙衍也知道楚怀王知道答案，更明白楚怀王不会接口回答。于是，自问自答道：

“昭奚恤相韩，楚、韩即为联盟。楚、韩为盟，而张仪伐韩，其意岂在韩而不在楚？”

楚怀王听到此，不得不承认地点点头，事实就是这样。

公孙衍遂又接着说道：

“今秦、齐二强和合，强势愈显。魏居秦齐之间，处境可知。所以，魏王乃使鄙臣出使大楚，北面而朝大王，欲结魏、楚、韩、赵、燕五国之盟。臣至郢，韩魏已和合矣。韩与赵为姻亲，韩魏和合，则赵必合于魏。燕乃小国，无由为虑也。今大王若合魏、赵、韩、燕为纵约，则魏王必奉大王之命，赵、韩、燕三国之君亦当奉命也。大王若允魏王之请，则山东诸侯必北面而朝大王于章台之下。”

楚怀王一听，既然形势已然如此，为了保住楚国的强国大国地位，为了楚国的利益，而今也只有“合纵”一途才能对抗秦、齐了。再者，根据公孙衍所说，山东五国的“合纵”之势确实也已自然成形了，那么自己何不顺应时势，做个现成的纵约国盟主，坐章台而受山东各国诸侯北面而朝呢？

想到此，楚怀王断然地应诺道：

“善哉！先生可为寡人计之。”

公孙衍一听，心想，成功了！楚怀王正式授权自己筹划“合纵”事宜了。

于是，公孙衍立即辞别楚怀王，急急北走赵、燕二国，迅速说得二国入盟。

周慎靓王三年（前318）七月底，公孙衍在游说了赵、燕二国之王后，又顺道游说了一下齐闵王。

本来，公孙衍是对齐闵王不抱希望的，因为齐闵王是秦惠王的女婿，齐闵王当然知道山东诸侯“合纵”的用意，是在对付他的老丈人秦惠王的了。可是，出于公孙衍的意料，在他以山东五国已经入盟的现实相告，并晓以利害后，齐闵王竟然爽快地答应了参加五国的“合纵”之盟。大概齐闵王是意识到，如今楚、魏、赵、韩、燕等山东五国都已经同意“合纵”了，如果齐国不入盟，则将孤立于山东五国之外。而山东五国“合纵”之盟结成，则既可以共同西向伐秦，也可以东向伐齐。

完成了山东六国的“合纵”之约后，公孙衍立即遣使南报楚怀王，并密约于周慎靓王三年（前318）九月中旬，秋高马肥之时，魏、齐、赵、韩、燕五国之兵齐集秦国函谷关前，叩关而伐秦；楚怀王为纵约长，统楚国精锐之师，北出武关，伐取秦国商、於之地，并进军秦都咸阳，让秦国首尾不能相顾，从而彻底打垮秦国这个天下之霸。

筹谋已定，公孙衍就信心满满地等待着九月中旬约定的伐秦时间一到，就要向秦国开战了。想着到那时，看秦国丧师失地，看张仪失魂落魄，公孙衍在梦中都不禁笑醒了。

然而，真是人算不如天算。

周慎靓王三年（前318）九月中旬，当公孙衍与魏、齐、赵、韩、燕五国约定集结大军于秦之函谷关前的约期已到时，却独独不见齐国之师的到来。

公孙衍不知就里，但此时已经无可奈何了，只得按原计划，叩关而进，与秦国之师展开了激烈的战斗。可是，由于齐师这一主力未到，加上赵、燕二国之师不肯卖力，只有魏、韩二国之师英勇奋战，结果叩关虽然成功，也打进了秦国的函谷关，但不久被秦增派来的大军打退。到了最后，则是秦师出关向魏、韩之师发起了反攻，打得魏、韩之师节节败退，魏、韩二国与秦国毗邻的战略重镇屡屡失守。而燕、赵之师，则见机逃之夭夭。

到了十一月，公孙衍才获悉，原来是楚怀王听从了陈轸之计，在五国伐秦之师特别是魏、韩二师与秦师打得难解难分之时，却采取了按兵不动的策略，坐观齐、魏等五国之师与秦师交战，想让双方都打得精疲力竭之时，再出武关北上伐秦，企图一举而敝天下诸侯，进而达到独霸天下的目的。

公孙衍获悉情报后，知道此次六国伐秦最后变成了五国伐秦，再加楚国按兵不动和燕、赵之师伐秦不力，实际上就是变成了魏、韩两国与秦国的角力。心里估量了一下，公孙衍觉得不能再打下去了，再打下去，魏、韩两国都要亡国的。这国家一多，都是如此离心离德，如何对付得了尚武好斗的秦国。自己以前做过秦国之将，统率过秦国之师，知道秦师之勇，实乃天下无双。

想到此，公孙衍立即请来已经从宋国归魏的惠施，让他以魏王之使的身份，出使楚国，请纵约长楚怀王出面向秦国请和。

可是，楚国之将昭阳却听从楚臣杜郝之言，不允惠施向秦求和之请。惠施无奈，只得返归大梁。魏襄王痛恨楚怀王之所为，伐秦又不举兵，魏抵死相敌强秦，力有不支，却又不允请和。于是，大斥公孙衍。公孙衍愤怒之中，想出一计，让人放话，说魏国要投秦伐楚。结果终于使楚怀王同意了魏国请和的要求，秦、魏之战也在寒冷的天气中自然结束了。

3. 义渠袭秦

五国伐秦战争，最后秦国之所以在反攻战之后不久就戛然而止，固然与天气有关，但也有其他原因，其中，最重要的原因之一，是因为秦国西北部的义渠国趁秦与山东五国打得不可开交之时，对秦国发动了一次大的偷袭，不仅使秦国遭受了意料不到的巨大军事重创，也使秦惠王顿感来自后院的巨大压力，他怕秦国周边的西戎、北狄等众部族也效而仿之，那秦国就要有灭顶之灾了。

义渠国自古以来便是秦国西北的劲敌，一直与秦国时战时和，令秦国既恨又恼，但又无可奈何。秦惠王七年（即周显王三十八年，前331），义渠国内部发生动乱，秦惠王派庶长操率兵平定之。受了这次意外的重大内乱的打击，义渠国的国力从此衰弱了不少。

而秦国在张仪为相后，通过不断地对魏用兵，伐取了魏国河西的大片土地，特别是魏国河源地区的上郡十五县归入秦国版图后，国力益盛。在此背景之下，张仪通过怀柔手段，终于促使义渠国之君于秦惠王十一年（即周显王四十二年，前327），来咸阳向秦惠王称臣。第二年，张仪又筹划了秦国历史上的首次“腊祭”，让秦惠王在上郡及河源之地的河宗氏游牧之地的神圣之所——龙门，与游牧于河源之地的众多戎、狄部族首领举行了“龙门会”，密切了秦国与这些戎、狄部族的关系，从而进一步巩固了秦在河源及上郡地区的统治。第三年四月戊午，秦惠王便正式在咸阳举行了称王仪式，包括魏、韩等周边大小诸侯国及戎、狄之君都来朝贺。

从此，秦惠王觉得秦国的后院安定了，同时也对秦国西北的义渠国解除了戒心；而秦相张仪也一心想着实施“连横”之策，向东扩张，逐步削弱并吞山东六国，进而实现秦一统天下的大计划。

然而，让张仪想不到的是，就在他相魏四年归秦之后，老冤家公孙衍设计攫得了魏国之相的位置。更让张仪想不到的是，义渠国之君在公孙衍出任魏相后没几天，正好于朝齐途中经过魏都大梁。公孙衍获悉后，立即前往拜谒义渠国之君，游说道：

“魏、秦道远，千里相隔。魏与义渠，更是关山万重。故臣不能前往义渠谒君。今幸得君过大梁，臣请陈事于君。”

义渠君本就知道公孙衍，更知道公孙衍是何等人物。当初公孙衍在秦为大良造时，义渠国何人不知公孙衍之名。今见公孙衍身为大魏之相，主动拜谒自己这个小国之君，自是十分感动。又见公孙衍说有事要向自己禀陈，遂立即接口道：

“愿闻其详。”

公孙衍见义渠君态度积极，便从容说道：

“义渠，自古即为西北强国；君，乃义渠之明君。今义渠委曲求全，臣服于秦，而秦王则以奴婢视之。”

义渠君听公孙衍这样一说，虽然自尊心受到了损伤，但是，心里也明白，自从义渠内乱之后，义渠国力日益式微，在秦国势力日盛的情况下，只得为了生存的缘故臣服于秦。而秦惠王随着秦国势力的强大，也日益不把这个昔日与自己平起平坐的义渠君当回事了，确实是像公孙衍所说的那样，只当义渠是个奴婢的角色。

公孙衍见义渠君此时脸上有点挂不住，心中大喜。心想，这正是自己想要看到的，不刺激一下他，还激不起他的一国之君的自尊心呢。好，有自尊心就好。

想到此，公孙衍又从容不迫地说道：

“今秦所惧者，乃山东六国也。山东六国若与秦相安无事，秦必兵戈西向，烧掠明君之国；山东六国若叩关而进，秦必轻使重币，厚结于明君之国。”

义渠君听公孙衍这样一分析，觉得非常透彻，也非常入理。其实，秦国对待义渠，确实也就是这种政策。想当初，义渠国内乱之时，秦惠王名义上是派庶长操往义渠帮助平乱，实则是乘机大肆杀伐，以此使义渠国遭受到双倍的伤害，国力一下子就削弱了很多。

沉默了一会儿，义渠君明白了公孙衍的意思，遂语带玄机地说道：

“谨闻命矣。”

公孙衍是何等之人，一听义渠君这句不是表态、实是表态的回答，立即明白义渠君明白了自己今天所说话的意思。心想，够了，到此为止吧。

于是，公孙衍遂告辞而去。

周慎靓王三年（前318）十一月初，义渠君朝齐后，回到了义渠国。

这时，公孙衍策划的楚、魏、赵、韩、燕五国伐秦的战争正打得难解难分。义渠君当然关心此事，遂派出密探往秦都咸阳与魏都大梁打探消息。

就在义渠君派密探往秦都的同时，陈轸以楚王之使的名义来到了秦都咸阳。

陈轸是天下诸侯皆知的双面人，他到秦国给秦王出主意，到楚国则给楚王出主意，到齐国也会给齐王出主意。周显王四十六年（前323），当楚、魏襄陵之战后，楚将昭阳欲统得胜之师乘机伐齐之时，陈轸为秦惠王出使到齐国。当时，齐闵王刚刚即位不久，正为楚将昭阳率十万之师杀来而忧心万分。陈轸知道，立即自告奋勇地提出要为齐闵王分忧。结果，他凭着三寸不烂之舌，轻而易举地就说退了昭阳的十万楚师，使齐闵王感动莫名。

至于陈轸与秦国的关系，则又不同于与其他诸侯国的关系。陈轸本是秦国人，只是因为受张仪排挤，而秦惠王又不得不用张仪之故，才无奈地到楚国为臣。但是，他人在楚，心在秦。虽然也时常为楚王出主意，维护楚国的利益，但是，如果一有机会，同时涉及秦国的重大利益，他则会暗中帮助秦国。秦惠王也知道这些，但对陈轸从不以楚臣视之，只要他来秦国出使，总会向他问计。而陈轸也会有问必答，一定会替秦惠王出一个好主意，谋一个妙计的。

公孙衍策划的山东五国伐秦战争一开始，陈轸就为了暗中解除秦国腹背受敌的不利局面，而主动给楚怀王这个五国伐秦的纵约长出了个主意，让楚怀王陈兵于武关之前，并不急于北向而伐秦，而是坐视魏、赵、韩、燕四国在函谷关前与秦师殊死相搏。这个主意，表面上是为了楚国利益，让楚怀王坐等交战双方俱疲之时，以收一举而败五国的大利，骨子里却是为了减轻秦国在函谷关与武关同时用兵的压力，只是楚怀王并没看出陈轸的用意所在而已。

周慎靓王三年（前318）十一月初，当楚国之师还在武关按兵不动，而魏、韩、赵、燕四国之师正在函谷关前与秦师苦斗之时，陈轸以到秦国观察动静，以便确定楚国何时兵出武关、向秦发起进攻为宜作为理由，来到了秦都咸阳。

秦惠王一见陈轸来了，又立即向他问计道：

“今五国伐秦，楚为纵约长，先生自楚来，何以教寡人？”

陈轸见秦惠王态度诚恳，遂坦诚相见，道：

“大王不必忧虑！楚虽为纵约长，然臣已谏说楚王，陈兵于武关而不动，坐视秦与四国战于函谷关前。大王只管与四国交战，武关之外无忧！”

“先生拳拳故国之心，寡人知之。有先生在楚，寡人不忧武关之外矣。”

“武关之外，大王可以无忧；然秦之西北，义渠之患犹在。”

秦惠王一听，莞然一笑，道：

“先生岂不知，义渠早已臣服于寡人之国矣。”

陈轸也微微一笑，道：

“义渠之君虽已臣服于秦，但是，而今五国伐秦，义渠君未尝不为所动也。”

秦惠王一听，觉得陈轸的这个提醒倒是有理。心想，是啊，人从来都是喜欢墙倒众人推。这义渠国原也是与秦势均力敌的强国，虽然现在国力衰弱了，不得已而臣服于秦，难保它现在见五国伐秦，有机可乘，不来一个落井下石的。

想到此，秦惠王又连忙问计道：

“如此，为之奈何？”

“义渠之君，乃戎狄蛮夷之贤君。大王不如轻车厚币而贿之，以抚其心。如此，秦之后患可弥矣。”

“善哉！先生虑之远，计之深矣！”

于是，秦惠王立即发使往义渠。

周慎靓王三年（前318）十一月底，秦惠王派来的使者来到义渠，并带来文绣千纯，美女百人，赠之于义渠君。

义渠君收受了秦惠王的厚贿之礼，心里却突然想起了几个月前公孙衍在魏都大梁拜谒他时所说的那番话。心想，果然被公孙衍说中，秦国现在被山东五国攻伐，情势危急了，就想到要厚贿自己了。如果秦国伐退五国呢？那会怎么样？届时，会不会掉转头来彻底灭了自己这个已臣服的小国呢？

越想越觉得公孙衍的话有理，于是，义渠君在送走秦惠王之使后，就在心里筹划着对秦来个出其不意的偷袭，现在不打，更待何时？

也正巧，就在秦惠王之使刚刚离去的第二天，义渠君派往秦都咸阳的密探回来了，向义渠君报告了一个可靠消息：

“山东四国之师，正叩函谷关而进矣。”

义渠君一听，大为兴奋。心想，这可是千载难逢的好机会！四国之师既已叩开了秦国的函谷关，这秦都咸阳就危险了。现在不动手，更待何时？

主意打定，义渠君立即倾国之所有兵力，以狂飙突进的方式，骑袭了秦国驻防于秦国西北与义渠毗邻的重地李帛，斩秦师之首三万。

秦惠王闻报，大惊失色，遂立即再抽调兵力迎击义渠，可是等到秦兵到达李帛时，义渠之师早已撤退了。

第十三章　复相秦（上）

1. 再挫公孙衍

五国伐秦，虽然最终是秦国胜利了，但是义渠袭秦成功，却使秦惠王心里留下了深深的痛，很久都不能为此而释怀。

而张仪对于义渠袭秦之事，则闻之而跌足长叹。还好，此时张仪并不知道义渠袭秦乃是他的老冤家公孙衍的计谋，不然他就不是跌足长叹，而是要捶胸撞头了。不过，不管此时张仪是跌足长叹也好，或是捶胸撞头也罢；也不管是知道义渠袭秦是公孙衍所指使的，还是根本不知，反正此时他是无能为力的。所以，当他得知义渠袭秦、斩首三万的消息时，也只有在一边干叹气的份，心中虽是埋怨秦惠王谋事不密，却又无可奈何。

因为此时他不是秦国之相，不在其位，难谋其政。其时，秦惠王为了拉拢赵国，正任赵国大臣乐池为秦相。不过，乐池虽是秦相，但并不掌握实权，实权实际上是在秦惠王自己手里。

那么，张仪被秦惠王从魏国奉调回秦后，何以没有再任秦相呢？

这个，就与张仪的另一个老冤家陈轸有关了。

本来，秦惠王遣使往魏召回时任魏相的张仪，是想让他回来专任秦相的。可是，就在张仪回到咸阳的前一个月，陈轸为了阻止秦惠王再任张仪为秦国之相，赶在张仪归秦之前，来到了秦都咸阳，并怂恿秦惠王朝中为臣的秦国之臣、也是他的秦国同乡好友田莘在秦惠王面前谗言了张仪一番。

周慎靓王二年（前319）的十一月十三，当张仪还在归秦的路上时，田莘受陈轸之托，入宫觐见秦惠王。

因为田莘也是秦惠王喜爱之臣，再者又是秦国本土之士，所以一见面，秦惠王就热情地问道：

“田卿今日何事来见寡人哉?”

“臣闻张仪将归矣。”

“卿何以知之？”

“朝中之臣，何人不知？张仪归秦，臣恐大王将如虞、虢之君。”

秦惠王一听，觉得田莘无故将自己比作三百多年前虞、虢两个小国之君，心里就非常不高兴。因为虞、虢两个小国之君，都是历史上有名的昏庸之君，都是被晋献公灭了国的亡国之君。

于是，本来还很高兴，对田莘也比较客气的秦惠王，就立即变了脸，没好气地问道：

“卿为何比寡人于虞、虢之君？”

田莘不愧是陈轸引为知己的策士，他见秦惠王生气了，却并不慌张，接住秦惠王的话，从容不迫地说道：

“昔晋献公欲伐虢国，惧虢有大夫舟之侨在朝，不能如愿。献公之臣荀息乃献策道：‘《周书》有言：“美女破国。”，献公心领神会，遂致送虢君女乐百人，以乱其政。大夫舟之侨痛谏，虢君不听，舟之侨无奈，只得出走他国。不久，献公伐虢而灭之。班师途中，献公又欲伐虞，然惧虞有大夫宫之奇在朝，阴谋不能得逞。荀息又献策于献公：‘《周书》有言：“美男坏政。”’献公心知其意，又致送美男于虞君，日夜于虞君之前谗言宫之奇。宫之奇谏而不听，遂亡去。献公因之伐虞而灭之。”

说到这里，田莘停下来，抬眼看了看秦惠王，见秦惠王的怒气好像已经消失了，知道这两个典故秦惠王已经听进去了。于是，话锋一转道：

“今秦自以为是天下之王，但有楚国在，大王一统天下之想恐难如愿。楚王知秦有横门君善于用兵，陈轸善于设谋。陈轸今虽为楚王之臣，然楚王早知陈轸常为大王设奇谋。而今，楚王自恃合纵将成，故轻慢以辱张仪，其意乃在挑拨张仪迁怒于陈轸。臣若没有猜错，今张仪归秦，必于大王之前谗言横门君与陈轸。愿大王勿听！”

秦惠王一听，心想，不至于吧，张仪一回来就要说陈轸的坏话？陈轸都到楚国为臣了，张仪难道还放不过他？

于是，秦惠王对于田莘的这番话，就不置可否，没有回应田莘只语片言。

而田莘似乎也不要秦惠王表态，说完就告辞而去了。

周慎靓王二年（前319）的十二月中旬，张仪回到了秦都咸阳。

一到咸阳，闻说陈轸刚刚来过咸阳，就顿感一阵紧张，怕陈轸跟秦惠王说了自己什么坏话，因为自己相魏四年，不在秦惠王身边，如果陈轸来个恶人先告状，编些自己在魏国出卖秦国利益之类的话，那么自己今后在秦国就没得混了，更不要说再做秦国一人之下、万人之上的权相了。

想到此，张仪就急忙入见秦惠王，在禀报四年兼相魏国的情况的同时，委婉巧妙地编了一些中伤陈轸左右卖国之类的谗言。

秦惠王因为事先听了田莘的话，见张仪一回到咸阳，就说陈轸的不是，心里就对张仪有了反感。于是，不仅不听张仪之言，还因此取消了原本让他再任秦相的计划。最后，找了一个叫乐池的赵臣为相。

张仪无奈，只得郁郁不得志地待在家中赋闲。

虽然张仪归秦后不得志，他的老冤家公孙衍在五国伐秦失败后就更不得志了。

周慎靓王四年（前317）一月初五，公孙衍在伐秦以惨败告终的打击下，在魏襄王的怒斥与魏国朝臣的唾弃声中，悄然离开了魏都大梁。

因为他知道，自己苦心组织的五国伐秦计划没有成功，那么不仅魏襄王从此不会再信任自己，就是其他四国之王，也不会把自己当回事了。毕竟这个世界上，只有一个法则，那就是你成功了，大家就都奉承你，都视你为大英雄，把你捧得高高的，甚至捧到天上去。如果失败了，那就如同臭狗屎，谁都厌嫌你。

出了大梁城，沮丧、羞愧而又灰头土脸的公孙衍，望着冷冷的魏国天空，看着萧瑟肃杀的山野村郭，身子冷，心更冷。他想哭，可是哭不出眼泪来。

但是，转而一想，他想通了，哭，有什么用？能哭出一个前程来吗？于是，他挺了挺脊梁骨，毅然决然地向东而去。他要到东方大国齐国去搏一番功业，无论如何要与秦国，与张仪比个高低。

然而，没走几步，公孙衍又停住了。他突然想到，如今到齐国也是绝对混不出一个前程的。因为就在伐秦失败后，他才知道，原来齐国在最后关头没有出兵，是因为苏秦的谏止。很明显，苏秦这是在报复自己当初从秦国来到魏国为将后，第一件事就是游说齐将田盼，破了他的六国“合纵”之局，害得他不仅六国之相没得做，甚至连生计也无着了。将心比心，公孙衍从心底原谅了苏秦之所为。

既然齐国有苏秦在，没法去了，那么就只好到宋国了。宋国就在跟前，出大梁，向东走一点，出了魏国之境，就到宋国了。

可是，刚走了几步，公孙衍又驻了车，因为他突然想到了惠施。惠施也算是天下有名的辩士，也曾在魏国为相，驰骋诸侯之间，不可一世。可是，当张仪以秦相魏后，他先是至楚，又被张仪设计逐出。最后虽然被尊崇他的宋王恭恭敬敬地接到宋国，可是混了多年，惠施在宋国也没什么作为，最终还是回到了魏国，如今还在魏王那里混饭吃。可见，宋国不是可以发挥作用的国家。

思前想后，公孙衍不禁呆住了。

就在此时，突然迎面来了一队车驾。到跟前时，公孙衍才看清，这是赵国使者的车驾。

“何不往赵都邯郸？”公孙衍不禁自言自语道。

打定主意，公孙衍遂策马扬鞭，往北疾驰而去。

周慎靓王四年（前317）二月底，公孙衍来到了赵国之都邯郸。

本来，公孙衍来邯郸是想去见见赵武灵王的，因为听说赵武灵王颇有雄心壮志，这些年赵国也没有跟别国有什么战争，国力与军事实力在诸侯各国之中，都算是比较强的。游说游说赵武灵王，看看在这个年轻的赵王那里，有没有什么机会。不意，第一天在客栈时，却遇到了一个说着周洛话，却穿着胡人服装的人。

于是，在好奇心的驱使下，公孙衍便趋近寒暄，问道：

“君乃何方之客？”

“我乃洛阳士人，今为匈奴王使臣。”

公孙衍一听，顿然来了兴趣。心想，既然山东六国现在没有作为了，秦国有张仪在，也没有自己的地位，那么何不学学眼前这位洛阳士人，到匈奴为胡人之王效力呢？如果借胡人之力，伐秦、伐六国得势，岂不更是前程似锦？

想到此，公孙衍又问这位身为匈奴之使的洛阳士人道：

“公至邯郸何为？”

“欲说赵王，共伐强秦。”

“匈奴为何无故而伐秦？”

“河源、上郡，昔为匈奴游牧之所，后为魏国所据，今则为秦国之有。今秦强势大，西戎、北狄多有归附，故匈奴之王欲联合赵、燕，共伐强秦。”

公孙衍一听，立即明白了，原来秦国的日益扩张，现在竟然威胁到了匈奴，所以匈奴王才想到联合燕、赵等国共伐强秦。那好啊，匈奴可是马背上的民族，秦国虽是尚武斗勇之邦，恐怕遇到匈奴就会不敌了吧。如果协助眼前这位匈奴之使，说得燕、赵、韩、魏、齐等山东五国与匈奴一起伐秦，那么，此次伐秦就有很大胜算了。

想到此，公孙衍立即怂恿匈奴之使道：

“何不再说燕、赵、魏、韩、齐五国之王，与匈奴共伐强秦？”

“如此甚妙，然在下恐无力说得五国之王。”

“先生无忧，在下愿助先生一臂之力。”

于是，公孙衍遂与匈奴之使在客栈密商三天，包括如何以不同之辞游说五国之王的细节都想到了。

定计毕，公孙衍即让匈奴之使出面，先说赵，再北走燕、东走齐，南游魏、韩。可能是因为匈奴之使相约，五国之王都觉得有匈奴牵头，此次的伐秦是有把握的。于是，很快匈奴之使就按预想的计划说服了五国之王。并且匈奴之使还与五国之王约定，于八月中旬秋高马肥之时，由匈奴从北面，燕、赵从东北，魏、韩、齐从东面，三面夹击强秦。五国之王也觉得这个时间好，正好发挥匈奴这个马上民族的骑袭优势，由匈奴打头阵，作主力，自己是吃不了什么亏的。

周慎靓王四年（前317）八月中旬，由公孙衍躲在幕后策划的匈奴、燕、赵、韩、魏、齐等六国组成的临时军事同盟，就从正北、东北、正东三个方向向秦国发动了新一轮的攻伐。

秦惠王获悉情报后，知道此次形势更加严峻了，非比去年。于是，立即免了为相不久的乐池，再次紧急起任张仪为相。虽然秦惠王不满意张仪的为人，但是不得不承认他在治国与战伐方面过人的谋略，因为现在正是用人之际。

赋闲一年多的张仪，再次坐上秦国权相之位后，立即使出能耐。面对来势汹汹的六国之师，他从容不迫，采取了软硬两手策略以应之。

在正东方面，他一边增兵防守函谷关，防止魏、齐之师入关对咸阳构成威胁，一边星夜遣使游说齐王，以秦、齐儿女姻亲之情说之。结果，齐闵王为其所动，不仅如去年的六国伐秦时一样，于最后关头退出了伐秦的阵营，而且还趁魏国出兵叩打秦国函谷关之时，出兵偷袭了魏国东部与齐国毗邻的战略重镇——观泽，大败魏师。魏国受到齐国的偷袭后，遂立即抽兵回护。于是，秦国正东方向的压力就此消除。

在正北方向，他一面派勇兵悍将迎击来犯的匈奴之师，一边派出使臣，游说河源与上郡地区的戎、狄各部族首领，让他们共同抗击来自匈奴的正面进攻。由于早在张仪初为秦国之相时，秦惠王就在河源龙门与河源、上郡地区的戎、狄之君举行过“龙门会”，以后几年又年年举行，早就收买了这些戎、狄部族的人心。所以，这一路的秦国之师，在戎、狄诸部落的配合下，也有效地阻击了匈奴的进攻。

而在东北方向，张仪则派秦国庶长疾兵出河西，在原来魏国所筑的河西长城北端的少梁，向东渡河进入魏国河东之地，伐取魏国河东的战略屏障——汾阴。然后，长驱直入，越魏国河东之地，穿越韩国之境，再折向东南，追击魏、韩之师，直到韩国东部与魏国交界的长城南部。并在韩长城南部的修鱼，与前来接应的韩、赵联军进行了一场殊死战斗。结果，大败韩、赵联军，掳韩将申差，败赵公子渴、韩太子奂，斩首八万二千。

至此，张仪彻底击败了这场由公孙衍在幕后策划的第二次伐秦计划，让山东五国与北方强敌匈奴都受到重挫，使秦之强势达到了如日中天的境界。

2. 伐蜀之争

公孙衍的第二次伐秦计划虽然最终失败了，但是，与第一次伐秦相比，此次的伐秦失败，并没有使公孙衍像第一次那样感到灰头土脸。因为此次他是躲在了幕后，他调动了山东五国与北方的匈奴共六国，对秦国发动了一场前所未有的大围攻，虽然秦国最后胜利了，但国力也受到不少损失，这是毋庸置疑的。自己不费吹灰之力，却能调动天下各国打得不可开交，这不能不说是他公孙衍智慧的胜利。

除此，公孙衍还最终获悉，就在去年第一次伐魏时，义渠君乘机偷袭了秦国后路，大败秦师，斩首三万。义渠的这一偷袭成功，无疑是给强秦的一个沉重的打击，而这正是公孙衍教计于义渠君的结果。

公孙衍有了这些心理上的胜利，遂对重新出山，再与强秦以及张仪博弈一番的信心陡增。于是，在获悉魏襄王已经于去年自己离开大梁后就溘然长逝的消息后，决定再到魏国去，游说新主魏哀王，以魏国为支点，再展自己的长才。

但是，仔细一想，公孙衍又改变了主意。因为他想到，去年的第一次伐秦，魏国为主力，国力伤得太大了。虽然魏襄王已经不在了，现在执政的是新主魏哀王，但是新魏王与魏国大臣恐怕都不会原谅自己的，自己发起的伐秦之战，才是使魏国国力受到根本损伤的根源。再者，即使自己再怎么能言善辩，能够说服魏哀王，继续在魏国掌权，但魏国如今的元气一时难以恢复，恐怕以魏国为支点，与秦国对抗，与张仪对抗，也是力不从心的。

想到此，公孙衍又开始灰心沮丧了。

然而，公孙衍毕竟是公孙衍，灰心、沮丧不到一顿饭的功夫，他又恢复了斗志。寻思片刻，他终于决定再往韩国。因为韩宣惠王对自己还是不错的，再说韩国在去年的伐秦战争中受伤远比魏国小。即使受伤过重，也不能直接归咎于自己，因为楚怀王是纵约长，自己只是躲在幕后操纵而已，同时还有魏襄王挡在前面呢。

还有一层，也是促使公孙衍最终到韩国去的根本原因，那就是，楚国令尹昭奚恤已于第一次伐秦失败后离开了韩国，公孙衍的同党公叔又执政为韩国之相了。所以自己到了韩国，肯定能掌权的。

考虑周密，主意打定后，公孙衍就义无反顾地往韩都郑而去了。

周慎靓王四年（前 317）十二月初，就在第二次伐秦战争结束后不久，公孙衍又悄然来到了韩都郑。

韩宣惠王已经执政十六年了，此时已是一个垂垂老矣的君主了，公孙衍能言善辩，加上有同党韩相公叔在一旁相助，很快韩宣惠王就对公孙衍信任有加，遂任公孙衍为韩将。就这样，公孙衍以韩国之将的身份，第一次住进了韩国的将军府，开始执掌韩国的战伐大权。

公孙衍一住进韩国的将军府，抚今追昔，不禁无限感叹。

就在公孙衍在韩国将军府里无限感叹之时，他的老冤家张仪此时正在秦都咸阳势位逼人，意气冲天呢。

由于彻底击退了匈奴与魏、赵、韩、燕等五国对秦国的围攻，并且秦师打到韩国最东部的修鱼，不仅掳了韩将申差，还同时大败了赵公子渴、韩太子奂。因此，张仪认为，而今韩国已是奄奄一息，此时若乘胜进兵韩国，必能灭韩。然后，就可包围魏国，再吞而并之，那么山东诸国就不再是秦国的对手了。如此，秦国灭天下诸侯而王天下的目标就能指日可待了。除此大目标外，还有一个消息也是张仪要起念灭韩的直接诱因，这就是他刚刚从派往韩国的密使那里获悉，韩宣惠王任公孙衍为韩将了。

周慎靓王五年（前 316）一月，张仪经过深思熟虑，终于向秦惠王提出了灭韩而东进的计划。不过，他不准备将自己仇恨公孙衍的私心暴露出来，只准备从秦国的长远战略方面游说秦惠王。

当张仪在秦国群臣面前公开向秦惠王提出了灭韩东进的谏议后，其他秦国之臣没有一个提出异议，因为其时张仪势位正炎。

张仪能言善辩，将伐韩之利说得头头是道，秦惠王也觉得相当有理。于是，秦惠王就考虑接受其谏议。正当此时，突然有一位秦国本土出生的大臣司马错出来反对，而且反对得非常激烈。他不仅反对伐韩，而且提出了自己的独到主张——伐蜀。

于是，秦惠王就犹豫起来了。

不过，秦惠王不愧是个明主，事实证明，他也确实是个明主。除了即位伊始，因为做太子时与商鞅结下的仇恨而车裂了商鞅，令人有些非议以外，其他事情，他做得都没有任何错误。他先用魏人公孙衍，再用魏人张仪，同时也用秦人陈轸，即使陈轸做了楚臣，他仍然用之不疑。正因为如此，他即位以来一直是成功的，秦国在他执政期间达到了前所未有的强盛状态。

素有兼听雅量的秦惠王，见张仪与司马错的主张完全相左，二人又争论得特别激烈，于是，就决定让他们索性把各自的意见说清楚，阐明各自主张的理由，谁说得令其信服，就听谁的。

于是，秦惠王笑着一摆手，对争得面红耳赤的张仪与司马错，也是对殿上所有大臣道：

“张仪欲伐韩，司马错欲伐蜀，寡人愿闻其说，请自道其详。”

张仪自以为是秦相，于是，立即抢先道：

“臣先言之。”

秦惠王笑着对张仪道：

“贤相自可先言之。”

张仪一听秦惠王也认为他是秦相有特权，自然心里舒服，遂面有得色，示威似的看了看司马错，然后从容对秦惠王说道：

“大王，伐韩，乃是取天下之王业。”

“何以言之？”秦惠王问道。

“韩，乃二周之所在，亦周天子与九鼎宝器之所在。”

秦惠王一听，不禁点点头。因为他明白，张仪这个想法是对的，秦国虽强，但周天子还是名义上的天下共主，代表周天子权力象征的九鼎宝器都在周天子那里，要称王于天下，得不到九鼎宝器，何以号令天下诸侯？而要想得到周天子的九鼎宝器，就必须伐韩，因为二周是被包围于韩国之中的国中之国，不伐韩，无由得周天子之九鼎宝器也。

想到此，秦惠王又问了一句：

“秦无故而伐韩，奈天下诸侯何？”

秦惠王的这个问题，可谓点到了要害上。是啊，自古有言：“师出必有名”，如果出兵没有正当理由，那么必会惹起天下共愤，那就要引火烧身了。如果秦国伐韩，山东各国助之，怎么办？

秦惠王担心这个问题，秦国的其他大臣也同样担心这个问题，只是他们都慑于张仪的淫威，不敢问出来而已。现在被秦惠王一问，于是大家都聚目于张仪，延颈以听。

张仪看看秦惠王，又扫视了殿上的所有大臣，然后从容对道：

“亲魏善楚，可矣。”

“亲魏善楚？”秦惠王轻轻地在口中念叨了一句，然后默默地点点头。

张仪见此，遂立即接口道：

“亲魏善楚，则秦兵可下三川，塞轘辕、缑氏之隘口，当屯留之要道。魏绝南阳，楚临南郑。然后，秦攻新城、宜阳，兵临二周之郊，历数周王之罪。周自知不能救，必出九鼎宝器，秦可得之。如此，大王据九鼎，案图籍，挟天子以令诸侯，天下莫敢不听。所以，臣说伐韩乃王业也！”

说到此，张仪停了下来，抬眼看了看秦惠王。

秦惠王并没有如张仪所预想的那样为之所动，而是默然不语。

张仪又看了看秦惠王，又不无恨意地扫了一眼司马错，接着说道：

“蜀为西僻小国，乃戎、狄之属。今大王若听司马错之计，举兵西伐于蜀，则必弊兵劳众，不足以成大名。伐蜀，纵得其地，亦不足以为利。臣闻之：‘争名者于朝，争利者于市。’三川、周室，乃天下之市朝也。今大王舍市朝而不争，反争戎、狄之地，此去王业远矣！”

司马错听到此，终于按捺不住了。心想，你张仪也太霸道了吧，大王说过，让我们各道其主张，你可以尽情地说你的伐韩之是，但你不能说我的伐蜀之非。

于是，张仪话音未落，司马错立即针锋相对地接口反驳道：

“张仪之论，非也！臣闻之：‘欲富国者，务广其地；欲强兵者，务富其民；欲为王者，务博其德。三者备，则王业不求自来。’”

秦惠王一听，不禁微微一笑。心想，看这二人都引经据典，说得好像都还头头是道。好，不妨一听。于是，点点头，予以鼓励。

司马错一见秦惠王点头，立即精神百倍。接着，更加慷慨激切地说了下去：

“今大王之国，地小民贫，故臣谏大王伐蜀以广其地。伐韩而临二周，天下必汹汹然；伐蜀而广其地，山东诸侯无有异议。此乃避其所难为，而趋之于所易为也。蜀虽西僻小国，然为戎、狄之首，且有桀、纣之乱。大王今若起大兵以攻之，譬如使豺狼而逐群羊，易于反掌也。伐蜀而取其地，足以广大王之国；伐蜀而得其财，足以富大王之民；伐蜀而化其民，足以缮大王之兵。大王不必伤众劳师，而蜀已服矣。此可谓：‘拔一国而天下不以为暴，利尽西海而天下不以为贪’。故臣以为，伐蜀乃一举而名实两副，又有禁暴正乱之名，大王何乐而不为哉？”

说到此，司马错情不自禁地得意起来，先抬眼望了望秦惠王，察其面有悦色。于是，又恶狠狠地看了一眼张仪。然后，也以其人之道，还治其人之身，数落起张仪伐韩主张的不是来：

“大王若伐韩，则未必有利。伐韩而劫天子，乃是恶名。秦负不义之名，而攻天下之所不欲，危矣哉！臣请告其故：周，天下之宗室也；韩，齐之盟国也。周自知失九鼎，韩自知亡三川，则必并力合谋，借齐、赵之力而求援于楚、魏。周以鼎予楚，韩以地予魏，大王何以止之？故臣以为，伐韩危矣哉！不如伐蜀，而可收其全功。”

听到此，秦惠王情不自禁地拍案而起道：

“善哉！寡人听子！”

张仪一听秦惠王说“善哉”，又见秦惠王改口以“子”尊称司马错，知道再争已经不可为了。于是，诺诺而退。

周慎靓王五年（前316）一月底，秦惠王即命司马错为将，率十万大军，直指西南蜀国而去。

也合当司马错应该成功，就在司马错兵出咸阳之时，恰巧蜀国与苴国、巴国之间发生战争。巴、蜀二国，长期互为仇敌，总是打打杀杀个没完没了的。苴国比较弱小，为了生存，苴侯就采取了与巴王友好的国策。可是，这却激怒了蜀王，以为巴、苴友好，其意在伐蜀。于是，蜀王就起兵伐苴，苴师不敌蜀军，苴侯遂出奔至巴国，并向秦国求救。这下，司马错就更找到理由了。于是，将计就计，率秦国大军从汉中经牛石道伐蜀。蜀王闻知，亲率蜀兵至葭萌迎战秦师。结果不敌秦师，蜀王败而走武阳，终被秦师所杀，蜀国就此灭亡。

接着，司马错乘胜将苴、巴二国也顺带灭了，并将巴王活捉回咸阳。

至此，经过十个月的苦战，司马错最终一举而灭了蜀、巴、苴三国。

3. 东征西伐

司马错伐蜀成功后，秦国地益广，国益富，兵益强，从此天下诸侯国就更不在其眼中了。

挟着秦国如日中天的强势国力，张仪这个秦国权相，为巩固自己在秦国的地位，不让司马错一人专美于秦惠王之前，就在司马错伐蜀成功，还在凯旋咸阳的路上时，张仪游说秦惠王，欲出兵伐赵。秦惠王为其说辞所动，遂允其所请。

周慎靓王五年（前316）十一月中旬，张仪统五万秦国精兵，由秦所据之上郡出发，东越西河，袭取了赵国西河与狐岐山之间的战略重镇——中阳（或称西阳）。

在夺得中阳之后，张仪统兵继续东进，绕过狐岐山，准备袭取赵国昭余祁泽与谒戾山之间的战略重镇——中都，这是此次张仪伐赵的主要目标。因为中都地处赵与魏交界之处，伐取中都，既可以沉重地打击赵国，为秦国东进威逼赵国建立战略据点，又可以有效地对魏国发挥威慑作用，可谓有一石二鸟的双重意义。

周慎靓王五年（前316）十二月十一，张仪所率的秦师渡汾水后，行不多久，至一座山前，天就黑了。

于是，张仪传令就在此山之阳，找片平坦之地驻军宿营。

在兵士择地宿营，起灶造饭之时，张仪则在几个悍将勇卒的护卫下，沿山脚巡视地形。走不多远，突然发现前面好像有影影绰绰的灯火在闪烁。

“噫，前面似有庄户人家。”

张仪说着手一扬，随扈循着张仪所指的方向，果然看到了有点点灯光之影。于是，几人便循着灯光的方向，纵马而去。

不一会儿，张仪等几人就在有灯光之影处止缰驻马。一看，果然是一户人家，两间草房，破笠遮牖。

“笃，笃，笃”，张仪上前在门扉上轻叩三下。

“吱呀”一声门响，门开处，一个白须老者出现在灯影之下。

就着昏黄的灯光，张仪终于看清了老者那满是皱纹而苍老的脸。心想，这老人看样子也有七八十岁了。

“昏暗之夜，何人还来此荒山野岭之中？”

“老丈，俺乃秦国之将，今行军至此，见有火光之影，遂寻而至此。”

“秦国之将？”

老者仔细打量了一下眼前这位说话的陌生人，见他盔甲鲜明，再看看他身后，还有一些将士模样的随扈，知道眼前的陌生人确是一个有身份的将军了。于是，就将张仪与几个随扈让进了小屋。

屋里除了一个木墩之外，没有任何可坐之具。老人指了指这个木墩，请张仪在这个木墩之上就坐。张仪连忙谦恭施礼，谢过老者，然后卸下盔甲，坐于木墩之上。

老者自己则傍着木墩旁的那个摇曳跳跃着灯光的松油灯盏的小桌旁，席地而坐。张仪的几个随扈则未卸盔甲，侍立于张仪身后。

坐定后，老者捧起小桌上的一只大瓦罐，向小桌上唯一的一个大粗碗内倒了半碗清水，然后跪直了身子，双手捧到了张仪面前。

张仪连忙从木墩上滑了下来，也跪直了身子，双手接过老者捧上的水，举过头顶后，再一饮而尽。

接着，老者又用这只粗碗，依次给张仪的每个随扈也各倒了半碗水，最后，自己也“咕咚”、“咕咚”地喝下了半碗。

饮水毕，张仪遂谦恭有礼地问老者道：

“老丈高龄几何？”

老者捋了一下白花花的胡须，似乎非常得意地道：

“八十有五矣。”

“八十有五？”张仪与几个随扈几乎同时惊讶地问道。

老者点点头。

张仪见老者颇有兴致，遂又问道：

“老丈如此高龄，何以独居如此荒远僻野之墺？”

张仪环顾小屋四周，觉得这小屋中好像并无老者家室的样子，遂这样问道。

“老朽乃此处守山之人。世居于此，至今已十四代矣。”

张仪一听，就在心里合计开了，不得了，这么说来，已经有三百二十多年了。那么，为什么三百多年，十几代人都要为了守这个山，而僻居于此呢？

于是，张仪就有些不解了，遂有了一种打破砂锅问到底的冲动，脱口问道：

“此山莫非……”

张仪话还未完全问出，老者立即明白了他的意思，遂兴致盎然地说道：

“将军恐怕有所不知，此山非他山，乃介山也。”

“介山？”张仪还是不解。

“将军是否听说过介子推？”

“早已闻知其人。”张仪肯定地点点头。因为早在启蒙教育时期，姜老先生就给自己讲过晋文公称霸的故事，其中就说到过他有一个贤臣，叫介子推。

老人见张仪说知道介子推，益发兴趣盎然。遂又接着说道：

“介之推，即我介氏先人！昔晋文公重耳为公子，献公之妃骊姬谗言中伤公子。公子为人纯孝，不想辩冤于献公之前，遂亡奔于外，颠沛流离于诸侯之间，先后达十九年之久。公子自少好士，亡奔之时，有贤士数人追随左右，乃赵衰、贾佗、先轸、魏武子、介子推，公子之舅狐偃咎犯，亦在其中。”

张仪听到此，这才知道，老者这么有兴趣跟自己讲介子推的往事，原来是在推阐他们介氏家族的光荣历史呢。不过，他所讲的这些贤士名字，好像自己小时候听姜老先生都提过，老者讲的也与之相符合，并不是胡诌历史，往自己家族脸上贴金。

于是，张仪点点头，并显出非常有兴趣的样子，看了看老者，示意他继续讲下去。

老者见眼前这位将军饶有兴致，遂更是精神倍增，接着说道：

“十九年后，秦送公子归晋。行至河边，正欲东渡，公子之舅咎犯徘徊不前，公子问其故，咎犯说：‘臣随君周旋天下十九载，犯上之过多矣。臣犹知之，何况于君？今君归晋执政，臣请从此告去。’公子慰留再三，说道：‘重耳归国执政，若不与舅父同甘共苦，河伯视之！’乃投璧于河中，与咎犯盟誓，以明其心。当时，吾祖介子推亦随公子东归，在船中见之，笑道：‘公子有今日，乃天助也。而咎犯贪天功为己有，且与国君讨价还价，令人羞之，我不忍与之同列。’遂悄然隐去。”

“介子推真乃高洁之士也！”听到此，张仪脱口赞道。

老者一听将军赞其先人，遂更是兴奋。又接口道：

“公子得秦国之助，最终归国执政，号为晋文公。晋文公即位为君之后，内修朝政，外交诸侯，轻徭薄赋，施惠百姓。未及数年，晋国大治。文公抚今追昔，感慨万端，乃大赏昔日追随之贤士及功臣，大者封邑，小者加爵。然行赏未尽，适逢周襄王有难，出居郑地，遣使告急于晋。晋国初定，文公欲发兵以靖周襄王之难，恐行赏不均而祸起萧墙，故行赏未及吾祖介子推而止之。”

“介子推有怨言否？”张仪问道。

“文公行赏未及吾祖，吾祖亦无怨言，但文公之禄也终不及于吾祖。有知其内情者，乃为吾祖鸣不平。吾祖说：‘献公九子，唯存文公。惠、怀二君无道，士庶无亲，外内弃之；天未绝晋，必将有主，主晋祀者，非文公而谁？文公为君，乃天之助也。二三子以为己力，不亦谬哉？窃人之财，犹谓之盗，况贪天功以为己力？下冒其功，上赏其奸，上下相蒙，难以相处矣！’”

“介子推所言甚是。”张仪情不自禁地附和道。

“但是，其母不以为然，劝道：‘他人皆有赏，儿何不亦往求之？不然，冻馁而死，亦不可怨人。’吾祖说：‘明知他人之错，尚效法其所为，罪莫大焉。儿今既出怨言，则不食君禄矣。’其母说：‘儿所言甚是。不过，亦应让晋君知其原委。’吾祖说：‘人之言，若身之纹；欲隐其身，何用纹之？纹之，是求显也。’其母说：‘果能如此，娘与儿偕隐。’遂母子同隐于绵上山中。”

“绵上山何在？”张仪追问道。

“绵上山，即此山也。吾祖与其母隐去，有昔日追随文公者叹而怜之，悬书于文公宫门：‘龙欲上天，五蛇为辅。龙已升云，四蛇各入其宇，一蛇独怨，终不得处所。’文公见其书，幡然醒悟道：‘此言介子推也。方其时，寡人忧王室之难，未及赏其功。’遂使人召吾祖，不得。又使人求其所在，亦不得。久之，闻其母子隐于绵上山中。文公遂使兵士环山而立，入山而觅之，终不得见。文公无奈，乃令放火，欲烧山而迫其母子出焉。”

“结果如何？”张仪焦急地问道。

“山林尽烧，乃得其母子，已抱木而焚为焦炭。”

“嗟乎，悲哉！惜哉！”张仪不禁长叹道。

“文公闻知，悲恸久之，乃环绵上山中而封之，以为介子推墓田，号曰介山，立石铭记道：‘封此山，以记吾过，且褒善人。’又令介氏族人为守此山。”

听到此，张仪终于明白了眼前这位老者何以独守此山的缘由，不禁黯然神伤。

沉吟片刻，张仪又问了一句：

“今魏、韩、赵‘寒食’之俗，莫非由此而来？”

“正是。文公悲吾祖焚身而亡，乃定烧山三日为吾祖祭日，下令国中，每年至此三日，家家断火，户户冷食，号为‘寒食’。”

听完了老者的故事，走出老者的小屋，张仪不禁望望身后黑魆魆的介山，不禁肃然起敬，感伤不已。

第二天一大早，张仪带着几个将领，在大军开拔东进前，恭恭敬敬地跪在介山山脚之下，遥望介山之顶，深深地拜了又拜。

也许在五万秦国大军的心目中，自己的主将兼秦相在介山之前倒身一拜，仅仅是为了表达他对晋国先贤介子推的崇敬之意。然而，在张仪的内心深处，则还隐含了这样一层深意，他以秦相之尊跪拜三百多年前的晋国贤士介子推，是想昭示大家这样一个想法：凡是对国家有功者是应该永远值得后人尊敬的。那么，自己为了秦国的王霸之业所作的努力，是否也应该值得秦国的后人尊敬呢？

此时此刻的秦国五万将士，恐怕很少有人能够理解张仪的心情。但是，半个月后，当张仪统帅他们最终伐取了赵国战略重镇——中都之后，他为秦国的王霸之业立下多大的功劳，大家却是看得见的。

张仪伐取赵国中阳、中都两大战略重镇的功劳，他统率的五万秦国将士看到了，秦惠王也看到了，伐蜀有功的司马错也看到了。

然而，东征凯旋后不久，当张仪继续当朝执政时，每每见到曾与自己争论于秦惠王之前的司马错那种居功自傲的样子，就有一种不舒服甚至不祥的感觉，心里隐隐约约总有一种预感：会不会有一天司马错会取自己的相位而代之呢？

因为他知道，虽然自己东征伐赵成功，虽然自己现在还是秦国的权相，但面对司马错，仍然不免心虚，心中总有一种底气不足的感觉，潜意识中总觉得自己的伐赵之功远不及司马错的伐蜀，并灭蜀、巴、苴三国的功绩。因此，他怕自己的秦相之权位迟早会受到威胁。

周慎靓王六年（前315）二月底，就在张仪心里发虚，觉得自己战功不及司马错之时，突然闻报，赵武灵王遣大将英率师来夺中都与中阳。

张仪一听，心中大喜，立功的机会又来了，何不再请命率师迎击之。如果再胜，两次东征赵国的战功，总能抵得了司马错伐蜀之功吧。

想到此，张仪立即奏请秦惠王，要求再次领兵伐赵，秦惠王允之。

于是，周慎靓王六年（前315）三月初，张仪又率五万精兵出发了。

不出一月，张仪所率秦师，经过苦战，终于击败赵国大将英所率之赵师。

周慎靓王六年（前315）四月中旬，当张仪率得胜之师凯旋咸阳时，底气显得充足多了。

周赧王元年（前314）一月十一，义渠君之使突然来朝，要求与秦媾和。可能是义渠君看到了秦伐蜀成功，又东征伐赵成功，忧虑强大的秦国接下来就要收拾自己了。

张仪闻说义渠君之使来求和之事，立即入见秦惠王，奏道：

“前此五国伐我，大王遣使致义渠君文绣千纯、美女百人，而义渠袭我于李帛之下。今大王何不效其所为，先允义渠君请和在前，再袭义渠城池于后？”

秦惠王一听，觉得张仪这个主意好，不禁脱口而出道：

“善哉！贤相既为此计，有劳贤相率师伐之，如何？”

张仪一听，大喜过望。心想，这不是又给了自己一次取战功的机会吗？

于是，接口就道：

“诺!”

周赧王元年（前314）一月十二，义渠君之使前脚出咸阳之城，张仪五万大军就后脚跟上。结果，不出两个月，在义渠君毫无防备的情况下，袭夺义渠二十五城，大获全胜。义渠君败走匈奴，远循沙漠去也。

西伐义渠成功后，张仪终于气冲如牛了。觉得从此以后，凭自己东征西伐之功，大可以稳固地掌握秦国的权相之位了，再也不惧司马错对自己秦相之位的觊觎了。

第十四章　复相秦（下）

1. 败楚之计

就在张仪为巩固自己的秦相权位而东征西伐之时，山东各国风云又起。

周慎靓王五年（前316）十一月，也就是张仪率秦师第一次伐赵之时，远在僻远的东北之隅的燕国，突然发生了一起历史上从未有过的事情：燕王哙让位于燕相子之，子之为燕王，燕王哙反而为子之之臣。

于是，燕国上下为之哗然，山东诸侯各国为之震惊。

周赧王元年（前314）一月中旬，也就是秦相张仪正率秦师西伐义渠，战斗正激烈进行的时候，燕王哙与子之君臣易位未及三年之时，燕国国内便发生了大乱。燕将市被联合燕太子平起而伐子之，子之反攻，杀了燕将市被及太子平。由此，内乱益甚。内乱数月，死者数万，国人恫恐，百姓离散。

周赧王元年（前314）四月中旬，在张仪结束了西伐义渠后的一个月，也就是燕国内乱正愈演愈烈之时，张仪又趁山东局势不定之机，奏请秦惠王伐韩。秦惠王因为张仪东征西伐屡屡得胜而归，遂对张仪言听计从。

周赧王元年（前314）四月中旬，张仪联合魏国，开始对韩国用兵，企图一举灭之。

然而，此时正是张仪的老冤家公孙衍任韩国之将，岂能让张仪的企图得逞。公孙衍见秦、魏联合，兵多势大，遂遣使东走临淄，求救于齐闵王。

齐闵王见是公孙衍遣使来求救，遂爽快地答应道：

“齐、韩为盟国，秦师伐韩，寡人必救之。”

韩使刚走，齐闵王之臣田臣思（或称陈臣思）乃谏齐闵王道：

“臣以为，大王此谋非为上策！秦师伐韩，不如听之而不救。今燕王哙让国于其臣子之，燕国百姓不拥戴，诸侯各国不认同。秦师伐韩，楚、赵必救之。此乃天以燕赐我也，大王若兴师，不如伐燕。”

齐闵王一听，觉得有理。心想，而今秦师伐韩，秦、魏、韩、楚、赵五国都会因此而脱不了身，何不趁此良机，出兵灭燕。

想到此，齐闵王脱口而出道：

“善哉!”

遂立起大军，由大将匡章统率，进兵燕都蓟。

由于燕国上下都仇恨子之，政局混乱，人心不稳。当匡章统率齐兵入燕时，燕国士兵刀枪不举，城门不闭。结果，匡章五十日即占领燕都，并杀燕王哙与子之等人，又屠无辜燕民无数。

周赧王元年（前314）六月底，当齐将匡章伐燕得手的消息传到赵都邯郸时，赵武灵王觉得齐国独吞燕国，对赵国是个威胁，因为齐、燕合并为一国，就会实力更强，今后齐国就可以从东、从北两个方向包围赵国。如此，赵国就会成为第二个燕国了。

想到此，赵武灵王决定，趁齐军在燕立足未稳之机，借“伐齐存燕”为名，号召天下，就近出兵伐齐。

师未出，时在赵国为将的乐毅入见赵武灵王，谏之道：

“大王，今赵无故而伐齐，齐必视赵为寇仇。不如遣使往临淄，请以赵国河东之地而易燕国之地。如此，赵有河北，齐有河东。赵、齐亲善，弱燕必不敢与赵争河北之地。”

赵武灵王一听，觉得这倒是一个好主意。心想，如果不动一兵一卒，能够通过与齐国做交易的办法，将赵国漳河以东的一块地方，换取齐国所占据的燕国黄河北岸的大片土地，于赵于齐都是两利的事。如此一来，今后即使齐军退出燕国，燕国复国，也会认为赵、齐既然易地，就是联盟关系，从而不敢再与赵国争河北之地了。而赵国有了燕国河北之地，就可以北控燕，东临齐，内控中山之国。到那时，赵国就有与秦、齐、楚三强角逐，一较高低的本钱了。

想到此，赵武灵王会意地点点头。

乐毅见此，续又说道：

“赵予齐河东之地，燕、赵共辅之，齐必国势益盛。盛则为天下所憎，诸侯共伐之，齐必破矣。”

赵武灵王一听，觉得这真是个一箭双雕的好计。于是，脱口而出道：

“善哉！”

于是，赵武灵王立即遣使往齐，与齐国做交易，试图换得燕国河北之地。

正如俗语所言：“天下没有不透风的墙。”

齐师伐燕，而据有燕都。赵欲与齐易地，觊觎燕国河北之地，这是多大的动静啊！不久，楚、秦、魏三大国皆得到密报。于是，秦、魏联军与韩国之战便戛然而止。

由此，一场利益之争的外交博弈，便在各国之间展开了。

却说楚、魏二国闻说齐师伐燕成功，并据有燕都，又听说赵与齐欲易地，立即紧张起来。

楚怀王认为，齐国若并吞燕国，那么齐国就会变得更强。如此，就必然会构成对楚国的巨大威胁。以前都是楚伐齐而屡屡得手，如果齐并燕成功，楚、齐双方的力量就要倒置，楚国受齐国欺压的日子就不远了。

而魏哀王则认为，齐国若与赵国易地，那么赵国会因此而迅速崛起；而齐并燕之后，则齐国的势力就更加强大了。如此，齐、赵二国环视魏国，魏国岂不面临更大的威胁？只有阻止齐国并燕、赵齐易地，才能不使齐、赵益强，才能减轻魏国来自东部与北部的双重压力。

由于有着共同的国家利益考虑，楚、魏很快走到了一起。

不久，楚怀王派出两路使者，一路是昭奚恤使魏，许魏以六城，欲联合魏国，以“存燕”大义为名，共同伐齐；另一路则以淖滑为使，往赵游说赵武灵王，约赵与楚、魏共同伐齐以存燕。

与此同时，魏哀王也派出了两路使者，一路是田需为使，往楚，约楚怀王共阻齐国并燕、赵齐易地；另一路是惠施为使，往北游说赵武灵王，举大义，与楚、魏联合伐齐而存燕。

就在楚、魏、赵、齐之使交驰往来，折冲樽俎，络绎不绝于途时，秦相张仪则一边退兵函谷关，一边遣使禀报秦惠王有关山东之变的情况。

周赧王元年（前314）八月中旬，正当张仪获得密报，得知楚、魏、赵三国合兵伐齐之计已定时，齐闵王的使者秘密入函谷关求见张仪，请求秦国相助，以破解楚、魏、赵联军即将对齐国展开攻伐的成局。

张仪一听，觉得齐国与秦国是姻亲关系，齐国趁燕之乱，而兵出燕都，于天下公义确实有亏。但是，现在魏、楚合兵欲伐齐，秦也不能见死不救。因为不论是基于秦、齐的姻亲关系，还是秦、齐的“连横”之盟现实，秦国都必须救援齐国的。但是，现在若回咸阳禀报秦惠王发兵，恐怕来不及了。再说，即使秦惠王愿意发兵，以齐、秦二国对楚、魏、赵三国，恐怕胜算也不大。

想来想去，张仪觉得还是用计，智破魏、楚、赵联合伐齐之局，才是上策。

于是，张仪立即亲自动身，以秦相身份，急驰魏都大梁，游说魏哀王道：

“大王欲合魏、赵之师而伐齐，齐王必畏之。齐王畏之，则必返燕国之地，而以卑辞说楚、赵。楚、赵若听之，则楚必不予魏国六城。如此，是大王失算于楚、赵，而树怨于齐、秦也。”

魏哀王默然无语。

张仪见其不为所动，遂又说道：

“齐乃大国，又与秦结为姻亲。魏合楚、赵而伐齐，秦必乘虚而入，南向而伐楚；齐必呼应之，西向而攻赵。赵国破，则齐必取魏之乘丘，收复侵地。如此，魏之虚、顿丘危矣。秦破楚，则楚之南阳、九夷不保。秦兵入沛，则魏之南境许、鄢陵必危。如此，大王伐齐之所得，唯新观一地而已。然而，新观为宋、卫所隔，大王欲得齐之新观，道途为宋、卫所制，恐亦难矣。大王伐齐，战而败，则为赵所驱使；战而胜，则为宋、卫所挟制。故臣以为，大王之计不可取。”

魏哀王本来对张仪就没好感，听张仪说自己的决策不可取，觉得他言之狂妄，就更是反感了。于是，不听其说。

张仪无奈，遂急走韩都郑，密见时任韩相的公仲。当时，韩国正在闹饥荒，公仲为此一筹莫展。张仪遂给公仲出了个主意，让韩王请求魏王，将其河外之地贷予韩国，以此移民就食，以缓饥荒。

魏都大梁与韩都郑近在咫尺，没过几天，韩宣惠王就遣使请求魏哀王，让韩国饥民移民到魏国河外靠近秦国的地方。

魏哀王一听，非常恐惧。心想，如果答应，那么多的韩国饥民一旦移民到魏国河外之地，不仅会抢了魏国河外之地民众的食粮，引发魏国的饥荒，而且还会使魏国从此失去了河外之地，等于将河外之地送给了韩国，这怎么可以呢？

张仪料定魏哀王听到韩国之使的请求会紧张，所以教计于韩相公仲后，又立即回到了魏都大梁，再次求见魏哀王。

这一次，魏哀王对张仪客气多了。一见张仪，就倾心向他问计。

张仪见此，知道计成了。遂接口道：

“大王亦知之，今秦王欲兴师救齐，韩则欲攻魏国南阳。秦、韩合兵，而攻南阳，别无他故，乃为救齐也。”

魏哀王一听张仪说韩、秦已结盟，又想到韩国之使请求让韩国民众移民到秦、魏毗邻的魏国河外之地就食，就更加确信秦、韩已经建立了联盟关系。如此，魏国再参加楚、赵的伐齐战争，就要受到秦、齐、韩的三面包围，必将导致亡国之果。

想到此，魏哀王终于答应张仪之请，不参加伐齐之战。

结果，楚国听说魏国退出伐齐联盟，也就自动取消了伐齐的计划。

而齐国因为来自诸侯各国的压力，同时由于齐国士兵在伐燕时过于残暴，终遭燕国民众的普遍反抗，最终也自动撤出了燕国。而赵国想与齐国易地，乘机吞并燕国河北之地的企图也没有得逞。

到周赧王元年（前314）十月初，天下又归于了平静。

为此，张仪不禁暗自得意，都是因为自己的败楚之计，不费一兵一卒，就化解了楚、魏、赵对盟邦齐国的战伐危机。

2．三挫公孙衍

解除了齐国的危局之后，张仪又想到了他的灭韩计划。自从与司马错争论之后，他越发想实现自己的灭韩计划，以此证明自己当初在秦惠王面前所陈说的伐韩之策是正确的，从而彻底抚平与司马错争论失败的旧痛。

周赧王元年（前314）十一月初，张仪终于又说服了秦惠王，再次领兵出了函谷关。

此次出关，为了保证伐韩的成功，张仪又让秦惠王另拨了五万精兵。这样，加上上次伐韩时临时撤回而驻守在函谷关的五万精兵，就有了十万大军。

于是，周赧王元年（前314）十一月中旬，张仪就信心满满地统兵出了函谷关。然后，向东进入韩国之境。先伐取了韩国西部与秦、魏交界的战略重镇——渑池，然后再往东南，伐取了韩国洛水西岸的另一个战略重镇——宜阳。

周赧王元年（前314）十二月中旬，张仪所统率的十万秦国之师，又东越洛水与伊水。然后，再进攻韩国南部、位处汝水南岸的另一个重要的战略要镇——南梁。韩国上下顿时为之震动，人心开始浮动。

周赧王元年（前314）十二月下旬，当张仪所率的秦国十万大军攻到颍水与洧水之间的浊泽时，韩相公仲也一筹莫展了。因为浊泽是韩都郑的最后一道屏障，与郑近在咫尺，只要秦师向北越过洧水，就可直捣韩都郑了。而只要郑被秦军伐取，韩国也就算亡国了。

韩相公仲无奈，只得向韩宣惠王进谏道：

“盟国不可恃，今事急矣，不如与秦媾和，结为联盟。”

因为自从张仪兵出函谷关后，韩宣惠王就派出了许多使者往楚、魏、赵等盟邦求救，可是秦师眼下都打到了韩都郑跟前了，韩国还是没有等到盟国的救兵。因此，公仲才跟韩宣惠王说出“盟国不可恃”的话。

韩宣惠王到了这个时候，只得承认事实了。既然盟国救兵迟迟不到，那么韩国的这点军队是坚持不了多长时间的。虽然有公孙衍为将，但毕竟秦国军队兵多将广，即使主将再有智谋，终究也是无能为力的。

想到此，韩宣惠王默默地点了一下头。

公仲见此，遂才敢继续说了下去：

“今秦师欲伐楚，其意已明。为今之计，大王不如遣使说张仪，与秦媾和，贿秦以一名都大邑，与秦共伐楚。如此，秦不伐韩，韩又得秦国之助，伐楚而得地，岂非以一易二之上计?”

韩宣惠王一听，心想，到了如此地步，公仲的这一计谋，倒不失为救亡图存的上策。如果能够共伐楚而得地，贿秦之地的损失倒是也能找回来，韩国也不算吃亏。

想到此，韩宣惠王坚定地点点头，说道：

“善哉!”

于是，韩宣惠王乃诫公仲谨慎行事，去游说秦相兼主将张仪去了。

就在此时，公孙衍正统领韩国军队拼死抵抗张仪所率之秦师，打得难解难分，并不知道韩宣惠王与韩相公仲的计谋。

张仪几个月前为了阻止魏、楚、赵联合伐齐的事，曾到过韩都郑，教过公仲要挟魏哀王的计谋。所以，公仲到秦国大营见了张仪，跟他说明了韩宣惠王的意思，张仪立即答应。

这样，秦国军队就立即停止了进攻，公仲也高高兴兴地回去向韩宣惠王复命去了。

其实，公仲根本不知道，这是张仪的缓兵之计。

因为秦军虽勇，但毕竟这是在韩国土地上作战，又是寒冬腊月的，秦师已经显示出了一些力不能支的迹象。如果再打下去，老冤家公孙衍利用韩国之师有地利、人和的优势，发起对秦师的反攻，那自己就可能有大败而归的惨局了。

正因为如此，张仪在公仲来媾和时，就给了公仲一个顺水人情，答应了公仲的请求。而当公仲一走，张仪立即暗中遣人放风，使楚国知道秦、韩已经结盟，正要攻打楚国。

楚怀王哪里知道这是枭雄张仪的计谋，闻知消息后，大为惊恐，急召陈轸问计。

陈轸虽然现在是楚怀王之臣，也是张仪的老冤家，但是，他是秦人，所以虽恨张仪，但不恨秦国。因此，当楚怀王问计于他时，他就想出了一个不伤害楚国，却有益于秦国的计谋，游说楚怀王道：

“秦有伐楚之心，久矣。今秦不战而得韩一名都大邑，其势益盛。秦韩合兵一处，南向而伐楚，乃秦王之大欲也。而今得遂伐楚之愿，秦王必不会半途而废！”

“如此，为之奈何?”楚怀王不禁焦急地问道。

“无忧！大王可于四境之内戒严，扬言起兵救韩。令战车满道路，信使络绎不绝于途，令韩王确信楚必救己。如此，纵然韩王不能听命于大王，而与楚戮力伐秦，亦必感恩戴德于大王，不与秦国结盟，合兵而伐楚也。”

楚怀王一听，觉得陈轸这话有理，遂连连点头。

于是，楚怀王立即传令楚国四境之内严加警戒，到处征调军队，放言救韩，恨不得满天下都知道楚国要起兵救韩了。又派亲信大臣为使，饰高车骏马，多发金帛车马，以为资韩之用。一路上，使臣车队浩浩荡荡，却慢慢悠悠，不急不慌地往北而去。与此同时，又发轻车快马，急报韩宣惠王道：

“敝邑虽小，已倾国而出矣。希望大王坚定信心，与秦周旋。

寡人将以敝邑而殉韩。”

韩宣惠王一听楚怀王已倾国出动来救韩，让韩国放心抵抗秦国，而且表示将不惜以牺牲楚国为代价保住韩国，不禁大为感动，遂立即决定，中止韩相公仲入秦都咸阳与秦惠王订盟之行。

公仲认为不可，乃谏韩宣惠王道：

“秦国以大军困我，楚国以虚名救我。今大王轻信楚王虚救之言，轻绝与强秦之交，必为天下笑矣。且楚、韩非兄弟之国，素无伐秦之约。当初，秦师伐韩，我告急于楚，楚王不救；今秦欲合韩而伐楚，楚王惧之，乃虚言发兵救韩，此必陈轸之谋。且秦韩合兵之约，大王已遣使报之于秦。今止而不行，是欺秦也。轻慢强秦，而信楚王谋臣，大王必悔之莫及矣。”

韩宣惠王不听，乃绝交于秦，以待楚师之援。

拒绝了韩相公仲之谏后，韩宣惠王遂立即传令，让正在浊泽前线的主将公孙衍死守死战，以待楚国大军的到来。

却说张仪自从周赧王元年（前314）十二月下旬与韩相约定停战以来，至今已经休军一月有余，突然闻报，说韩宣惠王取消了遣使到咸阳订盟的约定，而等待楚国援军的到来，欲与楚师共伐秦。于是，大为震怒，立即命令十万秦师再次对韩国军队发起攻击。

结果，养足了精力的十万秦国雄师，在张仪的一声令下，仅用三天就大败韩师主力。主将公孙衍见楚师至今不来救援，知道大势已去，遂弃师而走，越过韩、魏东部边境，只身逃往魏国的岸门去也。

3. “连横”说魏王

周赧王二年（前313）一月底，张仪在伐韩成功，迫使韩国割地媾和后，又趁秦国如日中天之势，谏议秦惠王与魏国正式实施“连横”。

秦惠王允之，张仪遂以秦相之身，前往魏都大梁游说魏哀王。

周赧王二年（前313）三月初，张仪抵达魏都大梁。魏哀王闻之，连忙召见，热情有加。因为他知道，现在的张仪就是秦国，秦国也就是张仪，怠慢不得。

张仪见了魏哀王，也不客气，更不转弯抹角，径直游说他道：

“今日之魏，非昔日之魏也。地方不过千里，将卒不过三十万。”

魏哀王一听，心里好不悲伤。想当初，魏国方圆数千里，势力远及秦国的河西之地，还有河源地区的上郡等大片广袤的土地。只是后来，由于祖父魏惠王好战，结果在与齐国的“桂陵之战”与“马陵之战”中大败，使国家元气大伤。加上秦孝公任用卫人公孙鞅变法成功，原来弱小的秦国逐渐崛起于魏国之西，并屡屡偷袭魏国河西之地而得手。由此，秦国益强，魏国益弱，终至在屡屡败北的情况下，丢掉了河西之地，还有原来的秦之上洛之地及河源地区的上郡十五县等半壁江山。从此，地狭兵亦寡也。当初百万雄师，驰骋天下，打得诸侯各国闻风丧胆的威风，早已是梦中久远的回忆了。

看到魏哀王听了自己的话而表现出的悲伤之情，张仪非常明白此刻魏哀王心里在想什么。但是，而今的魏国已经不是当初的魏国了，如今的魏哀王也不是四十年前“逢泽之会”时势逼周天子的魏惠王。所以，张仪也不必管他魏哀王的感受。于是，继续条陈今日魏国的劣势道：

“魏国虽为天下列强之一，地势四平，诸侯四通，条达辐辏，但无名山大川，此于攻守战伐，没有地利之便。”

听到张仪的这几句，魏哀王表情更是悲伤了。

不过，张仪说的倒是事实，并非有意贬损魏国。因为在地形地利方面，魏国地势平坦，交通便利，有利于货殖通商，也有利于农业生产，魏国人民生活富庶，经济繁荣，都与此有关；但是，这种地形平坦与交通发达的地势特点，对于攻伐战争来说，就显得先天不足了。相比之下，魏国既没有齐国那种南有太山，东有琅邪，西有清河，北有渤海的四塞形胜，也无赵国那种西有恒山，南有河、漳，东有清河，北有燕国等自然屏障；甚至连燕国也不及，燕国虽弱小僻远，但也有自己的自然地形优势，再者燕的周围是与林胡、楼烦、朝鲜等戎、狄之邦毗邻，受大国的压力小得多了。至于与秦国所据之地利相比，那就是一个在九天之上，一个在九地之下了。秦国西有巴蜀、汉中，北有胡、貉、代、马，南有巫山、黔中，东有郁、函之固，那简直就是占尽了天下所有的地利了。而魏国，如果说有什么地形上的优势，唯一可说的也就是西边的一条大河（古称黄河为河）而已。魏国河西之所以筑了长城也守不住，也是因为地势之不利。而今河西丢失了，河东许多战略重镇也被秦国所伐取，大河之天堑作用已经不复存在。况且，魏国地形上还有一个重大的缺陷，就是东西两个本土部分被韩国拦腰隔断，东西之联系，只有绕道北面的昭余祁泽以南与赵国毗邻的地区。因此，在与秦的战争中，魏国之所以屡屡失利，东西不能相顾，不能相互策应，这也是一个重要原因。也正因为如此，魏惠王与魏襄王都屡屡有灭韩的意图，原因就是想打通魏国东西通道，使东西连成一片。可是，屡次伐韩，不是因为齐国干预，就是因为秦国干预，结果不仅没有达到目的，反而一步步地消耗了国力，以致恶性循环，没完没了。

张仪毕竟是枭雄，更是辩士，通过几句话就把魏国的地形地利劣势点明了，让魏哀王既感沮伤，又不得不承认这是事实，从而彻底打掉他的自信心。

本来，点到此也就够了，魏哀王虽然不是贤主，但也不是昏君，自然也能说一知二的。可是，当张仪看到魏哀王沮丧的表情形之于色时，顿起一种穷寇猛追的欲望，接着又继续从魏国的地形地利劣势方面说了下去：

“自韩都郑，而至魏都大梁，不过百里；自陈都至大梁，亦不过二百余里。马驰人趋，不待倦而至。魏之为国，南与楚为邻，西与韩接境，北与赵毗邻，东与齐交壤，兵卒戍四方，守望之亭，战攻之堡，参列不聚；粟粮漕仓，不下十万。魏国地势，宛若一个大战场。”

说完魏国地利劣势后，张仪略作停顿，抬眼望了望魏哀王，见他很是悲哀的样子。于是，心中一喜，接着又说道：

“魏若与楚和合，而不与齐结盟，齐必攻之于东；若与齐约，而不与赵合，赵必攻之于北；不合于韩，则韩必攻之于西；不亲于楚，则楚必攻之于南。此所谓四分五裂之势也。”

魏哀王听到此，终于坐不住了，不禁脱口而出道：

“如此，为之奈何？”

张仪一听，心想，差不多了，魏哀王的心理防线已经被自己攻破了。既然都向自己问计了，那就好说了。

想到此，张仪倒是不着急了，故意停顿片刻。然后，望了一眼魏哀王，这才从容说道：

“山东诸侯之所以约纵相亲，其意不在安社稷，定国家，而是为了尊主、强兵、显名。今游士力主合纵之说，其意乃在撮合山东六国，合天下而为一，约之为兄弟，屠白马而盟于洹水之上，坚其心而共伐秦也。"

魏哀王见张仪说到前此魏国参与其间的"合纵"之事，知道张仪今日所要游说的目的了。但是，他也并不接腔，只是默默地听着，并直视着张仪。

张仪见此，又说道：

"当今之世，亲兄弟，同父母，尚有争钱财而反目为仇者，何况是诸侯，各为其国家社稷呢？山东之诸侯，前听苏秦反复无信之说，约六国而为纵；后听公孙衍诈伪之言，合五国而伐秦。其不可以成事者，已为事实所证明。"

魏哀王听张仪说到苏秦与公孙衍前后两次"合纵"之事，心中不禁想起魏国因为这两次"合纵"所受到的巨大挫折。于是，脸上不自觉间就显露出了更大的悲伤之情。

张仪向来是个善于察言观色的人，一下就捕捉到了魏哀王这一瞬间的感情变化，他既已知道"合纵"的不是，也就不必再多讲了，点到为止吧。还是直接进入正题，说说与秦国"连横"的好处吧。

于是，张仪认真地望了望高高在上的魏哀王，语带诚恳的口气说道：

"大王不事秦，秦挥师而下，兵攻河外，拔卷、衍、南燕、酸枣，劫魏而取阳晋，则赵不能南顾，魏不能北望也。"

魏哀王一听，立即显出非常紧张的神情。

因为确如张仪所说，如果秦兵从河外（河西）渡河而东，攻伐韩国长城以北的魏国卷、衍、南燕、酸枣等四个战略重镇，再伐取魏国河东阳晋与魏两个战略重镇，则整个魏国东部本土的北部都在秦师控制之下了，不仅危及卷、衍、南燕、酸枣等四个战略重镇以南的魏都大梁，而且也就此割断了魏国与赵国的联系。从此，赵不能南向而通魏，魏也不能北向而通赵。

张仪见到魏哀王的紧张神色，心中更是大喜，遂一鼓作气道：

"赵不能南顾，魏不能北望，则魏、赵合纵之约必废。合纵之约废，则大王之国欲求无事，不可得也。秦挟韩而攻魏，韩为秦所劫，不敢不听。秦、韩为一国，魏亡国之日立可待矣。此臣所以为大王忧之患之也。今为大王计，莫如事秦。魏事秦，则楚、韩必不敢起觊觎之心；无楚、韩之患，大王高枕而卧，国亦无忧矣。"

听到这里，魏哀王竟然情不自禁间默默地点了点头，非常轻微。

但是，魏哀王这一细微的表情，没有逃过张仪鹰隼似的眼睛。于是，张仪气不喘，息不歇，接着说道：

“楚，秦之大敌也，故秦必欲弱之而后快。今天下能弱楚者，莫若魏。楚虽有富大之名，其实空虚不堪。楚国兵卒虽众，但是怯于战，易败北，不敢坚战。魏若倾全国之兵，南向而伐之，必能胜楚。胜楚而有益于魏，伐楚而取悦于秦，既可嫁祸，又能安国，善莫大焉！大王不听臣言，秦甲兵渡河而东，魏虽欲事秦，而终不可得也。”

魏哀王一听，这简直就是挑拨魏、楚互相残杀的奸计，又是赤裸裸的兵戈相向的威胁。于是，脸上就有些挂不住了。

张仪看得非常真切，也了解此时魏哀王的感受。略思片刻，他决定再说说“合纵”对魏国的不利。遂又说道：

“今合纵之士多虚妄之辞，夸夸而谈有余，实则少有可信者。他们说一诸侯，出而乘其车；约一国而返，成者拜其爵。正因为如此，天下游士莫不日夜扼腕瞋目切齿以言合纵之利，以博人主之欢心，取一己之荣禄。人主览其辞，信其说，岂能不意乱目眩？臣闻之：‘积羽沉舟，群轻折轴，众口铄金。’望大王审慎斟酌，权衡利弊。”

魏哀王听张仪又说回到“合纵”之害，遂又勾起前此两次“合纵”给魏国的伤害。于是，终于打定主意，回答张仪道：

“寡人不敏，前此为奸人所惑，多有失计。今请称东藩，筑帝宫，受冠带，祠春秋，西面而朝秦王。”

张仪一听，成功了！遂立即归秦而报秦惠王。

周赧王二年（前313）四月，秦惠王另外遣使往魏都大梁，立魏公子政为魏太子，入质于秦。

周赧王二年（前313）六月初，秦惠王与魏哀王会于河西之临晋，结盟而去。

于是，秦、魏“连横”成矣。

第十五章　相楚风云

1. 相　楚

却说楚怀王因为秦相张仪伐韩成功，韩国屈膝求和，秦、韩事实上已成“连横”之势，因此，他就担心韩国会记恨自己去年年底听陈轸之计而欺韩的事，怕韩国联合秦国而伐楚。遂采取主动与秦和好的策略，于周赧王二年（前313）二月底，遣使至咸阳，提出楚、秦二国互遣最重要的大臣到对方国家为常驻之使，以增进友好互信。

秦惠王觉得，这几年已经连续对外用兵，秦国百姓也需要休养生息，秦国将士也需要养精蓄锐，如果跟南方的强国楚保持一种互信友好关系，正好可以达到这个息民休兵的目的，以便为下一次的战伐作准备。

于是，秦惠王就答应了楚怀王的要求。但是，对于两国将要互派的使者，秦惠王提出了自己的要求。即要求楚国派出楚怀王最宠信的大臣景鲤到秦国，秦国则派秦相张仪到楚国，但张仪至楚，要为楚国之相。

虽然秦惠王的这一要求有些过分，但是，楚怀王竟然答应了。于是，周赧王二年（前313）四月底，张仪到了楚都郢，任楚怀王之相。而楚怀王之宠臣景鲤，则到了秦都咸阳为常驻之使。

却说景鲤至秦，秦惠王发现他确是一个非常有智慧的人，因此就想笼络景鲤之心，将他留下，为秦国所用。正因为有此想法，周赧王二年（前313）六月初，秦惠王与魏哀王会于河西之临晋时，就将景鲤也带了去。这样，本来是秦、魏二国之王的会盟，竟出现了秦惠王、魏哀王与景鲤三位主角。这在秦国历史上是没有过的，在诸侯各国历史上也是没有过的。

周赧王二年（前313）七月底，这一消息传到了楚都郢，楚怀王闻报，大为震怒，以为景鲤出卖了楚国。

张仪时在楚国为相，楚怀王大怒的事，自然是第一个知道的。于是，他马上暗遣密使，禀报秦惠王，让他立即遣使至楚，向楚怀王解释景鲤参加“临晋之盟”的事。

秦惠王得到张仪所遣密使的禀报，顿时感到事态有些严重。如果不向楚怀王解释清楚，那么楚怀王与自己翻脸，两国打起来，问题就严重了。秦国能否战胜楚国，秦惠王心里也是没有把握的，因为楚国不是其他小国，而是与秦势均力敌的强国、大国。两只老虎打起来，必是两败俱伤。

于是，秦惠王便心烦意乱起来，在宫内走来走去。

抓耳挠腮地寻思了好一番之后，秦惠王还是没有想到一个可以前往楚国游说楚怀王的合适人选。因为此时善辩的张仪不在，否则遣张仪前往，那是毫无问题的。可惜，张仪现在的身份是楚相，而不是秦相。

痛苦烦恼了一阵后，秦惠王突然想到了陈轸。可是，他又马上就打消了这个念头。因为陈轸虽是自己信得过的人，也是辩才无碍的说客，但是现在他的身份也是楚臣，当然不适合。

就在此时，门禁官来禀：

“周天子之使周最求见。”

秦惠王一听，不禁大喜过望。心想，这周最是周武公之子，现为洛阳周天子之臣，同时也是一个能说会道的说客。何不委请周最往楚一说怀王呢？如果周最愿意接受自己的委请，替秦国出使，前往楚国游说楚怀王，那么，楚怀王定会考虑到周最特殊的身份，从而打消楚怀王的抵触情绪，增加游说成功的几率，易于达到释疑增信的效果。

想到此，秦惠王立即传召周最，并热情地予以接待。

周最来秦，也没什么大不了的事，无非是看秦国现在势大，周天子有用得到秦国的地方，所以有事无事，就遣使来秦国走走而已，以便增进情谊。这样，一旦有事，也好有棵大树可倚靠倚靠。

与周最应酬已毕，秦惠王就自然而然地说到了几个月前的秦、魏“临晋之会”，说到了楚怀王对自己携楚臣景鲤同往“临晋之会”的疑虑，以及景鲤由此而怕获罪的忧虑。

周最本是个说客，秦惠王突然跟自己说到这些，他自然明白秦惠王的意思，立即自告奋勇地说道：

“大王不必忧虑，臣愿往郢都游说楚王。”

于是，周赧王二年（前313）九月中旬，周最就以中人的角色，到达了楚都郢，展开了他斡旋于秦、楚之间的重任。

周最见到楚怀王，与之见礼毕，就以中人的角色，径直游说楚怀王道：

“臣闻大王之臣景鲤与秦、魏二王会于临晋，此乃可贺可喜之事也！”

楚怀王一听，觉得这个周最莫名其妙，自己正因为景鲤与秦惠王、魏哀王相会于临晋之事而震怒呢，他怎么大老远跑到楚国来向自己表示祝贺呢？

于是，楚怀王就立即反问道：

“何喜之有，何喜可贺？”

“临晋之会，秦王之意在合齐秦而成秦、魏、齐三国之盟，魏王之意在合齐秦而离间秦楚，景鲤乃楚臣，今随秦王与会临晋，魏王必起疑心，不信秦有合齐而攻楚之意。”

楚怀王一听，觉得倒是有些道理。秦惠王与魏哀王之所以会盟，不就是为了秦、魏、齐三国结盟，而离间秦、楚之间的关系，进而对付楚国吗？而今既然秦惠王让自己的大臣景鲤参与了秦、魏二王的“临晋之会”，那么，魏王能相信秦国有攻楚的意向吗？魏王不相信，齐王又何尝能相信秦国，而与秦国结盟呢？

想到此，楚怀王紧绷着的脸开始有些松弛了。

周最见此，遂续而说道：

“景鲤与会，齐王必疑楚国阴结秦、魏，而生畏惧之心。如此，齐必倚重于楚。所以，臣以为，景鲤与会，于楚有利；若不与会，齐王以为秦合齐，乃是弃楚。如此，则齐必轻楚。”

楚怀王一听，心想，是这个理儿。景鲤与秦、魏二王会于临晋，确有使齐国对秦、齐结盟的诚意产生疑虑的效果，这必然会导致齐有亲近楚国、重视楚国的结果，而这不正是自己想得到的吗？

于是，楚怀王又点了点头。

周最见差不多了，遂收结道：

“况且，秦王使景鲤伴行，与魏王会于临晋，亦是秦王示好于楚，友善景鲤。秦王示好于楚，齐必疑之，终不会与秦国真心结盟。齐疑秦国结盟诚意，则于楚利莫大焉！大王为何还要怪罪于景鲤呢？”

听到此，楚怀王终于开口道：

“善哉！寡人知之矣。”

于是，楚怀王不仅不归罪于景鲤，还立即晋升了景鲤一级爵位。

张仪知之，不禁大为开怀，独自在令尹府（楚国相府）中连饮了三大杯，觉得痛快！因为这是他的胜利。

周最解开了楚怀王的疑虑，楚与秦的关系又归于风平浪静了。由此，张仪便太平地在楚为相，景鲤则安静地常伴秦惠王身边为使。

周赧王二年（前313）九月二十八，张仪到楚为相，也将近五个月。这五个月，张仪作为楚国之相，过得还是挺舒心的。因为他知道，自己是奉命而为楚相，而且只能是临时的；而楚国的大臣们也都知道这一点，对他为相，也没有什么不服气的。

在楚怀王之朝为相，由于跟其他楚臣没有什么利益冲突，所以，张仪与大家的关系都处得不错，只有陈轸一人总是阴阳怪气，却也不跟他发生冲突。

虽然张仪与其他楚臣没有冲突，但是，楚臣之间则是矛盾重重。不过，张仪总是采取不参与、不支持也不反对任何一人或一派的态度，反倒经常为大家消弭冲突，调和矛盾。因此，楚怀王对张仪更是另眼相看，觉得他不错。

九月二十八这天，楚怀王不临朝视事，张仪也无所事事，就在令尹府中独自品酒听琴。

“令尹大人，黄大人求见。”突然令尹府的管家来报。

“夥颐！”张仪惊叹了一声。这个楚语辞儿，是他来楚后学会的唯一一个感叹词。

于是，立即请管家延进黄大人。

这来访的黄大人，究竟是何许人也？

此人不是别人，乃是楚王朝中的一个元老之臣，名曰黄齐。

黄齐这几天跟朝中的另一位楚国老臣富挚，斗得不可开交。张仪见黄齐今天突然造访令尹府，来看自己，心里就猜到是跟富挚闹矛盾的事有关。

张仪知道黄齐心里所思所想，但他知道富挚比黄齐资历更深，在朝中的根基也更深。因此，在耐心地倾听了黄齐所说的二人几十年的恩怨之后，就开诚布公地劝解黄齐道：

“黄公所言，仪知之矣。不过，楚王之臣多以为是黄公不友善于富挚。”

黄齐听张仪这样一说，也不由得惭愧地低下头。因为他知道，正如老话所说："一个巴掌拍不响。"既然二人闹了几十年，自己多少也有过激与不是之处的，这个自己心里也是清楚的。

张仪见一句话说到了要害，遂接着说道：

"老莱子教孔子事君之事，黄公难道没听说过吗?"

这老莱子，可是楚国的先贤。他与楚国的另一位先贤老聃（老子，名李耳）同是道家的代表人物，曾著书十五篇，推阐道家之学说。据说，时人称之为"圣人"的孔子，一生所敬佩的人极少。但是，有四个人却让他敬以师礼，并曾虚心向其问学求教。这四个人，除了周之太史老子、卫之蘧伯玉、齐相晏平仲（晏子）之外，就是楚之老莱子。老莱子处身乱世，不愿与世人同流合污，后逃世耕于蒙山之阳，楚人多所敬仰。

因此，当张仪说到老莱子，黄齐就不住地点头。

张仪见此，遂续而说道：

"孔子问老莱子事君之道，老莱子示之以齿，说：'齿，至坚也。然六十而尽落，何故？相磨也。'"

张仪所引老莱子的话，黄齐当然明白其意，它是说，人的牙齿可谓坚固无比了，然而，人到六十岁，牙齿却都损坏殆尽，原因是上下齿相互磨损。

可是，黄齐不明白的是，张仪引老莱子的这个话，与自己有什么关系呢？于是，便不解地看着张仪。

张仪一见，不禁莞尔一笑。心想，怪不得他跟富挚斗了一辈子，自己已经将道理说得如此透彻了，他还不明白。

想到此，张仪只好一语中的，把所要说的意思说得更明了：

"富挚为楚王宠臣，而黄公与之甚不友善，这不像是上下齿相磨，终则同归于尽吗?"

说到这里，黄齐终于明白了。于是，点点头。

张仪续又说道：

"有古谚说道：'见君之乘，下之；见君之杖，起之。'今楚王爱富挚，而黄公与之不相善，这可不是为臣之道呀!"

这下，黄齐算是彻底明白了张仪的意思了。他是说，富挚是长者，又是楚王的宠臣，自己就应该让着点，不然就形同不尊重楚王了。

从此，黄齐就不怎么与富挚闹别扭了，二人的紧张关系也由此得到了缓和。

张仪不仅善于为楚怀王朝中之臣排纠解纷，有时也会为楚怀王的侍从下人排忧解难。

周赧王二年（前313）十月的一天，有一位客人来郢都向楚怀王献不死之药。楚王宫的谒者（掌管宾客接待与通报事务的官员）便将客人所献之药收下，然后往后宫而去，准备进献给楚怀王。

这时，突然有一位中射之士（楚王左右侍从之人）见谒者手里捧着一个什么东西，好像非常小心的样子。于是，就问谒者道：

"所奉何物？"

"客所献不死之药也。"

"可食否？"

"可食。"

中射之士一听谒者说可食，遂不问缘由，忙从谒者手中夺过，一把往嘴里倒去，顷刻间就吃光了。

谒者一见，顿然不知所措，呆了一会儿，连忙往报楚怀王。楚怀王一听，这还了得，竟敢抢吃客人进献给自己的不死之药，这奴才也太胆大了，太目无君王了。

于是，盛怒之下，楚怀王传令：

"立斩之！"

那位中射之士被缚之后，知道要被楚怀王问斩，这才知道自己冒昧大胆，闯下了大祸。于是，眼泪汪汪、后悔不已地被押着往刑场而去。

王宫离刑场很远，走着走着，那位中射之士突然想到令尹张仪，听说他乐于为楚国大臣排纠解纷，不知愿不愿意为自己这等下人排忧解难。

边走边想，最终中射之士打定主意，反正一死难免了，管张仪肯不肯相助呢？何不试试看。

想到此，中射之士立即请托押他的宫内武士，请求他们相帮，请令尹张仪为自己到楚怀王那里求个情。

好在这些武士平时跟中射之士都相识，混得也挺好。于是，押解的武士们一边慢慢地押着中射之士往刑场而去，一边让其中的一个武士急报令尹张仪。

张仪闻报，倒也热心，立即入见楚怀王，说怀王道：

"臣闻大王欲杀中射之士，果有其事？"

“确有其事。”

“其人不足道，不知大王杀之，所为何事？”

“擅食寡人不死之药。”

“臣闻之：有客进献大王不死之药，中射之士见之，问谒者：‘可食否？’谒者答：‘可食。’中射之士遂食之。可见，此罪在谒者，不在中射之士。”

“何以言之？”

“谒者若说‘此乃大王之药也，不可食’，则中射之士必不敢食之。”

楚怀王一听，点了点头，觉得也有理。

张仪见楚怀王点头，知道差不多了，遂又补述其情由道：

“今客献不死之药，中射之士食之，而大王杀之，则此药乃为死药也。今大王因客所献之药，而杀无罪之臣，这是客欺大王也。”

楚怀王一听，觉得有理。因为他心里也明白，这世上哪有不死之药？如果因为这个所谓的“不死之药”而杀了中射之士，那倒给世人留下了受骗而不悟的昏君坏名。

想到此，楚怀王立即传令，追回了那个中射之士。

2. 欺　楚

张仪不仅善于处理与楚国大臣们的关系，常常为其排纠解纷，甚得大家的欢心，使得楚王之朝皆大欢喜，一团和气；而且还特别善于揣摸楚怀王的心理，常常让楚怀王感到非常舒心。于是，在楚为相才及半年，楚怀王差不多就将他视为心腹之臣了。

就在此时，秦惠王因为山东形势突变，觉得再让张仪相楚，没有必要了，必须立即召回张仪重新商讨对策。

原来，韩相公仲在去年秦伐韩时，主张韩与秦合，劝韩宣惠王不要轻信楚国虚言相救之言。韩宣惠王不听，结果，韩与秦硬战到底，而楚兵迟迟不到，韩师大败。于是，公仲一气之下，离开了韩国，到了齐国为相。

公仲至齐后，分析了秦国伐韩成功后，又与魏王会于临晋，又派秦相张仪相楚等一系列动作，认为秦合韩、魏、楚而“连横”的意图非常清楚了，原来的秦、齐之盟事实上已经解体了。现在不是秦、齐联盟的问题，而是秦合韩、魏、楚，意欲“连横”而伐齐的问题了。

当公仲将自己对天下大势分析的结果，向齐闵王禀告后，齐闵王颇以为然。于是，齐国在张仪还在楚国为相时，公仲便暗中遣人联络楚国，开始了联合楚国的外交动作。

就是在此背景下，在楚为相不及一年的张仪，于周赧王二年（前313）十二月底，奉召回到了秦都咸阳。

张仪一回到咸阳，楚国使臣景鲤闻之，立即向秦惠王提出，自己也要回楚国了。秦惠王很赏识景鲤之才，原来提出要他来秦，就有留下他为秦所用之意。当景鲤见张仪回秦，而提出回楚的要求时，秦惠王就含糊其词，既没有明确说不允，也没有明确说答应。

这时，张仪闻之，遂乘机谏说秦惠王道：

“景鲤为楚王最爱之臣，大王不如留之，日后可跟楚王以人换地。”

秦惠王一听，先是一惊，后是一喜。惊的是，两国交换使者，怎么好扣他国之使，而胁迫他国以地交换使者呢？秦国是大国，这种事似乎做不出。喜的是，张仪这个主意，虽然有些过分，但确实是一个无赖而有效的要挟楚国的妙计。

张仪见秦惠王不吱声，遂又进一步说道：

“楚王听命，秦不用兵即得楚地；楚王不听，大王则杀景鲤。此乃万全之策也。”

秦惠王听完，没有表态，但是也没答允景鲤离秦回楚之请，就这样拖着。

却说景鲤自提出回楚的要求后，三天都没有得到秦惠王明确的答复。于是，急了，便决定显示一下自己辩士的本色，入见秦惠王而说之。

秦惠王见了景鲤，知其意，但却装糊涂地问道：

“先生今日入见寡人，有何见教？”

景鲤不愧是辩士出身，并不就事论事地回答秦惠王，而是按照自己的意思，直捣问题的本质，直入主旨道：

“大王留臣，莫非意在得楚国之地？”

秦惠王一听，不禁大惊失色，心底却是非常敬佩景鲤，他竟早已知道自己与张仪的计谋了。

虽然被景鲤说破了底细，秦惠王却并不认账，遂反问道：

“何以言之?”

景鲤并不想直接回答，继续按照自己的思路说道：

“臣以为，大王若为此计，必失信于天下；大王欲得楚地，恐怕亦难如愿。臣奉命来秦，乃为结秦、楚之好。臣至秦，闻齐、魏皆欲割地以事秦。之所以如此，乃因秦、楚为兄弟之国也。今大王留臣，无异于昭示天下：秦、楚兄弟之交不复存矣。如此，秦何以取信于齐、魏二国?秦失信于天下，陷已于不义，必孤立无援。楚王知秦孤立无援，必不予秦以土地。若楚外交山东诸侯，兴兵而图秦，大王之国必危矣！故臣以为，大王不如使臣归楚。”

秦惠王听了景鲤这番话，心里更是爱其才。但是，他说的句句在理，不能不服。于是，只好打消了前此留住景鲤而不让归楚的想法。

沉默了一会儿，秦惠王装出一脸无辜的样子，说道：

“也罢，先生既然不知寡人之心，不如归楚也。”

周赧王三年（前312）一月底，景鲤回到了楚都郢。

景鲤回到楚国后，立即向楚怀王禀报了自己近一年来在秦国所见所闻，提出了自己对秦国欲霸天下的担忧。同时，也顺带说到了秦惠王想扣留自己，不让归楚，以要挟楚国割地的事。

楚怀王不听则已，一听，顿时大为震怒。觉得这真是欺人太甚了！也太不把楚国当回事了。

也就在此时，齐相公仲出使楚国。公仲此行，本就是为联合楚国而来。而此时，盛怒下的楚怀王正有结交齐国以伐秦的想法。于是，楚怀王与齐相公仲一拍即合，齐、楚二国订交，互为攻守同盟。

周赧王三年（前312）二月底，强大的齐、楚联盟便对秦国发动了先发制人的进攻。

周赧王三年（前312）三月底，以楚军为主力，齐师助之，二国联军沿着楚国北部与韩国南部交界的地区，直插西部，直接打到了原来属于魏国，现在被秦所据的河南地区，并伐取了原属于魏国的河南重镇——曲沃。然后，前锋直指秦国的东部雄关——函谷关。

秦惠王闻报，大为震惊，因为齐、楚二国本就是与秦势均力敌的强国，如今二强联合，秦国自然不是对手了。

于是，秦惠王一边紧急调遣秦国各路勇兵悍将，前往函谷关守卫，不让楚、齐联军突破关隘；另一边召文武大臣群集秦王大殿，商讨应对方略。

群臣会齐，秦惠王让大家各献其策。然而，众皆默然无语。

最后，秦惠王不得不点将而问张仪道：

“今齐、楚合兵而叩我函谷关，且齐、楚之交方欢，不知贤相有何良策可破之？”

张仪其实早就成竹在胸，只是为了要在秦国群臣面前显示自己才是挽秦于危难的国之栋梁，所以故意在秦国群臣未言之前，绝不主动开口献计。此时，当大家都无计可献，且秦惠王又主动问到自己，把全部的希望都放到自己的身上时，他觉得火候差不多了，于是接口说道：

“大王不必忧虑！请大王为臣发高车厚币，臣往楚国游说楚王，可矣！”

秦惠王一听，张仪说能够游说楚怀王解决问题，自然喜出望外。于是，立即给张仪约车发币，让他立即南下说楚怀王。

周赧王三年（前312）四月底，张仪至楚都郢。

见楚怀王，礼毕，张仪乃说怀王道：

“当今天下诸侯之中，敝邑之君所敬者，唯大王一人而已；仪生平所思所愿者，乃为大王之臣也。”

楚怀王一听，心想：楚、齐伐秦，秦王怕了吧。不然，今日张仪怎么这样谦恭呢？前此的秦国之使，见了自己都是“秦王”、“秦王”的自称其君。今日张仪来见，却自称“敝邑之君”，不敢在自己面前摆大了。哼，看来，这秦王还是怕打。

想到此，楚怀王不禁面有得色。

张仪见楚怀王面有得色，遂又说道：

“当今天下诸侯之中，敝邑之君所憎者，无过于齐王。今齐王得罪于敝邑之君，故敝邑之君欲举兵伐之。可是，今大王之国与齐交方欢，所以敝邑之君欲听大王号令而不得，而仪欲为大王之臣亦不能也。”

楚怀王听到此，虽然心里很是受用，但是，他也不是昏庸之君，知道这是张仪阿谀奉承之言，同时也是故意挑拨楚、齐关系的险恶之言。

因此，楚怀王就故意作闭目养神状，一言不发。

张仪一看，这楚怀王并不是那么好蒙。心想，他不吃这一套，也就只好到此为止了。还是来个利诱吧，相信天下没有哪一个君王见利而不喜的。

想到此，张仪终于抛出了最后的“诱犬之骨”，说道：

“大王若能闭关绝齐，臣请敝邑之君献商、於之地六百里于楚。”

果然不出张仪所料，楚怀王一听张仪说愿献商、於之地六百里给楚，立即睁开了眼睛。因为商、於之地，一直是楚国想得到的。如果得商、於之地，楚国就可以向北进军魏、秦一直争夺的河西肥沃之地，同时可以西遏强秦，东抑魏国再度崛起。

张仪见楚怀王一听商、於之地而睁眼，遂续而说道：

“楚得商、於之地，则国力益强。楚强，则齐必弱。齐弱，则必为大王所役使。如此，楚北可弱强齐，西可结大秦，且有商、於之地以为利。此乃一举三利之策，大王何乐而不为哉？”

听到此，楚怀王不禁脱口而出道：

“善哉！”

遂允张仪所请，决定与齐绝交。

张仪走后，楚怀王兴奋地向楚国大臣们宣布道：

“今寡人得秦王商、於之地六百里。”

群臣闻之，皆贺楚怀王。

陈轸后至，独不贺。

楚怀王奇怪，乃问陈轸道：

“今寡人不烦一兵，不损一卒，而得秦王商、於之地六百里，寡人自以为智矣。群臣及士大夫皆贺寡人，先生独不贺，何故？”

陈轸接口即道：

“臣以为，大王商、於之地终不可得，而大患必至，故不敢妄贺。”

“何以言之？”楚怀王更加不解地问道。

陈轸见楚怀王追问原因，遂先深叹了一口气，然后从容说道：

“秦王之所以敬重大王，乃是因为大王北有齐国为邦交。今大王商、於之地未得，而先绝齐国邦交，岂非陷自己于孤立之境？楚孤而无援，秦王岂能再重大王之孤国？”

楚怀王一听，觉得陈轸大扫了自己的兴致，遂面有不悦之色。

陈轸心知楚怀王此时的心情，但是仍然继续说了下去：

“大王若先责令秦人献地，后绝齐楚之交，秦王之计必不成；若先绝齐楚之交，后追讨秦国之地，则必为张仪所欺。到那时，楚西生秦患，北有齐忧，齐、秦两国之兵至，大王将悔之不及矣。”

楚怀王觉得陈轸过于多虑，甚至还在心里认为，陈轸之所以这样说，是因为陈轸对张仪有成见，因为陈轸在秦国与张仪闹矛盾而至楚为臣的事，天下皆知。

于是，楚怀王就明确地告诉陈轸道：

“事定矣，幸勿多言！待寡人得秦商、於之地，可矣。”

最终，楚怀王没有听从陈轸之言，派人往齐，知会齐王二国绝交之意。没过几天，楚怀王怕齐楚之交不能断绝，前使未返，又遣一使往齐。

与此同时，张仪回到秦都咸阳后，立即谏议秦惠王遣使往齐，暗中与齐国结交。

周赧王三年（前312）五月底，楚怀王终于绝了齐国之交，并立即遣一楚将往秦都咸阳，欲跟秦国交接商、於之地。

周赧王三年（前312）六月底，楚将奉楚怀王之命，到达了秦都咸阳。

一到咸阳，楚将立即就去秦王宫找秦惠王，要求秦国践诺，割商、於之地六百里给楚。秦惠王虽热情接待，却称说不知有此事。并说，既然是张仪许诺，找张仪就可以了。

然而，当楚将转而去找张仪时，却被告知，张仪自从楚都归来后，就因为堕车受伤，已经两个月没有上朝了。

楚将不知这是张仪使诈称病，故意避而不见。无奈之下，楚将只得一边在咸阳等张仪上朝理政，一边暗中遣人回楚都禀告楚怀王情况。

楚怀王闻报，以为张仪不相信楚国真的已与齐国绝交。为了取信于秦，楚怀王使楚之勇士至宋国，借宋之兵符，北骂齐王。齐王大怒，遂决定折节朝秦，与楚彻底绝了国交。

周赧王三年（前312）八月底，当张仪获知齐、楚之交已绝，而秦、齐之交已合时，这才开始上朝理事。

楚将等了两个月，这才见到了张仪。

“大人与吾王有约，楚绝齐交，则秦奉商、於之地六百里。今楚齐之交已绝，末将受吾王之命，请秦割商、於之地六百里。”楚将一见张仪，就开门见山地说道。

张仪先是装着吃惊的样子，继而淡然一笑，对楚将说道：

“仪有奉邑六里，愿献于楚王。”

楚将大为吃惊，立即反驳道：

“臣受命于楚王，接收秦商、於之地六百里，未闻有六里。”

楚将见张仪如此明目张胆地要无赖，非常气愤。然而，这是在秦国，又奈何不了他这个秦国之相，于是，立即返归楚都，归报楚怀王去也。

3. 伐　楚

就在楚怀王遣楚将到秦都咸阳向张仪索讨商、於之地六百里，而张仪佯装堕车，称病四月不朝之时，齐闵王对楚怀王不讲信义且无理至极的行为非常气愤，遂在与秦结交已定的情况下，于周赧王三年（前312）七月初，对楚国发动了进攻。

齐、楚两国都是大国强国，可谓势均力敌。因此，两国一旦打起来，便就难解难分，不易分出高低。但是，打到八月中旬，齐国终于感到力有不支。

齐闵王因为齐、秦已经结交的缘故，便遣使往咸阳，要求秦国出兵相助，夹击楚国。

秦惠王接待了齐王之使后，便召集群臣相商。

“齐、楚相攻，今齐王遣使求救，众卿以为当救不当救？”

秦惠王话音刚落，司马错趋前一步，道：

“大王，臣以为当救。”

秦惠王反问道：

“何以言之？”

“今齐楚之交已绝，秦齐之交已定，齐有难，秦救之，义也，信也！”

司马错话音未落，张仪也趋前一步，道：

“大王，臣以为不救为上。”

秦国群臣一见，知道司马错与张仪这对老冤家今天又要有一场争论了。于是，大家怀着看热闹的心态，企踵延颈而听。

秦惠王一见，心想，看来今天这二人又要有一番口舌之争了。不过，也好，理不辩不明。辩一辩，自己也就知道究竟该采取哪一种策略了。

于是，忙对张仪说道：

“寡人愿闻其详。”

张仪见秦惠王要自己详细说说自己的理由，于是便从容说道：

“大王是否听说过管与之说？”

“没有。”

“昔有两虎争食一人，鲁人卞庄子持剑将刺之，管与止之，说：‘虎乃暴戾之虫，人则为甘饵。今两虎争食一人，必有一番争斗。斗则小者死，大者伤。君何不坐视之，待其一死一伤之时，再刺其伤虎。如此，岂非一举而兼得两虎？’今齐、楚相攻，若二虎之相争。争，久则必两败。俟其败，大王乃起兵，承其敝而伐之，一举而破二国，岂不善哉？”

秦惠王一听，立即拍案而起道：

“善哉！”

于是，乃召齐王之使，口应其所请。但是，兵则不发，坐观齐、楚相攻。

却说楚怀王派往秦都咸阳受地的楚将，受到张仪两个月的戏弄，终究一无所获，怀着满腔的愤怒，于周赧王三年（前312）九月底，回到了楚都郢。

此时，齐、楚两国正打得难解难分，相持不下，楚怀王为此又急又怒。

“大王，张仪不予楚商、於之地。”楚将因为没有完成使命，见楚怀王只得如此怯生生地禀告道。

“为何？”

楚将见楚怀王盛怒的样子，于是胆子更小了。但是，楚怀王不相信他所说的话，他也只能硬着头皮再说一遍：

“张仪不予楚商、於之地，说‘仪有奉邑六里，愿献于楚王’。臣说：‘臣受命于楚王，接收秦商、於之地六百里，未闻有六里。’”

说完，楚将耷拉着脑袋，等着楚怀王以有辱使命之罪来处罚自己。

没想到，楚怀王没有为难这位楚将，而是盛怒之下，立即决定对秦用兵。

陈轸闻知，立即前往谏止。

因为上次谏楚怀王不要轻信张仪之言，不仅不被楚怀王接纳，反被楚怀王责令三缄其口，不要再说。因此，此次陈轸虽然还想尽为臣之责，但怕又被楚怀王封他的口。于是，见到楚怀王后，陈轸没有直接进谏，而是先问了楚怀王一句：

“大王，臣可否谏一言?”

楚怀王此时见到陈轸，心里已是惭愧不已。见陈轸这样问自己，更是觉得无地自容了。遂宽厚地对陈轸说道：

“可矣。”

“今齐楚相攻，楚三月而不能胜之。久之，臣恐我大楚国力有所不支。今又闻大王欲起兵伐秦，臣以为非上计也。”

话刚出口，陈轸就觉得有些后悔了，因为这话说得太重了，恐怕楚怀王又要受不了，说不定又要自己三缄其口了。如果这样，那么进谏的机会也没有了。如此，那无论如何，自己也没算尽到为臣之责。因为“食君之禄，担君之忧”，此乃天经地义的常理。

想到此，陈轸不禁紧张地抬眼看了看楚怀王。还好，楚怀王今日倒是态度平和。

于是，陈轸遂又接着说道：

“臣以为，大王伐秦，不如赂秦一名都，厚结秦王之心，共伐强齐。如此，我虽失地于秦，但可取之于齐，楚国之地尚可保全矣。”

说到这里，陈轸又停下了，再次抬眼看看楚怀王的表情。因为自己是秦人，他怕给楚怀王出这个主意，有为秦争利益之嫌。

看到楚怀王没有吱声，也没什么表情。于是，陈轸决定硬着头皮，再把要说的话说完。

“大王今绝齐国之交，又责秦国欺楚之过，岂不是在促使齐、秦巩固邦交？齐、秦交固，则楚患必大矣。”

说到此，陈轸觉得言已尽意，为臣的责任已经尽到了。看看楚怀王还是沉默无语，从他的表情也看不出他的态度，于是，陈轸只好告辞而出了。

万没想到的是，陈轸刚刚离去，楚怀王因为咽不下被张仪欺骗的那口恶气，觉得如果不出这口气，那么今后对陈轸，对楚国群臣，都有一种羞愧难当之感。

于是，立即传令，起兵伐秦。

秦惠王闻之，本来还想继续坐观齐、楚相攻，然后从中渔利。没想到，楚怀王现在主动挑起战端，那就应战吧。

于是，秦、齐二国合兵，韩国亦助之。不出一月，就将楚国之师打得落花流水。

这时，陈轸忍不住，又向楚怀王进谏道：

“为今之计，大王不如撤军停战，派出两路使臣，东以地贿齐，西讲和于秦。如此，楚国尚有一线希望，日后可再图崛起。”

可是，这次楚怀王还是拒绝了陈轸之谏。又倾全国之兵，使楚将屈匄将之，再次向秦发起了进攻。结果，秦、齐二国合兵共战之，大败楚师，斩楚师之首八万，掳楚将屈匄。之后，秦、齐二师又乘机伐取了楚之丹阳、汉中之地。

楚怀王闻之，更加气急败坏。于是，就像赌输了的赌徒一般，再起大兵袭秦，并一度打到了秦国之都咸阳附近的蓝田。但是，最后还是功败垂成，为秦师所败。也就在此时，韩、魏二国闻楚师之困，亦趁火打劫，发兵袭楚，南至于邓，以致楚都郢也受到了威胁。

直到此时，楚怀王才真正醒悟，遂全线撤兵，割两城予秦，才算休兵止戈。

4. 脱　楚

秦大败楚，秦惠王得楚汉中之地后，又想得楚国黔中之地。于是，遣使至楚，说楚怀王道：

“秦王愿以武关之外秦地，交换大王黔中之地。”

此时，楚怀王因为大败，正深恨着张仪。认为楚国之所以有今日之败，都是源于张仪当初以献商、於之地来欺骗自己所引起的。因此，当他听到秦王之使说愿意以秦国武关外的土地易换楚国的黔中之地时，便不假思索地回道：

“寡人不愿交换土地，愿得张仪而献黔中之地。”

秦王之使一听，知道楚怀王这是赌气之言，此次易地的使命算是到此为止了。于是，只得归秦复命。

周赧王四年（前311）一月底，秦使回到咸阳，向秦惠王如实禀报了楚怀王之意。秦惠王感到非常为难，虽然黔中之地对秦国至关重要，那是扼住楚国咽喉的战略要地，得黔中之地，就能有效地遏制住楚国的崛起，阻止楚国对秦国的威胁。但是，张仪是秦国之相，为秦国立下的功劳可谓上与天齐，自己就算再想得楚国黔中之地，也没法向张仪开口，说把他交给楚怀王，以换得楚国黔中之地。如果自己对张仪提出这种要求，不仅伤了张仪之心，而且也会大伤秦国满朝大臣之心。因为这未免太没有君臣之义了，以后还有谁会为自己效力呢?

但是，没过几天，张仪却从秦使那里知道了内情，遂主动向秦惠王提出，愿意以自己换取楚国黔中之地。

秦惠王心有不忍地劝阻道:

“楚王深恨贤相以商、於之地相欺，正欲食贤相之肉，寝贤相之皮，贤相为何还要执意往楚?寡人不忍也!”

张仪见秦惠王这样说，觉得秦惠王对自己还是有情有义的。于是，更加坚定了往楚的决心，遂又说道:

“今秦强而楚弱，楚王当知之。臣昔为楚相，与楚王宠臣靳尚相善。靳尚则与楚王夫人郑袖交好。郑袖所言，楚王皆听之。况臣今奉大王节钺而使楚，楚王岂敢加害于臣?若楚王诛臣，而秦得黔中之地，亦臣之大愿也。”

秦惠王见张仪如此一说，更被张仪对秦国的忠诚之心深深打动。于是，更加不忍让张仪往楚。

但是，最终秦惠王经不住张仪的再三请求，同时也考虑以张仪之智，谅楚怀王不敢，也不至于就将张仪给杀了。于是，允张仪之请，令其持秦王之节符，出使于楚。

周赧王四年（前311）二月底，张仪到达楚都郢。

楚怀王闻报，准备立即拘张仪而囚之，并欲杀之。

张仪曾在楚为相近一年，在楚王之朝，与楚国群臣交善者甚多，遂立即获知消息。

原来在秦国时，张仪以为楚怀王只是说说气话而已，不至于做出要杀秦王使节的蠢事。可是，到了此时，他才知道，楚怀王竟然真的这么蠢，于是就不免紧张起来。

寻思片刻，张仪觉得还是按照在秦国想到的预案，去请托楚怀王宠臣靳尚。

却说靳尚获知楚怀王要杀张仪的消息，又得张仪托人致送的厚贿之礼，遂立即前往游说楚怀王道:

“大王，张仪乃秦国之相，亦为秦王之使。今大王拘张仪，且欲杀之，秦王必怒。秦王怒，必绝楚交。秦、楚交绝，楚则孤也。楚孤，天下诸侯皆轻楚，楚之大患必至矣。”

楚怀王默然。

靳尚见此，只得告辞而去。因为他知道，自己虽是楚怀王的宠臣，但是楚怀王深恨于张仪，他也是非常清楚的。再者，楚怀王现在正在气头上，话说多了，惹得楚怀王怒起，说不定自己这条小命也难保。

出了楚王大殿，靳尚想了想，觉得还是去找楚怀王宠妃郑袖为好，让这个女人去给楚怀王枕边吹风，比什么都有用。

于是，靳尚又转至楚王内宫，谒见了郑袖。

郑袖之所以得宠，也靠靳尚之力。而靳尚之所以得宠，也离不开郑袖。因此，这二人是互为倚重的关系，也可以说是坐在同一条船上的，要生同生，要死同死。

因此，靳尚见了郑袖也不客套，径直说道：

“大王欲另结新欢，夫人知否？”

郑袖一听，不禁大惊失色。因为她知道，男人都有喜新厌旧的毛病。一旦他另结了新欢，那就只见新人笑，不见旧人哭了。因此，女人一旦为男人特别是做国王的男人所贱弃，那就什么也没了。

于是，急忙说道：

“大人请道其详。”

“张仪乃秦王忠信有功之臣。今大王拘之，且欲杀之。秦王闻之，为救张仪，欲以爱女奉之于大王。又择宫中佳丽善舞能歌者作为陪嫁，送之于楚。”

郑袖一听，顿时慌了神。如果秦王将爱女嫁给楚王，还要陪嫁一帮年轻貌美、能歌善舞的小妖精，那还了得！到时候，楚王还能宠爱自己吗？

靳尚见郑袖神情紧张的样子，不禁心中大喜。续又说道：

“不仅如此，秦王为救张仪，又欲奉大王以金玉宝器，献上庸六县以为汤沐邑。大王好色，又喜金宝、多地，必悦而受之。秦王之女美而艳，其来必挟秦而自重，以王妻自居，凌驾于夫人之上。大王惑于秦姬，厚尊之，亲爱之，必忘情于夫人。如此，夫人益贱，必日疏于大王矣！”

“诚如是，为之奈何？望公为妾谋一计。”

靳尚知道郑袖上钩了，遂故作神秘地向她进言道：

“夫人何不言于大王，急释张仪。张仪出，必戴德感恩于夫人。张仪归秦，秦王之女必不来矣。且夫人谏言释张仪，秦王于夫人必尊之重之。如此，夫人便可内擅楚王之宠，外结秦王之交，深结张仪之心，而令其为夫人所用，夫人之子孙日后必为楚太子矣。此乃帝王之利，非布衣之利也。”

郑袖是个女流之辈，一听靳尚之言，果然以为是妙计。遂日夜在楚怀王枕边吹风，道：

“人臣各为其主，此乃人之常情，自古亦然。今楚地未入于秦，秦王使其相张仪来楚，此乃尊大王也。大王不遇之以礼，拘而欲杀之，秦王必大怒。秦王怒，则必攻楚。妾日夜忧惧，故请求大王，让妾母子俱迁于江南，毋为秦所鱼肉也。”

楚怀王本就宠爱郑袖，耳朵根子软。自从靳尚劝谏之后，又被郑袖枕边吹风，遂逐渐打消了要杀张仪的念头。但是，楚怀王怕把张仪放了以后，张仪又兴风作浪，重新对楚不利。

想来想去，拿不定主意。于是，楚怀王又把靳尚召来相问道：

“寡人思之久矣，欲释张仪，又恐张仪出来兴风作浪，于楚不利。”

靳尚知道，楚怀王这已经是决定要放张仪了。于是，趁热打铁道：

“大王不必忧虑！张仪出来，臣遣人暗中监视，其有不忠于大王之事，臣即杀之。”

楚怀王一听，觉得此计甚好，遂点点头。于是，传令放出了张仪。

却说张仪被楚怀王放出后，就想速归秦都咸阳。可是，一摸袖中，却是分文皆无了。因为前此为了打点靳尚，他已经将从秦国所带来的金帛资用悉数赂之于靳尚了。

就在张仪处于身无分文的尴尬境地时，跟随其左右的几个舍人（随从侍役）因为无钱吃喝玩乐，怨怒不已，就想离张仪而去。

张仪也知道，这帮奴才之所以前此跟自己鞍前马后，追随自己于南北东西，就是因为自己是秦国之相，可以吃香喝辣，到处玩乐。如今自己一贫如洗了，他们就嫌弃自己了，嚷着要离开了。

张仪想到此，不禁在内心深处对世道之炎凉、人情之淡薄大为感叹。

然而，感叹归感叹，生活却是现实的。如今不仅舍人们要吃喝住行，自己也要吃喝住行，没钱还是不行。

想到此，张仪对其舍人们微微一笑道：

“诸位一定要回去，姑且等待几日。我为诸位说楚王，得金而去可也。”

于是，张仪立即前去求见楚怀王。

楚怀王一听张仪求见，心里好生奇怪，怎么还不走？不怕寡人反悔，将他再拘而杀之？

带着好奇之心，楚怀王果然召见了张仪。

张仪见楚怀王面有不悦之色，遂游说道：

“臣知大王怨仪深矣。今大王不用臣，楚无臣用武之地，故臣请求北上而见韩王。”

楚怀王一听，不假思索地说道：

“诺！”

张仪见楚怀王毫无挽留而重用自己为楚所用的意思，遂又激将地说道：

“大王岂无求于韩？”

楚怀王一听，不屑地说道：

“黄金、珠、玑、犀、象，皆出于楚，寡人何求于韩？”

张仪微微一笑，又问道：

“大王不屑于韩之金珠，岂不好韩女之色？”

楚怀王一听张仪说到美色，立即就来了兴趣，问道：

“此言何意？”

“郑、周之女，粉白黛绿，立于衢闾，不知者，皆以为神人也。”

郑乃韩之前身，周则包于韩国境内。郑、周自古出美女，这个好色的楚怀王当然是知道的。所以，当张仪一说郑、周之美女，他便顿时兴致勃勃起来了。

张仪说完，抬眼观察了一下楚怀王的表情，揣知他已心有所动，便想继续诱而惑之。

不意，未等张仪再加诱惑，楚怀王便自己开口了：

“寡人僻居南国，未曾见之。中国之女美如神，寡人为何独不好？”

张仪一听楚怀王对周洛中原（中国）美女如此有兴趣，遂趁机说道：

“大王既好中国之色，臣为大王求而致之，如何？”

楚怀王一听，大为高兴。遂资张仪以金玉，令其北上韩国。

张仪刚刚从楚怀王那里骗得金玉，还未离开楚都，就被楚怀王两个宠幸的女人知道了。她们一个是南后，一个便是张仪前此请托过的郑袖。

南后听说张仪要到韩国替楚怀王找美女，怕夺了自己的王后之位，遂立即请托亲近之人，贿赠张仪千金，并转达张仪道：

“妾闻将军欲往韩国，今偶有千金，进之将军左右，以为车资马秣之费。”

郑袖知之，亦效张仪五百金。

张仪得了南后与郑袖这么多的金子，觉得不给她们做点什么，心里还真是过意不去。于是，再次求见楚怀王。

楚怀王不知张仪还有何事，遂又召见了他。

张仪一见楚怀王，就说道：

“今诸侯闭关不通信使，臣离楚而北往，未知何时能见大王，愿大王赐臣一盏酒。”

楚怀王一听，张仪是来问自己讨盏酒喝。于是，爽快地答道：

“诺!”

遂赐张仪一壶酒。

张仪喝到一半，突然停下，再拜而请于楚怀王道：

“大王之廷今无他人，愿大王召亲近者而共饮之。”

楚怀王一听，心想，事儿还真多。给他酒喝，他还要自己召亲近之人来一起喝。

但是，一想到要张仪给自己找美人，也就只好迁就他了。于是，楚怀王不耐烦地让侍从请来了南后与郑袖二位美人来侑酒，意思是想乘机让张仪好好见识一下自己的美人，要找就要找比自己的这两位美人更美的。也就是要让张仪到韩国去物色美人，也好心中有个比较。

未久，南后与郑袖款款而来。

张仪一见，倒地便拜，且伏地请罪于楚怀王道：

“仪死罪，乞大王宽恕。”

楚怀王觉得莫名其妙，遂问道：

“何出此言?”

张仪故作认真，且作惊讶之状，道：

“仪周行天下，未尝见妇人如此之美者。臣所求韩之美人，不及大王美人之万一。故臣知前所夸言是欺大王矣。”

楚怀王一听，知道原来是这么回事，遂莞尔一笑道：

“不必多虑！天下美人莫若寡人之二姬，寡人何尝不知?”

张仪一听楚怀王并不想追究自己的欺君之罪，心中大喜，知道目的达到了。这下欠南后与郑袖的人情也算了结了。

于是，偷眼而望南后与郑袖，见二人掩袖粲然一笑。这下，张仪真的如楚怀王所说，不必多虑了。

第十六章 “连横”说诸侯

1. 说楚王

周赧王四年（前311）三月十一，张仪得南后、郑袖之金，以及楚怀王所赠金玉后，遂决定离开楚国而归秦都咸阳。

三月十二，一大早，张仪就催促随从舍人们快收拾上路。

就在一切收拾妥当，张仪正准备驱车扬鞭上路之时，突然有人来访。

张仪一看，不是别人，乃是自己在楚为相时，秘密安排于楚都郢的秦国密使。张仪连忙问他道：

“我今欲归咸阳，何事要禀秦王？”

“昨日有客自齐来，言及苏秦之事。”

张仪一听苏秦，心中立即涌起很多感慨。想想自己之所以能位极人臣，不仅两度为秦国之相，还先后奉秦王之使，而至魏、楚两大国为相，这都托赖于当初苏秦以激将之计并资助自己至秦的结果。可是，自从苏秦的“合纵”之盟为公孙衍所破后，就一直得不到苏秦的任何消息了，不知他到底失败后隐到何处了。

想到此，张仪连忙追问道：

“苏秦今日何在？”

“苏秦为燕行‘用间’之计，六年之前为齐人所刺，死后则被齐王车裂。”

张仪不禁惊讶得瞪大了眼睛，半天也醒悟不过来。

密使见张仪似有不信之意，遂将苏秦“合纵”之盟破局后至燕为相，又如何与燕易王之母私通，后如何与燕易王约定而至齐，为燕国做间谍，做了哪些谋弱齐国的事；又讲到了苏秦如何在齐国弄权，结果与齐国权臣发生矛盾，被其收买刺客所刺，临死前用计，让齐王车裂自己，最后让齐王给他逮住了真凶，报了杀身之仇等。

张仪听完，这才明白，怪不得自己为秦相后，曾多次遣人打听苏秦的消息，却都得不到有关他详细的情况。原来他隐蔽在齐国，为燕国做间谍，行“用间”之计。

感叹了一番，唏嘘了一阵，张仪突然醒悟过来，既然苏秦已经作古，那么自己当初的承诺可以到此为止了。也就是说，现在自己可以放开怀抱，去游说山东六国诸侯，宣传自己的“连横”主张了。虽然此前，自己也曾与魏、齐、韩等国有过联合，但那是奉秦惠王之命，为了战伐的需要，临时建立的联盟关系，不是真正意义的“连横”之策。之所以不实施自己理想中的“连横”之策，那是为了给苏秦预留重新“合纵”的空间，以践当初的承诺。

想到此，张仪长长地舒了一口气。因为如今苏秦的情义已经还清，自己“连横”之策可以真正地展开了。

主意打定，张仪立即吩咐随从舍人，车卸辕，马卸鞍，不走了。就先从楚怀王说起吧，游说一下楚怀王，实施“连横”之策。

寻思了一日，整理了一下思绪，第二天，也就是周赧王四年（前311）三月十三，张仪再一次求见楚怀王。

这一次，他让谒者以秦相张仪求见的名目通禀楚怀王。

楚怀王一听，知道张仪又来事儿了。但是，既然张仪是以秦相的身份求见，自然不敢怠慢了。于是，命谒者立即以礼延进张仪。

张仪此次入见，与前两次不同，乃以秦王之使与秦相的身份，所以拜礼、寒暄毕，就与楚怀王分庭抗礼而坐。

“仪顷奉秦王之命，欲与大王议‘连横’而共治天下之策。”

张仪刚刚坐定，便先径直说明了来意。

“‘连横’而共治天下?”

楚怀王还未反应过来，自言自语地这样说了一句。

虽然楚怀王说得声音很轻，但张仪由于坐得离楚怀王比较近，还是听到了他的这句不解的自言自语。于是，接口说道：

“正是。今日之秦，地半天下，兵敌四国，被山带河，四塞以为固，可谓天下之雄国也。”

说完这几句，张仪不禁抬眼望了望楚怀王，看他清醒过来没有，有没有听着自己的游说。见楚怀王正直视自己，便知他在听着。于是，续而说道：

“秦之为国，虎贲之士百余万，战车千乘，骏马万匹，粟积如丘山。秦法令既严，士卒安难乐死。秦王威而明，秦将智而武。秦起兵甲，席卷恒山之险，折天下之脊，易如反掌。天下后服者，必先亡矣。”

张仪如此一番话，简直就是在楚怀王面前耀武扬威。因此，楚怀王一听，虽然心里非常不舒服，却还沉得住气。

张仪之所以这样说，就是要先给楚怀王一个下马威。看看楚怀王不动声色的样子，张仪遂直入主旨道：

“今‘纵人’合山东诸侯而为纵，无异于驱群羊而攻猛虎也。羊不可格于虎，不言而喻。今大王不与猛虎为伴，而亲善群羊，臣窃以为大王之计过矣！”

楚怀王一听张仪将秦国比作猛虎，把山东诸国比作群羊，认为自己不与秦国“连横”，就好比与群羊为伍，而不与猛虎同侪，是失计了。于是，就有点不高兴了。因为楚怀王也是个好大喜功的人，向来都是喜欢听顺耳的奉颂之言，听不得逆耳之言的。

可是，张仪并不在乎楚怀王的感受，看都没看楚怀王一眼，就又继续说了下去：

“今天下强国，非秦即楚，非楚即秦。秦、楚，乃势均力敌之强国也。”

楚怀王听到这两句，不禁点了点头。心想，这话还算客观，秦、楚本来就是旗鼓相当的国家。

张仪见楚怀王点头，立即来个急转，道：

“秦、楚相伴，若互为其敌而交争，则其势必不两立也。”

楚怀王又点点头，认为这两句话也有道理。

张仪一见，又说道：

“秦、楚不两立，大王不善秦，秦下甲兵而据宜阳，则韩之上党不通；秦师下河东，取成皋，韩必入关而事秦。韩事秦，则魏必惧而从风而动。”

楚怀王当然明白，韩国紧邻秦国东部，秦师只要一出函谷关，向东就可以伐取韩国西部重镇宜阳。而宜阳一下，则与宜阳南北隔河而望的韩国上党之地，就岌岌可危了。若秦国之师渡河而东，攻取韩国中部的成皋，则韩国之都郑的战略屏障就没了，韩国亡国之日也就不远了。韩怕亡国，则必臣服于秦。韩臣服于秦，则与韩互为唇齿关系的魏国，必然惧怕秦师之伐己，那么魏国望风而降，也就自然而然了。

张仪抬眼看看楚怀王，虽然没有见到他点头，但是他相信，此时楚怀王的心里自然明白得很。于是，话锋就自然转到了楚国方面：

“韩、魏事秦，楚则孤矣。秦师伐楚之西，韩、魏攻楚之北，大王社稷岂不危哉?”

楚怀王虽然沉默不言，但张仪已经看出了他顿然而起的紧张神色。于是，接着说道：“‘纵人’倡言‘合纵’，意在聚群弱而攻至强。大王当知之，以弱攻强，不料敌而轻战，国贫而屡举兵，乃危亡之道也。臣闻之：‘兵不如者，勿与挑战；粟不如者，勿与持久。’然‘纵人’饰其言，虚其辞，巧其辩，高誉人主之节行，妄言‘合纵’之利，而不言其害。大王若听‘纵人’之言，楚猝然有大祸临之，则必无所措手足矣。今为楚国计，臣望大王深思之，熟虑之。”

张仪见说了如此之多的“合纵”之弊，楚怀王还是不语，遂只得改变策略，话锋一转，说到了秦国的厉害和楚不与秦“连横”的忧患：

“秦西有巴、蜀，并船积粟，起于汶山，循江而下，至楚都三千余里。并船载卒，一船五十，予三月之粮，浮江而下，一日可行三百余里。路途虽遥，然不费汗马之劳，不至十日而达楚之扞关。扞关惊，则楚自竟陵以东之城，唯余守备之力矣。如此，黔中、巫郡，则非大王所有矣。”

说完了秦国水路伐楚的形势后，张仪略作停顿，看了看目瞪口呆的楚怀王，遂又从陆路形势说了下去：

“秦举甲兵，出武关，南面而攻楚，则楚之北地不复有矣。秦兵之攻楚，危难在三月之内；而楚恃诸侯之救，则在半岁之外。恃弱国之救，而忘强秦之祸，此臣所以为大王患之也。”

楚怀王听到此，不禁跪直了身子。

张仪知道快要说动他了，想了想，决定从现实的教训方面入手，再加深一下他的印象。于是，举例说道：

“大王曾与越人战，五战而三胜，然大王列卒亦尽矣。虽得越人之地，然僻守新城，何其难哉！臣闻之：‘攻大者易危，而民敝则怨其上。’今大王求易危之功，而逆强秦之心，臣窃为大王忧之。昔秦楚兵戎相见，战于汉中，楚人不胜，通侯、执珪之将死者七十余人，遂失汉中之地。大王怒，乃兴师袭秦，战于蓝田，又败于秦。秦楚相争，犹二虎相搏，必两败俱伤也。大王亦知之，秦、楚相攻久之，韩、魏必承其敝，而制于后。故臣愿大王熟计之。”

张仪所举的这三个例子，都是在楚怀王手上的事，特别是“汉中之战”、“蓝田之战”，就是去年的事，楚国败得很惨，至今还让楚怀王痛彻骨髓。因此，当张仪重提旧事时，楚怀王不禁伤感不已。

张仪一见楚怀王的表情，知道说到了他的痛处。于是，决定给他一点鼓励。遂又说到与秦“连横“的好处道：

“大王若与秦为‘连横’，秦下兵而攻魏之阳晋，必能塞天下之要道；大王悉起楚国之师以攻宋，不至数月，宋可灭也。灭宋而东指，则泗上十二诸侯尽为大王所有矣。”

楚怀王本就是一个贪利之人，宋国虽是小国，却是天下有名的富国，因此不仅他楚王想打宋国的主意，齐王、魏王何尝不想。今日听张仪说到与秦“连横”，可一举得宋，并能臣服泗上十二个小的诸侯国，楚怀王更是非常兴奋了。

张仪一见楚怀王面有喜悦之色，遂决定再举自己师兄苏秦“合纵”的事为例，彻底击碎楚怀王对山东六国合纵，而与秦分庭抗礼的幻想，从而坚定他与秦“连横”的决心。

“今天下之士，‘合纵’而成其事者，莫过于苏秦。苏秦昔日北走燕，西说赵、魏、韩，东走齐，南游楚，合山东六国为纵亲，兼相六国，爵封武安君。及‘纵’散，仓皇北走，至燕为相。后佯称得罪于燕，入齐而相齐王，阴与燕王谋破齐国，共分其地。居二年，齐王觉而大怒，遂车裂苏秦于市。苏秦何许人也！以苏秦之智，诈伪反复于诸侯，欲经营天下，混一诸侯，而尚不可得，遑论他人?”

楚怀王一听，觉得有理。是啊，以苏秦那样智高群雄之人，“合纵”终有失败的下场。至于其他人，如公孙衍之流，就更不必说了。公孙衍两合山东五国而为纵，共伐秦国，结果都是以失败而告终。可见张仪说的没错。

想到此，楚怀王遂重重地点了点头。

张仪一见楚怀王态度已经有了重大转变，遂立即收结道：

“秦楚比邻而居，山水相连，鸡犬之声相闻，乃兄弟之国也。大王诚能听臣，臣请秦太子入质于楚，楚太子入质于秦；又以秦女为大王箕帚之妾，效万家之都于大王，以为汤沐邑，长为昆弟之国，终身无相攻击。臣以为，为楚之计，善莫大于此。今敝邑秦王使臣献书于大王左右，以听大王决断。”

楚怀王一听张仪提出秦、楚二国互相派太子入质于对方之国，觉得秦国确有诚意。加上又听张仪说到秦国又是献地，又是奉女，则更是心动不已。

于是，楚怀王断然回答道：

“楚地僻陋荒远，托于东海之上。寡人不敏，不习国家之长计。今上客明以教我，寡人闻命，敬以国以相从。”

于是，立即传令，遣使往秦，饰车百乘，献骇鸡之犀、夜光之璧于秦王，以为“连横”。

2. 说韩王

说楚怀王已成，张仪遂立即起身往北，准备趁热打铁，逐个游说韩、齐、赵、燕等山东四国之王。至于魏国之王，前几年在他相楚之前，就已经游说成功了，如今魏太子还在咸阳为质呢。等到山东六国之王都答应了与秦“连横”之后，届时再分而击之，逐个灭之，那么自己助秦灭诸侯、并天下的“连横”理想就算实现了。

周赧王四年（前311）四月中旬，张仪北上，到达韩国之都郑。

因为韩国大前年为张仪所率秦师击败，韩将公孙衍弃师仓皇而逃，亡奔至魏国岸门；而韩相公仲亦因韩宣惠王不听其谏，而离开韩国到齐国为相去也。因此，如今的韩国事实上早就臣服于秦国，只是张仪没有正式向韩宣惠王阐明与秦“连横”的想法而已。

正因为如此，张仪见了韩宣惠王，也就不再绕弯子了，径直阐明自己的“连横”主张道：

“韩地险恶，民多山居；五谷所生，非麦即豆；民之所食，大抵豆饭、藿羹；一岁不收，民不餍糟糠。韩之地，方圆不满九百里，无二岁之食。料大王之卒，悉数不过三十万，而厮徒杂役在其中矣。若去其守徼、亭、鄣、塞之兵，可战之卒不过二十万而已矣。”

张仪一上来就将韩国的劣势如数家珍般地列述了一遍，韩宣惠王心里虽然非常不舒服，因为做国王的没有人喜欢他人说自己国家不好的；但是，张仪说的是事实，他心里也明白得很。再者，张仪是强秦之相，即使自己心里不痛快，也得忍着。

张仪见韩宣惠王一言不发，知道他此时的心情。然而，这正是他所要达到的游说目标，即先在心理上彻底打消韩宣惠王的自信心。

说完了韩国的劣势，接着，张仪就开始吹嘘秦国的优势了：

“秦之为国，带甲雄兵百余万，战车千乘，骏骑万匹，虎贲之士，徒手跣足、不着兜鍪而奋戟不顾死者，则不可胜计也。”

秦国乃尚武之国，天下闻名；秦国兵多将广，众所周知。因此，张仪这几句话，韩宣惠王听了，倒是觉得不是唬人之言。于是，韩宣惠王不禁跪直了身子。

张仪见此振威之言，对韩宣惠王的威慑作用颇能见效，遂又接着再示秦威道：

“秦马之良，戎兵之众，前突后奔，一跃而至三寻者，不可称数也。山东之卒披甲带胄以会战，秦人弃甲徒裎以迎敌，左挈人头，右挟生俘。”

秦国北有代郡、马邑，故有胡马之利，这是天下尽知的；秦国原来是西部僻远的诸侯小国，春秋时代的秦缪公奋兵而霸西戎，遂广地千里，渐成大国。到秦孝公任商鞅变法富强后，秦势更大。而张仪为秦相后，更是软硬兼施，使秦国周边的戎、狄之众都被秦所用。所以，如今的秦师之中，为秦所用的勇悍戎兵，实有不少。张仪所说的这些，韩宣惠王都是非常了解的。至于秦人之勇悍，包括韩国在内的山东各国都是领教过的。

因此，韩宣惠王听到此，不能不瞠目结舌，只得低头认是。

张仪见此，遂续而说道：

“论士卒，山东之卒较之秦国之兵，犹如懦夫之于孟贲；论国力，秦与山东诸侯，譬如巨山之于小丘；论武力，秦与山东诸侯犹如乌获之与婴儿。秦挟虎狼之威，以孟贲、乌获之士，而攻不服之弱国，无异于堕千钧之重，而集于鸟卵之上，必无幸免而全者。”

孟贲与乌获，是古代的两个有名的力士，人所共知。张仪以此二力士喻秦，也并不过分，因此，韩宣惠王闻之，也无言以对。

张仪数韩之劣势，扬秦之强威至此，觉得差不多了，遂接着又言“合纵”之害道：

“山东诸侯不料兵之弱，食之寡，而听‘纵人’甘言好辞，比周而合亲，相饰而自美，皆言：‘听吾计，则可霸天下。’不顾社稷之长利，而听须臾之说，人主昏庸者，无过于此！”

听到此，韩宣惠王沉默地略略点了点头。

张仪见此，立即抓住机会，又宣秦之威风道：

“大王不事秦，秦下兵而东，伐宜阳，取上党之地，东攻成皋、荥阳，则鸿台之宫、桑林之苑，则非大王所有矣。秦塞成皋，绝上党，则大王之国分矣。”

韩宣惠王听到此，不禁大为紧张。

张仪察其神色变化，知道差不多了。遂收结道：

“今天下诸侯，事秦者则安，不事秦者必危。若造祸而求福，计浅而怨深，逆秦而顺楚，虽欲不亡，终不可得也。故为今之计，大王莫如事秦。今敝邑秦王令臣为使，献书于大王御史，以待大王决也。”

韩宣惠王听到此，遂深深地点了点头，果决地说道：

“寡人年衰不敏，今幸得上客而教之，寡人将筑帝宫，祠春秋，称东藩，效宜阳，敬以国而相从。”

张仪一听，知道游说韩王又成功了。于是，立即驱车出韩都，马不停蹄地往东北齐国而去也。

3．说齐王

周赧王四年（前311）五月中旬，张仪抵达齐都临淄。

此时，齐闵王早就获知张仪已经说服楚、韩二国与秦“连横”的消息。因为齐国已经与秦国联合伐楚，同时还有姻亲关系。因此，张仪一到，齐闵王热情接待，早就准备好了与秦正式“连横”，因为楚国现在都已经加入，齐国不同意，那就势必有与秦对抗之意。

张仪未到，早就有密使向齐闵王禀报了消息。因此，张仪觉得游说齐闵王就可以简单点了，不必那么费舌了。

于是，与齐闵王见礼已毕，张仪就径直游说道：

“纵观天下诸侯，国力最强者，莫过于齐；大臣之殷众者，莫过于齐；宗室父兄之富乐者，亦无过于齐。”

齐闵王本就好大喜功，听了张仪这两句吹拍，顿然喜笑颜开，颇有飘飘欲仙之感。

张仪见此，立即话锋一转道：

“大王乃当今明主，但前此而为大王筹策谋划者，则并非良臣。其所筹之策，所谋之计，皆为一时，不图万世之利。”

齐闵王还没从刚才的兴奋中清醒过来，就听到了张仪这两句并不中听的话，立即神情变得严肃起来。

张仪一见，心想：我就是让你别太高兴得忘乎所以了，你应该好好听听我的游说才是。

抬眼看了看齐闵王，张仪续又说道：

“世之游士，多好‘合纵’之说，力主山东诸侯戮力以攻秦。‘纵人’说大王者，必言：‘齐西有强赵，南有韩、魏，东负渤海，地广人众，兵强士勇，虽有百秦，将奈我何?’大王览其说，必欣欣然也，而不察其虚言不实。”

齐闵王一听，不禁一愣。

张仪看到齐闵王那种愣而不解的神情，就知道他可能在想什么。心想，你齐王就不必猜来猜去了，俺张仪本来就是专门跟鬼谷先生习学“纵横术”的，自然知道怎样“连横”说人主，也知道怎样“合纵”说诸侯的。

想到此，张仪不禁微微一笑，接着又说了下去：

“‘纵人’朋党以求仕，比周而取爵，莫不以‘合纵’为可。臣闻之，昔齐与鲁三战，而鲁国三胜。然三胜之鲁，终亡其国，何故?”

齐闵王一听，心想，这都是好多年的陈年旧事了，他还记得，今日翻出来说，这不是丢寡人大国的脸吗?

想到此，齐闵王就顺着张仪的问话，突然反问道：

“上客以为何故?”

张仪一听，不仅不感到突然，反而心中一喜，看来齐闵王对自己的游说感兴趣了。于是，立即接口说道：

“齐大而鲁小也。”

齐闵王点点头。

张仪又接着说道：

“今赵之与秦，犹齐之与鲁。秦、赵战于河、漳之上，赵两战而两胜于秦；战于番吾之下，亦两战而两胜于秦。然四战之后，赵之亡卒数十万，邯郸仅存耳。赵虽有胜秦之名，而国破矣。此何故也?”

齐闵王一听，默默地点了点头，并接着张仪的问题答道：

“秦强而赵弱，秦大而赵小也。”

张仪见齐闵王点头，并回答自己的问题，知道齐闵王并不糊涂，不必再费口舌了，遂收拢话题，直入主旨道：

“大王所言是也！今秦、楚质子嫁女，为昆弟之国；韩献宜阳，魏效河外；赵王闻之，乃朝秦王于渑池，割河间之地以事秦。今大王自恃齐大，而不事秦，秦驱韩、魏而攻齐之南，赵涉河、漳，兵指博关，则临淄、即墨非大王所有矣。秦齐一旦兵戈相向，大王虽欲事秦，则不可得也。天下情势已然如是，为齐社稷万民计，臣愿大王深思之，熟虑之。”

齐闵王听到此，遂深深地点点头。

未及齐闵王开口，张仪又补了一句：

“今敝邑之王欲秦齐‘连横’，与大王共治天下，故臣奉秦王之命，献书于大王御史，以待大王决也。”

齐闵王听到此，知道顺应形势，与秦“连横”已是大势所趋了，至于秦王所说的“共治天下”，那只是说说而已的，自己也知道齐国目前还没本钱与秦平起平坐。

想到此，齐闵王便回答张仪道：

“寡人僻居荒远之地，托于东海之上，未曾闻社稷之长利也。今上客明以教寡人，寡人敬以社稷以相从。”

于是，张仪乃与齐闵王订交，齐闵王则答应献鱼盐之地三百里于秦。

4．说赵王

周赧王四年（前311）五月中旬，张仪游说齐闵王与秦“连横”后，立即掉转马头，向西直驱赵都，准备再说赵武灵王。

周赧王四年（前311）六月初，张仪到达赵都邯郸。

赵武灵王是个年轻的君王，自从公孙衍合齐、魏之兵，伐败赵国，破了苏秦“合纵”之盟，赵国从此失去了“合纵”盟主地位后，就一直在发奋图强，希望通过内政改革，实现赵国的迅速崛起。可是，眼前这一目标还远远没有实现。

因此，当张仪说得楚、韩、齐三国之王与秦“连横”的消息传到邯郸时，赵武灵王已经打定了主意，决定在赵国还未崛起而有抗衡强秦之力时，不妨随众先答应与秦“连横”，待到天下形势有变，再审时度势，是“合纵”，还是“连横”，就视赵国的实力与国家利益而定了。

打定了主意，赵武灵王在张仪还在赶往赵都邯郸的路上时，就早早等着张仪来游说自己了。

张仪一到邯郸，赵武灵王立即召见，而且甚是热情，倒是让张仪大感意外。

张仪见此，猜想赵武灵王可能已经知道了自己南游楚，北走韩，东说齐的事了。于是，也就坦然并直截了当地游说开了：

“敝邑秦王使臣献书于大王御史，欲与大王之国‘连横’而共安天下。”

赵武灵王一听，心想，他倒不转弯抹角，直来直去。好，姑且听之吧。

张仪看到赵武灵王镇静自若的样子，知道他可能早就有了心理准备。于是，索性放开怀抱，续而说了下去：

“大王合六国以摈秦，秦兵不敢出函谷关十五年矣。”

赵武灵王一听，心想，真会吹，合六国而为纵亲，与秦相颉颃者，那是自己的父王，并不是自己，自己那时还小呢。再者，秦兵不出函谷关也没有十五年啊。不管他，且让他吹吧。

于是，赵武灵王不禁微微一笑。

张仪以为赵武灵王被吹拍得开心了，才会心而笑呢。于是，深受鼓舞，继续说了下去：

“大王之威，行于天下山东，敝邑恐惧慑服。由是，敝邑秦王乃缮甲厉兵，治车骑，习驰射，力田积粟，守四封之内，愁居慑处，不敢动摇，此皆大王督过之所致也。”

赵武灵王又微微一笑，心想，秦国自己想称霸天下，缮甲厉兵，以待天下之变，他却说是因为自己“督过”所致。

张仪见赵武灵王又是一笑，以为自己委婉巧妙的说辞，说得他开心了呢，遂更深受鼓舞，再接再厉道：

“今秦以大王之力，西举巴、蜀，并地汉中，东败两周，西迁九鼎，而守白马之津。”

巴、蜀本是两个诸侯国，汉中本是楚国之地，两周则是天下共王之宗室，而白马之津，乃是魏国之地，秦国却以强力而伐取之，或强索之，这本是秦国强霸之举，张仪却说这些强霸之举是托赵武灵王之力，真是辩士口剑舌刀也。

想到此，赵武灵王既不辩解，也不应答，只是直视张仪而已。

张仪见赵武灵王今日的表情，愈益觉得奇怪，既不同于楚怀王、韩宣惠王，也不同于齐闵王。心想，他可能知道自己的伎俩，所以总以看透一切的心态看着自己游说。

想到此，张仪对于赵武灵王对待自己游说的这种心态大为不悦。于是，决定不再吹拍他了，何不示之以威，再说一些硬话呢？相信你赵武灵王不管怎么精明，但是在秦国强大的武力面前，也是照样无可奈何的。

于是，话锋一转道：

“秦虽僻处荒远，然心忿悁而含怒，久矣。”

说到此，张仪突然停下不说了，抬眼望了望赵武灵王。

见到赵武灵王不自觉间神情严肃起来，身子也好像跪直了一些，张仪知道示之以威的效果来了。于是，提高了声调道：

“今敝邑秦王有微甲钝兵，屯于渑池，欲渡河逾漳，据番吾，迎大王之师于邯郸之下，愿以甲子之日合战，以正殷纣之事。寡君先使臣以此上闻于大王左右。”

赵武灵王一听此话，顿时觉得不对，原来张仪今日来赵，不是为了与自己谈“连横”之事，而是记恨前此先王信任苏秦，合山东六国以对抗秦国的旧仇，来下战书的。

想到此，赵武灵王不免乱了方寸，神色便有些紧张了。

张仪一见，心中不免窃喜。于是，话锋又是一转道：

“大王之所以信‘纵人’之言，而合山东诸侯，乃苏秦之计也。”

赵武灵王见张仪将“合纵”之事归于苏秦，遂心情又放松了一些，神色也稍有缓和。

张仪不看赵武灵王，也知道他此时的表情。于是，自顾自地又说了下去：

“苏秦乃周洛一介寒士，不能治产业，力工商，欲以口舌而取卿相尊荣。说秦王，书十上而不听，裘敝金尽。乃转而说山东诸侯，荧惑六国之君，以是为非，以非为是。后‘纵’破而走燕，欲为燕行‘用间’之计，以谋弱大齐。事发，车裂于市，卒为天下笑矣。由此观之，合纵之不可为，明矣。”

张仪说到此，在内心深处有一种愧疚于苏秦之情，因为苏秦有恩于自己，可是为了自己的“连横”大计，只得这样违心地说了。

事实上，赵国因苏秦而破国。所以，当张仪重提旧事时，不免又勾起了赵武灵王对苏秦的怨恨之情。于是，当张仪说到“合纵”之计不可为时，赵武灵王便情不自禁地点了点头。

张仪见赵武灵王终于点头了，遂立即趁热打铁道：

“今楚与秦为昆弟之国，而韩、魏称东藩之臣，齐献鱼盐之地，此乃秦断赵之右臂矣。断臂而与人斗，孤处而失其党，欲求无危，岂可得哉?”

赵武灵王早已获悉了张仪说得楚、魏、韩、齐的情报，所以，今天张仪再说到这些，他便深信不疑了。于是，脸上不免就有赞同张仪之说的表情显露出来。

张仪乃是辩士出身，善于察言观色，立即抓住机会，收束作结道：

“今秦王欲发三军，一军塞午道，遣使告齐王，使兴师于东，渡清河，屯于邯郸之东；一军屯成皋，驱魏、韩之师于河外；一军屯渑池。约曰：‘四国为一，戮力攻赵；破赵，则四分其地。’臣今出使于赵，不敢匿情隐意，故以实情上闻于大王左右。为今之计，大王莫如与秦王会于渑池。臣请秦王按兵不攻，以待大王之定计也。”

赵武灵王见张仪说到此，知道而今天下形势已然如此，不为强秦所裹挟也不行了。于是，为了赵国现实的生存问题，乃顺坡下驴地回答道：

“先王之时，奉阳君为相，专权擅势，蔽晦先王，独断官事。寡人年幼，从学于师傅，不得与谋国事。先王弃群臣，寡人年少，执政之日浅，私心亦窃有所疑焉。以为赵合山东为纵，而不事秦，非国之长利也。今闻上客之明教，寡人愿变心易虑，割地谢前过，谦恭而事秦。今方将约车趋行，而适闻秦王尊使至矣。”

张仪一听，不禁打心眼里佩服赵武灵王的机辩。心想，如果他不是赵王，而是一个游士，一定会是一个和自己一样能够使天下掀起滔天巨浪的策士。

后来，赵武灵王果然践约，而与秦王会于秦、魏、韩交界的渑池，并割河间之地以效秦。

5. 说燕王

说服了年轻而有大志的赵武灵王，张仪顿然觉得浑身一阵轻松，接下来是小国之君燕昭王，那就更不在话下了。

周赧王四年（前311）七月中旬，经过一个多月的奔波，张仪终于抵达了此次“连横”说六王的最后一程——燕都蓟。

七月中旬，正是大热的时候，但是北国的燕都，却并不那么炎热逼人。而刚刚在内乱中被国人拥立而登上燕王宝座的燕昭王，也没有其他诸侯国之君那种不可一世的威仪，而是如这北国温和的夏季一般，让人有一种即之可亲之感。

燕昭王已经获知了张仪此来的用意，张仪也了解此时燕昭王的心态。于是，双方对于说与被说，就有了一种心照不宣的默契。

正因为如此，张仪与燕昭王拜礼寒暄已毕，便就开门见山地说开了：

“燕赵山水相连，鸡犬之声相闻。故大王之国所亲所近者，莫如赵国。”

燕昭王一听，觉得张仪这话可谓一语中的，不愧为秦国之相。因为地理位置的关系，燕、赵自来就有一种唇齿相依的关系。

于是，燕昭王点点头。

张仪见此，遂话锋陡转，说道：

“然赵之为国，如何?”

“寡人年少，未知赵之为国，究竟如何?”

张仪见燕昭王这样说，大有虚心倾听之意，遂从容说道：

“昔燕之西、赵之北，有代国矣。”

燕昭王一听，点点头，表示知道。

因为燕昭王虽然年少，但是毕竟是燕国公子出身，所受教育较好，所以对于诸侯各国的历史，多少还是有所了解的。因此，张仪一提到代国，他就知道，指的是一百多年前周元王时代紧挨着燕国西部、赵国北部的一个诸侯小国。

张仪见燕昭王点头，不禁从心底佩服这个年少的燕国之君，他竟然连一百多年前的历史也了解，不简单！

有了对燕昭王的好感，张仪的语调也和缓了很多，以一种长者对晚辈述古言教式的娓娓而谈的口气，和颜悦色地说道：

“昔赵襄子为赵国之君，以其姊为代王之妻。赵君欲并代国，乃约代王，会于句注之塞。暗使工人作金斗，长其斗柄，可以击人。与代王饮，赵君阴告厨人：‘酒酣乐，进热羹，因势反斗而击之。’酒酣，代王乐，赵君命厨人进热羹，顺势反转斗柄而击之，代王脑涂地。其姊闻之，悲痛欲绝，乃摩（磨）笄自刺而亡。故至今有摩笄之山，天下莫不闻之。”

燕昭王听到此，不禁慨而叹之。因为这个故事，他小时候也曾听过，觉得赵襄子太过分了，作为一国之君，怎么如此不讲信义，而且完全不顾及其姐姐的生死与情感呢？

张仪见燕昭王对赵襄子的所作所为慨然叹之，知道已经打动了燕昭王的感情。于是，立即点题道：

“赵王狼戾无亲，天下人所共知。赵有如此之王，岂是可亲之国？子之之乱，齐人入蓟都，赵王与齐人约，欲得燕之河北之地。今赵王亦如此，岂是可信之人？大王立国未定，赵兴兵而攻燕，围燕都而劫大王，割十城而去。赵之所为如此，岂是仁义之邻？”

燕昭王听到此，不禁黯然神伤。因为这些都是燕昭王所亲历的事实，一桩桩，一件件，都是让他痛彻心肺的。

张仪见此，知道差不多了，遂收束话题道：

“今赵王北面而朝秦王，会于渑池，效秦以河间之地。大王若不事秦，秦下兵云中、九原，驱赵兵而攻燕，则易水、长城非大王所有也。今之赵，犹如秦之郡县。有秦在，赵不敢轻妄兴师。今大王若审时度势，恭而事秦，秦王必喜。赵慑于秦威，则于燕不敢轻举妄动矣。燕西有强秦之援，必南无齐、赵之患。今敝邑秦王使臣以此上闻于大王左右，愿大王熟计之。”

燕昭王听到此，终于知道张仪此来，果然是为合燕“连横”而来。心想，现在楚、齐等大国都效地而事秦，自己区区之燕，又何敢与强秦对抗呢？

想到此，燕昭王显得非常果决地对张仪说道：

“寡人乃蛮夷僻处之人，虽为大男子，才智仅及婴儿，言不足以求正，谋不足以决事。今幸得秦王遣上客明而教之，寡人敬奉社稷而事秦。”

于是，燕昭王乃与张仪订约，献恒山之尾五城于秦。

第十七章　复相魏

1. 脱秦之计

周赧王四年（前311）七月十八，张仪游说燕昭王成功后，满怀喜悦之情，出了燕都蓟，就往南而去，准备快速回到秦都咸阳，向秦惠王禀报“连横”说六国的情况，然后再与秦惠王定计，分而攻之，各个击破，最终实现秦国一统天下的宏愿。如此，秦惠王之愿遂也，自己“连横”霸天下的士之理想也算实现了。

周赧王四年（前311）七月二十六，张仪南渡易水，到达易水北折往东的河套之城阿。

然后，继续南行，至燕国南部重镇——武恒。

由武恒出发，很快就进入了赵国境内。

在赵国境内，再南行半月有余，于周赧王四年（前311）九月中旬，到达赵国最南部与魏、齐毗邻的重镇——平邑。

在平邑，张仪稍事休息了两天，然后又驱车南行，进入了魏国境内。

周赧王四年（前311）十月初五，张仪抵达魏都大梁。魏哀王闻之，热情接待。于是，张仪就在大梁城内又盘桓了三日。

周赧王四年（前311）十月初八，张仪告别魏哀王，出了大梁城，往西北方向的韩都郑而去。

韩都郑离魏都大梁近在咫尺，三天后，张仪便到了郑。

入得郑城，张仪就听说韩宣惠王已于两个月前崩殂了，而今执政的是新君韩襄王。于是，张仪决定，先留驻二日，择吉日吉时，礼节性地拜访一下韩国新君——韩襄王，然后再走不迟。

周赧王四年（前311）十月十二，张仪择吉时入宫，拜见了韩襄王。除表达了对韩宣惠王的悼念之意和对韩襄王继位为王的祝贺外，也对韩襄王重申了前此与韩宣惠王约定的与秦“连横”的前盟之约。

然后，出郑城，继续往西，过东周之巩，周之洛阳，西周之河南。于周赧王四年（前311）十一月初八，到达韩国西部与魏、秦毗邻的重镇——渑池。

在渑池休息了两日，十一月初十，往西沿魏国河南之岸，经陕、曲沃，入秦国的函谷关。

周赧王四年（前311）十二月初，绕过华山，北经华山之阴的阴晋，过武成，抵达秦国渭水之南的重镇——郑县。

到达郑县后，张仪不禁长长地舒了口气。心想，马上就可以到咸阳见秦惠王了，届时向他禀报此行"连横"山东六国成功的消息，相信一定会让他兴奋异常的。因为"连横"成功，下面就可以放手大干，分进合击，对山东诸国各个击破了，秦国一统天下的日子则指日可待矣。

然而，就在张仪舒气未完，进城安歇未定之时，就有人来报：

"惠王已经驾崩。"

"何时？"

"十一月戊午辰时。"

至此，张仪不得不信了。

呆了好一会儿，张仪突然想到今后自己的前程问题，遂脱口问道：

"今朝中用事者，乃为何人？"

"武王立，樗里子、甘茂新用事。"

一听是武王即位，又是樗里子、甘茂二人当权，张仪悲伤、沮丧、绝望之感油然而生。

悲伤的是，惠王他老人家慧眼识得自己英才，并力排众议，两度重任自己为秦国权相，又以强秦之力，委自己至魏、至楚为相。由此，自己才有机会纵横捭阖，政、战、外交全盘施展拳脚，从而为秦国立下了盖天巨功；也因为如此，自己才由一个生计无着的游士，一跃而为仅次于秦惠王的天下之雄，从此声名显扬于天下诸侯之间。惠王对自己有如此的知遇之恩，可是，惠王临终之前，自己却没能最后再见他老人家一面，跟他说一句谢恩的话，这怎么能不让他悲从中来呢？

沮丧的是，自己将近一年奔走南北，苦心孤诣，绞尽了脑汁，说破了嘴皮，好不容易将山东六国之君都说服了，让他们答应与秦

“连横”；如今自己正兴冲冲地往回赶，要向惠王他老人家禀报“连横”之计已经成功的喜讯，要与他老人家共商接下来如何“远交近攻”、“各个击破”，而一统天下的大计，没想到他老人家就这样撒手而去了。而今，要自己与谁共商大计，实现秦国一统天下的王霸之业呢？如此功败垂成，如何能让他不备感沮丧呢？

绝望的是，如今即位为王的武王荡，做太子时就一直与自己过不去；而现今用事于武王左右的樗里子、甘茂，则更是在惠王时就处处掣肘自己的难缠之徒。如今他们掌控秦国之政，秦国哪里还有自己的存身立足之地呢？这种残酷的现实，如何不使他感到绝望呢？

为秦惠王的溘然长逝而悲伤了一阵，又为自己的“连横”大计功败垂成而沮丧了半日，再为秦武王与樗里子、甘茂与自己的关系绝望了一番之后，张仪不得不从复杂的思绪中醒悟过来，重新回到现实，直面现实。

而今，是继续入咸阳做秦武王这个新君之臣呢？还是转身往东，而到山东六国寻求安身立命之所呢？

为此，张仪又陷入了久久难以抉择的痛苦之中。

如果此时抽身往东，到山东六国，如何面对这六国之君呢？刚刚以强秦之威，软硬兼施地游说了他们，让他们答应了与秦国“连横”；难道现在就跟他们说，不要与秦“连横”，而应合山东六国以为纵约，对抗秦国吗？这话如何说得出口呢？如果真能说出口，那不就自己打了自己的耳光，成了自己骂苏秦时所说的“反复无信”之人吗？既然自己也是“反复无信”，何以能在山东六国博取卿相尊荣呢？不可能！

否定了往东的想法后，张仪不得不再考虑继续回秦都咸阳的事。

想了一会儿，他还是觉得目前只有回咸阳一条路，还算比较现实。虽说秦武王过去与自己有过不快，但是他毕竟是一国之君。既然为君，自然会放开怀抱，捐弃前嫌，为了秦国的大计，他也会看在自己才干的份儿上，继续重任自己。不然，他何以继续完成秦惠王“连横”而霸天下的宏愿？

想到此，张仪又略略舒展了眉心。

可是，转而想到樗里子与甘茂二人，他又再次不安了。难道自己真的能与他们和谐相处、同殿为臣吗？他知道自己没有那样宽阔的心胸，相信樗里子与甘茂二人也不是那种胸怀坦荡之人。

想到此，张仪再次烦忧上心头。

看着官方驿馆户外灰蒙蒙的秦国天空，听着呼啸着刮过屋顶的凛冽朔风，张仪不禁想到了两件自己与樗里子、甘茂二人勾心斗角、相互暗算的旧事。

樗里子，名疾，乃秦惠王同父异母之弟。其母，乃韩氏之女也。樗里子生性滑稽，且足智多谋，故秦人号为“智囊”。也正因为如此，其与秦惠王的关系也就比较微妙。张仪心知秦惠王忌樗里子之意，于是，就暗中算计樗里子。就在张仪第二次为秦相之时，张仪先奏请秦惠王高封樗里子爵位，抬高他在秦国的地位。然后，又奏请秦惠王，让樗里子出使楚国。待到樗里子高车厚币出使楚国时，他又暗中遣密使游说楚王，让楚王在樗里子出使楚国未归之前，就急急遣使往咸阳，以楚王的名义，替樗里子向秦惠王谋请秦相之位。

秦惠王一听，觉得奇怪，怎么樗里子出使了一次楚国，楚王就这么信任他，并不避嫌疑地遣使替他谋请秦相之位，这是何意呢?

正在秦惠王作如是之想时，张仪不失时机地谏说道：

“大王尊崇樗里子，而令其出使楚国，乃为国交。今樗里子身在楚国，而楚王遣使为其请相位于秦，是何故哉?”

秦惠王疑惑地看着张仪，张仪遂接着说道：

“臣闻樗里子言于楚王：‘大王欲逐张仪于秦否?臣请助之。’楚王正有离间大王与臣之意，遂遣使为樗里子请相，逐臣于秦。今大王若听楚王之请，樗里子必以秦而事楚。”

秦惠王本就对樗里子有戒心，一听张仪此话，立即大为震怒，欲待樗里子归秦后就将其翦除，免去日后之患。

樗里子乃秦人所称之“智囊”，又是秦王之弟，自然在朝中有自己的势力。因此，张仪挑唆秦惠王欲除樗里子的消息，很快就传到了还在归秦路途上的樗里子耳朵里。于是，樗里子急转马头，又往南而去，到楚国避难去了。

张仪想到这件往事，自己也觉得有点过于歹毒了些。因此，此时心里就更虚了。如今惠王已经作古，武王立，樗里子重返秦国，他能不报复于自己?

接着，张仪又想到了甘茂。甘茂，乃楚之下蔡人也。曾事下蔡史举先生为师，学百家之术。张仪到秦为相后，因为张仪与樗里子的荐举，得以游说秦惠王。因为能说会道，遂深得秦惠王的赏识。周赧王三年（前312），秦、楚大战，甘茂佐主将魏章，略定楚国汉中之地，遂有军功。

战事结束后，张仪身为秦国之相，从大局出发，也为了他筹谋已久的“连横”大计，便想向秦惠王提出谏议，将刚刚伐取的汉中之地归还给楚国，以便秦、楚言归于好，从而为筹划“连横”之计作准备。

一次，秦惠王大集群臣时，张仪就向秦惠王谏道：

“秦有汉中之地，犹如树之有蠹。种树不得其地，人必害之；家有不义之财，必伤仁义之本。汉中之地，于楚为利；于秦，则为国累也。”

没想到，张仪话还没有说完，甘茂就立即出来反对道：

“地大必多忧，自古岂有此理？秦有汉中之地，于国何累之有？秦楚互为对手，势均力敌。一旦天下有变，大王割汉中之地而讲和于楚，楚必趋利亲秦，而叛天下诸侯。今若以汉中之地予楚，天下有变，大王以何地收买楚王之心？”

秦惠王一听，觉得甘茂说得有理，现在主动将刚刚夺来的楚国汉中之地归还给楚国，那么将来天下有变，秦国就没什么与楚国做交易了，于是立即表态赞同了甘茂的主张：

“甘茂之言是也。”

张仪见秦惠王已经表态决定了，就不便于立即驳回秦惠王。如果硬是将自己之所以主张归还楚国汉中之地的理由补述出来，势必就会在群臣面前将以汉中之地为诱饵，筹策“连横”大计的核心机密泄露了出去，那对国家不利。

从此，张仪就在心中对甘茂不记前情旧恩而公开与自己唱反调的行为有了反感。而甘茂虽然也知道这一点，但是他可能是因为自己有了伐取汉中军功的缘故，从此并不把张仪放在眼里。于是，彼此之间，也就由政见的不同，而发展到争权夺利、不是你死就是我亡的仇恨地步。

想到这些，张仪对于回到咸阳后的日子越发没有信心。因为自己一年多不在秦国，而现在秦惠王又不在了；相反，现在执政的秦武王又与自己有隙。那么，樗里子与甘茂二人将会如何在武王面前谗言自己，也就可想而知了。

于是，望着秦国冬日灰暗的天空，张仪陷入了痛苦与绝望之中。

良久，突然听到从空而降的“扑通”一声响，只见一只老鹰如箭一般地从高空俯冲直下，以迅雷不及掩耳之势，抓起一只正在低首觅食的老母鸡，飞上了天空。

张仪目击这一幕，突然有所醒悟，不禁在心里涌起了这样的念头，在这个弱肉强食的世道里，就应该像老鹰一样，对于猎物要狠、要猛，下手还要快。心想，凭我张仪，还斗不过樗里子与甘茂？不如赶快回到咸阳，再与他们搏击一番，夺回自己辛苦打下的江山，最终实现自己“连横”而并天下的理想。

然而，张仪没想到的是，而今的秦武王，既非重任商鞅的明主秦孝公，也非拔擢自己的贤君秦惠王，而是一个地地道道的只崇尚武力、排斥智谋的武夫，宠信的是武士力士，还整天与一些大力士们厮混在一起，进行角力之争。

因此，周赧王四年（前 311）十二月底，当张仪回到咸阳后，不要说难以与秦武王共商“连横”大计，就是与他相见，也是不可得了。

到了周赧王五年（前 310）三月，不仅樗里子与甘茂经常在秦武王面前谗言张仪“事先王不忠”，而且原来跟张仪关系还算不错的秦国之臣，此时也倒戈相向，谗言于秦武王之前道：“张仪乃反复无信之人，左右卖国以取荣；秦复用之，必为天下笑也。”

由此，秦武王对张仪更加疏远，不要说秦相没得做了，就连做个一般的大臣，也不及别人在朝中有说话的分量了。

就在秦国满朝之臣日夜谗言张仪不已之时，周赧王五年（前 310）四月初，齐王之使又来向秦武王责备张仪无信。

到了此时，张仪终于明白，自己再有能耐，现在也无力回天了。如果不想办法迅速从秦国脱身而去，恐怕要不了多久，就会命丧在秦武王这个有勇无谋的武夫手里了。

苦思了多日，也犹豫了多日，最终张仪总算想出了一个既可以活命，又可以借强秦之力为自己在山东诸侯国中谋一个显赫权位的计策。

于是，立即求见秦武王道：

“臣思之久也，今有一愚计，愿效之于大王。”

秦武王知道张仪善谋，于是，就顺口问道：

“寡人愿闻其详。”

“臣游六国，以为东方必有大变。为社稷之长计，大王不如静待东方之变，然后多割六国之地。今齐王憎恨于仪，仪之所在，必举兵而伐之。故仪愿乞不肖之身，而至魏国。仪至魏国，齐王必举兵而伐魏。如此，齐、魏之兵战于城下，旷日持久而不能解矣。大王乘其间，兵出函谷，伐韩而取三川。秦得三川，则大王无伐天子之恶名，而能临二周之地。秦师临周，天子惧，则必出九鼎宝器。大王得之，则可挟天子，案图籍，秦之王业成矣。”

秦武王是个莽夫，早有伐周天子而霸天下之心。张仪此计，可谓正合其意。于是，立即喜逐颜开地说道：

“善哉！”

遂立即决定饰高车，发厚币，以秦王之命，让张仪前往魏国为相。

2. 风波乍起

周赧王五年（前310）四月初，张仪设计从秦都咸阳脱身而出后，立即策马驱车，往魏国急赶。因为张仪知道，只有到了魏都大梁，坐上了魏相之位，那样自己才算性命无虞，权位有保。

可是，事情并不像张仪所想的那么简单。

周赧王五年（前310）五月初，张仪还未到魏都大梁，魏国朝廷之上便掀起了风波。

魏哀王闻听新秦王派张仪来相魏，不敢怠慢，立即发使前往路途相迎。张丑闻之，立即前往谏止道：

“大王，张仪乃天下反复无信之人。张仪相魏，乃秦王弱魏之计也，大王切不可纳之。”

魏哀王也不是不知道事实就是如此，但是秦国的强大，新秦王的暴戾凶狠，他是知道的。因此，明知秦使张仪来相魏，是为秦国利益而来，但也不敢拒绝；相反，还应该装出高兴的样子来迎接，才能讨得强秦的欢心，免去魏国丧师失地之患。

张丑本是齐王之臣，与齐国的权臣靖郭君田婴相善，也是靖郭君的谋臣策士，向来是以足智多谋闻名于诸侯的。但是，后来靖郭君为齐闵王所忌，不为所用。张丑见在齐无所作为，遂西向而至魏，侍魏哀王为臣。

张丑觉得张仪若来魏国为相，自己的日子就不好过了。因为大家都是彼此相知的谋臣策士，同类相忌，一山难容二虎。因此，张丑在谏魏王失败后，突然想到公孙衍。因为公孙衍刚好这几天在魏国，他是张仪的死敌，天下人皆知。

张丑想了想，就准备去找公孙衍。但是，仔细一想，觉得不太合适。如果自己亲自游说公孙衍，让他谏止魏王接纳张仪相魏，那么，就会给人一种错觉，似乎这有为自己争当魏相排除异己之嫌。

权衡再三，张丑最后想到一个人，那就是李雠。李雠是秦人，与公孙衍相善，又曾与公孙衍在秦惠王之朝同殿为臣。

而李雠与张丑，现而今因同在魏哀王之朝一殿为臣，有同僚之谊；因此，张丑一说，他就欣然答应。

李雠受托后，立即就去找公孙衍。二人非常熟悉，也有一些交情。于是，李雠一见公孙衍没有客套，就直言说道：

“秦王使张仪相魏，公知之否？”

“知之。奈何？”

公孙衍是个明白人，知道张仪之所以能来相魏，是挟强秦之势，而不是他张仪个人的本事。因此，只要张仪的秦国背景不失掉，那就无法撼动张仪相魏之事。因此，李雠来见，他知道其意，故以“奈何”之语来反问。

李雠一听公孙衍这话，心里就想：公孙衍倒是看得非常透彻，知道谏阻张仪相魏，乃是不可为矣。这样，他肯定不愿去游说魏王了。

想到此，李雠就想不说了。可是，转而一想，受人之托，就要尽人之事，不然就对不住张丑了。

于是，李雠就硬着头皮对公孙衍说道：

“张仪离秦而往大梁，公何不往咸阳而说秦王，召甘茂于魏，召公孙显于韩，起樗里子于秦。彼三人者，皆张仪之寇仇。公为秦王所用，则诸侯必知张仪之无秦矣。”

公孙衍一听，虽然觉得是个妙计，但是，他也知道，自己两次策划山东五国伐秦，现在往秦，秦王是饶不过自己的，更不要说能为秦王重任，而为难张仪了。

“承蒙公之厚望，衍自当勉力而为之。”

李雠见公孙衍话已说到此，也算有情有义了，遂告辞而去。

公孙衍受李雠之托，虽明知游说魏哀王不会有什么结果，但是，为了李雠之托，他还是勉为其难，以践诺言。

见了魏哀王，见礼毕，公孙衍先与魏哀王略略寒暄，然后就切入正题道：

“大王，臣闻秦王复遣张仪相魏，果有其事？”

魏哀王知道公孙衍与张仪是生死对头的底细，一听他问出此话，就知今日公孙衍所来为何。于是，就想断绝公孙衍的游说谏止之念，干脆利索地回答道：

“确有其事。”

公孙衍见魏哀王回答得如此明确，以为是魏哀王并不把自己当外人。他想，毕竟自己在魏国几度为将，加上自己也是魏人，彼此总还是有感情的吧。

公孙衍这样想着，便又继续说道：

“今秦武王新立，重用樗里疾、甘茂。张仪乃惠王之宠臣，又与武王不善，故离秦求去，欲以秦国之力而相于魏。”

魏哀王一听，心想，你怎么知道得那么清楚？莫非你也想争魏相之位？

由于魏哀王是这样揣测公孙衍今日游说之意，遂就从心底对公孙衍的游说持抵触情绪。于是，就默不作声，不回应公孙衍的话。

公孙衍见魏哀王默然无语，以为他是默认了自己所说，遂又接着说道：

“张仪乃天下无信之人，左右反复，卖国以取荣，今秦王不以张仪为臣，大王何不拒之？”

魏哀王一听公孙衍说张仪是天下无信之人，左右反复，卖国以取荣，心想，你自己何尝不是如此？魏国吃你的亏还小吗？如果寡人不任张仪为相，而任你为相，你也未必能为寡人之国谋取什么利益。想你两度为魏将，让寡人之国元气丧失得还小吗？

想到此，魏哀王就从心底非常反感公孙衍了。于是，毫不客气地回答道：

“寡人知之，先生休矣。”

公孙衍一听，魏哀王让自己别说了，也就知道此次游说是徒劳的了。同时，他这话也是在下逐客令了。

于是，公孙衍知趣地告辞而出。

为了李雠之托，公孙衍因此而遭魏哀王一番冷落，心里很是不快。于是，第二天他就怏怏不乐地离开了魏都大梁，到别国去了。

第三天，张丑闻听公孙衍游说魏王无果，不快地离开大梁后，还是心有不甘。于是，再次求见魏哀王。

不过，此次张丑没有像上次那样直言相谏了，而是婉转其辞道：

“大王曾闻老妾事夫之说否？”

魏哀王一听，觉得莫名其妙，不知张丑今日到底想跟自己说什么？心想，反正寡人也没什么事，你想讲故事，你就讲吧，讲得好，还能给寡人解解闷呢。

想到此，魏哀王看看张丑，说道：

“未闻。”

张丑一听，立即接着说道：

“妇人之事夫，乃以忠为本。”

魏哀王一听，点点头。心想，这话没错，哪个男人喜欢对自己不忠的妇人呢？不过，这话虽然有理，却是废话，寡人何必要你来讲这个简单的道理呢？

张丑见魏哀王点头，遂又接着说了下去：

“妇人之事夫，初以姿色，及年长色衰，则重家矣。”

魏哀王又点点头，觉得这话也有道理，妇人总有年老色衰的时候，不可能芳颜永驻的。既然没有色相讨得丈夫欢心，一心为家，忠心于丈夫，把丈夫侍候好了，倒也是不失为一种能够挽回丈夫心意的有效办法。

张丑见魏哀王又点头，心中大喜，心想，今日这样循循善诱的说法，倒是对了。于是，顺势入题道：

“今臣事大王，犹若老妾之事夫也。”

魏哀王听到此，方才明白，原来他今天就是跟自己表忠心来的。于是，又点点头。

不过，魏哀王的这次点头，不是同意张丑的话，而仅是表示对张丑自剖忠心的赞赏而已。因为魏哀王如所有的国君一样，也是喜欢听听臣下的忠心表白的，尽管有时并不是真的。

张丑见魏哀王再度点头，立即话锋一转，终于切入了今日游说的主旨道：

“臣前此谏大王勿纳张仪之言，乃臣肺腑忠心之言，愿大王深思之，熟虑之，则魏之万民有福矣。”

魏哀王听到张丑的这句话，原本还很平和的脸，立即板了下来，说道：

“寡人知之，毋庸多言！”

张丑一听，这才知道，今日又说错话了，大概魏哀王误会了自己的意思，可能他是从反面理解了自己的话，以为自己说的意思是：不听自己的话，就是魏国万民无福了。

想到此，张丑就想再解释一下。但是，抬眼一看，魏哀王已经拂袖而去了。

张丑谏魏哀王最终未成，张仪相魏在魏国朝廷所掀起的风波，也就到此平息了。

周赧王五年（前310）五月中旬，张仪终于以秦国之力，坐着秦武王所发的三十乘革车，气宇轩昂地抵达了大梁，正式就任魏国之相。

3. 败齐之谋

曾侍齐王为臣的张丑没能阻止张仪相魏之事，但是，张仪至魏为相后，却立即引得齐闵王勃然大怒。

因为齐闵王认为，既然张仪去年以秦相之名出使齐国，游说自己与秦“连横”而共治天下，那么今日为何又为了秦国而去相魏？这不明显是秦国先“连横”六国，稳住多数诸侯国，再联合一些诸侯国而对另一些诸侯国下手，从而实现“各个击破”的策略吗？既然今日秦、魏已经联合，那么其意必在齐也。

正因为作如此之联想，齐闵王一闻张仪相魏的消息，立即于愤怒之下，决定举兵伐魏。

周赧王五年（前310）六月中旬，张仪就从秘密渠道获悉了齐闵王欲举兵伐魏的密报。张仪怕吓着魏哀王，更怕由此危及自己的魏相之位，于是就命其舍人冯喜为密使，单人匹马，飞奔楚都郢，找楚怀王帮忙，让楚国从中干预，阻止齐国伐魏。

冯喜是张仪的心腹舍人，也是张仪的私人谋士，能说会道，而且非常年轻。因此，受命之后，日夜兼程，不到一个月，就于周赧王五年（前310）七月上旬，到达了楚都郢。

冯喜一到郢都，未到客栈，就径往楚王之宫求见楚怀王。楚怀王听说是张仪之使，立即予以接见。于是，冯喜就坦诚、巧妙、得体地传达了张仪的意思。

楚怀王听完冯喜的话，立即爽快地答应了张仪的请托，决定借给冯喜楚国之使的名分，让其前往齐都临淄游说齐闵王，谏止齐国伐魏之举。

那么，楚怀王何以对张仪个人的密使冯喜这么客气呢？

这里还有一个不为人知的原因。

去年张仪游说楚怀王与秦“连横”共治天下，楚怀王审时度势后，答应了张仪之约。于是，楚怀王就不再计较以前张仪以商、於之地六百里欺骗自己的旧事了。

就在张仪离开楚都往北游说韩王不久，楚怀王获悉了一个秦国朝廷内部之争的消息，知道张仪曾在秦、楚大战后，向秦惠王正式提出谏议，主张归还秦所夺占的楚国汉中之地，以与楚和好“连横”。但是，遭到了伐取楚国汉中之地的甘茂的强烈反对。结果，秦惠王就没有听从张仪之谏，楚国的汉中之地至今也还在秦国手中，没有归还楚国。而且楚怀王还听说，因为张仪主张归还楚国汉中之地，甘茂反对，从此张仪就与本和他相善，早年还受过他荐举之恩的甘茂结下了仇恨。由此，张仪在秦王之廷的反对势力有所增强。

当楚怀王获知这些消息后，遂在内心深处对张仪涌起了无比感激之情。因为汉中之地对楚国具有非常重要的战略意义，同时也是农耕获利的粮仓。这么大的一块地方，丢在自己手里，总是他心里永远的痛，这让他现在无法面对楚国的臣民，以后也无颜面对地下的楚国列祖列宗。如果能够厚结张仪之心，今后有机会，让张仪再向秦惠王提出谏议，将汉中之地归还给楚国，那么自己的这块心病也就不治而愈了。

想到此，楚怀王便于去年十月遣楚国能臣昭雎为使，前往秦国，帮助张仪取得秦惠王更大的信任，以便让张仪为楚所用，最终收回楚国的汉中之地。

可是，十一月初，昭雎还未到秦都咸阳，秦惠王就崩殂了，秦武王即位为王。

十一月底，昭雎抵达秦都咸阳。因为昭雎并不知道秦武王在做太子时就与张仪不睦，更不知道此时正受秦武王宠信的樗里子与甘茂二位权臣与张仪积怨甚深，所以昭雎还是按照原来的计划，游说了秦武王，希望能够使张仪在秦王之朝更得势。结果，不仅没帮上张仪的忙，反而招来了秦武王对张仪更大的反感，也给樗里子、甘茂等人诬蔑张仪“左右卖国以取荣”留下了把柄。因此，当张仪十二月回到咸阳后，在秦武王之朝的压力更大了。

当昭雎回到楚都郢时，楚怀王闻知：秦武王认为自己派昭雎使秦，为张仪谋取权力，是对秦国朝政的严重干预之举，于是大为愤怒。

楚怀王闻之，是又恨又怕。恨的是昭雎竟然不知权变，不知道根据时势变化行事；怕的是秦武王会不会怒而伐楚，如果那样，楚国就又要丧师失地了。

想来想去，楚怀王就将不会办事的昭雎给削职并拘禁起来，以平息秦武王之怒。

楚怀王这样做，虽然有他自己的道理；但是，昭雎认为自己是太冤枉了，他哪里知道秦王之朝有那么复杂的事情呢?

于是，昭雎就请好友桓臧去游说楚怀王，将自己释放了。

桓臧受托，就游说楚怀王道：

"大王，今秦、韩、魏欲成连横之亲，其势必不可行。"

楚怀王一听，觉得奇怪，秦国如今都派张仪相魏了，韩国早就臣服于秦国了，怎么能说秦、韩、魏三国"连横"之亲不可行呢?于是，立即反问桓臧道：

"为何?"

"张仪见宠于秦惠王，而与楚臣昭雎相善。今惠王卒，武王立，张仪被逼出走，公孙郝、甘茂得势掌权。甘茂亲善于魏，公孙郝结好于韩，二人皆与昭雎大不相善，故必倡言秦王，以秦而合韩、魏。"

楚怀王一听，觉得桓臧分析得不无道理，遂点点头。

桓臧见此，遂续而说道：

"今张仪困于秦，无奈而仕魏，昭雎则为大王所拘。韩、魏欲合于秦，必亲善公孙郝、甘茂二人。二人善韩、魏，则张仪为轻矣。张仪不能见重于魏，秦、韩、魏三国合而伐楚，则楚之方城必危矣。"

说到此，桓臧略作停顿，抬眼看了看楚怀王。见楚怀王专注地听着，遂收结入题道：

"今为大王计，亦为楚国计，大王不如释昭雎以复其职。如此，张仪有昭雎，必见重于韩、魏。张仪得楚势，挟魏以自重，则可与秦争。如此，魏不合于秦，韩亦不从，则方城无患，楚亦无忧矣。"

楚怀王听到此，不禁脱口而出道：

"善哉!"

于是，立即释放了昭雎，并复其官职。

周赧王五年（前310）七月上旬，当冯喜作为张仪的密使来楚都传达张仪的请托时，楚怀王因为前此种种的原因，也为善结张仪之心，以与樗里子、甘茂较量，从而维护楚国的利益，所以就爽快地答应了张仪之请，委张仪个人密使冯喜以楚国之使的身份，前往齐都游说齐闵王去了。

周赧王五年（前310）八月中旬，当冯喜借得楚怀王之使的名分，正在急急赶往齐都临淄的路上时，齐国的大兵就已经压魏、齐之境而来了。

魏哀王闻之，大惊失色。

张仪立即安慰道：

“大王不必忧虑，臣可令齐王罢兵。”

张仪一边安慰魏哀王，一边遣使飞报秦武王，要秦武王起兵助魏。因为自己是以秦相魏，秦、魏是盟国关系。

可是，当张仪所遣之使昼夜兼程赶到秦都咸阳，要求秦武王发兵相救时，甘茂却不让张仪之使拜见秦武王。因为此时甘茂已被秦武王任为左相，樗里子为右相，正大权独揽呢。

就在张仪之使急如星火地要见秦武王求救兵，而甘茂也在犹豫要不要告诉秦武王发兵救魏之事时，秦国另一大臣左成闻之，乃游说甘茂道：

“成以为左相不如说大王，发兵以救魏。”

“为何?”甘茂不解地问，因为他正想着使张仪魏相也做不成呢。

“秦发兵与张仪，战而不胜，秦兵不能归，张仪亦不能归矣；战而胜之，张仪必得意于魏，秦兵归，张仪则不归矣。张仪不归秦，于左相利莫大矣。张仪若不离秦而至魏，则必居左相之上，左相焉有今日之位?”

甘茂虽然忌恨张仪，但是为了自保其位，最终还是听从了左成之谏，说服了秦武王发兵救魏。

周赧王五年（前310）九月初，也就是在张仪所遣之使到达秦都咸阳，说服秦王发兵救魏的同时，齐师伐魏正急的时候，冯喜已经以楚怀王之使的身份，赶到了齐都临淄。

因为有楚王之使的身份，冯喜非常顺利地见到了齐闵王。

齐闵王不知冯喜的真实身份，还以为他真的是楚怀王之使，就以胜利者的口吻问道：

“楚王之使何以辱临寡人之国?”

因为前年齐国刚跟楚国大战了一场，所以齐闵王才一见楚王之使就有此话出口。

冯喜心里知道齐闵王是什么意思，但是，他也并不在意这些，因为自己并不是真的楚王之使，而是借得的身份与名头，目的是方便游说这个齐闵王而已。

于是，冯喜就按照自己的思路游说起了齐闵王道：

“臣知大王甚憎张仪！然大王今之所为，于张仪何害之有？非唯无害，反为厚爱也。”

齐闵王一听，顿时糊涂了，怎么自己举兵伐魏，是厚爱了张仪呢？齐国一伐魏，张仪这魏相不就做不成了吗?

于是，齐闵王立即反问道：

“何以言之?”

“大王伐魏，实乃重托张仪于秦王。”

齐闵王一听，更糊涂了，自己举兵伐魏，怎么可能是让张仪更加取信于秦王呢?

于是，齐闵王再次反问道：

“寡人甚憎张仪，张仪之所在，必举兵而伐之，何谓‘重托张仪于秦王’?”

冯喜听了齐闵王的反问，不禁微微一笑，然后从容说道：

“张仪离秦往魏，曾与秦王有约：‘东方必有大变！为社稷计，大王不如静待东方之变，然后多割六国之地。今齐王甚憎仪也。仪之所在，必举兵而伐之。故仪愿乞不肖之身，而至魏。仪至魏，齐必举兵伐魏。如是，齐、魏之兵战于城下，旷日持久，不能相去矣。大王以其间，兵出函谷，伐韩而取三川。三川得，则秦师无伐天子之恶名，而能临二周之地。秦师临周，天子惧，则九鼎宝器必出。九鼎宝器得，则大王可挟天子，案图籍，秦之王业成矣。’秦王以为然，遂饰革车三十乘，发厚币以随之，纳张仪于魏。今张仪以秦相魏，大王举兵伐之，岂不正中其计？内自敝而伐盟国，广邻敌以求自亡，非为上策也。故臣以为，大王之伐魏，实乃重托张仪于秦王也！”

齐闵王听完冯喜的这番解说，真觉得自己伐魏是帮了张仪大忙，是由此使张仪更能取信于秦王了。这样，自己不就做了蚀本的生意了吗?

想到此，齐闵王遂脱口而出道：

“善哉！寡人知之矣。”

于是，立即传令齐将，班师回朝。

就在齐师刚刚撤回后，秦国救兵也到达了。一看齐师已经撤退，遂不战而奏凯西归了。

第十八章　尾　声

张仪不费吹灰之力，坐镇大梁，就将汹汹而来的齐国大军逼退，真可谓是“不战而屈人之兵”也。

从此，不仅魏哀王更加信任张仪，魏国的满朝文武，包括那个当初极力阻止张仪相魏的张丑，此时也不得不对张仪感佩不已，口服心也服矣。

平息了齐国伐魏之难后，魏国太平了，天下也太平了。

一转眼，周赧王五年（前310）就过去了。

周赧王六年（公元前309年）一月二十五，魏都大梁天寒地冻，滴水成冰。一大早，鹅毛大雪下得天茫茫，地茫茫，让人不知何处是天，何处是地，更不辨东西南北也。

然而，魏国相府却从一大早就鸡飞狗跳、热气腾腾。偌大的魏相府，上至管家，下至婢仆、嬷嬷、杂役人等，扫席的扫席，张灯的张灯，和面的和面，擀皮的擀皮，洗菜的洗菜，切肉的切肉……人人忙得不可开交，恨不得双脚也要用上了。

时近中午，一队队高车骏马，陆续停在了相府门前。

“相爷，客至矣。”

随着相府管家的一声禀报，张仪立即盛装出迎。

“张相贵诞，可喜可贺。”

“张相花甲之庚，瑞雪纷纷，此乃人寿年丰之兆也。”

“薄礼不成敬意，聊表贺忱寸心耳。”

……

“谢大人厚爱，仪何以消受哉？”张仪一边向雪中赶来贺寿的魏国诸位大臣一一打躬作揖，一边笑着如此应答个不停。

正午吉时至，相府大堂之上，四十余位魏国大臣以及三十多位亲朋好友都集齐了。每人坐席之前的食案上，酒食也已摆放妥当。就在此时，一阵秦缶、楚钟、齐竽、赵瑟的合奏已然响起。

顿时，大堂之上，原本的喧笑之声戛然而止。只见贵宾亲朋人人正襟危坐，个个倾耳屏息以闻。

乐止，坐于正中之席的张仪，跪直了身子，手举精致的青铜酒爵，环视了一下堂上的宾朋亲友，从容致词道：

“今日乃仪花甲贱庚，深荷诸位大人厚意，承蒙亲朋好友深情，踏雪冲寒，辱临寒舍，仪何德何能以受之哉？感厚恩，戴大德，仪不知所云。聊备薄酒，愿诸位尽欢也。”

说完，张仪仰面一饮而尽。

堂上之客见此，亦随之，皆尽爵也。

接着，钟、缶、竽、瑟之乐又起，钟鸣鼎食开始了。

就在这时，突然，相府门外一声高叫，接着就进来十余个王宫侍从。入得堂来，为首的一个侍从高声宣道：

“大王闻张相花甲之喜，特致黄金千镒，白玉百双，以为贺仪，令臣等进之。”

张仪一听，连忙跪拜谢恩道：

“大王深恩，山高水长，臣何能报之于万一！”

收下魏哀王的厚礼之后，张仪遂邀魏王之使入席。为首之使道：

“张相厚意，臣等心领矣。今当往复大王之命。”

说完，就领着魏王之使十余人往外而去。张仪连忙离席相送，直至车马之影不见，方才回堂就席。

魏国诸臣与张仪亲友，见魏王也遣使致礼相贺，遂兴致更高。

张仪见此，心中的那份激动，只有自己才能知道。

平静了一会儿激动的心情，张仪遂跪而起，膝行而至诸宾客之席，一一敬酒答谢。

酒过数巡，乐过数曲，早已到了薄暮时分。而张仪与诸宾客，也早已酩酊大醉，不知此夕何夕也。

张仪大醉之后，被侍从家人扶至内室，独自而卧。睡至半夜时分，迷迷糊糊之中，好像看到一个高大的身影向自己榻前走了过来。张仪不禁一惊，以为有刺客，刚想张嘴喊人，就见在雪光的辉映之下，此人已经靠近了榻前。张仪张目一看，发现竟然是他的大师兄苏秦。

于是，张仪迷糊之中，就向苏秦伸出了手。然而，一抓什么也没有。

朦胧中的张仪，不禁又是一惊。

“师弟之功业，胜于为兄远矣。”

就在张仪还在惊愕之中，苏秦说话了。

张仪遂情不自禁地应声答道：

“师兄说诸侯，合山东，三年而纵合。职兼六国之相，爵封武安之君。仪何敢望师兄之项背哉？”

“为兄说秦王，书十上而说不行。黑貂之裘敝，黄金百斤尽，资用乏绝，去秦而归。师弟说秦王，一说而中，任为秦相，为兄岂能及于师弟？”

张仪见师兄苏秦说自己一次就能说得秦王信任，而为秦国之相，遂立即接口道：

“仪得以说秦王，乃师兄之力也。师兄激仪之志，资仪之金，仪方得至秦，不然何有仪之今日？师兄之恩，仪不能报之于万一也。”

“然说秦王，霸诸侯，为兄实不及师弟也。”

“师兄相于赵，而关不通。当此之时，天下之大，万民之众，王侯之威，谋臣之权，皆决之于师兄。师兄不费斗粮，未烦一兵，未战一士，未绝一弦，未折一矢，而诸侯相亲，贤于兄弟。师兄一人在，而天下服。一轼撙衔，横历天下，廷说诸侯之王，杜左右之口，天下莫之能抗。仪何以及于师兄之万一哉？”

“然愚兄扶燕谋齐之志不遂，而身为齐王所裂，终为天下笑也。”

说完，原来高大的苏秦突然不见，眼前出现的却是血淋淋的五块血肉之躯。

张仪不禁大叫一声，重重地摔到了榻下。

等到家人闻声而至，张仪早已气绝身亡了。

参考文献

一、原著类

1. 司马迁：《史记》
2. 刘向：《战国策》
3. 司马光：《资治通鉴》
4. 刘安：《淮南子》
5. 刘向：《说苑》
6. 韩婴：《韩诗外传》
7.《晏子春秋》
8. 吕不韦：《吕氏春秋》
9. 董仲舒：《春秋繁露》
10.《老子》
11.《论语》
12.《孟子》
13.《孔子家语》
14.《诗经》
15.《楚辞》
16.《鬼谷子》
17. 赵蕤：《长短经》
18.《太公阴符》

二、注疏考证类

1. ［日］泷川资言：《史记会注考证》，北京：文学古籍刊行社1955年版。

2. ［日］泷川龟太郎：《史记会注考证》，东京：史记会注考证校补刊行会 1956 版。

3. 何建章：《战国策注释》，北京：中华书局 1990 年版。

4. ［日］关修龄：《战国策高注补正》，东京：东京书肆 1798 年版。

5. 巴黎大学北平汉学研究所：《战国策通检》，北平：巴黎大学北平汉学研究所 1948 年版。

6. 刘殿爵、陈方正：《战国策逐字索引》，台北：台湾商务印书馆 1992 年版。

7. 吴师道：《战国策校注》，北京：中华书局 1991 年版。

8. 陈梦家：《六国纪年》，北京：人民出版社 1956 年版。

9. 董说：《七国考》，北京：中华书局 1956 版。

10. 董说、缪文远：《七国考订补》，上海：上海古籍出版社 1987 年版。

11. 魏源：《老子本义》，上海：上海书店 1987 年版。

12. 陈鼓应：《老子今注今译及评价》，台北：台湾商务印书馆 1978 版。

13. 马叙伦：《老子校诂》，北京：中华书局 1974 年版。

14. 朱熹：《楚辞集注》，扬州：江苏广陵古籍刻印社 1990 年版。

15. 陈子展：《楚辞直解》，南京：江苏古籍出版社 1988 年版。

16. 戴震：《孟子字义疏证》，北京：中华书局 1982 年版。

17. 焦循：《孟子正义》，石家庄：河北人民出版社 1988 年版。

18. 朱熹：《孟子集注》，上海：上海古籍出版社 1987 年版。

19. 杜预、孔颖达、黄侃：《春秋左传正义》，上海：上海古籍出版社 1990 年版。

20. 赖元炎：《韩诗外传今注今译》，台北：台湾商务印书馆 1972 年版。

21. 陈奇猷：《吕氏春秋校释》，上海：学林出版社 1984 年版。

22. 许维遹：《吕氏春秋集释》，北京：中国书店 1985 年版。

23. 卢元骏：《说苑今注今译》，台北：台湾商务印书馆 1979 年版。

24. 杨树达：《淮南子证闻》，北京：中国科学院 1953 年版。

25. 阮元：《十三经注疏》（附校勘记），台北：台湾新文丰出版公司 1978 年版。

26. 国家文物局古文献研究室：《马王堆汉墓帛书》，北京：文物出版社 1980 年版。

三、学术著作、工具书部分

1. 杨宽：《战国史》，上海：上海人民出版社 2003 年版。

2. 谭其骧：《中国历史地图集》（第一册，原始社会、夏、商、西周、春秋、战国时期），北京：中国地图出版社 1982 年版。

后　记

以战国时代的两位说客苏秦与张仪为题材创作历史小说，乃是我“蓄谋已久”的计划。我之所以第二次接受日本京都外国语大学的邀请来做客座教授，其实就是想远离在上海、在复旦大学不可能避开的烦琐的人与事，寻找一个环境清幽的地方静下心来完成我的写作计划。而逃到日本，之所以只选择京都，也是为了写这两部历史小说的缘故。因为京都是日本古都，这里的建筑与城市格局有中国唐朝长安的残存影像，它能让我梦回大唐，更能让我由此及彼，思接千古，发千古之幽情，彻底抛弃现实的尘嚣，完全沉浸到历史中去。关于这一点，我在《书生之雄：苏秦》（以下简称《苏秦》）的后记中已经说得非常清楚了。

这部名曰《书生之枭：张仪》的历史小说，是《书生之雄：苏秦》的孪生兄弟，几乎是同时成书的。因为之前所做的战国史料长编就是专门为写此两个历史人物准备的。因此，在写作时就考虑到史料详略的分配问题。某一历史事件的叙述与人物故事的描写，在《苏秦》中详，就会在《张仪》中略。反之，亦然。这样，二书同时写，就不至于造成内容上的重复。

关于此书写作的具体过程及相关情况，我在《苏秦》的后记中已有详述，此不赘言。不过，还是有几点，这里是应该略作交代的。

一是语言问题。因为张仪与苏秦一样，也是说客，擅长游说人主。《史记》中的《张仪列传》及《战国策》中所记张仪游说诸侯的说辞都体现了说客雄辩的风格。懂得修辞学的人都知道，一种语言风格的形成，是与语言运用的特色分不开的。其中，最重要的便是用词与句法。我们都知道，古汉语是以单音节词占绝对优势，表达上都有简洁优雅的特点。而现代汉语则是以双音节词占绝对优势，因此同样的一句话，用文言表达比用白话表达要简洁得多。在句式上，文言的表达也显得简短精悍，而白话表达则显得平缓拖沓。特别是古汉语中特有的判断句，因为多以两个子句的形式出现，因此在句形上就显得更为简短。由于文言表达在用词与构句形式上都易于形成简洁明了的风格特点，这对塑造说客形象、表现其游说时滔滔雄辩、铿锵有力的气势非常有利。与之相反，白话则不然。因此，小说中的人物对话，特别是主人公游说诸侯王的游说辞以及君臣对话，如果都改成白话来写，就很难凸显出文言表达那样气韵生动、简洁优雅的风格特点。以我个人的学养背景，将所有人物对话都写成文言毫无困难。但是，既是历史小说，那就要让读者看懂。因此，人物对话全用文言又是不现实的。正因为如此，我在写作中对语言问题感到特别苦恼。写好后进行修改时，也感到非常纠结。关于这种痛苦与矛盾，我在《苏秦》的后记中作过详细描述。最后，我乞灵于中国古典小说，决定借鉴《三国演义》、《水浒传》等的写作经验，让不同人物的对话以及同一人物对话在不同场合作一个区隔。这样的处理，也是符合生活的真实。就像我们做教授的，在面对教授学者或学生做学术报告时，会用优雅古奥的文言词或书卷语，构句也会采严密周致的长句；但是，面对小孩子或没有文化的老婆婆时，我们会自然而然地用最通俗易懂的大白话。正因为有此理念，所以，我在写小说人物日常生活对话时，都是直接以现代汉语来表现。而写主要人物游说君主或君臣对话时，则多以文言句式表现，用词也尽量古雅，带有书卷气。不过，在做这样的对话处理时，并不完全照抄史书史料，而是兼顾文采与读者，而对史料所载的人物对话进行软化处理，对文言用词与相关句式进行选择。如《战国策》中既有“莫如”，也有“不如”。用词时选择“不如”，而不用“莫如”，这样既使人物对话有历史感，又能让现代读者易懂。其他如“之”、“其”等现代还在使用的文言词，小说人物对话中都尽量多用。在句式的选择方面，如“……(者)，……也”等常见而易懂的古汉语判断句式，在人物对话中也经常运用。这样做的目的，就是要营构一种古雅有历史感的语言风格，企及我心目中的历史小说语言标准，亦即《三国演义》所创造的那种“文不甚深，语不甚俗”的语言风格。为了防止走入孤芳自赏的死胡同，我写好这些对话以后，都会有意识地找一些中等文化程度（以看得懂《三国演义》、《水浒传》、《红楼梦》等古典小说为标准）的朋友阅读，看他们的阅读认同度如何。认同度高则保留，否则继续修改。

二是“虚实”安排问题。我原本是研究中国古典小说的学者，对历史小说的标准有自己的认识。为了使小说具有“历史感”，在小说写作中，我坚持了自己的理念，认为《三国演义》那种“七实三虚”的分寸掌握得比较好。正因为有此认识，我在写作中尽量规摹之。不过，实际上，我这本小说中“实”的部分更多，“虚”的部分只有数得过来的几处。即使是“虚”的部分，如第一章至第六章，也都是以历史为依据，通过虚构的张仪成长故事，来展现其生活时代的真实现实，以此为人物正式出场，登上历史舞台做铺垫。尽管这六章中有很多虚构的故事，但所涉及的事实都是于史有据的。如张仪游食楚国令尹府被打，张仪师事鬼谷子，张仪求见苏秦遭辱等，都是《史记》明载的史实，只是本书在写这些情节时作了合理想象，铺写得更详细而已。如《苏秦》一样，本书中也插入了《诗经》中的内容。让当时人物唱当时的诗、辞，这也符合“历史的真实”，既可增加小说的可读性，也能增加小说的“历史感”。其他还有一些小的“虚”写部分，像《苏秦》一书一样，《战国策》中一些无主事迹，借鉴《三国演义》“移花接木”的创作手法，将其移到张仪身上，以突出其智慧而又奸诈的策士形象。还有史传中没有出现人名的，为了叙事的方便，给他们取了名字。另外，生活细节的描写，则多属“虚”写部分。还有，就是除了《史记》与《战国策》中所记张仪说六国之王与说秦王的游说辞有所据外，更多的人物对话是我根据情节发展的需要自行构拟的，亦属“无复傍依”的“虚构”，目的是要表现张仪作为一个策士本身所具有的说客本色。除此，全部内容都依《史记》所载与《战国策》所录，依《史记》中《六国年表》的时代顺序进行写作。之所以没有根据《辞海》的历史系年，那是因为若依《辞海》的历史年表，魏惠王、齐宣王等人的执政时间都对不上《史记》所记的史实，也对应不上《战国策》中的历史史实。因为战国史本就有争议，既然大家都没有定论，我不如相信古人。即使有错，因为我这是小说，也能说得过去。也就是说，不合历史，你就当小说读。与历史相一致，你就当历史读。这就是“历史小说”的真义所在吧。这一点，我在《苏秦》后记中已经明确说明。

三是史地问题。关于这一点，我在《苏秦》后记中也已经说过。我在小说中所用的地名，全是历史地名，即战国时代的地名。小说中人物出行的路线，也是根据谭其骧先生主编的《中国历史地图集》第一册中所标地名，并根据比例尺来确定人物从一地往另一地行进的日程，从而增加小说的“历史感”。不同于现在许多历史小说，连历史地名都没弄清，战国时代两地相距几百里甚至上千里，就让人物几天就到达了。要知道那时没有高速公路，也没有汽车，只有马车，只有步行，必须根据历史条件写历史，否则就不是历史小说了，而是神话小说了，或说是荒唐小说了。这大概也是我个人的坚持，因为我是学者，我喜欢地理，我懂得历史，所以我写历史小说必须严格尊重历史。

四是人物生死问题。张仪生卒年，史有明载。因此，我写张仪呱呱坠地的情节，就确切地写其出生之时的天下情势，以此展开人物的人生旅程。写张仪死时，也严格按照史书所载年代。至于史书不载的死因，则根据小说创作与人物塑造的需要作合理想象。这也不违背“生活的真实”与“艺术的真实”原则。

五是人物定位问题。历史上的张仪与苏秦一样，也是一个书生，一个游士。他与苏秦一样能说会道，有说客的本色。但是，相对于苏秦来说，他更具谋略，因此，本书将其定位为策士。因为策士可以包括说客善辩的特质，但说客未必有策士的智谋。正因为本书将张仪定位于策士，所以小说更多突出的是其机智或曰奸诈的形象。而这一创作倾向，与历史所记载的张仪其人，是一致的。

吴礼权

2006 年 3 月 28 日午夜

于日本京都市右京区山ノ内池尻町 6 番地京都四条グランドハイツ1120 号室寓所

又记

《远水孤云：说客苏秦》和《冷月飘风：策士张仪》，是我2005年到2006年在日本做客座教授期间完成的两部长篇历史小说，原名分别是《书生之雄：苏秦》、《书生之枭：张仪》。

这两部历史小说虽然于五年前就已完成，但始终不能让我满意。所以，初稿在日本杀青后，历经五年，六易其稿，至今仍让我有很多纠结，不能释然。这其中最让我烦忧的，是语言问题。因为这两部小说的主人公都是说客，他们的不世事功就是靠其嘴巴游说诸侯而建立的。那么，如何生动地再现这两个在中国历史上家喻户晓的说客形象，凸显其口若悬河、雄辩滔滔的纵横家本色，就必须通过他们游说诸侯的说辞来表现。汉人司马迁《史记》中的《苏秦列传》与《张仪列传》已经生动地展现了其风貌，但是如何通过小说的形式更加生动地塑造出其纵横家栩栩如生的形象，就不能不在人物对话的语言上有所突破。如果照搬《史记》与《战国策》中所记载的二人说辞，一来太过简单，不足以再现两个说客的语言智慧，使其形象鲜活地树立起来；二来太过艰涩，对于今天的读者阅读会有障碍。因此，如何通过语言这一有力的手段来确立起两个说客的形象，就显得非常艰难了。小说写完后，我广泛征求包括学界朋友、普通朋友、老朋友、小朋友的意见，请他们阅读，提出意见，并在吸收各方意见，特别是人物对话语言方面的意见作了四次修改，但仍然不满意。

2009年2月我应邀来台湾东吴大学做客座教授，又有一次沉淀心情的机会和发千古之幽思的环境，终于下定决心，对小说稿作最后一次大的修改。东吴大学是百年名校，在台湾台北有两个校区，一是城中校区，就在“总统府”旁边，是最繁华的地段，是东吴商学院与法学院所在；二是外双溪校区，隔一条小小的外双溪与台北故宫遥相对应，周围都是青山，真是台北难得的清幽之地。客座教授的住所就在半山之上，每天清晨起来，推开窗户或打开房门，就能看到小溪对面的台北故宫与历史文献博物院金黄色的琉璃瓦在阳光下闪耀着光芒，故宫背倚着的阳明山则烟树朦胧，云蒸霞蔚。我的办公室就在住所下方隔着一条斜坡的路旁，办公室再下方就是史学大家钱穆先生的故居，故居下方则是日夜潺潺的外双溪。而我授业的教学大楼，则就傍溪而建，可以一边听溪流潺潺、风声入耳，一边跟学生坐而论道、谈古说今。坐拥如此的环境，与近在咫尺的钱穆故居与隔溪遥对的阳明山上的林语堂故居为邻，那是何等的福分啊！除了自然环境影响心境外，大学方面的课程安排更是让我心境大好。东吴大学中文系给我安排的都是硕士班课程，且在晚上授业，所授课程分别是《中国笔记小说史》、《汉语词汇学》、《修辞学》，都是我的本行，备课的压力很小，倒是上课讨论的学生（多是在职）常给我很多启发与灵感遐思。有如此的自然环境与人文环境，加上充裕的时间，让我情不自禁又涌起了创作的冲动。本来，是想将手头未写完的一部学术著作杀青。但是，天天看着远近满目的好山好水，夜夜听着鸟啭虫鸣的天籁之声，实在是静不下心来写枯燥的学术著作。于是，权衡再三，决定将在日本杀青，而且已经修改了四遍的这两部历史小说拿出来重新大改一次。就这样，在一周有七天时间保证的情况下，终于将二稿作了一次伤筋动骨的彻底修改。特别是在人物对话的语言问题上，我终于找到了感觉，因为台湾的文化环境与师生日常语言的遣词造句特点让我感知到汉语发展传承的脉络，弄明白了古今汉语的分际究竟在哪里，历史小说处理人物对话语言如何才能古今兼顾。这是我此次台湾客座期间最大的收获。

过几天，我就要完成在东吴大学的客座教授任期回上海了。回望山居的屋舍草木，远眺阳明山的烟树云影，突然想起徐志摩的《再别康桥》：

轻轻的我走了，
正如我轻轻的来；
我轻轻的招手，
作别西天的云彩。

……

悄悄的我走了，

正如我悄悄的来；
我挥一挥衣袖，
不带走一片云彩。

虽然不带走（其实是带不走）任何一片云彩，但我将永忆这段山居的岁月，永忆这山居岁月里梦回千古的日日夜夜。

吴礼权

2009 年 6 月 20 日于台北东吴大学半山寓所

再　记

这两部历史小说从酝酿构思，再到做史料长编，前后达十余年之久，2006 年最终在日本写成后，又过了五年，几易其稿，至今才出版，原因主要有两个。一是小说何时出版对我没有什么紧迫感，更无什么直接的压力。因为我是学者，以教学、做学问为本业，我的学术著作数量已经在同辈学者中遥遥领先了，出版小说对我在学术界行走、在大学混饭，没有任何加分效果。所以，将之付梓出版的紧迫感不强；二是我个人完美主义的癖好。我是研究古典小说的，后来又主攻修辞学，对文字的讲究比较高。所以，这两部历史小说虽然五年前就已杀青，但修改却是一遍又一遍，五年间已经六易其稿了。

本来，2009 年在台湾东吴大学做客座教授时，小说已经大改一次，我决定不再修改了，可是，回到上海不久，却又在征求许多朋友包括台湾朋友的意见后，又起念要改。结果，一改就是两年。今年 4 月至 5 月，因参加在台湾举办的一个古典文学国际学术会议及相关学术活动，再次到东吴大学，遇到了看过我两部小说稿的学界朋友，问起何时才能面世。这才让我意识到，这两部小说的出版真的不能再拖了，因为事实上满意的修改永远都是没有的。看过我修改稿的台湾朋友，还将部分稿子推荐给相关影视公司，他们觉得不错，有将之改编为电视剧或动漫剧的打算。但这涉及版权问题，我必须先找一家出版社将书稿出版了，然后再将改编权授予台湾相关公司。这样一想，我觉得还是先出版小说稿。

从台湾回来后，我与原云南师范大学校长、也是我多年亦师亦友的同行骆小所教授说了情况。他看过我的初稿与几个修改稿，一直鼓励我赶紧出版。骆教授是国内研究文学语言最权威最有成就的学者，他的鼓励让我充满信心。这样，就在骆教授的推荐下，与云南人民出版社签订了出版意向书。由闵艳平小姐担任这两部小说的责任编辑。闵小姐文学功底非常好，又很有感悟力，她对文稿的加工润色费心费力甚多，在这里对她的创造性劳动，表示衷心感谢！

云南人民出版社是国内知名的大社，出了很多有影响的滇版图书。几年前，我所著的学术著作《修辞心理学》也是由云南人民出版社出版。出版后，得到学界认可，并有加印，至今非常感念。这里，再次感谢云南人民出版社及其领导对我个人学术研究与文学创作的双重支持！

趁此机会，也向曾经在我创作中予以热情帮助的朋友，曾经读过这两部历史小说初稿或修改稿的许多国内外学术界朋友，以及提供过意见的其他各界老少朋友表示衷心感谢！如，日本京都外国语大学中文系原主任川口荣一教授、竹内诚教授，在我两次客座京都外国语大学时，他们在我生活上、教学安排上以及资料援助上都给予过诸多特别的帮助，使我有时间无干扰地静心完成创作。北京师范大学文学院教授王向远博士是与我同在京都外大客座的同事，这两部历史小说的创作从一开始他就提供了许多宝贵意见，我一边写，他一边看，同时提供意见。台湾东吴大学文系原主任许清云教授，在我客座东吴大学期间，不仅在工作与生活中予我以很多帮助与照顾，还一直关注鼓励我完成这两部小说稿的修改，并提出了宝贵意见。日本知名汉学家、早稻田大学文学院古屋昭弘教授，日本京都立命馆大学中文楚雄教授，马来西亚华裔著名作家、台湾元智大学教授钟怡雯博士，北京大学中文系教授孙玉文博士，原云南师范大学校长骆小所教授，都为我这两部不成熟的作品花费了大量时间，不仅耐心阅读，提供宝贵意见，而且还拨冗写了推介语。在此，再次表达我诚挚的感激之情！最后，也感谢读我这两部小书的所有读者！

吴礼权

2011 年 6 月 18 日 于上海

修订版后记

这部长篇历史小说于2011年9月由云南人民出版社出版了简体字版，在大陆发行；2012年6月由台湾商务印书馆出版繁体字版，在台湾、香港、澳门及海外发行。在海内外学术界与读书界都有不小的影响与反响，海峡两岸各大媒体均有报道。如大陆著名报纸《文汇报》、《解放日报》、《新民晚报》、《新闻晨报》、《新闻晚报》、《南方日报》、《中国新闻出版报》等均有大幅报道。新浪网、搜狐网、人民网、凤凰网、海峡论坛等各大门户网站也有广泛报道。

这部小书在海内外有如此热烈的反响，是出乎我意料的。这次又有了一次出乎意料的机会，就是暨南大学出版社提出要再版我这部小书，与《远水孤云：说客苏秦》、《镜花水月：游士孔子》、《易水悲风：刺客荆轲》等三部组成一个书系，以简体版在大陆出版发行。这是一个非常难得的机会。

这次出版修订本，是一个非常难得的机会。所以，趁此良机，我下定了决心，根据读者反馈的意见与我本人的反思，对书中许多人物对话进行了大幅度的修改，将原来文言色彩较重的句子改成了较易接受的白话文，以期让更多的人能读懂这部历史小说。虽然这次修改颇费了一番心血，但是否改得符合读者诸君的期待，我心中仍然没底。只是希望，修改之后能比原稿稍有进步，则吾愿足矣！

最后，衷心感谢暨南大学出版社破例为我再版这部长篇历史小说，并且是与其他三部组成一个书系的形式出版，真是让我感动莫名！感谢暨南大学出版社领导与人文事业部杜小陆主任的大力支持！感谢本书的责任编辑郝文小姐与校对刘璇小姐创造性的修改润色与一丝不苟的校对工作！感谢许多学界前辈与时贤多年以来对我创作历史小说的关注与支持！感谢在此之前读过我的历史小说或其他学术著作的广大读者多年来的厚爱与鼓励！感谢我的太太蒙益给予的支持，她是世界五百强的一家德国公司中国区的财务老总，日忙夜忙，却还承担起儿子课业的辅导任务，这样我才能有足够的时间在学术研究与历史小说创作两条战线上左右开弓！感谢我的岳父蒙进才先生与岳母唐翠芳女士，他们从高级工程师与国有大企业领导岗位上退休下来后，十多年来一直帮助我们，替我承担了全部的家务劳动，这样我才能过着衣来伸手、饭来张口的生活，安心地坐在书斋中做学问和写作。

吴礼权

2013 年 3 月 12 日于复旦大学